七日

清闲丫头 著

贵州出版集团
贵州人民出版社

图书在版编目（CIP）数据

七日 / 清闲丫头著. —— 贵阳：贵州人民出版社，2020.7
ISBN 978-7-221-16012-6

Ⅰ. ①七… Ⅱ. ①清… Ⅲ. ①长篇小说 - 中国 - 当代 Ⅳ. ① I247.5

中国版本图书馆 CIP 数据核字（2020）第 094317 号

七日
QI RI

清闲丫头／著

总 策 划	陈继光
责任编辑	陈继光　潘江云
特约编辑	陈胤凡
装帧设计	陈　晨
封面设计	源画设计
出版发行	贵州人民出版社有限公司（贵阳市观山湖区会展东路SOHO办公区A座）
印　　刷	长沙鸿发印务实业有限公司（长沙市黄花工业园3号）
版　　次	2020年7月第1版
印　　次	2020年7月第1次
印　　张	24.5
字　　数	370千字
开　　本	710mm×1000mm　1/16
书　　号	ISBN 978-7-221-16012-6
定　　价	49.00元

我和你的七日世界苦于不能施爱，那就是地狱。

——《卡拉马佐夫兄弟》陀思妥耶夫斯基

楔　子 /	001		
第一章 /	007	第十四章 /	103
第二章 /	015	第十五章 /	111
第三章 /	022	第十六章 /	117
第四章 /	029	第十七章 /	124
第五章 /	037	第十八章 /	129
第六章 /	045	第十九章 /	136
第七章 /	051	第二十章 /	145
第八章 /	057	第二十一章 /	153
第九章 /	066	第二十二章 /	160
第十章 /	072	第二十三章 /	168
第十一章 /	079	第二十四章 /	174
第十二章 /	084	第二十五章 /	180
第十三章 /	092	第二十六章 /	187

第二十七章 /	193	第四十五章 /	304
第二十八章 /	199	第四十六章 /	310
第二十九章 /	204	第四十七章 /	318
第三十章 /	209	第四十八章 /	323
第三十一章 /	216	第四十九章 /	328
第三十二章 /	222	第五十章 /	335
第三十三章 /	228	第五十一章 /	341
第三十四章 /	235	第五十二章 /	348
第三十五章 /	239	第五十三章 /	354
第三十六章 /	246	第五十四章 /	361
第三十七章 /	252	第五十五章 /	366
第三十八章 /	259	第五十六章 /	371
第三十九章 /	266	**番　外** /	379
第四十章 /	273		
第四十一章 /	279		
第四十二章 /	285		
第四十三章 /	291		
第四十四章 /	298		

楔子

七月三十一号，星期天，大雨滂沱。

时光走进龙堡酒吧的时候已经是晚上十一点多了，这里的夜生活才刚刚开始。

闪烁的彩灯，如雷的音乐，铺天盖地的酒气，恣意欢乐的男女，时光皱着眉头穿行在这片酒池肉林之中，朝着酒吧深处最大的那间卡座走去。

那里是酒吧欢闹的中心，最好的酒、最狂热的酒徒和最美丽的女人都簇拥在那里，一次次爆发出动物般野蛮的欢呼和尖叫。

时光不喜欢这种环境，但也已经习惯了。

她只要挤进那群疯子里，找到攒聚起这一池疯狂的那个人，然后拿钱，走人，就行了。

时光绕过舞池，正沿着相对安静的吧台朝前走，一只手忽然搭上了她的肩膀。

时光脚步一顿，就见一颗顶着黄毛的脑袋带着一张醉醺醺的笑脸晃悠着出现在她面前。

"小妹妹，一个人啊？哪个学校的？大几的啊？第一次来吧？"黄毛一手搭着时光的肩膀，一手扬了扬那瓶廉价的啤酒，"哥哥请你喝酒啊。"

时光挑眉看着眼前这张最多只有二十岁的轻佻笑脸。

她个头瘦小，又出来得匆忙，素着一张脸，随意地扎着马尾，穿着短袖T恤、牛仔裤、帆布鞋，从头到脚都写满了对这种环境的不适，也怨不得这混混把她当成学生了。

"谢谢了，我不喝酒。"

时光拍开黄毛的手，刚往前走了一步，又有两颗染着红毛的脑袋晃了过来。一黄两红三人分了三边，像盘西红柿炒鸡蛋一样把时光堵在了中间。

黄毛像是要挽回面子，气势汹汹地一把拽住时光纤瘦的胳膊，把那瓶已经喝了三分之一的啤酒推到时光嘴边："知道哥是谁吗？哥请你喝酒，你就得喝！"

"我真的不喝酒。还有，"时光冷淡地拂开啤酒瓶子，耐心地看着眼前这张被彩灯照得一会儿红一会儿蓝的蠢脸，"我比你大，该你叫我姐。"

黄毛听得一愣，仨人互相看看，笑成了一团。

"这可真有意思啊！哥今儿还不信收不了你了！"

黄毛说着就要把时光搂过去硬灌，两个红毛已在起哄架秧子了，时光耐心耗尽，拳头一攥，正准备用武力结束这场无聊的纠缠，就听见一个熟悉的声音。

一个男人的声音，低沉淳厚，半醉半醒，听起来好像没花多少力气，却能轻松穿透酒吧里震天动地的吵闹，清晰地刺进每个人的耳朵里。

"你知道她是谁吗？"

黄毛三兄弟一愣，男人已经走到了近前。

男人刚刚三十出头，高个子，不算瘦削也不算健壮，身上穿着考究的黑西裤白衬衫，手里拎着一瓶半满的洋酒，除了那双目光幽深的眼睛，怎么看都是个养尊处优的斯文商人。

时光攥紧的拳头不动声色地松开了。

男人分明是来替她解围的，却看也不看她一眼，反倒是对着她身边的黄毛略表同情地笑了一下："她是全雁城最爱找人算账的，没事别招她。"

黄毛隐约觉得这副斯文商人的面孔有点眼熟，但被酒精和冲动糊了脑子，一时想不起什么，又见男人是独自来管闲事，就肆无忌惮地挺胸迎上去："你谁啊？这是你的妞啊？多少钱买的啊？"

男人既不恼也不恼，没搭他的话，只把手里那瓶洋酒递给时光："拿一下。"然后指指黄毛手里的啤酒，心平气和地说："这个给我吧。"

"你想替她喝啊？"黄毛乐不可支，举起啤酒瓶子在男人眼前挑衅地摇了摇，"那一瓶可不行，起码得一箱啊。"

"没试过这个，先来一瓶试试。"

黄毛三兄弟已经被他这句话逗得乐翻了，啤酒一递过去，又见男人握着那啤酒瓶子皱起眉头，直抱怨啤酒太凉，三人就笑得更厉害了。

时光一声都懒得出，眼睁睁看着男人在黄毛三兄弟的嘲笑声里找酒保拿了条白毛巾，像包孩子一样仔细地裹起了那瓶啤酒。

黄毛都快笑岔气了："喝个酒还这么娘们儿唧唧的——"

黄毛话音没落，就见男人笑了一下，还没反应过来，那裹了毛巾的啤酒瓶子已经"咣当"一声抡到了他脑袋上。

啤酒瓶子瞬间爆裂，酒液奔涌而出，一下子把那颗黄澄澄的脑袋浇了个透。玻璃瓶子却因为裹在毛巾里，没掉出一块碎片。

力道和位置都捏得刚刚好，连道血丝都没见着。

黄毛三兄弟傻愣了好几秒才回过神来，破口大骂："我操你——"

一句话没骂完，男人已经掏出手机，熟门熟路地按了几下就贴到耳边，用他低沉又富有穿透力的声音四平八稳地说："喂，警察同志，我报警……我是安德生物制药公司的CEO霍明远，我刚在龙堡酒吧拿一瓶五块钱的啤酒敲了一个杂碎的脑袋——"

"没有没有！快走……"

话没说完，黄毛三兄弟就一溜烟挤进欢闹的人群，眨眼工夫就窜没影了。

男人挂掉了那通本来就没拨出去的电话，收起手机，走到近旁的垃圾桶边扔掉手里包着碎酒瓶子的毛巾。除了地上为数不多的酒渍之外，一切就像什么都没发生过一样。

这一点小小的骚动淹没在周末夜晚的狂欢中，没吸引丝毫注意。

时光皱眉看着黄毛三兄弟逃走的方向："你怎么知道他们怕报警？"

男人掏出一方质地精良的手绢，边慢条斯理地擦手，边漫不经心地说："他们刚在这儿卖了一把五颜六色的小药片，还顺了几个手机，我看见了。"

"那你刚才怎么不说？"

"关我什么事，我又不是警察。"男人轻飘飘地说完，把用完的手绢也丢进垃圾桶，才从时光手里拿回酒，对着瓶口深闷了一口，醉意朦胧地看着她，"你到这儿来干什么？"

"是你让我十点半之后来拿尾款的。"

"尾款？"男人在斑斓闪烁的灯光中茫然地看了她几秒，各色彩灯都闪过一遍了，男人好像终于想起点什么，转头看向酒吧中那最大最热闹的卡座。

这个攒聚起疯狂的人来到她身边，那里就变成了无主之城，热闹成了一盘散沙。

散沙中间的酒瓶子堆里摊放着一个空手提箱，看那尺寸很容易猜出里面原来装的什么。

"来晚了，玩光了。"男人坦然地摊摊手，扬着酒瓶子朝门口指了指，转身就朝属于他的热闹走去，"韩照在外面，让他带你找钱去吧。"

车在神仙渡劫般的电闪雷鸣中行到运河桥头前的路口，红灯亮了。

时光望着疯狂扑向自己的雨滴打在身旁的车窗玻璃上。

"……我是主播晓琳，今天是星期天，也是七月的最后一天。明天就是八一建军节了，在这里送上一首周华健的老歌《真心英雄》，以表达我们对人民解放军的敬意。另外再次提醒还在路上的车主朋友们，雨天路滑，小心驾驶。"

女主播甜美的声音落定，车载广播里响起了20世纪90年代经典的旋律。

韩照跟在一辆老捷达车尾股后面把车停稳，忍不住再次向时光确认："真的啊？时姐，就我出去抽烟那么会儿工夫，远哥就把个小流氓的脑袋敲了啊？"

"嗯。"

韩照拍着方向盘仰头长叹："得，老秦又得算我头上了。"

"老秦"说的是总裁助理秦晖。霍明远有两位助理，日常分工明确。韩照年轻活络，他的职责是伺候霍明远玩到尽兴；秦晖老成稳重，他的职责是防止霍明远玩脱了。

"时姐,您可看见了,这回是真不赖我,回头您可得给我证明清白啊!"

时光倚在后排座位上,抬头扫了一眼那张映在中央后视镜里的娃娃脸,又用鼻子发出一声淡淡的"嗯"。

"时姐就是时姐,雁城第一账房先生,就是仗义!"

韩照说的"账房先生"就是像她这样靠做账手艺换饭吃的人。

有别于规规矩矩地拿着一把证书在用人单位里按部就班工作的会计,账房先生做的都是一般财务人员做不了也不敢做的账,挣的也都是一般财务人员挣不到也不敢挣的钱,手艺就是这圈子里排位定价的唯一标准。

从今年一月份起,时光就是雁城收费最贵的账房先生了。

二月初,没出年关,霍明远就亲自找上门和她谈成了合作,到现在已经有半年了。这半年里,韩照每次见着她都会见缝插针地捧她一回。

这是韩照常年混场面养成的习惯,还是霍明远的特别嘱咐,她懒得知道。

韩照循例吹捧完,稍一犹豫,隔着糊满挡风玻璃的雨水看看还在亮着的红灯,扭转身子扭头朝后面看过来:"哎,时姐,从您跟远哥合作到现在这都半年了,您那会儿说一直想找的那个人,找着了吗?"

时光眉眼一动,淡淡地摇头:"没有。"

"那我冒昧说句掏心掏肺的话,您别生气啊……"韩照趴在驾驶座椅上,笑容乖巧中透着一丝狡黠,"您跟远哥说您要找人,不会在一个地方久留,所以只能一单一单地接活儿,其实您就是不想给我们远哥当家养账房,随便编的借口吧?"

"什么意思?"

时光表情平淡,问得也平淡,好像真没明白他问的是什么意思。

"您说您是要找人,可您就只知道这人是您的潜在客户,连这人姓什么叫什么,是男是女,多大年岁,哪里人,吃哪碗饭,全都说不上来。哪有您这样找人的啊?再说了,您对这人什么都不知道,又怎么知道他是个潜在客户呢?就算他是个潜在客户,您又不缺客户,您费这么大劲找他,图的什么啊?要我说,压根就没这么一号人吧?"

时光神情淡淡地听完他这一串带着浓重激将味道的发问,才蹙起眉头。

"这是霍明远让你问的？"

"不是不是！我就是这么一想，随口瞎说的！"眼看着时光蹙起的眉头没有半点舒展的迹象，韩照忙对着外面的雨幕立起三根手指头，"雷公电母在上，我韩照要是敢跟时姐扯一句谎，现在就劈死我……您看，我好好的吧！哟，绿灯了，绿灯了……"

绿灯亮了，一辆辆车启动通过，前面那辆老捷达还在原地突突地打不着火。

雷声滚滚，雨势渐大，韩照急着把刚才聊死的话题揭过去，借着这由头抱怨起来："嘿，这老捷达，打刚才一直在咱们前头，速度一点没输啊，怎么关键时候说憋死就憋死了呢。"

时光皱眉看向韩照说的捷达。

陌生的车，陌生的牌号。

时光看了一眼仪表盘上的时间，快十二点了。

"没事，我不着急。"

"我着急啊！今天晚上十二点前不能把钱交到您手里，按您和远哥的协议，他得加付您百分之五的违约款，这回头又得赖我了！"

绿灯只剩几秒，老捷达还没发动起来。

"都要报废的车了，这破天还开出来添堵！"韩照这回是真不耐烦了，抱怨着就往旁边一打方向，从老捷达右边轰然超过去，赶在黄灯闪起的那一秒，以超过八十迈的速度冲过路口，直奔上桥。

"我——"时光刚想跟他说，我要钱也要命，话还没说出来，车又来一个急转，毫不减速地擦着一辆出租车超了过去。时光及时支肘撑住前面椅背才没磕了脑袋。

"韩照——"

"时姐！"韩照绷紧的声音里没有半点玩笑的意思，"刹车坏了！"

时光一愕，抬头看向车外。

一道银亮的闪电劈裂夜空，像巨大的闪光灯把雨中的世界照得骤然一亮。

车在大桥中央，桥上是络绎不绝的车流，桥下是水势汹涌的运河。

第一章

　　时光在一阵细微的响动中悠悠醒来，还没睁眼，失去意识前发生的一切就从脑海里由近及远地浮现出来。

　　她是在水里失去意识的。

　　韩照死死把着方向盘在桥上生硬地转过两道危险的折线，连剐三车，到底没能把车刹住，终于在一辆大型集装箱卡车前彻底失控，一头撞断桥边护栏，连人带车栽进湍急的运河里。好在他俩都有准备，赶在车入水的前一刻及时打开车门，分头跳河逃生了。

　　她伴着一阵轰隆的雷声一头扎进水里就什么都不知道了。

　　按说不应该的，她水性很好，这点水势根本算不上什么。

　　不过无论怎么样，现在她四肢俱全，活动自如，头脑清楚，说明她还活得很好，还有命找霍明远追讨欠款，那就行了。

　　时光还没睁眼，但能清楚地感觉到清透的日光正从左侧洒在她的脸上。

　　不同季节、不同时段的阳光落在皮肤上的感觉截然不同，夏天早晨七八点钟的阳光就是现在这样的感觉，像小鸟翅膀下面最细的那撮羽毛，轻薄、温暖。

　　她正躺在医院里吗？

　　可是空气里捕捉不到一丁点医院的气息，没有消毒水的气味，没有监控仪器的响声，没有医生护士走动的声音，甚至这套床上用品的触感也不像医院里的东西，不但不觉得别扭，反而有种说不出的熟悉。

还有她身上的衣服……

时光闭着眼睛在自己身上摸了两把。这样柔滑的质感、流畅的剪裁，这样的领口和肩部设计……这不是病号服，这是一件睡衣。

一条真丝吊带睡裙。

时光几乎在睁开眼睛的同时从床上弹坐起来，看清周围景象的一瞬间狠狠愣住了。

这是城区老旧居民楼里一间十来平方米的屋子，窗在南，门在北。开窗的那面墙似乎被昨天的大雨泡透了，稍稍一干，大片墙皮就暴起剥落，沿着墙根零零碎碎地落了一地。同样落了一地的还有用完的和没用完的黑色中性笔芯，以及用这些笔芯潦草地写满算式符号后被暴力揉成各种形状的废纸，废稿纸、废报纸、废广告页、废杂志页，几件谁跟谁都配不上套的旧家具，和随手丢在旧家具上的各种风格迥异的廉价夏季女装……

乱，差，倒还算不上脏。

这是……

她家卧室。

她正穿着一件崭新昂贵得与周围环境格格不入的陌生睡衣，盖着她那条花里胡哨的腈纶毛巾被，傻愣愣地坐在她那宽大得几乎占据了大半个房间的床上。

床头她那只印着方便面广告的塑料电子时钟显示着"07：26"。

时光的生物钟一向很准，总能在七点半到来前的几分钟醒来。

是韩照把她送回来的？

那是谁给她换的衣服，还给她换上这么一件衣服？

时光翻身下床，随手从床头抓过一件T恤和一条牛仔裤迅速换上，赤脚蹑足走到紧闭的卧室门前，刚一搭上门把手就愣了一下。

卧室门从里面被反锁了。

屋里没有第二个人，这门又是谁锁的？

时光正愣着，门外忽然传来一声硬物磕在木质地板上的闷响。

声源距离很近，好像就在门口，时光惊得手上一紧。老旧的门锁有点滑丝，被她这么一拖,"咔嗒"一下就开了。

开都开了,时光沉了口气,猛地一把拉开门。

飞踢已经起势,可一眼看清声音的来源,时光又硬硬地把腿收住了。

一个一米八几的大男人正横躺在她卧室门外的地板上酣睡着,身上裹着一条质地精良的浅灰色羊毛毯子,头下枕着一只雪白的蚕丝面羽绒枕头,旁边还放着一瓶原装进口的红酒。酒已经喝干了,只剩下一个空酒瓶子倒在地上,刚才那一声闷响应该就是它弄出来的。

男人大半张脸都遮在毛毯下,只露出两指宽的一截额头,时光不用扯开来看也知道盖在下面的那张脸长的什么样子。

刚才屏住的一口气也随着放下的腿缓缓吐了出来。

霍明远突然出现在她家里已经不是什么稀罕事了。

他们半年前第一次见面的时候就是这样。那会儿还是冬天,她感冒在家睡了一天,下楼去小区门口的小摊上买了个烤红薯当晚饭,回来推门就见这人抱着酒瓶子大马金刀地坐在她客厅里那张四处钩丝挂线的破沙发上,左边站着韩照,右边站着秦晖。

"你肯定在新闻里见过我,我也知道你是谁,咱们就不啰唆什么自我介绍了。"

这是霍明远对她说的第一句话。说完,不容时光接话,他就扬起酒瓶子指指叠放在茶几上的一摞财务资料和几沓崭新的百元现钞,开门见山地道:"这是做账的资料,这是酬金,我有急用,给你一个钟头,够了吧?"

时光不懂客套,但也从不得罪送上门来的金主,可是这位金主不但把自己送上了门,还把自己送进了门,所以时光还是慎重考虑了一下,从怀里提溜出那个搢在羽绒服和棉睡衣之间的烤红薯,不大高兴地朝他晃了晃。

"我还没吃饭呢。"

金主后知后觉地"哦"了一声。

"这附近也没什么好吃的。韩照,你去小区门口买只烤鸭吧,就刚才来的时候门口在排长队那家,让他把鸭架子剁好了,拿回来做个汤。"说完,不等时光道谢或是拒绝,一只手就朝她的烤红薯伸了过来,"你忙你的,饭我替你吃。别客气。"

那天晚上这个人就像坐在电视机前欣赏大猩猩做算术一样，一边吃喝，一边既惊又喜地看着她扯了两米长的卫生纸当草稿，不用计算器也不用电脑，只拿了根光秃秃的中性笔芯连写带算带整理，就在四十分钟内吸着鼻涕干干净净地做出一份明白账来。

时光撂下笔的时候，他碗里的鸭架子汤还烫得没法下嘴。

从那往后，这人就成了她众多金主里给钱最痛快的一位。

也是从那往后，不管她怎么换锁，换多么复杂的锁，这位金主总有办法突如其来又堂而皇之地出现在这里。

他也不是有生意找她的时候才会来。有时候他像是来投宿的，赖在这里白吃白喝一宿不走，喝多了随处一躺就睡；有时候又像狗圈地盘一样，只花两分钟转上一圈，上趟厕所就走了。起初还会带人跟着，后来就成了他自己。好像这只是他荒唐放浪的日常生活里无数无聊游戏中极为普通的一个，什么时候想起来，什么时候就玩一玩。

他习惯了。看在钱的份上，时光也习惯了。

搁在平时，她会无视他的存在，径直从他身上迈过去，该干什么干什么，随他在这儿睡到自然醒，但是现在她迫切地想问他几个问题。

她身上的衣服和反锁的房门是怎么回事，以及他欠她的尾款呢？

时光伸脚过去，轻轻顶了顶他横展在外面的胳膊。

男人在毛毯下闷闷地哼了一声，不快地嘟囔了句什么，缩起胳膊把毛毯往怀里一卷，伸腿翻了个身，背对时光侧蜷起来。一张脸埋进松软的枕头里，没有半点醒来的意思。

侧蜷的姿势让他身上的衬衫西裤紧绷起来，把这副身体良好的线条展露无遗。

时光看在钱的份上，耐着性子再次伸脚过去，绷起脚尖在那片被黑西裤包裹得格外瞩目的翘臀上客气地戳了两下。

那翘臀烦躁地动了动，人还是没有醒来的意思。

时光看在钱的份上也忍不住了，收腿蓄力，一脚踹了过去。

人在地上卷着毯子翻滚一周半，正面朝下停下来的时候，时光终于听见了一句吐字清晰、发声响亮的话。

"谁他妈——"

"我。"

一句话没骂完就收住了,男人趴在地上没好气地翻了个白眼,捂着刚从地板上硌过的左肋慢吞吞地翻身坐起来,闷闷地埋怨了一声:"胸不大,劲儿不小……"

"你醒了吗?"

"你说呢!"

"你还记得你昨晚在我卧室里干什么了吗?"

时光话音里没有半点质问的意思,好像只是问他一个平淡的问题。霍明远坐在地上愣了一下,才皱皱眉头,没好气地回答她。

"你一进去就把门锁了,我能干什么?"

门是她锁的?

时光不禁回头朝卧室门看了一眼。

她是自己进的卧室,衣服也是她自己换的吗?

她怎么一点印象都没有……

时光正愣着,霍明远已经扯开了缠在身上的毛毯,睡眼惺忪地在鸡窝头上揉了两把,从脖子上拽下松垮的领带,随手往地上一扔,起身摇摇晃晃地朝洗手间走去了。

那条皱巴巴的黑色绸缎领带像条死蛇一样萎靡地蜷在地上,时光听见脚步声回头时目光正好从上面经过,不由得又是一愣。

她记得很清楚,昨天晚上在酒吧里,霍明远没系领带。

任何不合常理的事,只要扯上这个人就都没什么好大惊小怪的。时光没心思去对这些无关痛痒的事刨根问底,她最关心的事只有一样。

时光追到洗手间门口,看着那人弯腰站在水池前掬水洗脸。

"我的钱呢?"

一张水淋淋的脸抬了起来,从水池上方的镜子里茫然地看她:"什么钱?"

谈到钱的事,时光就会有十倍百倍的耐心,一字一句认真地和他说清楚:"七月份给你做账的酬金尾款,你昨天没给我,已经逾期一天了,你要加付我百分之五的违约款。"

那张水淋淋的脸对着镜子怔了片刻，又哂笑着低了下去。

"你以为一瓶十二度的酒就能让我醉到现在啊……"

一瓶十二度的酒？

看昨晚在酒吧的架势，她去找他的时候，他起码已经喝了三四瓶了。

又两捧水泼上脸，霍明远才"吱嘎"一声关上锈迹斑驳的水龙头，随手抹了一把脸上的水，直起腰来，一边疏懒地解衬衫扣子，一边从镜子里看着身后那个还执着等在门口的人，语声中睡意全无："去你那金山里数数，少一张，我赔你一万张。"

"金山"说的是时光卧室里的那张高箱床。

时光做账收酬金就只收现钞，收来之后也不存到银行，就整齐地码放进床板下面的床箱里，然后用一道复杂的机械锁锁好。

直到在床边打开锁的时候，时光还在想这个人是真忘了还是在拿她寻开心。但一把掀开床板，只扫一眼，她就不得不承认，这里面的钱确实比她上次打开的时候凭空多出好几摞。

差不多就是霍明远昨天应该支付给她的数目。

钱是什么时候放进去的？

她怎么一点都不记得了……

这不像是什么无聊的恶作剧。

从她一睁眼就感觉到了，今天的空气中充斥着一股影影绰绰的怪异，总觉得处处熟悉，又处处都有些说不上来的陌生。她屋子里虽然乱，但乱得自有章法，一处乱得不对她也能一眼看出来。比起她昨天出门的时候，这貌似凌乱的屋子里明显多了些新添的痕迹，明明没有半点印象，却又的的确确都是以她自己的习惯留下的。

这种事以前从没有过。

五分钟后，霍明远从浴室里冲澡出来，裹着一件不知道哪儿来的男士浴袍，带着一身温暖的水汽赤脚走过来的时候，时光正坐在床箱里皱着眉头飞快地点钱。

她左手拿着一沓钞票，右手眨眼间就在每一张上点过一遍，速度快得连手指的动作都看不清楚。张张钞票像是变成了连贯的液体，直接从她指缝里淌过去的。

　　霍明远也不进屋，就止步于门口，斜着倚靠在门边上，一边擦着湿漉漉的头发，一边兴致盎然地看她数钱："哎，看过《霍比特人》吗？你现在这样，就像那电影里面趴在钱堆上的那条龙，叫史什么，还是什么史来着……"

　　钱堆上的龙只顾埋头点钱，没理他。

　　最后一沓钞票在她指间流畅地淌完，时光终于舒开了眉头。

　　"怎么样，一张没少吧？"

　　"没有。"

　　来回三遍点完，一张没少，连百分之五的违约款也在里面了。

　　钱拿到了就好，过程不重要，忘了也就忘了。时光把钞票码好，从床箱里迈出来，扣上床板，重新上锁之前戒备地看了一眼还倚在门口的人。

　　"你出去。"

　　"怎么翻脸比数钱还快，昨晚上还请着我进呢……"

　　霍明远抬脚踢走一团写满了潦草数字的废纸，快快地往外走，时光跟在他后面，正要甩门把这个满嘴胡说八道的人关到外面，又听他回头说："你快点吧，八点前得出门，不然十点前赶不到西雁山了。"

　　时光刚摸到门的手一下子顿住了。

　　"什么意思？"

　　"什么什么意思……"霍明远纳闷地皱起眉头，定住脚步转身看她，"昨天不是跟你说了吗，今天跟我去西雁山，明天回来。忘了啊？"

　　昨天一整天，她就只在酒吧里匆匆见了他那一面。

　　"你什么时候说的？"

　　也许是时光愣得足够真诚，也许是时光往日信用记录良好，更也许是他自己也没有十足的把握到底说没说过，霍明远没质问她为什么抵赖，只一手抵在门框上，微倾上身凑近她的脸，眯着眼睛像安检扫描一样打量她。

　　"睡了一觉，怎么跟换了瓢似的？"

　　时光在扑面而来的水汽中后退一步，和他拉开一段距离。

西雁山是城西郊边缘处的一片山区，交通便利，风景绝佳，高档度假酒店和娱乐设施应有尽有，是近圈富豪们挥金如土的一片圣地。霍明远爱玩，但从来不带她玩，霍明远叫她出门向来就只有一个原因。

有些见不得人的账目，只能去见不到人的地方做。

时光早几年前就已经不会在这种时候多余地去问一句叫她去干什么了，这是这一行里诸多不成文的规矩之一，等到了地方她自然会知道，去之前她只需要问清楚一件事。

"我可以去，酬金怎么算？"

"酬金？"霍明远收回那个扶门的姿势，挑眉看她，"昨天还说不要钱呢，睡一觉就不认账了。这可不是跟我学的吧？"

时光更愣了。她昨天什么时候说过？

她吃的就是这碗饭，无论什么时候，她都不可能说出做账不要钱的话来。

不等时光辩驳，霍明远已经满不在乎地摆了摆手："无所谓，你开价吧。"

"照旧吧，外业一天五万，法定节日三倍，今天加上明天，一共二十万，现金——"

"你等会儿，"霍明远皱着眉头打断这段熟悉的报价句式，单价确实还是照旧的单价，但是，"节日？哪天？什么节日？"

"今天，八一建军节。"

霍明远一愣之后气得笑出声来，线条紧实的胸膛在质地轻薄的浴袍下起起伏伏："就算有钱的是爸爸，你也不能拿我当爹坑啊。"

那股影影绰绰的怪异随着霍明远的这句揶揄再次一掠而过。

时光说不出为什么，但她就是有种强烈的感觉，从今天一见面开始，她与霍明远就好像在某件关键的事上彼此误会了。因为那一点点不明所以的错位，两人貌似是在说着同一件事，但实质上南辕北辙，相去甚远。

但是不管怎么样，谈钱总是没错的。

时光据理力争："六一儿童节算节日，八一建军节为什么不算？"

"算，八月一号算，"霍明远把擦头发的毛巾随手一扔，从浴袍口袋里摸出手机，按亮了屏幕，指着锁屏界面上的一行小字伸到时光面前，"但你告诉我今天几号。"

时光对着那宽大清晰的屏幕怔怔地看了好几秒。

无论她怎么看，那行被霍明远洗得白白净净的手指指着的字都是一样，一样不可思议。

是了，虽然不可思议，难以置信，但这无疑就是那怪异的源头，误会的根本了。

"今天是……八月二号，星期二？"

那昨天……

不是星期天吗？

第二章

"什么意思？什么叫……把昨天全忘了？"

星期二的早晨七点五十，市中心这家五星级酒店的下午茶餐厅离正式开门待客还有七八个小时，足以容纳数十人的大厅中只在落地窗边坐了时光和霍明远两个人，任何一点细微的声响都能听得一清二楚。

所以时光相信，不是霍明远没听清她的话，而是她还没把这件荒诞的事情说明白。

时光放下手里的牛奶，认真地看着餐桌对面一头雾水的霍明远，隔着身旁的窗玻璃指指外面那辆崭新得扎眼的黑色进口豪车。今天给霍明远开车的是秦晖，他这会儿正忙着摆平霍明远刚刚为了这口吃的在酒店里惹起的一波骚动，车就熄火停在离门口最近的车位上。

"你能确定我昨天是清醒的？那件睡衣是我自己买的？车上那个行李包，是我昨天——自己——收拾的？"

"是是是，你都问三遍了。"

霍明远不耐烦地应了一声，用手指饼干挑起一大块朗姆酒提子冰激凌，十分享受地送进嘴里。这是他最钟爱的食物，也是他一大清早非要拿钱砸开这家下午茶餐厅大门的唯一原因。

时光等他把这口吃完，才用更加清楚直白的说法又给他解释了一遍：

"我也不知道具体是什么原因，但是昨天，就是八月一号星期一，这一整天的事我全都想不起来了。我今天早晨七点二十六分醒过来的时候，最后能想起来的事就是星期天晚上掉进河里。"

霍明远皱眉咂着指尖上残存的香甜，消化了一下时光的这番话。

"你是说，你失忆了？"

"你放心，我只是忘了昨天一天的事，不影响我处理账务的能力。"

霍明远仍皱着眉头，似懂非懂，似信非信。

时光浑身上下最笨的地方就是这张嘴，更何况是要把这么一件连她自己都还没弄清前因后果的事对别人解释清楚。时光想了想，低头扫了一眼满桌精致得像装饰摆件一样的西式甜点，拿起银亮的餐刀，指指桌上那块还没动过的红丝绒蛋糕。

"比方说，这一整块蛋糕是我全部的记忆，"说着，时光动手在蛋糕边缘整齐地切下一小块，放到自己面前的盘子里，"这一小块是我昨天的记忆。我记忆里的这一小块好像就这样被切走了，但是其他的都还在，完全不受影响。"

霍明远一时反应不过来，抱着那一大杯冰激凌怔了一阵："你……身体哪不舒服吗？"

时光忙摇头。霍明远明显误会了她对他说这些话的初衷，她不是来和他分享困惑的，也不是来博取他的关心的。"我不是这个意思。我只是想知道，你昨天有没有跟我说过这趟去西雁山的什么特别事项？我不想因为这个出岔子，砸了招牌。"

盘旋在霍明远眉宇间的困惑终于一扫而空。

"也没什么……"霍明远欲言又止，拿起一根手指饼干挑了口冰激凌送进嘴里，像是把什么话连同这口冰激凌饼干一起吞了下去，重新组织了一下语言，才轻描淡写地说，"到了再说吧。"

信任是合作的基础，哪怕是和眼前这个早餐闹着要吃冰激凌的男人。

时光放心地点头："好。"

甜食很容易让人放松精神。一口红丝绒蛋糕送进嘴里，时光一向平淡的脸上不由自主地浮现出一层薄薄的满足，被透过身边落地窗洒进来的晨光映得明亮夺目。

时光的长相和她的脾气一样，像一杯加了冰块的凉白开，无滋无味的寡淡里埋着一股硬邦邦的倔劲儿，不招人喜欢，但也不至于招人讨厌。单是这么看着，很难想象这么个扎进人堆里半天也捡不出来的女人，就是如今让叱咤雁城的各路大佬捧着钱箱子排队上门去请的"雁城第一账房先生"。

霍明远蹙眉看了她一阵，终于在蘸着冰激凌吃完最后一根手指饼干后忍不住问她："你真不用去趟医院做个检查？"

时光咬着叉子尖儿怔了一下，摇摇头："不用。"

"我的制药公司和周围各家医院都有合作，去做个检查不用你花钱。"

"真的不用。"说到与钱无关的话，时光对霍明远总是惜字如金。但是听到霍明远说起医院，时光才忽然想起一件她早就应该问一问的事，"对了，韩照没事吧？"

霍明远愣了一下，转瞬之间想起时光把整个星期一忘了个干净的事，才稍一犹豫，神情颇有点复杂，到底只哼笑了一声："他好着呢。"

"那就好。"

霍明远意味不明地笑："你还挺关心他啊。"

"他毕竟是和我一起落水的。客户找我做账就是想求个安全稳妥，如果我沾上了出人命的事，传出去，往后就没有人会放心跟我做生意了。"

霍明远被她这认真又无情的解释听得好气又好笑："你既然这么担心没生意，就没想过找个铁饭碗吗？"

"什么铁饭碗？"

"比如说，你有没有再考虑考虑我之前说的，趁着你现在身价正高，好谈条件，跟我签个全职合同，当我的家养账房？我能给你的条件肯定是全雁城最好的。"

霍明远一边拿勺子搅和着剩在杯底的冰激凌，一边目不转睛地看着她徐徐地说道，顿了几次才把话说完。那略拖长调的低沉尾声还没在空荡荡的餐厅里落定，时光就已经从怔忪里明白过来，毫不犹豫地摇了头。

"我说过，我要靠接散单生意的方便找一个人，不合适当家养账房。"

"可你昨天跟我说，你已经找着那个人了。"

霍明远语声低缓，落在时光耳中却如一声平地惊雷。时光手一僵，餐叉"当"的一声掉在了桌上，顾不得看一眼就急声追问："我还说了什么？"

"就只说找着人了，别的你也不告诉我。"霍明远微眯起眼睛看着对面脸色瞬间煞白的人，"你真的一点都想不起来了？"

时光抿紧了还带着蛋糕甜味的嘴唇，艰难地摇头。

昨天到底发生了什么……

这么重要的事，她为什么会在一夜之间忘得一干二净呢？

山区在西郊，运河在城西，从市中心往西雁山去，最近的路应该是要经过那座星期天晚上被他们撞断护栏的大桥。也许是撞断的栏杆还没修好，秦晖早早地绕开了通往大桥方向的路，选了条至少要多出五公里的远路。

秦晖开车的技术和他危机公关的技术一样老练，一路上开得四平八稳，进山的时候还比预定的十点提前了足足半个钟头。

进了山，秦晖却径直开过了度假酒店和娱乐设施云集的那片区域，直沿着越来越窄的山间公路朝着更高更深的山林里开去。

盛夏正午前的山林深处云雾缭绕，草木纵横。

山间公路已经从柏油路变成了夯土路，秦晖开得愈发小心，却仍然没有停下的意思。眼见越走越偏，任时光再怎么信得过霍明远，心里也忍不住微微绷紧了。

霍明远是个出手大方、信誉良好的优秀金主，但绝不是什么正人君子。

一点乱七八糟的念头刚冒出头，就听身旁忽然响起一个睡眼惺忪的声音："别跟那儿瞎想，我是卖药的，不做卖人的生意。"

吃饱喝足后睡了一路的优秀金主打了个悠长饱满的哈欠，缓缓睁开眼睛，直起腰背看看外面茂密得已经有点阴森的山林，遥手向前指了指。

"看见前面的院墙了吗？"

时光顺着霍明远的指点看过去，起初没在葱郁的林木和缭绕的雾气间捕捉到什么，但随着车继续向前，渐渐看到一处院落隐约的边角。

接着车头方向一转，一栋三层独栋别墅小楼完整地出现在视野里。

"就是那儿。"

别墅的样式看起来很有些年份了,院墙和楼外大半截墙壁上都盖着一层茁壮的爬藤植物。院中长着一棵满布青苔的大李子树,树枝越过院墙伸展出来,和周围的山林风光彼此辉映。乍看只觉得自然和谐,多看几眼之后,时光心里暗暗地生出一种微妙的紧张。

她是第一次到这里来,却隐约觉得这房子好像是在哪儿见过的。

秦晖停车的工夫,霍明远顺着她怔愣的目光看过去:"怎么,喜欢这样的房子啊?可惜啊,房主是个死人,不然你倒是能考虑嫁给他,过户的税钱都省了。"

时光没理会他的戏谑,一遍又一遍地打量着这栋死人名下的房子。

"我昨天来过这里吗?"

"没有啊。"霍明远毫不犹豫地说完,忽然反应过来,目光在车里的时光与车外的房子之间徘徊几趟,"你想起什么了?"

时光摇头:"没什么。"

是真的没什么,她连这种似曾相识的感觉和不由自主滋生的紧张来源于哪里都毫无头绪。如果世间的一切都能像做账一样用数字和图表来说明清楚,活着就能简单很多了。

霍明远的兴趣总是来得快去得也快,秦晖把车停好,他就没有了再继续探究有关她记忆问题的兴致,稍一整理在车上睡觉时压乱的西装,就下车朝院门走去了。

别墅庭院的门是老式的铁艺花栏门,门上只绕着一道简单的铁链锁。

时光跟着霍明远走到门前时,秦晖已经从身上摸出了一串钥匙,正想去开那把别在铁链间的挂锁,手刚碰到铁链上就忽然定住了。

"霍总,"秦晖压低了嗓音,伸手小心地托起那把挂锁,"门已经开了。"

那把拳头大的铁锁虽然谨慎地别在缠绕于两扇门中间的铁链上,但锁扣是打开的,只是虚挂在上面,垂在门的内侧,显然是有人进门之后从里面挂上的。

进门的肯定不是那个死人房主。

霍明远看了一眼手表，离十点还有四分钟。

"他怎么先到了……"霍明远皱着眉头自言自语似的说道，抬头扫了一眼身边的时光和秦晖，"一会儿进去都听我的，别多嘴，别乱来，别自作聪明。"说着，目光一转，定在时光身上，"尤其是你。"

霍明远低沉淳厚的嗓音被山风卷着送进耳中，时光竟然听出几分令人生畏的凛然。

不知道霍明远口中的那个"他"是什么人，但和霍明远合作这么长时间，时光还从没见过什么人能让这个一向从容到近乎散漫的人这样绷紧起来，如临大敌。

就好像一个困守国都的君王，正准备带着他仅存的臣民殊死一战。

时光忽然有点后悔。

看这样的阵势，一天五万，明显亏了。

可是活儿已经接了，来都来了，只能这样了。

秦晖毫不迟疑地点了下头，时光也跟着点了头，霍明远才示意秦晖开门。

秦晖小心地取下绕在门上的铁链锁，"吱呀"一声打开了锈迹斑驳的铁艺花栏门。霍明远在前，时光在中，秦晖在后，三人踏着石汀步穿过草木森森的中式庭院，直走到小楼的门廊下，也没有发现任何人的影迹。

入户的大门没有上锁，霍明远一拧把手，门就打开了。

挑高的复古式大客厅里空无一人，却也一尘不染。

这里一点不像是主人已经过世的房子。老式丝绒沙发椅上搭放着一件干净的米白色男款中式亚麻开衫，一副金丝眼镜随意地放在颇显年代感的红木茶几上，眼镜下面压着一本刊号最新的英文版《科学》杂志，看起来像是一个生活考究的老学者刚刚留在这儿的。

沙发对面的电视开着，新闻频道正在静音模式下播放一则夜间火灾现场报道。

除此之外，偌大的房间里再也看不见半点生活气息，也听不见一丝一毫的响动。

霍明远和秦晖进门之后都没有出声询问屋里有没有人，只是警惕地在周围扫视一圈。见客厅中目光所及之处空无一人，霍明远无声地向秦晖递了个眼色，秦晖微一点头，就悄然朝里面的房间走去了。

霍明远一言不发地走到茶几前，伸手移开那副眼镜，皱着眉头拿起杂志随手翻看。时光跟在他旁边，按他进门前的要求，不出声，也不乱动，默默地看着他翻杂志。

霍明远刚翻了两下，一张柔软的纸从杂志里掉了出来，翩跹着落到时光脚下。

时光弯腰拾起来看了一眼，只一眼就禁不住倒吸了一口气，浑身僵硬地呆住，只有捏着纸的手抑制不住地微微发抖。

这是一张咖啡馆的餐巾纸，上面用圆珠笔潦草地写着两行化学方程式，像是写字的人临时捕捉到什么灵感，仓促记下的。

这些字……

正在此时，周围光影忽然一动。

时光蓦地抬头，见一个白影已从客厅厚重的丝绒窗帘后蹿了出来，一把长柄花锄高高扬起，铁黑的锄刃直朝正在低头看杂志的霍明远脑后挥下来。

"小心——"

时光惊呼出声的同时，身体已经先脑子一步做出了反应。

伸出去推霍明远的手刚刚碰上他的衣服，时光腰上忽然被一条有力的手臂横拦了一下。猝不及防，重心一歪，拦在她腰上的手臂适时一松，时光准准地陷进了沙发椅中。

霍明远一手利落地把时光送进近旁的沙发椅，一手顺势把杂志往后一抛。

偷袭者还没来得及躲避迎面扑来的杂志，忽觉抓握花锄的手上一空，一怔之间，杂志"啪"地拍到了脸上，一个趔趄，手臂、膝窝、肩膀轮番窜过一阵钝痛。

秦晖闻声赶到的时候，霍明远已经把人正面朝下地按在地上了。

偷袭者是个单薄清瘦的男人，霍明远单膝抵着他的双腿，一手反扣他的两腕，一手夺下的花锄横压他的肩胛骨，几乎没花什么力气就把他按得不能动弹了。

看着这不知道从哪儿冒出来的人，秦晖惊得脸都白了："霍总！"

"没事儿，"霍明远气息都没乱，好像就只是抽了根烟，喝了口酒，伸了个懒腰，"不是他。"

两人短暂又实力悬殊的交手之间，时光已经从沙发椅中站了起来，心有余悸地看向这个冒失的偷袭者。偷袭者正挣扎着抬起头来，惊惶的目光恰好落在正对面的时光身上。

两人目光一碰，齐齐地怔住了。

这是个和霍明远年纪相当的年轻男人，上身穿着一件白T恤，下身穿着和那件搭放在沙发椅上的中式开衫成套的亚麻长裤。虽然被霍明远制住的姿势已经狼狈到家了，但也无损他相貌中与他字迹如出一辙的温文。

时光张口结舌，到底还是男人先在错愕之中唤出了声。

"婷……婷婷？"

霍明远听得一愣，抬起头来，皱眉地看向时光："婷婷？"

"我……我的小名，我和他……我们以前认识，我们……"时光语无伦次，一贯平淡的嗓音禁不住地发颤，目光直直定在男人那张血色淡白的脸上。

时光从来都是一副不悲不喜的平淡表情，只有看见钱的时候那双眼睛才会散发出一点光彩，霍明远连她笑起来是什么样都没见过，更别说她这副好像要哭出来的样子。

什么人能使一杯凉白开里掀起这么大的波澜？

霍明远抓着男人的肩膀把他仰面朝上地翻了过来。

两人目光相接，也齐齐地愣了一下。

"霍明远？"

第三章

这一声也把时光叫愣了，定在男人脸上的目光不由得向上移到了霍明远身上。

"你们……也认识？"

霍明远皱眉盯着仰躺在地上的男人足足看了四五秒，也没能叫出男人的名字。

"我们大学的时候是一个宿舍的啊！"

男人这句提醒似乎终于唤起了霍明远的一点记忆。霍明远看看男人的脸，又看看那张再次落到地上的写着化学方程式的餐巾纸："我想起来了，你是学化学的那个……"

"宗亮。"

"啊，对，宗亮啊……"霍明远终于松开了扣在男人肩上的手，恍然站起身来，"我说看着你怎么这么眼熟呢。"

霍明远自己站好，面带抱歉的微笑弯腰探下手去："不好意思，下手重了。"

"没关系，是我先冒失了。"

宗亮刚友好地伸手迎上去，准备借霍明远的拉扶站起来，却见霍明远手一垂，错开他迎上去的手，拾起了那本掉在他旁边的杂志。

顺手拾起了那张写了化学方程式的餐巾纸。

"你还是干了老本行啊。"

"是……"宗亮也不与他计较，到底还是自己从地上爬了起来，动动疼痛犹存的四肢，拍拍从地板沾到衣服上的薄尘，"我读完博以后留校了，教化学，管一间实验室。"说着，宗亮看看时光，看看霍明远，又看看仍然在一脸戒备地盯着他的秦晖，"你们——"

"我也是干老本行，管一家公司，安德生物制药。"霍明远把捏在手上反复看了几个来回的餐巾纸夹回杂志里，一并放回茶几上，朝秦晖扬了扬头，"这是我助理，秦晖。"

秦晖脸上不见笑意，只礼貌地对宗亮点了下头，宗亮还是客气地回了句"你好"。

"这位，不管你们以前是什么关系，我现在给你重新介绍。"霍明远整理好衣服，站到还有些失神的时光身旁，朝她郑重地伸手并介绍道："时光，我公司特聘的财务顾问，在我们的工作和社交场合里一般都叫她时总。"

时光诧异地转头看他。

她名头再大，也仅限于那个不能见光的圈子。"雁城第一账房先生"的名头她领了也就领了，至于什么财务顾问、什么时总，她从没想过，霍明远也从没跟她提过。

"财务……财务顾问？"

时光闻声转回头来，才发现宗亮在用更加诧异的目光看着她。

那诧异的目光就像一句不由自主发自内心的赞叹，竟让时光心底微微一动，不愿承认，却无比强烈地想要把它保留下来。

谁不想在久别重逢的时候是一副光彩照人的样子？

时光微抿的双唇稍一犹豫，开口时已经回到她一贯的平淡语调了："还是叫我时光吧。"

宗亮的目光在她身上惊讶地转了个来回。

时光出门的时候以为霍明远说去西雁山就是去那片名媛贵妇云集的销金窟，为了不显得格格不入，专门捡出这条黑色裹身连衣裙换上了，两百块钱一条的样子货，不凑近了看，倒是还能撑得住"时总"这个称呼。

"这么多年不见，没想到——"

"等会儿，等会儿再叙旧。"霍明远毫不客气地打断宗亮满含赞叹的感慨，"宗亮，你是怎么进来的？"

"这话我也想问你呢……"宗亮苦笑，"这是我家。"

"你家？"

反问出声的就只有霍明远，但时光和秦晖也跟着一起愣住了。

时光脑海中刚闪过霍明远进门前说的那句房主已经死了的话，霍明远已经和秦晖用一种意味不明的眼神互看了一眼。

"是啊。"宗亮看向茶几上的杂志和眼镜，好像对刚才的一幕仍心有余悸，"我刚才就在客厅里看书，你们突然进来，我还以为是进贼了，所以就……"

就抄了个花锄，躲进了厚重的丝绒窗帘里。

宗亮似乎是不想再勾起刚刚散去的尴尬，话止于此，右手覆住左手手腕上的一片红肿，转头看向霍明远，等待霍明远给他一个解释。霍明远却没有半点想要解释的意思，转身看向那段通往二楼的木质楼梯，又问："这里就你一个人？"

"是啊。"宗亮被他问得心慌，两手不安地绞紧了，"怎么了？这里这么偏，你们怎么走到这里的？是不是在山里迷路了？"

霍明远又深深地朝楼梯尽头看了一眼，才转回身来，轻描淡写地回答："有人约我在这儿谈事，可能是他弄错了。"

"这样啊……那不要紧，你们再确认一下，这一片我熟，我可以给你们指路。"宗亮绞紧的两手松了下来，好声好气又小心翼翼地招呼这伙意外的来客，"你们先坐吧，别着急，我给你们倒点水。"

宗亮话音未落，霍明远已经摸出手机，一边皱着眉头拨号，一边朝秦晖伸出手。

"车钥匙给我。时光，你跟我出来。"

时光坐进停在别墅院外道边的车里，霍明远一把就关上了车门，走到车外不远处打了好一阵电话，才开门坐进来。

一坐进来，劈头就是一句质问。

"你不是说过你没有任何亲人朋友吗，这个宗亮是怎么回事？"

山林深处的盛夏清凉如秋，车中先前开的冷气还没散尽，霍明远侧身坐在旁边冷然看着她，整个车里的温度仿佛又降低了些许，像是要把时光冻结在这儿。

时光靠在椅背上，抱起凉出了一层鸡皮疙瘩的手臂，平淡地迎上他的目光："我不是从土地里长出来的，现在没有，不是从来没有过。"时光垂眼看看霍明远还握在手上的手机，"你都已经查过了，为什么还问我？"

霍明远落在她脸上的目光里流动着没有温度的怒气："我让你说。"

"没什么好说的，就是以前认识。"

"什么时候，在哪儿？"

时光微一抿嘴，把手臂抱得更紧了点："小时候，在南山。"

南山是雁城南边与邻省交界处的一片山区，不是西雁山这样的风景区，是一片直到现在还没有开出一条像样公路的地地道道的贫困山区。

霍明远刚要再问，手机就在他手中振动起来了。

屏幕上赫然闪着秦晖的名字。

霍明远目不转睛地看着没做半点反应的时光,手指轻轻一动,按下了免提接听:"说。"

手机扬声器中传出秦晖一贯老成稳重的声音。声音压得很低,背景音中混杂着水龙头哗哗流水的声响,明显是在小心堤防着什么人:"他和时总是小时候在南山老家认识的,有将近二十年没联系过了。"

时光觉得好笑,秦晖可真是谨慎到家了,这种时候居然还在一本正经地称她"时总"。

"扯淡。"霍明远的话是对着手机那头的人说的,目光却还定定地落在时光的脸上,似乎是不愿错过这张依然一片平淡的脸上任何一个可作为判断的变化,"时光现在都还不到三十,二十年前她才多大。二十年没见过她,一打眼就能认出来了?"

"据他说,他一开始不确定那就是时总,只是隐约觉得像。开口喊她的小名,是认为我们是入户抢劫的,觉得万一蒙对了,我们能看在有熟人在场的分上放过他。"

霍明远没好气地低骂了一声,那牢笼一样的目光终于从时光脸上挪开,下落到手机屏幕上:"知道了,一会儿时光进去,你出来一趟。"

"好的。"

挂掉电话,霍明远再抬眼时,目光中怒气尽退,只剩点薄薄的恼意了。

时光还是一脸平淡地抱手靠在椅背上,仿佛一句"我说什么来着"。

"这种怂货还能教书……"霍明远像是给自己找台阶下似的嘟囔着,伸手打开储物箱,拿出一瓶矿泉水,拧开盖子递向时光。

时光还抱着手,没接:"不用,谢谢了。"

有的谢谢听起来是要谢谢你这个人,有的谢谢听起来是要谢谢你八辈祖宗,时光这声谢谢,在霍明远听起来就是后面这种。

霍明远一仰头,瓶不沾口地喝了一大口,又两手捧着递了过去,好声好气地说:"刚才是我不对,吓着你了。你又不喝酒,我以水代酒给你道歉了,行吗?"

"也不用。是我吓着你了。"

时光这么说着,还是把水接了过来,浅浅地抿了一口。

霍明远有了台阶下，长松一口气："你是真吓着我了……你也真是的，不就是青梅竹马那么点事吗，你刚才一看见他还慌什么？"

"我害怕。"

"害怕？"霍明远好气又好笑，"怕我还是怕他啊？"

"当然是怕他。"

霍明远更觉得好笑了："你怕他？我都把他按到地上了你还怕他，你想替我挨锄头的时候怎么不知道怕他啊？"

时光把半满的瓶子平稳地托在手里，在座椅中挪挪身子换了个更随意的姿势，正对着身旁的人。笑容已经铺满了他的脸，可那双幽深的眼睛里却不见半点笑意。

时光清晰地感觉到，从坐进车里直到现在，这个人根本没有一秒放松过。

那座由目光铸成的牢笼一直罩在她身上，从没撤开片刻，只是在他的精心掌握之下，依他需要的节奏时隐时现罢了。

"我没想替你挨锄头，只是手快了。"时光仍旧平淡又平稳，"我怕的也不是这个。"

"那你怕的是什么？"

时光手指肚轻轻摩挲着瓶子上的纹路，蹙起眉头看他："你也看见那张餐巾纸了，他是个搞化学的。你不怕吗？"

"搞化学的怎么了？"霍明远失笑，"我制药公司里搞化学的多了去了，咖啡吧里磨豆子的那个还是化学专业的研究生呢，我怕搞化学的干什么？"

"只有你一个人的话当然没什么，你身上全都是酒味，闻不出别的。但是约见你的人身上要是带着你们那些货的味，搞化学的人很可能一下子就闻出——"

时光话没说完就忽然收了声。

她并没想把话断在这里，只是霍明远的目光猝然变得好像一把刚从冰窟窿里拔出来的刀，既冷又利，直抵在她咽喉上，那句话的后半截就生硬地断在了她的喉咙口。

霍明远纹丝未动，就这样定定地看着，一字一句地问她。

"你怎么知道的？"

时光只觉得脊梁骨自上而下蹿过一道寒意，浑身一僵，手上一抖，险些洒了瓶里的水。

这双眼睛里没有半点怒气，有的是一股比怒气更恐怖千万倍的东西。那东西在他幽深的眼底嘶吼打转，好似牢笼一样的目光此刻竟成了一种变态的保护。

时光后背浸出一片细细的冷汗，正想转开目光求一丝喘息，下颌忽然被捏住了。

不轻不重，刚好让她动弹不得，只能仰头对着那双愈发迫近的眼睛。

霍明远低沉的嗓音又冷下几分。

"说话。"

时光被捏着下颌，强咽下一口唾沫，才把声音从唇齿间缓缓递送出来："知道什么……你们的货吗？"

开口无比艰难，可一旦说出了第一句，后面的话就好像种子破土、大水冲堤、阳光穿云一样，自然而然又势不可当地接了上来。

"我入行快十年了，什么样的账我都做过，不管怎么变样我都能一眼看出来。第一次给你做账的时候我就知道……不，是第二次。今年二月份你第一次去我家找我的时候只是想试试我的能力，你让我一小时做完的那个账，材料看起来是你公司下面一个加工厂的数据，其实是用你公司食堂去年最后一季度的账改的，对吧？"

时光一句比一句平稳地说着，手中瓶子里的水波也一重一重地浅了下去。

那只捏在她下颌上的手丝毫没有松缓，但定在她咽喉上的目光已见松动了。时光透过一口气，勉强恢复到一贯的平淡，坦然问他："你们做的是要命的生意。我胆子是小，但是我害怕得不对吗？"

捏在她下颌上的手顿了片刻，终于松开了。

松开了也就松开了，不像宗亮的手腕那样还留有红肿胀痛的印子，这只手刚一从她肌肤上离开，一切感觉就随之散尽了。

那座牢笼再次不见了。

霍明远又从那储物盒里拎出一瓶矿泉水，一把拧开，一连灌下半瓶，才呼出一口气来，没好气地横了她一眼："你胆子已经够大了。"

时光大胆地把水瓶子伸过去，和霍明远手里的轻碰了一下，才送到嘴边抿了一口。

霍明远看得一怔，不禁有点好笑："这算我以水代酒给你道歉了？"

"不，这算给你一个道歉的机会。"时光放下瓶子，掌心向上朝他伸出一只手，"我要看你给我多少钱，再决定今天还要不要继续做你的生意。"

眼看着这个人端出一副要钱不要命的倔强架势，霍明远笑出声来，仰头把瓶子里剩下的水一气喝干，手背一抬抹了把嘴，从西装外套里掏出钱夹，整个拍进时光手里。

"今天就带了这点现金。"

时光一把掏空了里面所有的钞票，连沉在钱夹底下的两枚一块钱硬币都倒了出来，正抓在手里数着，就听见霍明远笑着叹气。

"你既然有这胆子，那我就实话跟你说吧。这趟按理说我一分钱都不该给你。"

时光只管数钱，头也不抬地问："为什么？"

"因为这趟不能算是我请你来的，得算是我陪你来的。"

时光愣愣地抬起头，隐约觉得这与被她忘干净的昨天有关："陪我来？来干什么？"

"送死。"霍明远说着，整个人往后一靠，仰在椅背上偏头看着错愕的时光，目光中的一切都已经消退殆尽，一双深棕色的眼眸仿若无底深潭，浅处一片死寂，深处隐见暗涌。

"这回没有什么生意，是你七月份的账出错了。"

第四章

七月份的账，就是她在七月份的最后一个工作日，也就是七月二十九号的晚上，在她家里当面交给霍明远的那一份。

七月三十一号，星期天的晚上，她去龙堡酒吧拿的就是做这笔账的尾款。才不过短短几天，那份账上的每个字每个数字都还清晰地停驻在她脑海中。

"不可能。"时光几乎脱口而出。

入行这些年，除非按客户要求故意为之，她做账还从没有出过错。

"不是我说你错。我带你来，就是相信你没错。再说了——"不知怎么，霍明远忽然顿住了，用一种意味不明的复杂目光定定地看了她两秒，在冰凉的真皮座椅上缓缓立起了肩背，微一倾身，支肘撑在膝上。

手机拎在他手指间不安分地转了两圈。

再开口时，那句说了半截的话就被他直接抹掉了："是上头查我账的人，他要我把你带这儿来，准备和你当面算清楚。"

"谁？"

"没见过，不知道。"

时光有点恼了："我连谁要找我算账都不能知道吗？"

霍明远挑眉抬眼看她："我说了，我不知道。"

"你撒谎。"时光用一种霍明远从没在她眼睛里见过的锋锐目光看着他，好像要把他一缕一缕地剖解开来，一眼一眼地看清楚，"你刚才在客厅按下宗亮，还没看清楚他是谁，你就知道他不是你要见的人。你知道谁不是你要见的人，就肯定知道你要见的是什么人。"

时光似乎是为了把话说得足够明白，有意把语速放得很慢。霍明远怔怔地听完她这段绕口令一样的话，忽然低头笑起来。

车里后排座位上偏暗的光线把他本就硬朗的面部线条勾勒得愈发棱角分明，这个笑容浮在这样一张脸上，显得别有深意。

"你笑什么？"

"我差点忘了你还有这本事了。"

时光没听明白，"这本事"是什么本事？

不等她想明白，霍明远就轻点了一下头，沉声开口："我没撒谎，不过你也没说错。这么说吧，我没见过这个人，不知道这个人的确切身份，但是这个人的外号在江湖上都已经响了将近四十年了，你觉得他会有一副宗亮那样三十来岁的筋骨吗？"

"什么外号？"

"教授。"

平淡无奇的两个字飘进耳中，时光仿佛被什么击中了似的，神色蓦地一顿。那两枚硬币儿在这一顿之间从她手上接连跌落下去，掉到座椅下的脚垫上，逃跑似的滚没影儿了。

霍明远目光一动，皱眉地看她："你做过他的生意？"

"没有，只听说过一点。我知道他是雁城近圈的毒贩子里最有钱有势的，他手里掌控着雁城和金三角唯一的往来渠道，又狠又神秘，身上背了很多条人命。听说警察追捕了他很多年，好几次以为抓到他了，后来又发现都不是，到现在连他长什么样都还不知道。"时光说着，重新打量她身旁衣冠楚楚的男人，"你是他的人？"

霍明远定定地看了她一阵，到底还是像敲章落印一样地点了下头。

时光皱眉："你撒谎。"

"我又怎么撒谎了？"霍明远冷然笑笑，这笑容仿佛一只无形的手，撩开他长久以来覆在脸上的那层散漫。二世祖的面具，挑衅似的露给她一张精明里透着阴鸷的面孔，"我长得不像，还是我的账不像？"

时光面对着这张面孔平淡地摇头，不但不怕，语声里还透着点被人兜来骗去的不快："教授的生意都有自己的账房，外人不可能沾上边。你要是教授的人，就不可能找我给你做账。"

"我——"

"除非，你让我做的那些账，是瞒着教授做的。"没等霍明远承认或否认，时光又自顾自地摇了摇头，"不对。如果是这样，教授查账怎么会查到我做的账呢？"

霍明远刚一张嘴，还没出声，时光又自己把自己的问题给答了。

"除非是有人故意让他看见的。也就是说，有人出卖你。"话音落定，空气静了几秒都没见霍明远表态，时光不禁追问，"对吗？"

"你问我啊？"什么精明阴鸷都被她一而再再而三地堵没了，霍明远板着一张脸，并起两条长腿往后一靠，斜眼看她，"你不是自己跟自己聊得挺明白的吗？你接着聊。"

时光像是看不出这一只手就能捏死她的人有多窝火似的，弯腰寻回一枚硬币，却再找不到另外一枚，只好重新靠回椅背上，轻蹙起眉头有些可惜地叹了一声。

"如果我说得都对，那应该是我来陪你死的。"

霍明远眉头一沉，绷不住问："为什么？"

"因为清算错账只是一个借口。"

这话里分明还藏着许多话，霍明远已经没有耐心一句句地往外掏了："你别在这儿一句一句地往外冒，想说什么就一口气儿说完，什么借口，什么陪我死？"

"每个账房先生都有自己的做账习惯，内行人也能一眼看出区别，就像警察看指纹、看脚印一样。教授只要让他的账房看过，就该知道这不是错账，而是另一套独立的账。所以清算错账只是个借口，是查你背着他转移货和资金、打算自立门户的借口。"

说话间，时光飞快地把那沓钞票在指间过了一遍，顺便按面额大小捋好顺序叠了叠，塞进裹身裙下罩杯半空的文胸里，扯好领口，不等霍明远脸色沉下去，就举起刚被她掏空的钱夹，扬手丢了过去："别再问我是怎么知道的了，这些事都摆在你的账上，我以前只是不想说出来给自己添麻烦，我不瞎。"

那个被空钱夹砸了胸口的人脸上微微抽搐了一下。

"我不是说你瞎……"时光重新梳理了一下语言，继续平心静气地说："我是说，你要做好最坏的准备，他很可能不是来找我清算错账的，而是找你清理门户的，而且你身边还有他的奸细。你现在的处境很危险。"

"这些事就不用你操心了。"

"我不是这个意思。"时光薄唇一抿，她以为她已经说得足够清楚了，可还是没能让霍明远做出预期中的反应。时光又换了个更清楚的说法，"我是想说，这趟你是应该付给我酬金的，而且，考虑到这种情况，你能不能提前付给我这趟的全款？"

霍明远还没反应过来："什么这种情况？"

"你今天有生命危险。"

片刻的怔愣之后，霍明远忽然明白了点什么，嘴角又微微抽动了一下，粗着声问她："绕这么半天，你就是想说，让我死前先给你把账结了？"

话是难听了点，但就是这个意思。

见时光点了头，霍明远咬肌一绷，探身伸手过来，一把打开她这侧的车门。这个举动让时光几乎被迫贴进了他的怀里，清晰地感觉到那遮在衣服下面肌肉紧实的胸膛因为憋着股气而不自然地起伏。

"下去，回屋里等着。"

时光下了车，刚想走，忽然想起些什么，又转身看向车里的人。

"我进去以后可能要跟宗亮说话，不然显得不自然，你需要我带个窃听器什么的——"

话没说完，车门就被忽地一把关上了。

秦晖一见时光走进厨房，就向她和宗亮客气地微微点头，出门去了。

宗亮把面前那台全自动意式咖啡机的水槽加满，放下两个咖啡杯，熟练地按下几个按键，看到秦晖的身影彻底消失在门口，才在咖啡机运转的"嗡嗡"声中看向时光。

"怎么样，没事吧？"

眼前的人戴上了那副金丝眼镜，一丝不苟地穿好了外衫，通身的书生气又浓了一重。

比之刚才洪水猛兽一样的霍明远，这人小心说话的样子就像只在洞口忐忑张望的兔子，温和得近乎有些怯懦。

时光没有答他的话，一边摆手示意他噤声，一边放眼在厨房中扫了一下。

后墙上有一扇入户门，时光一言不发地走过去，开门向外看看。

外面是后院大片的菜地，附近的土地上就只有宗亮脚上那双布鞋留下的一种足迹。

时光走出门去，转身朝还在咖啡机旁发愣的人招了招手。

宗亮一头雾水地走过去，直跟着她走进菜园，站到一片四周空阔的西瓜地里，才见时光收回警惕四顾的目光，对着他皱着眉头，在周遭聒噪的蝉鸣声中平静地问他。

"你为什么对秦晖那样说？"

宗亮被问得一怔，好像忽然明白点什么，转头看看那扇已经离他们十步开外的门，回过头来时有些腼腆地苦笑了一下："你改了名字，我就猜，你是不想让人知道以前的事吧。对不起啊……都怪我太冒失了。刚才那个秦晖问起来，我也来不及多想，只好把咱们第一次见面的时间地点说成最后一次了。我看他应该是相信了。没给你添麻烦吧？"

时光在他小心翼翼的回答中舒开了眉心，轻轻摇摇头："没有，谢谢了。"

宗亮松了口气："没事就好。"

日近中午，山间云雾渐散，时光在耀眼的阳光下看着眼前终于放松下来的人，微抿起发干的嘴唇一时没接话。宗亮好像也不知道说什么才好，有些尴尬地抬手抓了抓后脑勺。

一道纤细的光芒在他抬起的手上忽地一闪。

"你结婚了？"

宗亮顺着时光一下子僵住的目光看到自己无名指上的那圈光亮，不好意思地缩起手，轻轻一点头："嗯。你还记得童烁吗？就是我那个同学，她和我一起留校了，我们就结婚了。"

时光浅浅地点了下头，嗓音微哑："挺好的。"

宗亮低头看看手上那枚式样简单的戒指，无声地沉了口气，温文的声音稍稍发涩："都十二年了吧……那年出事以后就再也没有你的消息了，没想到，你现在都是上市公司的财务顾问了。这些年你过得还好吧？"

"还好。"

时光深吸了一口气，面不改色地转开目光，低头看看身边硕果累累的西瓜地，蹲下身来，漫不经心地敲了敲脚边的一个浑圆饱满的西瓜。

瓜皮发出的声响透着让人安心的甜意。

"这房子是你买的吗？"

"不是，你知道我家的条件，在南山都盖不起房，我怎么买得起这样的房子啊……是童烁舅舅的，他没有孩子，去世前就把这房子交给我们了。我们平时都在学校工作，就住学校分的那套房子，这里太偏了，也不常来。这回是因为我之前去美国交流学习了一年，昨天刚回国，觉得这里清净，就来住几天倒倒时差。"

宗亮说着，看着似乎对西瓜起了浓厚兴趣的时光，抬手指指屋檐下的一处桌椅："这里太晒了，去那边吃块西瓜吧？"

"好。"

宗亮去厨房拿了把刀来，利落地斩断瓜藤，抱起一个西瓜到园子里浇地的水管下洗了，拿到屋檐阴凉下的那张小桌上。

刀刃贴着墨绿的瓜皮刚一用力，熟透的西瓜就沿着刀印"咔"的一声裂开了。

宗亮切下一角递给时光，看着时光埋头咬下一口。

"甜吗？"

"嗯……你和霍明远，你们上学的时候就认识？"

宗亮一边继续切着余下的西瓜，一边随口应她："嗯。"

"我不记得你提过他。"

"他啊，"宗亮头也不抬地笑了一下，"他是商学院的，我和他上课不在一起，他也几乎没在宿舍住过，我们其实也没什么来往。我记得那个时候听他们专业的同学说，他家里很有钱，父母常年在国外做生意，不怎么管他，他很少去上课，也不参加集体活动，天天就在外面混着玩。谁知道他出国读了研究生，现在手里都有这么大一家公司了……"

宗亮边回忆边说着，忽然想起些什么，抬头看看毫无动静的厨房门，转头朝时光故作神秘地笑笑，压低了嗓音："你知道吗，别看他现在长得像电影明星一样，他以前可是个两百多斤的大胖子。"

时光愣得差点咬了手："胖子？"

"是呀，一米八几的个子，两百多斤。那个时候他站在我面前就像堵墙一样，印象太深了。减肥可不是个有钱就能解决的事，他肯定还是有过人之处的。"宗亮感慨着低头继续切西瓜，又自言自语似的嘀咕了一句，"他的声音和以前也不一样了，可能是喝酒喝的吧。"

时光皱眉吐出几颗西瓜籽，含着一口甜如砂糖的瓜肉问："你有他那时候的照片吗？"

"这里没有，以前的老照片都在市区那边放着呢，你要是想看，等回去我给你找。绝对判若两人，一点也认不出来。"宗亮说着，又无奈地苦笑了一声，"不过你别让他知道啊，我可不想再跟他打架了，他动起手来太吓人了。"

"好。"

时光正脑补着两百多斤的霍明远能是什么样子，就听宗亮沉声犹豫了一下。

"其实我这些年也经常看到他的一些新闻……"宗亮停下手上的动作，抬头看向时光，又拘谨地清了清嗓，纠结片刻，再开口时，别有几分语重心长，"婷婷，你一个女孩子在他身边工作，一定注意安全。"

时光微微一惊，脸上神色不改，拿着西瓜的手已经不由得暗暗地收紧了。

"注意什么安全？"

"就是……"宗亮为难地抿了抿唇，好像难以启齿，犹豫了片刻才避重就轻地说："你应该也知道，他生活上的一些作风，不是很正派。"

时光恍然明白宗亮指的是霍明远频频见报的混乱私生活，薄唇微微一抿，收紧的手指缓缓松下来，丢下已经啃得见白的瓜皮，抬手抹了下嘴，站起身来。

"我和他只是雇佣关系。"

宗亮在时光淡漠的反应中慌了起来，忙放下刀，抓过桌上的毛巾匆匆擦去满手的西瓜汁，伸手朝时光的肩头抚去。时光没躲，那只手却伸到一半就顿住了，又尴尬地缩了回去，再次埋进了毛巾里。

"婷婷，你别误会，我没有别的意思！"

"我知道。"时光低头把吐在桌上的西瓜籽一颗颗敛进手里，没有看宗亮一眼。

"对不起……"宗亮歉疚地低声说着，两手不由自主地把毛巾绞紧了，"我只是很担心你。这些年你肯定吃了不少苦，如果当年我——"

时光蓦地抬起头来，锋锐的目光看得宗亮一惊，一下子截住了话。

"没有什么如果。宗亮，这么多年了，你一点都没变，但是我变了，我现在是时光，以前的事不要再提了。记清楚你刚才对秦晖说的每一个字，如果让他们发现你撒谎，你就真的会知道什么叫吃苦。"

片刻的沉默之后，宗亮缓缓地吐出一口气："好，时总。"

时光把手里的西瓜籽一股脑丢进桌下的垃圾桶，正要朝厨房的门走去，忽然被宗亮唤住了："对了，你等一下。"

宗亮搁下毛巾，从身上拿出手机，点了几下，紧走几步递到时光面前。

"你看看，这条信息，是你昨天发给我的吗？"

信息是一个宗亮的手机不曾备注过的号码发来的，很简短，只有两句话。

第一句是"不要去西雁山，危险"。

第二句是"我是婷婷"。

昨天的一切在时光的记忆中依然是空白一片,时光还是毫不犹豫地摇摇头。

"不是。"

第五章

没等时光再说什么,那扇连通厨房和菜园的门忽然敞开了。

霍明远一手插在裤兜里,一手拽着领带结,扬着下巴走过来。

"我说屋里怎么没人,躲这儿来开小灶了啊?"霍明远一眼看到宗亮还没来得及收起的手机,嘴角一挑,"你在跟她要手机号呢?"

许是不习惯在光天化日下撒谎,宗亮一个笑容挤得无比僵硬"呃……是啊。"

"她给你了吗?"

"还没有。"

霍明远像只领地被侵犯的恶犬,不快地扬了下眉,并不友好地笑了笑,移步转身站到了时光旁边:"她说出来你可能不信,不过我能做证,她是真没有手机。"

宗亮一怔,时光在那"恶犬"身旁默默点了下头。

"哦……那是我冒昧了。"宗亮对时光抱歉地笑笑,收起手机,和颜悦色地问向那个不请自入的人,"怎么样,联系到约你的人了吗?"

"有点麻烦,我得在这儿等他电话。"

宗亮半开玩笑:"这是个什么大客户,居然能让霍总这么将就他?"

霍明远径直走到屋檐下的小桌前,拿起一块西瓜,边吃边轻描淡写地说:"大倒是不大,就是个很麻烦的人,懒得招惹他。"

"那这样吧,时候也不早了,你们不嫌弃的话,中午就在这儿吃顿便饭吧。"

霍明远一点客气推让的意思都没有:"好啊。你这儿有酒吗?"

"有,地下有个酒窖,一会儿我带你去看看,想喝什么随便拿。"

听见有酒,霍明远低头啐掉一口瓜子,放眼看看这片蔬果繁茂的菜园子,刚才的不快一扫而空,好像眨眼工夫连把自己来这儿的目的都忘干净了。

园子里错落地种了很多蔬果，豆角、茄子、西红柿一类的应季蔬菜皆是一派丰收景象。

霍明远愉悦地叹了一声："这种返璞归真的环境最合适吃素了，我能点菜吗？"

一种不祥的预感从心底升起，时光阻拦的话还没说出口，宗亮就已经爽快地答应了："当然，山里别的没有，就是新鲜蔬菜多，全都是没打过药、没施过化肥的。"

"我要吃牛油果沙拉、黄油煎芦笋、黑胡椒烤松茸、黑松露罗勒比萨，还有奶油南瓜汤。"

时光看着宗亮僵硬的微笑，在心底里无声地叹了口气。

谁说人之将死其言也善了……

"好……这些下面的酒店餐厅里应该能叫到，一会儿我打电话订餐。"

"那我就客随主便了。"

目送宗亮像背课文一样小声叨念着这张菜单走回屋去，霍明远分开两条长腿，在小桌边的椅子上一屁股坐下来，丢掉手里刚啃了一半的西瓜，又伸手拿起一块新的。

时光看不过眼："这西瓜是我的。"

霍明远抬起眼皮瞥她一眼："我都是快死的人了，你当给我上坟不行吗？"

眼看着这人撒气似的啃着那块无辜的西瓜，时光这才反应过来，这人的一身阴阳怪气全都是冲她来的。

"那你吃吧，我再去给你拿点别的。"

时光去了两分钟，再从厨房那扇门里走出来的时候，手里多了一个热气腾腾的马克杯。

霍明远记得他从厨房穿过来的时候看见咖啡机上有两杯刚做好的咖啡，远远看着，只当她是端了杯咖啡来，嘴角刚翘了一下，就看清那马克杯里直挺挺地插着三根驱虫的线香。

时光一脸平淡地走过来，把这简陋的香炉端正地摆到他旁边的桌子上。

"你还要花吗？"

"……"

霍明远沉着脸从椅子上站起来，扔了手里那块啃得豁牙的西瓜，一步贴近时光，站在和她仅半步距离的地方居高临下地看着她。没等时光往后退，这个人就冲她摊开两手。

"送佛送到西，麻烦你给死人把手绢拿出来。"

时光看了一眼他被水红色的西瓜汁淌得湿淋淋的手。

"在哪儿？"

"右边裤兜。"

时光伸手过去，顺着霍明远大腿紧实的弧度探下去，面无表情地拽出一块蚕丝手绢。

那双湿淋淋的手没去接手绢，就这么冲她伸着："麻烦你给死人擦擦手。"

时光皱眉地看着这个没完没了的人："你想干什么？"

"我都死了我能干什么啊！"

时光连白眼都懒得翻一下，叹了口气，抬手把那块质地精良的手绢塞进自己没被钞票填满的另一侧文胸里，揪着他的袖子拽起他就走。

"你干什么——"

"闭嘴，你已经死了。"

"……"

时光一直把这不停作妖的"死人"拽到刚才宗亮洗西瓜的水管下，拧开水龙头，抓着他一双黏糊糊的手送进清凉的水流中。

这双手乍看起来又白又修长，像是一双养尊处优的手，摸起来才能感觉到，这双手上不乏硬茧。尤其虎口、食指和掌心三处，被水流裹挟着，有种河沙一般并不刺人的粗粝感。

时光皱起眉头："你最近杀过很多人吗？"

时光感觉到一束目光从她头顶投下来，落在刚被她的手指摩挲过的地方。短暂的沉默之后，头顶传来一句既没什么好气又答非所问的回答。

"你不用害怕。只要你老实听话，少咒我两句，我能带你来，就还能带你回去。"

"只要能拿到钱，我就没什么好怕的。"时光有一下没一下地洗着这双手，有些漫不经心地问，"其实，你都已经准备好了吧？"

这双手的主人在她头顶上没好气地哼了一声："不就十万块钱吗？你要是真不放心，我先把手表摘给你，这块表你拆成零件卖都能卖好几个十万。"

时光瞟了一眼他手腕上那块"P"字打头的名表，没等出声，那双手又往前伸了伸，直把衬衫袖口从西装里伸出来，露出一对镶嵌着蓝宝石的袖扣。

"你要是不认表，拿我的袖扣也行，这可是古董，有市无价啊。"

时光无动于衷地把这双手按回水流里。

"你要还不放心，你就扒了我这身衣服吧。我这身——"

"扒了你的衣服，我就要给你钱了。"一句话噎住了这个不停炫富的人，时光终于有了把话说明白的机会，"我不是说酬金。我是说今天来西雁山的事，教授以为他是来清理门户的，其实他才是要被清理的那个。对吗？"

水流中的手微微僵了一下。

霍明远偏头看着身前的人，从他的高度看过去，这个正把他一双手捧在掌心里冲洗的人的身形格外单薄，中午越来越烈的阳光直照在她身上，好像都能把她穿透了似的。

霍明远横挪半步，把人遮进他宽大的影子下，才没好气地问她："你刚才不是还觉得我已经凉了半截了吗，连上坟都彩排过了，这会儿怎么又这么抬举我了？"

"刚才没仔细摸过你的手。"

"你还会看手相啊？"

时光冲净了这双手上所有的黏腻，关了水龙头，从胸口不深不浅的V字领里提溜出他那张手绢，慢慢擦拭这双手上的水渍。

"你的手最近很频繁地用枪，要么是已经杀了很多人，要么就是在做杀人的准备。你答应他来这里以前就已经全都准备好了吧？"

霍明远没承认也没否认。

时光叹了一声："刚才我就该想到的，只是被你吓得漏想了一件事，就全想错了。"

"什么事？"

"如果你不想让教授知道我们合作的事，你就不会总往我家里跑，还总让我去酒吧那种人多眼杂的地方找你拿钱。雁城是教授的地盘，你要想在教授的地盘上自立门户，就得除掉教授；要想除掉教授，就得先知道教授到底是谁，对吗？"

霍明远微微收紧了眉头，到底未置可否。

时光停了手上的动作，隔着手绢不轻不重地捉着霍明远的一双手，抬眼看他："如果是这样的话，那让教授看到那份账的，到底是教授放在你身边的眼线，还是你自己？"

霍明远目光一沉，定定地看了时光片刻，才哼笑着摇头："你想多了，不是我。教授没那么蠢，东西要是从我这儿故意给过去的，他肯定半个字都不信。"

"是有人把它偷走了吗？"

"也没有。"霍明远抽出已经擦得半干的右手拿出手机，翻出一条短信递到时光面前。

短信是用一个网络号码发来的，一个字都没有，只有几张照片。不用放大细看，只这么扫一眼，就足够时光认出这就是她七月给霍明远做的那份账。

"是教授发给你的？"

"嗯。"霍明远收起手机，又把水汽未干的右手塞给了时光，"账本在我办公室的保险柜里。我昨天开了一天会，又赶上昨天我办公室那一层的监控在系统升级，估计是有人趁我不在的时候给他偷拍的。"

"你知道是谁干的？"

霍明远一时没说话，深深地看了她一眼，才目光一转，淡淡摇头："不知道。"

时光清楚地感觉到他藏了些什么没说出来，却也挑不出什么来反驳他，想追问也没什么头绪，一双眼睛就毫无波澜地垂了下去，继续擦起那双手来。

"你放心，是我把你搅进来的，我就会对你负责到底。这事儿不管闹成什么样，只要我还有一口气在，就没人能动你一根手指头。"霍明远淡声说完，迟疑片刻，低头看看这个平淡得好像完全没把近在眼前的生死大劫当回事的人，沉声问她，"但是如果我今天真死在这儿，你打算怎么办？"

"给你报仇。"

"报仇?"霍明远狠狠一愣,忽然失笑,"你都知道我利用你了,你还给我报仇?就为了我欠你这十万块钱的酬金啊?你还真要钱不要命啊!"

"我不是这个意思。"时光还是一派平淡,从里淡到外,"我听说教授心眼很小,而且手腕很毒,他已经知道我跟你合作了,就肯定不会放过我。如果你今天死在这儿,我就算活下来,下场也不会好到哪里去。只有和那些真正愿意为你卖命的人站在一边,给你报仇,杀了教授,我才能有活路。"

霍明远从一开始就相信,这个看起来手无缚鸡之力的女人能在这个天天跟魑魅魍魉打交道的圈子里凭一己之力活过十年,靠的肯定不单是一手算账的本事。但他也着实没想到,她活命的本事居然是一本正经、坦坦荡荡地见风使舵。

"平时连句客套话都不会说,真到事儿上你倒还挺会看人下菜碟啊。"

低沉的嗓音哼了一声,听不出什么埋怨,反倒像是放心了点什么,再开口时语声明显轻松了几分,又带上了他一贯浑不憷的调调:"那如果我死了,你活着,你埋我吗?"

时光点头,点得虽浅,却没有半点犹豫:"你虽然利用我,但你的生意都是我自己决定接的,你没逼我,我没什么好怪你的。而且我给那么多人做过账,你是给钱给得最痛快的。如果没人埋你的话,我就埋吧。"

"那要是没人来给我上坟的话,你会来吗?"

"不会。"

"为什么?"

"你的毛病太多,我怕我弄得你不满意,你做鬼都不会放过我。"

霍明远"扑哧"地笑出声来,笑得浑身发颤。

时光也不管他,只低头擦干了那只手,把他的手绢递还给他。

霍明远接回手绢,也敛起了那个让他把所有的阴阳怪气一扫而空的笑,破天荒地把用过的手绢叠了两下收回裤兜里,转头看看那扇通向厨房的门,清了下嗓子。

"有件事,一会儿你得给我搭把手。连上我利用你的那份,不管你要收多少钱,都等回去了一块儿结算。"

"什么?"

"教授随时可能会来,宗亮在这儿晃来晃去的,太碍事了。"

时光一怔："你想先杀了他？"

"我杀了他，中午谁做饭啊？"

霍明远转身往天上丢了个白眼，信步走进近旁的西红柿地里，对着硕果累累的西红柿秧子饶有兴致地挑拣了一番，摘下一颗红润无瑕的西红柿，拿到水管下冲洗起来。

"一会儿吃饭的时候我得灌醉他，万一我灌不动他，你就上。不用你喝，劝就行了，他这种一本正经的老学究是不会拒绝女人劝酒的，你就一直把他灌到趴桌子上起不来为止。"

时光皱起眉头："为什么不直接打晕他？"

霍明远洗好那颗西红柿，随手甩掉上面的水珠，转过身来好气又好笑地看她："又是杀又是打的，你跟他有多大仇啊？他小时候剪你辫子了？"

"这样更简单。"

"是简单，但是一棍子打晕他，你能知道他什么时候会醒吗？"

时光无言以对。

"我查过他了，他平时就一两白酒的量，一瓶红酒就足够他从中午睡到天黑了。"霍明远缓步走到她面前，似笑非笑地看她，"怎么，你怕他喝多了说胡话啊？"

"你不怕吗？"时光迎着日光微眯起眼睛，只觉得那座牢笼又在眼前若隐若现了，"你说的，教授随时可能来，万一来的时候他正在说胡话怎么办？"

"你放心吧，我问好了，他喝多以后不是这个类型的。"霍明远说着，轻松地把手里的西红柿掰成两半，忽然想起些什么，手上一顿，抬眼看她，"你还没想起昨天的事吗？"

时光摇摇头。

霍明远皱眉嘟囔了声什么，举起一半西红柿送到嘴边，刚咬进一口就把眉头皱得更紧了："真难吃。"

时光还没反应过来，另一半就塞进了她的手里。

待霍明远边吃边抱怨的身影消失在那道门后，时光才纳闷地看看手里的半个西红柿。熟得刚好，瓤将将起沙，丰厚的汁水盈盈地从断面溢出来，一点也不像难吃的样子。

时光小小地咬了一口。

甜，但不像西瓜甜得那么直白浓烈。含蓄矜持的甜和恰到好处的酸裹挟在一起，在唇齿间纠缠出一种清爽而丰富的滋味，一口咽下，仍有余香萦绕。

他不喜欢这种味道吗？

十一点半，教授仍然没有任何消息。

宗亮焦头烂额地联系了好几家酒店才叫齐了霍明远点的菜，霍明远跟着宗亮从地下酒窖里拿酒回来后就跷着腿坐在沙发上摆弄手机，时不时地在他视线之外瞟他一眼，一声不吭。

等菜摆上桌，霍明远却说自己就是随口那么一说，埋怨宗亮不该这么见外，真弄这些华而不实的东西来破费。

时光一顿饭吃得提心吊胆，生怕宗亮几杯酒下肚就会再把那把花锄抄起来。

好在这份担心是多余的，她第二块比萨还没吃完，那些绞尽脑汁准备好的劝酒词一句都还没说上，宗亮就已经被霍明远灌趴下了。

眼看着秦晖把人事不省的宗亮扛上楼去，时光松了口气，放下了手里的餐具。

"现在需要我干什么吗？"

霍明远衔着半根煎芦笋抬起头来："嗯？"

"如果你打算趁他喝醉在这房子里布置点什么的话，我可以先出去。"

霍明远笑起来，把剩下的半根芦笋一口填进嘴里，搁下刀叉，两下扯松领带，解开衬衫领扣，整个人像只沐浴在阳光下的猫科动物，在酒精的作用下从里到外地松弛下来。

这大猫不急不慢地嚼着那口芦笋，又伸手抓过一瓶还没开封的红酒，拿餐巾草草裹了瓶身，一手横握酒瓶，一手对着瓶底连拍几下，橡木瓶塞就冒出了头。

瓶塞"砰"的一声弹开了，霍明远也不把酒往杯子里倒，直接举起瓶子猛喝了一口，喉结深深地一动，混着满满一口红酒把芦笋咽下，满足地舒了口气，才漫不经心地开口。

"这点事儿还用得着趁他喝醉……他四处打电话给我找菜的时候老秦就干完了。"

霍明远说着，右脚踝往左腿上一搭，抱着酒瓶子靠进椅子里，眯起含着轻薄醉意的眼睛看向时光："你呢，你不打算干点什么吗？"

第六章

时光被他问得一愣。

"我？我干什么？"

霍明远扬起手里的酒瓶子，百无聊赖地荡了荡，荡得酒液直往玻璃瓶壁上撞，撞出阵阵悦耳的脆响："你就打算一直坐在这儿看我喝酒啊？"

说着，霍明远慢悠悠地把瓶口送到嘴边，喝下一口，又喝下一口。时光坐在他旁侧，清楚地看着那喉结在他因为仰头而绷紧的前颈上滚了一下，又滚了一下。

喝了几口，霍明远这人挤出一点暧昧不明的笑偏过头来，拇指缓缓抹过嘴角的酒渍，微哑着嗓子问她："好看吗？"

时光无动于衷，却看着他这副确实称得上好看的相貌想起点什么："你每天健身吗？"

"健身？"霍明远一怔，垂眼往自己身上看看，晃着酒瓶子笑得没个正经，"掀桌子算吗？我办公室桌子挺沉，一般人掀不起来。"

霍明远显然不想好好说话，时光懒得再问，转头看看客厅墙上的老式挂钟。

老式挂钟恰巧发出一阵低沉的报时声。

中午十二点整了。

时光略略不安地皱起眉头，看向身旁又在仰头灌酒的人："如果今天一直没有消息，我们今天就一直这么等着？"

"嗯……"

"有没有这种可能，"时光看着身边的醉猫稍一迟疑，还是直截了当地说了，"教授放在你身边的那个眼线发现了什么，他已经知道了这里有埋伏，今天不来了？"

"有啊。"霍明远随口应着，又连喝了几口，直把刚开的这一瓶红酒喝得只剩一半,才舒出一口气,仰在椅子里半醉半醒地说:"你想走吗?"

时光发现,他虽然已经有了醉态,但那双朝她看过来的眼睛里却是一片清明,毫无醉意。

时光低头拿起餐叉,叉起一块烤松茸送到嘴里,咀嚼食物所造成的含混把她的话音修饰出一种漫不经心的感觉:"我只是不想干等着。"

"干等着不是更好吗?你这趟酬金是按天收的,一天五万,干等着就能拿钱,你还有什么不乐意的?"

"太煎熬,这个价钱不值。"

时光坦诚的回答又把她身边的醉猫惹笑了。霍明远举起酒瓶子又喝了几口,带着酒气叹了一声,才慢条斯理地问她:"如果是为了宗亮全家的命,你愿意忍会儿吗?"

时光惊愕:"你……什么意思?"

霍明远松散地窝在椅子里,目光清明地看着她:"你以为你这位青梅竹马就是赶巧了才在这儿的吗?"

时光想说难道不是吗,可霍明远既然会这么问,那就意味着真的不是。

不知道为什么,明明已经看过了他盖在这张社会精英面具下面的真实面孔,时光还是觉得他从头到脚笼罩着一层迷雾,哪怕在中午明朗的阳光底下,依然让人看不清摸不透。

时光的一颗心紧紧提了起来,握着餐叉的手也不由得攥紧了,随之绷紧的嗓音在喉咙口滚了滚,出口时勉强还算平静。

"他只是个教书的,这些事,跟他有什么关系?"

"我本来也以为没关系呢……"霍明远像是故意停顿了一下,又不急不慢地喝了口酒,才闲话八卦似的说:"不过,刚才吃饭前我在他的背景资料里看到点东西。"

时光蓦地屏住了呼吸,一时连句追问的话都说不出来。

正午时分,充满饭香和酒气的温暖空气让人昏昏欲睡。霍明远疏懒地打了个哈欠,仰在椅子里半闭起眼睛,摩挲着手里的酒瓶子,东一句西一句地说起来。

"宗亮是个从山沟里飞出来的穷凤凰,他读研时候的导师叫杨……杨什么，也是资助他上学的人，这个人搞研发很厉害，手里还有不少专利。教授想招纳这个人给他研制新货，费了不少劲，后来可能是没谈成吧，这化学家两口子就一块儿失踪了，几天以后被发现在郊区出车祸死了……"

霍明远似乎不习惯说这些琐碎无趣的家长里短，说着说着又困倦地打了个哈欠，缓缓睁开眼睛，看向脸色隐隐发白的时光："所以我猜啊，宗亮这是走上他导师的老路了。"

时光转头躲开那束仿佛能洞穿一切的目光，朝通向二楼的楼梯看去。

楼上隔三岔五地传来艰难呕吐的声响，秦晖一直没有下来，可以想象被扛上楼的那个人难受地折腾着。

时光再回过头来，脸色已经恢复如常了："你想救他吗？"

"当然了。"霍明远连吞了几口酒，伸手把酒液所剩无几的瓶子放回桌上，再次仰进椅子里，两手抱在胸前，懒洋洋地合上了眼睛，"他要真是教授都求之不得的人才，你知道他有多值钱吗？单克拉均价估计都能赶上钻石的了……想在这一行里自立门户，除了得有个像样的账房，还必须得有个像样的厨子。所以啊，只要你能在这儿忍会儿，想追加多少酬金都好商量。"

时光皱眉地看着这个把宗亮按克拉计价的生意人："你真有把握能赢得过教授吗？"

半晌沉默之后，这酒足饭饱的生意人鼻息渐渐悠长，终于响起了熟睡的鼾声。

这大概是句肯定的回答吧。

一直到日头偏西，教授都没有半点消息。

阳光刚一见弱，山里就开始起雾，不消多时就云雾满山了。等到六点多钟，宗亮终于从猛烈的酒劲儿中迷迷糊糊醒来的时候，人在客厅窗前，就连院里的大李子树都看不见了。

秦晖开车的本事再大，也没把握能在这种条件下平安开出这段复杂的山路。于是，宗亮别无选择地、客气地留他们在这里过夜，霍明远顺理成章地、不客气地答应了。

"今天真是打扰了啊。"

晚上临睡觉前，霍明远手里捧着一盒兑了威士忌酒的牛奶冰激凌，站在宗亮安排给他的房间门前，终于说了一句像样的客气话。

"别这么客气，"宗亮客气又头疼地支应着，"中午喝多了，招待不周，晚上也没什么准备，等过两天回市里，我再好好请你们吃顿饭。"

隔壁房间里，时光已经洗漱完，正在一边收拾行李包，一边支着耳朵听外面两人说话。

行李包里除了她出门必带的东西以外，还有一身崭新的职业套装，她以前从没见过，拿在手里翻过来正过去看了几遍也没有头绪。时光正抖开那件衬衫往自己身上比量尺寸，就听门外传来霍明远含着冰激凌说话的声音。

"还等什么过两天，就明天吧。"

只听宗亮噎了片刻，才干笑着说："明天……明天可能不行，我有点事，得回趟学校。"

"大学那种清汤寡水的地方有什么好待的，要不这样，你来我公司吧。"

时光心里一紧，忙放下衣服朝外走去。

宗亮在笑："这玩笑可开不得啊，我会当真的。"

"我没开玩笑啊，昨天还有人拿你的一篇论文给我看呢。什么有机温度……"

"《杨氏提取技术在多重有机成分分离应用中温度控制的研究》？"

"就是这个！你这论文水平很高，跟我公司最新的研发方向也很相似。"霍明远说着，目光越过宗亮的肩头，投向从房里出来的时光，"对吧，时光？"

宗亮一怔转身，这才看到身后的人。

"时总也看过我的论文了？"

一天就快过去了，她仍然没有找回半点有关昨天的记忆，但是被宗亮略带着惊喜的目光看着，想到霍明远中午仰在餐桌旁的椅子里半醉半醒说的那几句话，时光一句"不记得"已经到了嘴边，到底还是低低地"嗯"了一声。

宗亮不好意思地笑着摇头，脸颊上不由自主地浮现出兴奋的红晕，经走廊色调柔暖的灯光点染，看起来有种时光多少年都不曾见过的发自心底的快乐："那些都还是纸上谈兵的东西，离在生产线上的实际应用还要有一段距离呢。"

霍明远咬着冰激凌勺子摇头笑："我那儿有个研发中心，就是把纸上的东西变成应用的地方。怎么样，明天跟我去公司看看吧？"

"研发中心？"宗亮目光中的惊喜忽然又加深了一重，"安德公司的研发中心不是一直都不对外开放的吗？我可以去参观吗？"

"我请你去，还有什么不可以？"

"其实我以前去过你们公司，是一次学校和企业的交流研讨活动。那个时候安德公司的CEO还是一个特别难说话的人，说是研发中心涉及企业核心机密，学校的领导和他反复沟通也没有结果，到底也没有让我们参观。能参观研发中心真是求之不得，不过——"

不等宗亮再说推辞的话，霍明远扬起冰激凌勺子把他的话截住了。

"这样，我再顺便介绍个人事主管给你认识，你要是有学生需要联系实习就业的，只管跟他谈。这些够换你一顿饭了吧？"

"那……那我就却之不恭了。"

宗亮送下他们，道了声"晚安"，就回自己的房间去了。

时光刚转身回房，霍明远就跟了进来，又像圈地盘一样地在房间里转了起来。

"昨天的事还是想不起来吗？"

"想不起来。"

"你不用有撒谎的负罪感，昨天你真看过他的论文。"

时光本来也没什么负罪感，这些年她撒过的谎比数过的钱还多，如果撒谎可以让霍明远保宗亮度过眼前这一劫，那撒谎也不是什么坏事。可听霍明远这么说，时光心里确实有个地方微微一松。

不管昨天发生过什么，现在看来，至少在宗亮这件事上，她在昨天的表现明显比今天要冷静恰当得多。

霍明远一圈巡完，往嘴里填进一口拌着威士忌酒浆的冰激凌，才对已经无视他的存在、和衣钻进被窝准备睡觉的时光说："教授刚才来电话了，要推迟几天。"

时光坐了起来："为什么？"

"不知道。可能被你乌鸦嘴说中了，他知道我有埋伏了吧。"

真是这样吗？

时光隐约觉得哪里有点不对，还没捕捉到什么头绪，就听霍明远含着一口冰激凌语声冰凉凉地问她:"时光,你一直要找的那个人,就是教授吧?"

时光抬头,正对上霍明远似笑非笑的目光。

"行了,早点睡吧,别一觉起来又把今天的事儿全忘了。"不等时光开口,霍明远就转身往门口走了,边走边轻飘飘地补了一句,"明天早晨秦晖带你先走,咱们在公司见。"

"为什么?"

"哪那么多为什么,就是不想让你和宗亮待在一块儿,我烦他看你那眼神。"霍明远叼着冰激凌勺子没好气地开门出去了,留下时光一夜辗转。

宗亮看她的眼神怎么了?

实话实说,从今天第一眼看到宗亮起,她就有种说不出的别扭。可是不管怎么看、怎么聊,宗亮一言一行、一举一动都和十二年前最后一次见他时如出一辙,腼腆、拘谨,仿佛食草动物一般羞怯温和,除了外貌上因为时间流逝而不可避免发生的改变,其他一切都还是她记忆里的样子。

霍明远说到眼神的时候她好像想到了点什么,可惜没等捕捉到又消失不见了。

眼神……

他以前看她的眼神是什么样子?

一些早已沉淀进心底深处的人和事被这番追溯搅动,抑制不住地翻涌,此起彼伏。

时光乱七八糟地想了很久,不知道什么时候睡着的。也许是因为心事满怀,又睡在陌生的床上,时光这一觉睡得昏沉,却并不踏实。

古怪又模糊的梦一个接着一个,梦里不知从哪儿钻出一股混着阴湿霉腐味的酒气,始终萦绕不散。身上不知什么时候变得湿湿凉凉的,越睡越觉得难受,未等晨光穿进房间叩开她的眼帘,时光就再也睡不着了。

混沌的意识一点点清明起来,梦中那股让她直反胃的气味非但没有消散,反而越发清晰强烈了。清晰到时光还没彻底醒过来就能轻易地分辨出,在这股酒味和霉腐味的混合气味里还混杂着一点药味和一缕时轻时重的血腥味。

时光没等睁开眼睛就下意识地往身下摸了摸。

冰冷梆硬，粗糙湿凉，这不像是客房里那张铺着柔软床垫的大床，甚至压根就不是床，倒像是没有经过任何处理的潮湿混凝土地面……

她身上没盖被子，穿的也不是那条裹身裙，而是一套衬衫长裤，手感和剪裁并不熟悉，却又似曾相识，好像……就是她在行李包里看见的那套职业装。

怎么回事？！

时光在错愕中蓦地睁开眼睛，却从一片黑暗陷入另一片黑暗。

周围没有一扇像样的窗户，只有靠近天花板的墙壁顶端横着开了两道细长的透气窗，借着从那里透下来的有限的光亮，时光一点点看清了周围的环境。

她是睡在了一堵墙下的地面上，昏暗到一眼看不见边际的空间里摆满了装载着酒瓶的架子和看起来年代久远的酒桶、酒坛子。在她手边不远的地方立着一只红酒瓶子，里面的酒只剩瓶底的一点了。陈腐的霉味和混合的酒气就是从这些东西中散发出来的。

这里是……酒窖？

第七章

她这一觉睡得很浅，浅到好像根本就没有睡过，虽然还是想不起有关星期一的任何一个片段，但是昨天睡前发生的每一件事都清晰地贮存在她脑海里。

她明明睡在西雁山别墅二楼的客房里，怎么会醒来在这么个地方？

周围一片死寂，令人憋闷的空气中只能听见她自己急促的喘息声。

既然是酒窖，那就一定有进出的地方。

无论如何，先出去再说。

视线渐渐适应了眼前的昏暗，朦胧的睡意也一扫而空，时光在惊愕中勉强定下神来，正准备站起来寻找出口，转头之间，目光掠过身后没有半点光亮的墙角，一下子定住了。

那里还有一个人，只是一身黑西装和周围的昏暗几乎融为一体，差点被她忽略了。

这是个浑身水淋淋的男人，一动不动地歪坐在墙角，左手被一副锈迹斑斑的手铐锁在了墙角的下水管道上，右手垂在身旁，混了水的血液顺着这只骨节修长的手在地上淌成一片，头颅像折断了一样无力地低垂着，看不见面貌。

即便如此，时光还是一眼就认了出来。

"霍明远？"

时光一步跪到他身旁，愕然捧起这张毫无生气的脸。

苍白，汗水涔涔却触手滚烫，鼻息微弱但是还算平稳，时光揪紧的心头松下些许，忙拍着他的脸颊唤他："霍明远！霍明远……你醒醒！"

眼前的人没给她任何回应，她的呼唤声却在昏暗中忽然惊起一声女人撕心裂肺的尖叫。

"啊——别、别杀我……别杀我……"

时光惊得浑身一颤，转头朝声源看去。

声音是从那一架葡萄酒桶的方向传来的，昏暗中看不见人影，只能听见一声声颤抖破碎的呜咽。声音很陌生，虽然被回音模糊了一重，时光还是能确定，这声音她以前从没听过。

时光小心地站起来，屏住呼吸，循着渐渐低弱下去的声音轻手轻脚地走过去，终于在一排酒桶后面看见了那个瑟瑟发抖的身影。

一个穿着黑色西服套装的女人背靠酒桶缩坐在地上，几乎把身体蜷成了一个球，披肩长发垂下来遮住了她抱紧双腿的手臂和深埋在两膝之间的头颈。

"你是……"

"啊——别杀我！别杀我……"

时光强忍住想要跟着她一块儿尖叫的冲动，蹲下身来，夦着胆子伸手扶上她抖如筛糠的肩膀："你别怕，我不杀你，你抬起头来……抬起头来看着我，看我。"

这副颤颤发抖的身体在时光蹩脚的安抚下稍稍平缓了些，像生锈的机器一样一卡一顿僵硬地抬起头来。

这是一张最多二十出头的年轻面孔，轮廓甜美可人，只是惊恐满布，整张脸一片惨白，泪痕斑驳，看得时光心里一寒。

"你是谁？这是什么地方，出什么事了？"

"我是……不、不是我……我不是——"那双好不容易把焦点对到时光脸上的眼睛在疯狂摇头间又失去了方向，慌乱中忽然越过时光的肩头落在她身后的一处，不知是看到了什么，整个人猛地一僵，像被碰到了柔软身体的蜗牛一样慌忙缩了回去，颤抖着失声尖叫。

"啊——死！死……别杀我！别杀我……"

时光筋骨一绷，就地转身，一个格挡的姿势已经架了起来，却发现那个让这可怜人再次陷入无边恐惧的方向只有一片悄无声息的昏暗。

时光凝视着那个方向缓缓站起身来。

随着视线角度的变化，昏暗中忽然出现一点边界参差的光亮。光亮中央有一个人体趴伏于地的轮廓，连同空气中一阵浓过一阵的血腥，不用走近就能猜到那里发生了什么。

时光心里骤然一沉。

她有种不祥的预感，趴在那里的人，她应该并不陌生……

时光竭力克制住自己手脚的颤抖，一步比一步沉重地走过去。

趴在地上的是个男人，以他左背上的那个血窟窿为中心蔓延出的血已经把他穿着白衬衫的半边身子染红了。不用伸手检查鼻息脉搏，只看那个僵硬的肢体姿势就知道，人早就已经凉透了。

一片昏暗中，时光屏住一口气蹲下身来，咬紧牙关，伸手猛一用力，一下子把这副已经变得冰凉僵硬的身体翻了过来。

一张沾满血污的娃娃脸蓦地映入眼中，时光倒吸了一口气。

"韩照？！"

这到底是怎么回事！

不过一夜的工夫，短短几个小时，到底发生了什么……

时光愕然僵在血泊旁边，还没回过神来，昏暗之中忽然传来一阵厚重的"吱呀"声。对面的墙上缓缓打开一扇门，一束耀眼的光亮伴着一股清新干燥的空气瞬间倾泻进来。时光抬头逆光看去，只能看见一个模糊的身影像神明降临人间一样站在金灿灿的光束中。

光束中传来的嗓音无比清晰，足以让时光顷刻间想起那张温文腼腆的面孔。

"怎么样，婷婷，可以了吗？"

这副温和的嗓音惊得时光浑身一颤，也惊起了她一个闪念。

她记得宗亮说过，西雁山别墅的地下就有个酒窖，昨天拿酒的时候宗亮也邀请她一起下去看看，是霍明远没让她跟着，以等客户为由把她和秦晖都留在了上面。

这个酒窖，就是那个酒窖？

他们还在西雁山？

可是他们怎么会在酒窖里，还有，韩照怎么会在这儿，昨天开车来的不是秦晖吗？

时光在错愕中僵硬地站起来，在昏暗中磕磕绊绊地朝着光束走过去。

光束中清瘦的身形和温文清秀的面孔渐渐在视线中清晰起来，一道忧心忡忡的微笑挂在他满是疲倦的眉眼间，看着她走过来，笑意自然地在那副金丝眼镜后面缓缓加深了。

门外的灯光把酒窖内外割裂成两个世界，光明中的人好像一点也听不见黑暗里声嘶力竭的尖叫，时光站在分界处一时有点恍惚，不知眼前是真是幻。

"宗亮……"

宗亮伸手牵住她，用一个柔和的力道把她从黑暗中彻底牵了出来，顺势拥住她微微颤抖的肩膀，把她揽在自己身旁。

时光怔怔地看着他。

她昨晚睡前最后的记忆就是回想了她记忆中有关宗亮的每一个画面，无论是从前还是昨天，宗亮和她面对面说句话都是拘谨腼腆的，两人之间从没有过这样亲密的举动。可是不过一夜的工夫，他就把这一连串的动作做得好像发自本能一样自然，同时还能从容地问她："怎么抖得这么厉害，哪里不舒服吗？"

时光无意识地摇头。

她身上和手上都沾满了不知是韩照还是霍明远的血。宗亮的目光落上去，只浅浅地蹙了下眉："时间还来得及，先去洗漱一下再说吧。"

时光混混沌沌地顺着宗亮的牵引朝前走了几步，身后忽然传来一声铁门关闭的声响，时光回头，才恍然意识到自己已经走出了酒窖。

关门的是两个山区农民打扮的陌生男人，一左一右站在酒窖门口，乌亮的枪就大大咧咧地别在腰间，好像随时准备拔出来，又好像刚刚用完随手这么一收。

她从没见过这两个人。

这不像霍明远的人，霍明远身边的人总是穿一身平平整整的黑西装，皮鞋上都能映出人影来。这更不像是便衣警察，再怎么便衣警察都不会把枪别得这么随便。

"这是——"

宗亮拥紧了她绷得发僵的肩膀："走吧。"

穿过一段灯火通明的走廊，沿着年代久远的木质楼梯吱吱嘎嘎地走上去，电灯的光线渐渐被柔和的日光取代，山间清早特有的湿润空气冲淡了她身上从酒窖里带出的难闻气味，时光平复下惊愕带来的颤抖，回过神来的时候，人已经穿过厨房和餐厅之间的过道，走进那间挑高的复古式大客厅了。

老式丝绒沙发，红木茶几，厚重的丝绒窗帘……天虽然已经亮了，客厅窗外还是一片雾气腾腾，只能隐约看出院中那棵大李子树的大致轮廓，墙上老式挂钟的指针指在六点二十上，黄铜色的沉重的钟摆不急不慢地摆动。

除了把守在各个出入口的陌生男人，一切都和昨天一模一样。

客厅里的电视机正在静音模式下播放早间新闻，时光不经意扫了一眼，顿时脸色一僵，两条腿无知无觉地朝电视前走去。

宗亮紧跟过去："怎么了？"

时光目光死死定在屏幕上的一处，双唇开开合合几次，才勉强挤出一点颤得不成样子的声音："今天……六号，星期六？"

"是啊。"宗亮看看屏幕上新闻主持人下方打着"八月六日星期六"字样的固定字幕，又看看脸色煞白一片的时光，一头雾水，"怎么了？"

"那、那昨天……昨天星期几？"

"昨天当然是星期五呀。"

昨天怎么可能是星期五？！

宗亮扳着她的肩膀把她几乎要扎进屏幕里的脑袋硬拧过来，正对上她见鬼似的目光。

"婷婷，你怎么了？"

她也想知道，她这到底是怎么了……

宗亮纳闷地看看正在播放的那则有关国际环境保护形势的新闻，国际环保形势严峻，但似乎跟眼下也扯不上什么关系："昨天是星期五，今天是星期六，有什么不对吗？"

时光脑子里一片空白，只能一味地摇头，喃喃低语："今天已经是星期六了……"

星期六，西雁山，时光在仅有的一点清醒中恍然想起昨晚……不，是星期二晚上霍明远对她说的话——教授把见面的时间推迟了几天。

不管多么不可思议，现在就是距离星期二的几天之后。

所以，她还是跟着霍明远来见教授的？

她怎么什么都想不起来了……

宗亮像是在时光的自言自语中明白了点什么，轻轻一叹："是啊。时间不多了，不过还来得及。走吧，我们上去说。"说着，宗亮朝守在客厅入户门旁的两个持枪的男人看了看，重新拥起时光绷得僵硬的肩膀，带她穿过客厅，走上二楼，沿着走廊朝前走去。

时光还清楚地记得这条走廊。

记得两脚踩在这片老旧红木地板上的感觉，记得霍明远捧着一盒拌了威士忌酒的冰激凌站在这里别有用心地邀请宗亮去他公司参观的情景，也记得宗亮在听说她看过他的论文后脸上浮现的兴奋的红晕……

一切都像昨天晚上刚刚发生过一样清晰真切。

"我昨……我星期二的晚上，是住在这间吗？"

"是呀。"宗亮听她声音平缓了些，转头朝她笑了一下，顺着她指点的方向，朝着那扇被两个持枪男人把守着的房门走去，"这间房间在向阳面，视野也是最好的，我知道你喜欢阳光，专门留给你的。"

"星期二中午吃饭的时候你喝多了，你还记得我们吃过什么菜吗？"

"当然记得。"宗亮走到那扇熟悉的房门前，守门的两个男人像石像一样一动不动地站着，看也没看他们一眼。宗亮也对他们视而不见，停下脚步朝时光笑了一下，像是回想起一段并不全是愉快的记忆，笑意里别有几分复杂，却依旧舒展自如，"我们久别重逢之后一起吃的第一顿饭，我还是打了五家酒店的电话才把菜叫齐，怎么会不记得。"

"牛油果沙拉、黄油煎芦笋、黑胡椒烤松茸、黑松露罗勒比萨、奶油南瓜汤，对吗？"

宗亮怔愣地看着这把菜名报得像法庭陈证一样严肃紧张的人，忽而一笑："怎么，今天还想吃这些吗？"

他说"还想吃"，就意味着他们确实是吃过的。

他们确实吃过那顿饭，确实住过这栋房子，确实来过这里。无论是星期二还是眼前，这一切都不是做梦，不是幻觉，是真的……

星期二一早醒来，她把星期一忘了个干净。星期六一早醒来，她不但没想起有关星期一的任何事，还把星期三、四、五也忘了个干净，一个星期已经过到了第六天，她脑海里却只有星期二一天完整的记忆。

这是什么怪病吗？

"婷婷？"

被宗亮唤了一声，时光才猛然抽回凌乱一团的思绪，潦草地摇摇头，抿紧了嘴。

她现在什么都不想吃，她只觉得胃里一阵阵抽搐翻涌，好像一开口就会吐出来。

宗亮关切地看看她转眼间又苍白起来的脸色，垂手拧开房门。

"先进来吧。"

门一开，时光就看见一个熟悉又陌生的女人身影。

第八章

女人抱臂站在窗前朝远处望着，一身与这栋房子的年代感十分相称的深色旗袍把她高挑傲人的身材凸显得淋漓尽致，闻声转头之间，描画精致的眉浅浅一蹙。

多年不见，时光还是能一眼认出这张曾经名满雁城大学的美人脸。

"童……童烁？"

美人冷淡又嫌恶地朝她血迹斑斑的身上扫了一眼，踩着尖细的高跟鞋不耐烦地朝宗亮走过来："完事儿了吗？"

"就快了，你去做早饭吧。"

"就那么一点破事，还没完没了了。早准备好了，都是现成的，你们赶紧吧。"童烁翻着一个饱满的白眼从宗亮和时光之间挤了过去，肩头有心无意地撞上时光，一个对不起的眼神都懒得给她，就在高跟鞋砸木地板的"嗒嗒"声中没好气地出门了。

宗亮扶着她宽慰了两句，时光一个字都没听进去。

童烁从她身边撞过去的时候带过一股浅淡的气味。不是什么香水脂粉的气味，也不是烟味酒气，是种酸里带苦的味，莫名泛着一种难以言说的危险气息，好像在什么地方闻过。

不等时光想清楚，宗亮就揽起她走进了洗手间。

这间客房的洗手间就在一进门的位置，宗亮带她径直走到洗手池前，拧开水龙头，捉起她的手，正要往水流下送，时光才在陌生的触感中恍然回神，下意识地把手抽走了。

"我、我自己来。"

时光埋头把沾了血的手送进水流中。

夏天气温高，出来这么一会儿的工夫，沾在手上的血就已经有些凝固了，水流过处只能冲下薄薄一层，落在洁白的陶瓷洗手盆上，呈现出一种西瓜汁般浅淡的水红色。

昨天……不，八月二号，星期二，她在厨房后的菜园水池前洗着沾有相似颜色的一双手时，和那双手的主人的对话在水流声里浮现出来。碎片连着碎片，牵牵扯扯，忽然在时光一团混沌的脑子里拽出一个让她后背一寒的疑问。

如果他们这趟还是来赴教授之约的，宗亮怎么又"碰巧"在这儿了？

以霍明远的谨慎多疑和他如今的处境，他绝不会大意到让这种"碰巧"一而再再而三地发生。就算是这种"碰巧"勉强钻空子发生了，照霍明远说的，教授选在这里见面，是打算把住在这里的宗亮和他们一并清理掉，那么在他们这些人死的死、伤的伤，像囚犯一样锁在酒窖里被严加看管的时候，宗亮夫妻俩怎么还能在这里自由从容地洗漱做早饭？

时光蓦地抬头，正对上映在水池上方镜子里的两张脸。

她的脸苍白狼狈，还沾着些许已经干透的血污。宗亮的脸虽然干净，却带着彻夜未眠的疲倦，苍白狼狈的脸上满布着错愕，把旁边干净疲倦的脸的人看得一怔。

"怎么了？"

"你……"时光一双手僵在水流下，浑身肌肉紧绷起来，定定地看着镜子里的人。千万个疑问一股脑地涌到嘴边，都被她硬吞了回去，几经掂量才小心地挑出一句，伴着平稳的水流声说出来："你见过教授吗？"

"当然没有。"

时光心里蓦地凉了半截："你不问问我说的是哪个教授吗？"

宗亮茫然地皱起眉头："还有哪个教授，雁城还有第二个教授吗？"这话说完，宗亮才觉出有点不妥，半开玩笑地补充，"当然，不能包括我这种教书的教授了。"

即便是平稳的水流声也遮掩不住时光嗓音里的轻颤，不只是嗓音，时光从指间到脚尖都抑制不住地微微发颤："是，就只有一个教授……你知道他，但是从没见过？"

宗亮对时光心里的惊涛骇浪无知无觉，垂眼一笑，自嘲中带着点余悸地说："我哪有机会见到他呀，要不是他知道我这次的研发有了进展，我可能就已经死在回国的路上了，连再见到你的机会都没有了。我在他手下不过就是一个厨子，还是不能让他满意的那种。"

宗亮语声温暾的话像一记铆足了劲儿的耳光，把时光掴得眼前一黑。

想起似乎就近在昨天的重逢，时光浑身的筋骨间仿佛被同时塞进了一团火和一团冰，极致的灼热和极致的阴寒纠缠冲撞，像反复煅淬金属一样折磨着她。

果然……霍明远猜错了。

宗亮没有走上他导师的老路，而是走上了那条他导师死也不走的路。

眼看着时光脸色越来越白，宗亮又浅淡地皱起了眉头："你怎么突然想起来问这个？"

忍过一阵苦不堪言的煎熬，时光终于咬牙止住通身的颤抖，精钢一般坚定地看着镜子里一头雾水的人，平静地摇头："没什么。"

不管这件事曾被他藏得多深、瞒得多严，看宗亮言语间的反应，这件事已经在她忘干净的某一天里在他们之间摊得一清二楚了。

无论她现在多么惊愕、多么难以置信，理论这些的时间都已经过去了。

更何况，从出酒窖门开始，这个人就反复在说时间还来得及。

干什么的时间还来得及？

时光低头避开宗亮从镜子里投来的狐疑目光，在水流下动了动还没从僵硬中彻底缓过来的手指，缓缓搓洗手上的血污："你刚才在酒窖门口问我，可以了吗，是什么意思？"

"当然是你的决定啊。"似乎是不想让守在门口的人听见，宗亮欠身朝她挨近了些，又有意压了压声音地说："昨天我们说好的，给你一晚的时间，到今早给我答复。如果你没有别的什么更好的办法，就照我说的做。现在天都亮了，可以用我的办法了吧？"

别说什么更好的办法，她连自己为什么事情想办法都还不知道。不过，能让她在酒窖里守着一个死人、一个疯子和一个囚徒考虑一晚的，肯定不是什么非此即彼的简单事。

时光面不改色："我还有一个地方没有想清楚。"

"什么地方？"

时光稍一犹豫，按了点洗手液，在水流声里不紧不慢地搓着泡泡，不答反问："你想的那个办法，能不能再跟我从头说一遍？"

宗亮在她身后左手边重重地沉了口气："婷婷，没时间再让你这样想下去了。"

时光无动于衷，不紧不慢地洗掉手上的泡泡，又慢条斯理地掬水漱口。

宗亮映在镜子里的眉头一紧，温和克制的嗓音也跟着急躁起来："不到两个小时山里的雾就要散了，雾散之前交不出那个卧底警察，我们就都要死在这里了！"

时光一怔之间差点被还没吐出来的漱口水呛了。

交出卧底警察？

什么卧底警察？

她不是跟着霍明远来和教授抢地盘的吗？！

见时光怔愣中带着惊诧地抬起头，宗亮意识到自己差点失态，忙扶上她的肩头，再次把嗓音小心地压下来，温声软语地道歉："对不起，我太着急了……不过，婷婷，我们真的没有时间了，别再想那么多了，只要我们一起把霍明远交出去，这件事就结束了。"

"霍明远？"时光吐了嘴里的水，错愕之下脱口而出，"霍明远是警察？证据呢？"

"证据？"宗亮也被她问愣了，啼笑皆非，"怎么想了一晚上的办法，你说起话来倒有点像警察了……什么卧底警察，哪来的那么多警察啊？我们这些人做的事加在一起都够枪毙一百回了，我们当中要真有警察，我们还能活到今天吗？"

"什么意思？"

"你怎么还不明白呢，教授要的不是什么证据，是手下人对他命令的绝对服从。"宗亮叹了一声，又把嗓音压得更低了些，像在讲台上对课堂上开小差的学生重新解析一个刚刚讲过的重要知识点似的，无奈又不得不耐心地说："他要我们自行清查，交出一个卧底警察给他，我们就只要统一口径，交出一个人来就行了。现在韩照死了，霍明远的那个女助理也疯了，童烁和秦晖都同意把霍明远交出去，只要你也同意，我们再去哄一哄那个女助理，让她不要乱说话，我们就都能平安度过这一关了。这是我们现在唯一的办法。"

宗亮说话间不由自主地激动起来，扶在她肩头的手也从轻轻地搭扶收紧成了攥握，说到最后，还像是要把她唤醒似的晃了一下。

"我明白。"时光头也不回，不动声色地挣开攥在她肩头的手，低头掬水往脸上连泼了几捧，使劲儿揉搓了几下。

再抬起头来的时候，宗亮已经取下架子上的毛巾递到她手边了。

时光没回头，还是在镜子里看他。经过架在宗亮鼻梁上的眼镜和洗手池镜面这两层玻璃的多次折射、反射，又穿过挂在她睫毛上的水珠，宗亮的目光透出一种她从没在这双眼睛里见过的复杂，看得她后背隐隐发凉。

霍明远烦的就是宗亮这样看她的眼神吗？

时光接过毛巾把水淋淋的脸整个埋进去，闷闷地问这眼神的主人："如果只是需要交出一个人的话，反正韩照已经死了，把他交出去不行吗？"

静了两秒，左后方才传来宗亮困惑的声音："你忘了，教授是要一个活的警察，他要看到这个人亲口认供啊。"

"那个女助理呢？她既然已经疯了，哄她说别人是警察，和哄她说她自己是警察都差不多，把她交出去不就行了？"

"不行，交她出去，教授是不会满意的。"

时光从毛巾里抬起头来："你怎么知道？"

"婷婷，你怎么了？"宗亮诧异地皱起眉头，不再去看镜子里虚假的影子，而是端详起站在面前的人，从后脑勺看到脚跟，又从脚跟看回到后脑勺，"你今天怎么……怎么像变了个人似的？"

时光丢下毛巾，转身来面对着宗亮，任他打量。

洗去脸上的血迹和脏污，这张脸只剩一片苍白，毫无表情的时候看起来更加平淡了。

"我确实没想出什么更好的办法，但是你也说了，这是关系死活的事，你要想让我照你说的办，就要让我把你这方法的每一步都确认清楚，我才能把我的命和你们的押到一起。否则我怎么死怎么活都是我的事，和你们没关系，你们的死活我也不管。"

宗亮定定地看她片刻，终于眉头一展，叹了一声。

"你跟我来。"

时光跟着他走出洗手间，直走到客房床尾。

空荡荡的客房里没有她出门过夜必带的那只行李包，床上也没有人睡过的痕迹，只是挂在床对面墙壁上的那台电视机无声地开着。时光走到近前才发现，那色调昏暗的屏幕上显示的不是什么静音后的电视节目，而是酒窖的监控影像。

镜头正对着下水管道所在的墙角，被手铐锁在下水管道上的人无声无息，一动不动，要不是屏幕上显示时间的数字在一刻不停地跳动，时光几乎以为这是一幅被按了暂停的画面。

宗亮看着这幅画面沉了口气，耐着性子压着声音说："霍明远的野心和他背着教授干的那些事，教授全都已经知道了。教授容不下这样的叛徒，但要是以叛徒的名义杀了他，就等于让教授承认自己御下无方，养虎为患，这是自己打自己的脸。以清除警方卧底的名义杀他就不一样了。当然……杀不杀他，怎么杀他，那都是教授的事，我们只要把警察的帽子戴到他的头上，把他交出去就可以了。只有这样做，教授才会满意，这件事才能结束，我们才能活命啊。"

这番揣度听起来合情合理，但要想照着这个思路操作，其中有个至关重要的麻烦。

"你说的这些，霍明远肯定也想得到，他怎么可能自己说自己是警察？"

"他当然不会乖乖承认。你昨天也看到了，我客气的不客气的办法都试过一遍了，他还是这个油盐不进的样子。你昨天劝也劝了，威胁也威胁了，他是什么态度，你也清楚。所以现在就只剩那一个办法，就是由你去给他注射T1107。"

"T1107？"

"是啊。昨天不是给你看过了吗？"时光茫然的神情把宗亮也看得茫然了，"就是我研发成功的那款新货，用你的名字和生日命名的，你忘了？"

"T"可以代表"婷"，"1107"是她阳历生日。

时光在惊诧中忽然想起他刚才在洗手间里说过的一句话："你不是说，这新货是你回国前刚研制出来的吗，你是什么时候给它起名的？"

"前天。"宗亮说着，像是想起了什么甜美的事，沉了好一会儿的嘴角不由自主地扬了起来，看向她的目光莫名变得灼热了，"我其实……暗示过你的，你可能没有注意。"

他的前天无疑指的是八月四号星期四。

时光的脑海中没有关于这一天的半点印迹，就算是推测，她也无法想象，一个八月二号才在阔别十二年后刚刚与她再次见面的人，因为什么会在一天之后做下这样一个决定？

她到底还忘了些什么……

"为什么起这样的名？"

"我说过，我想让你见证我所有的成就啊。"那双手再次抓住她的肩膀，一股疯狂像脱缰的野马一样从那双目光灼热的眼睛里奔腾而出，瞬间漫遍了整张面孔，那丝刚才还在精心维持的温文溃不成军，眨眼间就无迹可寻了，"婷婷，昨天我说的一切都不是随口说说的。我是认真的，我爱你，只要我们闯过这一关，我们就可以在一起了！我知道你喜欢我，我一直都知道的，这一次我一定会保护好你，你相信我！"

时光愕然地睁大了眼睛，像是要把眼前的人抓进眼中一分一厘地看清楚。他爱她，他要……和她在一起？

时光定定地看了他好一阵子，才艰难地转头，垂眼看向那只抓在她肩上的左手。那枚曾在阳光下刺得她心头一痛的婚戒还戴在他左手无名指上。房间里还残存着一缕童烁留下的那种酸中带苦的气息，像条无形的绳子勒在她颈间，勒得她难以喘息。

时光咬了咬牙才把话音挤了出来，血色淡薄的双唇禁不住微微发抖。

"那童烁怎么办？"

听到话里有了商量的余地，宗亮无声地舒了口气，笑容一展，疯狂淡了些许，手上的力气也放松了些，抬手轻柔暧昧地撩了撩她有点散乱的头发，像是要给她传递什么安慰，"这个你不用担心。我和她本来就没有什么感情，不过是相互利用而已。等我们出去以后，我会让那个女人从我们的生活中消失的，我保证。"

"我——"话音刚起，胃里突然一阵翻涌，时光忍不住扭头呕了起来，却什么也吐不出，只有一股不知哪来的隔夜酒气翻涌出来，激得她红了眼眶。

"婷婷！你怎么了？"

宗亮忙要扶她，时光挥手挡开了。

"我恶心……"

时光忍过胃里的翻涌，抹了下嘴，又抹掉这番干呕在眼中激出的水汽，深深地看了他一眼。身形还是那副清瘦的身形，相貌还是那副温文的相貌，但那双曾像月光一样清澈纯净的眼睛里正涌动着一股丝毫不加克制的骇人的疯狂，仿佛仙道成魔，比生而为魔者更加可怖。

这疯魔的人就用这样骇人的目光关切地看着她，柔声说："一定是你昨晚喝多了，又睡在地上着了凉，一会儿喝点热粥，暖一暖就好了。"

时光没心思去想她昨晚为什么会喝酒，更没心思去想什么热粥。

时光退后半步，和他拉开些许距离，转头看看电视屏幕上的人，嗓音微哑："给他注射这东西，和让他亲口认供有什么关系？"

"这款T1107在纯度上实现了最新突破，成瘾性非常强，虽然还在实验阶段，但是多次人体实验显示，在初次注射后的两小时内就会出现首次戒断反应。"宗亮耐心地微笑着，嗓音因为极力压低而显得别有几分令人毛骨悚然的阴柔，"你知道，犯毒瘾的人就像套了绳的牲口，让他说什么就说什么，让他干什么就干什么。"

不等时光从震惊中缓过神来，宗亮已经迫不及待地抚上她僵住的手臂。

"就照我说的做吧。只是打一针而已，你就能保住这里其他所有人的命。"

宗亮说着，一手揽过她的肩，一手指向电视屏幕上奄奄一息的人："反正他横竖都是个死。你看看他现在这个样子，就是让他这么耗着，他也耗不了多久了。他要是就这么死了，那死了也是白死，教授会生气不说，我们还要再找出一个人来给教授交代。你、我、童烁，秦晖，还有那个女助理，你打算选谁？你又觉得他们都会选谁？"

一下跨过太多的过程，时光一时弄不清到底是什么样的因一步步促成了这样的果，但眼前这里正在发生的事已经在宗亮的反复规劝间说得足够明白了，她心里已经有了定断，只是还有一个疑问。

"那这一针谁去打不一样，为什么要让我去打？"

"这是为了救你啊。"宗亮小心压低的声音叹起气来，听着格外苦口婆心，"你和我们不一样，你原来就不是教授的人，你是霍明远私收的账房先生，是帮他对付教授的。再加上你昨天劝他的时候说的那些话……你只有亲自动手，表明和霍明远断绝关系，才能活命啊。否则一旦我们把霍明远交出去，这件事一结束，教授接下来要处理的人就是你。"

时光抿紧双唇，转眼看了看电视屏幕上仍然一动不动的人。

宗亮说得没错，不用动手，就只是这样耗下去，这个失血又高烧的人也耗不了多久了。

时光缓缓地沉了口气，才又缓缓地问："宗亮，如果我照你说的做了，你真的会让童烁消失,然后和我在一起吗?"

"当然!"宗亮目光灼灼,"我喜欢的人从来就只有你。你不知道,直到现在我都还是觉得,你重新出现在我面前就像是做梦一样……"

要说做梦,恐怕没人会比她更觉得现在像是在做梦了。

"如果我不照你说的做,教授一定不会放过我,是吗?"

"是,教授的手腕你也是知道的,这是最后的机会了。"

又一次缓缓吐纳之后,时光不动声色地挣开那双按在她肩头的手,一切错愕惊骇在她苍白的脸上消散一空,终于又是一如往常的平淡。

时光转头看看窗外,随着太阳升高,浓重的雾气已经有淡去的趋势了。

"那就照你说的办吧。就现在,别再耽误时间了。"

"好。"宗亮笑着松了口气,"我去准备。"

"还有,"时光转回头来,又朝屏幕上一动不动的人看了一眼,"我要一盒冰激凌。"

"没问题。"

第九章

时光拿着一盒冰激凌和宗亮走到酒窖门口,铁门前又出现了一个熟悉的身影。

秦晖拎着一只银灰色手提箱站在门前,黑西装从头到脚纹丝不乱,和里面的人相比,一点不像是在逼迫下做过什么抵抗的。四个腰间别枪的陌生男人跟在他身后,既不恭顺也不倨傲,就像电脑游戏里的NPC一样按着程序设定漠然地跟着。

见宗亮走来,秦晖低了低头:"宗先生。"

虽然眼下是八月六号,但是在她的记忆里,这个人以同样的姿态对着霍明远叫"霍总"才不过是几个小时以前的事。时光胃里又是一阵翻涌,她不由得皱了下眉头。

宗亮的手搭上她的肩:"别怕。"

时光闷闷地"嗯"了一声。

守门的两人在宗亮的示意下打开那只陈旧却结实的铁锁，缓缓拉开了厚重的门扇。

酒窖里似乎没有可用的灯，宗亮拿着一只手电筒，朝前面投出一道紧凑的亮白光束，一手照着下台阶的路，一手牵着时光走下去。秦晖带着那四个男人紧随其后，原本鸦雀无声的酒窖里一时间回荡着深深浅浅起起落落的脚步声。

死寂被打破，昏暗深处忽然传来一阵低低的呜咽。

"别，别杀我……"

宗亮置若罔闻，径直往前走。

再次走回她刚才睁眼醒来的地方，时光才忽然发现，自己在前一天晚上，或者说八月五号星期五的晚上，就睡在离霍明远差不多两步距离的地方。

不远不近，刚好是这个被锁在墙角下水管道上的人无论用身体哪个部分都将将碰不到她的地方。她是在躲他吗？

那为什么没躲到更远的地方？

疑惑刚从脑海中飘过，就听见一声金属摩擦的刺耳声响。

困锁在墙角的人似乎感觉到了周围嘈杂的响动，在半昏半醒中拖着锁在下水管道上的手腕挣动了一下。刚动了这么一下，宗亮就脚步一顿，一手把她拽到了身后。

秦晖身旁的四个男人齐齐地后退半步，齐齐地拔出了别在腰间的枪。

一时间六个身强体健的男人全都精神紧绷，如临大敌。

霍明远是怎么落到这个份上的，时光没有半点记忆，但看眼前的阵势就知道那个过程中经历了怎样的一番激战，以及激战中这个人在他们心里烙下了怎样深重的恐惧。以至于他现在这样半死不活地被铐着，他们也不敢有半点松懈。

这半死不活的人在宗亮手机投出的白亮光束中闭着眼缓缓仰起头来，顶着身后霉迹斑驳的墙面有些吃力地正了正松垮的坐姿，这一动，又招来一连串手枪上膛的脆响。

霍明远也不睁眼，就倚在墙上哑声笑起来。

"可算来了……再磨叽，我可就先死一步了啊……"

手电筒集中的光束直直打在霍明远身上，仿佛一片黑暗的剧院中唯一一束投向舞台上那个即将迎来悲剧结局的角色的追光，把他身上的每一丝狼狈都照得无所遁形。

白得发青的脸、凌乱打绺的头发，像湿透的黑色垃圾袋一样粘在身上泛着水光的黑西装黑衬衫上，还有那摊顺着右手淌下来流了一地的血，以及从头到脚无处不在的污秽，样样都是她从没在这个人身上见过的狼狈，散发着死气的狼狈。

然而似乎一点都没被这个人放在心上。

霍明远闭眼笑着，眼尾挑起一抹轻蔑的弧度，有气无力却还是四平八稳地拿着他一贯的腔调问："教授来了吗？"

宗亮沉了沉脸色，也沉了沉他声线过于柔和的嗓音："你还敢提教授？教授来不来都是一样的，这里有监控，你说什么做什么，教授都能知道。我劝你不要再白费力气了，老实招出来，也免得我们为难。"

霍明远仰在墙上从鼻孔哼出一声冷笑："缩头乌龟……我给他累死累活地卖命，临了了随便给我泼身脏水，放群野狗就想咬死我，还真讲究！"

"霍明远，你就活该死在你这张破嘴上。"宗亮皱皱眉头，扬高了声音，好像有意说给所有人听见似的，"我再问你最后一遍，你到底承不承认你是警察？教授限制的时间已经快到了，你再不说实话，我们就真不客气了。"

霍明远哂笑了一声："别废话了，要杀就杀，爷的上路酒断头饭呢？"

"你以为——"宗亮话没说完，就被身后淡淡的一声截断了。

"在这儿。"

张口要饭的人似乎没想到会听到这么一声回应，时光话音没落，就见这人眼尾那抹轻蔑的弧度忽然一僵，低垂的睫毛抖了抖，眼帘被宗亮手中刺眼的光束直照着，像是有千钧重似的，使尽了这人浑身的力气才颤颤地抬了起来，刚才还四平八稳的话音也跟着微微发颤了。

"时光……"

时光端着那盒外壁上已经凝满水汽的冰激凌缓步上前，刚要在他身前蹲下，这人混浊的目光忽然一厉，猛地挺身扑来。

"你还有脸——"

一只手忽然抓住她的胳膊往后一拽,时光踉跄着后退,没等站稳脚,只看到光影急剧晃动之间,身旁忽然飞出一脚,直踹霍明远的胸口。

"咚"的一声闷响,那黑色的身影重重撞回墙上,颓然跌坐。

"你找死!"

眼看着宗亮又起一脚,时光一个错步转身,同时抬脚一别。

宗亮到底不是正经练过身手的人,这么一个猝不及防的小动作就让他支撑重心的那只脚瞬间失稳,一个踉跄,差点趴到地上,被时光抓着后领子一把揪住了。

"婷婷你——"

"你看不出来他就是在找死吗?"时光立在两个满面怒火的男人之间,恼然松开刚站稳脚的宗亮,皱起眉头冷声说,"如果你已经想好要这样打死他了,那这里就没有我的事了。你随便吧,我去吃早饭了。"

时光说着起身就走,宗亮一愣,忙追了上去。

"婷婷!婷婷……"

直到五步开外的地方,宗亮才把大步流星的时光拦下来,还没说话,时光已经抢先一步压低着嗓音开口了。

"这四个是你的人,还是教授的人?"

这一句问得前不着村后不着店,周围又回荡着墙角方向传来的阵阵带着冷笑的咳声,和另一个方向时起时歇的女人呜咽声,宗亮以为是自己着急之下听错了。

"你说什么?"

"你看到霍明远对我的态度了,一会儿给他打针肯定不会顺利。万一出点什么意外,越少人在这里看着,就越好糊弄过去。"

时光几乎嘴唇不动地低声说着,抬眼朝那个远处天花板上只能凭一个细小的红色亮点判断它存在的监控摄像头看了看,又垂眼看看宗亮手里的手电筒:"照你说的,教授要看他亲口认供,不过就是想有凭有据地让霍明远死在警察的身份上,好挽回脸面。万一霍明远不小心死在我们手里,我们能给教授看他临死前认供的监控录像,也算可以交差了吧。监控摄像头的录音不是很清楚，光线差的时候也拍不清细节，只能看见一个大概的轮廓，对吗？"

宗亮怔了片刻，越过时光的肩头朝秦晖五人围聚的墙角看了一眼，关了手电筒那束刺眼的白光，欣然点头："还是你考虑得周到。"

宗亮像模像样地哄着时光走回去，从秦晖手里接过那只手提箱，就打发他出去了。

"山里这个时候雾气还重，你出去跟他们说，一定小心留意外面，别只盯着屋里。我们又跑不了，但是万一有警方的人得到消息赶来营救卧底，那就有大麻烦了。"

"好的，宗先生。"

秦晖一走，四个男人里的两个就自觉地跟在他身后一起出去了，待到那扇铁门重新关好，时光才又拿着那盒冰激凌缓步上前。

宗亮虽然没正经练过身手，但踹向霍明远的那一脚夹携着饱满的情绪，不知道使出了多少额外的蛮力，霍明远不闪不避正面硬接下这一击，嘴角已经荡出了一道血丝，靠墙坐在地上似乎都有些难以支撑，摇摇欲坠了。

"霍明远，你最爱吃的就是这个，对吧？"

"你想干什么……"

几乎脱力的人目光依然锋锐如刀，但显然已经没力气再挺身朝她扑一回了。时光几乎能听见生命在他费力的喘息中一点点流逝的声音，壮着胆子在他身前蹲下来，打开冰激凌盒盖子，挖出满满一勺，直送到他嘴边。

"这里没有朗姆酒提子味的，我也懒得开酒了，你凑合吃吧。"时光说着，见霍明远直愣愣地看着她不张嘴，又往前送了送，"再不吃就化了。"

那两瓣苍白的嘴唇绷了片刻，到底还是缓缓张开来，混着嘴里的血腥味把这满满一大勺冰激凌一口吞了下去。

时光又挖了一勺，霍明远毫不迟疑地张口接了。

时光一边喂他，一边淡声说："你没亏待过我，但是我还不想死，你也知道我是识时务的，所以，你别怪我，一会儿是死是活就全看你的本事了。"

霍明远吞下刚接进嘴里的一口冰激凌，锋锐如刀的目光微一闪动。

"你不是——"

话没说完就被又一勺冰激凌堵住了嘴。

"你管自己就行,我的事不用你操心。"

不知是没力气还是没兴趣,霍明远没再说话,只一口接一口地吃。

时光也没再说话,只一勺接一勺地喂他。

宗亮耐着性子看时光喂霍明远吃完大半盒冰激凌,就快忍不住要出声提醒的时候,时光终于站起身来,把还剩三分之一的冰激凌盒子不急不慢地盖好,递给宗亮身旁的一人,腾出手来伸向宗亮。

"给我吧。"

宗亮轻轻一点头,没把拎在手里的手提箱交给时光,反而转手递给身边另一个人,就着那人横捧手提箱的架势娴熟地拨了密码,"咔嗒"一声打开了箱子。

"就像平常打针一样,在他臂弯上找到静脉血管,扎进去,把药推完就行了。"

宗亮一边说着,一边从箱子里拿出一支安瓿,"咔"地掰开,把透明药液缓缓吸进一支刚拆封的注射器里,又轻轻推出残余的空气,整套动作一气呵成,话一说完,注射器就交到时光手中了。

"好,我试试。"

时光拿着注射器转回身去,就见那锋锐的目光定在了她的手上。

刚才还有气无力的声音蓦地绷紧了:"这是什么?"

时光像没听见似的,看看他那条似乎伤得不轻的右臂,又看看他被手铐铐在下水管道上的左手,走到他左手边单膝跪了下来,把注射器横咬在嘴上,伸手去解他左手的西装袖扣。

"你……时光,你干什么?"

宗亮看着这徒劳挣动的人冷笑了一声:"霍总不是说我的新货都是工业废料吗,我是个搞研究的,笨嘴拙舌,恐怕解释不清楚,为表诚意,就请霍总亲自体验一下吧。也许这一针废料打下去能让霍总清醒起来,说几句该说的实话。"

时光感觉到西装袖子下的手臂猛然一僵,忙一把按住他左手腕,连同冰冷梆硬的手铐圈一并按在下水管道上,抢在他奋力挣动前就把这只手臂按得动弹不得了。

宗亮在霍明远的破口大骂中放声笑起来，混着不远处女人的颤声惊叫，和手铐圈接连碰撞摩擦下水管道的刺耳声响，在一片昏暗中听起来别有几分狰狞。

时光咬着注射器没出声，一手按着那不安分的手腕，另一手利落地解了他的西装袖扣，又解开衬衫袖扣，一把直捋上去，露出他线条紧实却已经使不出什么力气的手臂，才腾出一只手把衔在嘴里的注射器拿下来，平淡地看他一眼。

"省点力气吧，这一针打完才是你花力气的时候。"

这句话像是一下子抽干了这个人最后的一分力气，霍明远忽然停住了徒劳的挣动，脱力地挨着背后的墙，难以置信地看着面前这个仍是一脸平淡的人。

"时光……"

粗重喘息中挤出的声音分明近在眼前，听起来却像是从幽远的地底深处传来的。

时光慢慢松开按在他左手腕上的那只手。

刚才的一番挣动中，金属手铐圈锋利刚硬的边缘已经把他凸出的腕骨硌破了一层皮，也硌红了时光的掌心。

"我是第一次用这东西，我尽量快，你忍忍，别乱动。"

淡声说着，时光掐紧他臂弯上侧，看着轻轻松松就暴突出来的静脉血管，一针斜刺进去，在一声困兽般的嘶哑低吼中一口气推到底。

最后一点药液推尽，针尖一拔，时光一把扔下注射器，站起来连步后退，像是躲一颗已经被点燃了引信的炸弹。

炸弹却头颈一沉，一动不动了。

第十章

宗亮一惊，忙一步上前。

宗亮急匆匆地在霍明远身前蹲下，一只手刚捏起霍明远的脸，试探鼻息的另一只手还没伸到他鼻尖，就听见昏暗中忽然传来"哗啦"一声金属坠地的声响。

不等反应，胳膊就被一抓一拧，混浊的空气中顿时传来一声混着骨节脱臼响的惨叫。

"来人——"

金属坠地声刚一响，站在时光身前的两个男人就已经惊觉有变，奈何一人手里拿着那盒还没吃完的冰激凌，一人手里捧着还没关上的手提箱，动作慢了半拍，刚把手里碍事的东西扔掉，没等拔出枪来，两颗脑袋忽然被从后按住，"咚"地撞在了一起。

两个男人到底训练有素，只踉跄了一步，眨眼工夫就端稳了枪。

一个枪口对准时光，一个枪口指向墙角。

宗亮的拳脚没有任何招式可言，每一下都是凭着求生的本能胡来，霍明远负伤在身，仓促之下似乎使不出平时那么敏捷有力的身手，本来实力云泥之别的两个人一时间竟也扭成一团，难分高下。

宗亮在扭打中听见掏枪的声音，忙扬声高喊："别开——别开枪！他还没招！教授要活的！"

瞄枪的两人明显有点犹豫，转头对看了一眼，不等决定动作，时光已经出手朝那把指着她胸口的枪抓去了。

男人一惊，一个格挡，时光抓了个空，又起一拳直朝男人脸上挥去。

男人似乎没想到这瘦瘦小小的女人还有这么两下子，匆忙招架，时光仗着个头小，灵活闪避，瞄准机会一脚直踹男人手腕。

枪从男人手中横飞出去，落进远处的黑暗里。

时光与这男人缠打之间，另一个男人到底没开枪，把枪一别就朝墙角的战团冲了过去。

墙角处一片昏暗，时光又在闪避之间与那边拉开了一段距离，一时间也看不清什么，除了近在眼前的拳风之外，就只能听见从那边不时传来拳脚到肉的闷响和分不清具体从哪副嗓子里发出的闷哼惨叫。

和时光纠缠的男人在几番过招中摸出了时光的路数，心里有了底，出手渐渐放开，一下狠过一下。时光矮身险险躲过男人一记力道狠戾的拳头，转身移步滑到酒架间，顺手抽出一瓶酒，扬起就朝男人头顶挥去。

男人收势格挡，玻璃酒瓶子结结实实抡到他胳膊上，"哗"的一声碎开了。

暗红的酒液顺着他的圆寸头直淌而下，男人视线一花，时光趁机左手虚晃一招，右手正要把碎成半截的酒瓶子朝男人咽喉刺去，墙角方向忽然传来一声枪响。

枪响后紧跟着半声哀吟。

半声。

就只有半声。

好像没等那人全喊出口就再也喊不出声了。

时光心里猛地一沉，分神之间手上失了利落，刺到半路的酒瓶子被凌空一把截住，一只粗壮的手臂横压过来，抵上她的前颈，"咣当"一下直把她怼到酒架上。

一招失势，节节败落。

时光勉强招架了几下就被压制得不能动弹。

男人虽然占了上风，但时光力气不卸，他也只能勉强把她按在酒架上，分不开手脚去干脆利落地完成最后一击，便就着紧攥时光右手的姿势硬扳她的手腕，将那只攥在她手里的酒瓶子的玻璃碴口掉转方向，朝着她自己的脸上反扎过去。

时光使出全身力气相抗，粗重的喘息声充斥在两人越缩越短的距离间，如雷声滚滚。

时光到底力气不敌男人，尖锐的玻璃碴越压越低，挂在破碎瓶壁上的红酒凝聚成滴，像一滴凉透的血，在两人因为竭力僵持发出的颤抖之中"吧嗒"一声落在她脸上。

凉意从脸颊出发瞬间蹿遍全身。

时光猛一激灵，咬牙沉足一口气，屏息蓄力，正准备勉力一搏，忽然又是一声枪响。

响声不在墙角的方向，而是近在咫尺，活像只无形的手猛地扼住男人的脖子。喘息声骤然终止，一股温热咸腥的黏稠液体飞溅出来，落了时光满身满脸。

那双充血的眼睛没了焦点，身体一松，烂泥似的瘫软了下去。

时光在惊愕中透过一口气，这才看到之前还缩在黑暗里呜咽不止的年轻女人正两手死死攥着那把交手之初就被她一脚踢飞的枪，吓傻了似的僵站着，两眼发直地看着地上被她从后一枪爆头的男人，颤颤发抖。

　　"我……我杀人了，我杀人了……"

　　接连两声枪响终于引起了门外人的注意，铁门的方向传来匆匆开锁的声音。时光满心还是那半声哀吟所暗示的可怕结果，顾不上多说什么，扬手扔掉酒瓶，一手接下年轻女人僵攥在手里的枪，一手牵起她冰凉发抖的手把她护在身后，小心又急切地朝着已经没有打斗声息的墙角方向掩去。

　　离墙角最近的酒架后，时光掩身探头一看，忽然狠狠愣住了。

　　不过半分钟的工夫，那片墙角已然天翻地覆，却完全不是她想象的那样。

　　那半声哀吟并不属于霍明远，因为这个刚才还半死不活歪在墙角的人，现在已经成了那片墙角里唯一站得笔直的。

　　上前给宗亮当帮手的男人一动不动地倒在地上，宗亮虽没倒下，却还不如倒下痛快。

　　他右小腿挨了一枪，本该是站不住的，奈何脖子里的那根领带被霍明远缠在左臂上，像上吊一样硬勒着他的脖子把他提溜了起来。原本铐着霍明远的手铐现在扣着他的手腕，把他的一双手铐在了他自己腰间的皮带上。原本别在那男人腰间的枪不知怎么到了霍明远的手上，还是那只左手，握着枪从下往上直抵着宗亮的喉咙。

　　宗亮一双眼睛像被火烧过，瞪得几乎要暴突出来，时光一打眼就觉得他有一肚子的话想要骂出来，但无奈被领带勒得只能发出一点破碎的声音。

　　那半声哀吟应该也是被这条领带勒断的了。

　　手铐是她撬开的，有关动手时机的暗示是她给的，防备疏松的条件是她创造的，那一针她也没有真打进霍明远的血管里。酒窖昏暗的光线下，宗亮只看见针头刺进去，却没发现她像缝衣服走针一样刺穿了那层肌肤，把针头又暗暗地刺了出来，一针管药液全流进了霍明远本来就湿透的衣袖里……即便如此，以她有限的拳脚功夫还是无法想象，这个人怎么能拖着这副重伤还高烧的身体单手完成这一切？

但眼前的场面又不由得她不信,这个人就是做到了。

铁门外开锁拉栓的声音愈发清晰急迫,时光急匆匆上前,近距离快速打量他一眼。霍明远也是刚刚结束战局,喘息未定,右手臂虚垂在身旁,有血液缓缓渗出来,在他手背上凝聚成股,顺着指尖滴落。

"你没事吧?"

霍明远摇摇头,皱眉看看时光脸上的血滴,又扫了一眼被时光牵在身后失魂似的年轻女人,在粗重的喘息中哑声问:"你们呢?"

"不是我的血。"时光抬起拿枪的手用手背蹭了一把脸上的血滴,也摇头,"她为了救我开了一枪,吓坏了。"

"你拿好枪,跟紧我。"

霍明远话音没落,铁门"吱呀"一声打开了。

霍明远提溜着宗亮紧走两步,把时光和那年轻女子遮在了身后。

金灿灿的光束倾斜进来的同时,门口也出现了两个朝里架起的枪口。光亮中的眼睛一时适应不了黑暗的环境,不敢冒进,两个枪口就不前不后地停在了门口的明暗交界处。

"里面怎么了?"

霍明远一声不吭,缓步朝门口走去。时光紧跟其后,也屏息绷紧了嘴。

一时没听到回话,门口的人有点慌了。

"说话!不说话开枪了!"

喊话间,霍明远已经提溜着宗亮走上了台阶。

昏暗中走来的人轮廓渐渐清晰,门口的两人一眼看清这个架势,顿时惊呆住了。

"还想要命的都滚开。"霍明远提溜着宗亮步步走近,一步一句,掷地有声,"我不管教授找什么狗屁警察,这人是教授的厨子,这颗脑袋里装着教授还没拿到手的新货配方,你们要不想坏了教授的事回去挨枪子儿,就给我老实滚一边去。"

门口的两人面面相觑,到底缓缓后退,一步步把门让开了。

宗亮这极具视觉冲击力的姿势比一百个枪口都更具威慑力。

霍明远吊着宗亮走在前，时光一手牵着两眼发直瑟瑟发抖的年轻女人，一手端枪走在后。两人背对背地走出酒窖，一路上楼走进客厅，走出屋门，穿过雾气缭绕的庭院，直朝那扇通向院外的铁艺花栏门走去。

十几把枪从各个方向围过来一路指着他们，却都在宗亮那颗吊在霍明远胳膊上的脑袋竭力的摇动中始终不敢上前，更没有一个敢贸然扣动扳机。

走着走着，霍明远忽然在她背后低低地问。

"时光，看见秦晖了吗？"

时光朝周围扫了一眼，目光可及之处都是被雾气笼罩的陌生面孔："没有。"

"仔细找找，我得让他把车钥匙——"话没说完就顿住了，那略有点犯愁的嗓音忽然舒朗起来，"我看见了。他这回倒是站对地方了……"

时光在枪口环绕中随着霍明远退出院门，退到他那辆停在树下的黑车前，才用余光扫见霍明远口中站对了地方的秦晖。

不只有秦晖，还有童烁，以及另外四个腰里别着枪的陌生男人。

这六人似乎从刚才起就围着车边鼓捣什么，忽然见宗亮被这个刚刚还关在地下酒窖里等死的人吊着脖子抵着喉咙提溜出来，那四个男人才惊愕地纷纷拔枪指过来。

"宗亮！"

童烁失声尖叫，被秦晖张手一把拦住才没冲上前来。

霍明远稳稳地停下脚步，左臂牵着宗亮的脖子往上提了提，手里的枪又往宗亮颤颤发抖的喉结上顶了顶，隔着山林间流动的雾气冷然看着那个紧护着童烁的旧日忠仆。

"秦晖，车钥匙给我。"

"霍总，您冷静一下——"

秦晖话没说完，那抵在宗亮喉结上的枪口忽地一转，"啪啪"两枪打在他脚尖前面的土地上，炸起的尘土还没落定，还有余热的枪口又抵回到宗亮的喉咙上。

"车钥匙！"

在童烁和时光牵在身后的年轻女人两种不同音色却同样惊恐的尖叫声

里，一把车钥匙终于扔了过来。车钥匙落地的同时，秦晖以投降状高举着两手急匆匆一步上前。

"霍总，您先别冲动。车里刚发现有疑似定时炸弹计时的声音，我正准备检查。"

"定时炸弹？"霍明远嗤笑了一声，吊着宗亮又往车旁走近两步，侧耳听了两秒，微微一怔，朝时光深深看了一眼，血迹未干的唇角忽然勾了起来。

"炸弹好啊，我正好跟这个孙子同归于尽，人多了到地底下还能凑局玩扑克，有兴趣的都一块儿上车吧。时光，开车门。"

时光半秒也没犹豫，伸脚一勾一挑，抬手凌空一抓，利落地把车钥匙捉进了手里。

她对这些高科技的玩意儿一窍不通，所幸在她诡异的记忆里看霍明远用这钥匙不过是前一天刚刚发生过的事，具体的细节她都还记得一清二楚。

开锁瞬间发出"嘀"的一声，周围的人不约而同地往后连退了几步。

车没有想象中的那样在开锁瞬间炸起来。童烁稍一松气，又撕心裂肺地喊着宗亮的名字要朝他们扑过去，硬生生被秦晖拖到了那排枪口后面。

"宗亮！宗亮……时光！我们都要被你害死了！贱人你不得好死！"

时光有点悲哀地朝她看了一眼，一把拉开驾驶座的车门，又利落地打开后排座位的门。等她牵着浑身抖得几乎站都站不住的年轻女人坐进车里的时候，那围指着他们的一圈枪口已经在雾气中退得远到看不真切了。

坐进车里，与童烁叫破嗓子的骂声拉远了距离，时光才听见一阵阵有节律的"嘀嘀"声。

不等她寻找声源所在，霍明远已经侧身坐上了驾驶座，吩咐她伸过手来替他使不上力气的右手挂了挡，然后一脚油门踩下去。车开动起来的同时，霍明远左臂一展，忽然松下缠在这只手臂上的领带，早已憋红了脸的宗亮就像一颗熟透的果子一样骨碌滚落下去了。

关车门，打方向，加踩油门，一气呵成。

后面的山间别墅、围聚在别墅院门前的人，以及童烁带着哭腔的叫喊声转眼间就消失在浓厚的晨雾中了，时光却半口气都松不出来。

"霍明远，炸弹怎么办？"

第十一章

驾驶座上单手开车的人被她问得一愣,抬起汗涔涔的脸往中央后视镜里瞥了一眼,顿时被那张一本正经的紧张脸气得笑出声来。

"什么炸弹,你还演上劲儿了啊,赶紧把你手机扔出去。"

"我……我的手机?"

车前的浓雾中忽然现出一块巨石的轮廓,霍明远点着刹车急转方向险险避过,又迅速把车速提起来,才腾出工夫来说话。

"快扔!你开着机他们就能定位,被他们绕到前面包抄就麻烦了。"

也许是刚才的折腾消耗了他本就为数不多的体力,那张侧脸上汗水淋漓,脸色惨白得连还没钻出来的胡碴都能看得一清二楚,嗓音也有些气力不济。时光不敢再白费他的力气,只好循声摸索。

一分钟不到,她就在后排座位和车门的夹缝里看见了那部"嘀嘀"作响的手机。

一部崭新的手机,屏幕上闪着一个似曾相识的电话号码,那定时炸弹倒计时一般的"嘀嘀"声就是这通电话带来的手机响铃。

这是她的手机?

她哪来的手机?

时光怔怔地探手下去,刚把它抓到手上,就看见旁边银光一闪。

一枚一块钱硬币也躺在这夹缝里,表面已经落了一层薄尘,好像是很多天前……不,是昨天!不,不是昨天,是八月二号,星期二。

是星期二和霍明远在这辆车上说话的时候,她不小心掉了两枚一块钱硬币,当时只拾回了一枚,另一枚就是落在这里了。

想起了这枚硬币,闪在手机屏幕上的电话号码也从脑海深处一跃而出。

是那个以"婷婷"的名义发短信向宗亮示警的手机号码。

这到底是什么人?

时光还没弄清该按哪里才能接听电话,就听见前面传来一声警觉的催问:

"怎么了？"

"没、没什么……"

时光忙摇下车玻璃，一把将还在响铃的手机远远地扔出窗外。

"嘀嘀"的响声和手机的轮廓眨眼间就一起消失在了浓厚的雾气里，霍明远往倒车镜里看了一眼，把车开得更快了："这就是你昨天跟我说的安排？"

"我——"时光张口结舌。别说这是不是她的安排，她现在就连这手机是哪来的都还弄不清楚。那枚来自八月二号的硬币捏在手里，时光脑袋里一会儿一团乱麻，一会儿又一片空白，到底只能实话实说，"我想不起来了。"

"想不起来？"

"这几天的事我都想不起来了。"

"几天？"霍明远正在山间羊肠小道上以近八十迈的速度转方向，颠簸中以为自己听错了，"你说什么，什么几天的事？"

"你还记得星期二早晨吃饭的时候我说的吗？还是像切蛋糕那样，我星期三、星期四、星期五的记忆也被切走了。"看着霍明远在后视镜里紧盯前方眉头紧锁的脸，时光唯恐没把这诡异的事情解释清楚，沉了口气，又补了一句，"这个星期从星期一到现在，我就只记得星期二这一天的事了。"

"只记得星期二？"

"嗯。"

霍明远像未卜先知似的准确又小心地开过一处藏在浓雾里的危险弯道，才诧异地朝后视镜里看了一眼："星期一呢？你又把星期一忘了？"

时光一怔，又忘了？

她是在星期三到星期五的某一天里想起来过吗？

不等时光开口，霍明远又问："开枪救你的这个人是谁，你也想不起来了？"

时光看看在她旁边蜷缩成一团不停发抖的年轻女人。年轻女人沉浸在自己的恐惧里，目光惊惶而没有焦点，看起来既让人怜悯又让人心惊。时光摇头："我没见过她。"

"九号实验室呢？"

时光更懵了："什么实验室？"

霍明远深深吐了口气,像是努力消化了一下:"也就是说,你一点也不记得昨天是怎么回事了,刚才就只是想救我出来,也没想过后面要干什么?"

时光如实点头,答得简单明了:"是。"

霍明远神情复杂地苦笑着摇摇头,摇掉了滑到他下巴上的两滴汗珠:"你可真行……"

昨天的事追问起来还不知道又要牵扯出多少新的困惑和错愕,死亡的影影正像这山间的晨雾一样浓重地笼罩在车身周围,霍明远明显没有那些多余的体力和精力给她答疑解惑,她也没有那些多余的心思去朝前追问。

只有活着度过当下的这一关,追问以前才有意义。

"现在怎么办?"

"能怎么办……"霍明远无奈地叹了一声,因为虚弱而发哑的嗓音依然沉稳有力,"现在开始全听我的,让你干什么就干什么。"

"好。"

时光答应完还没半分钟,就听见一阵越野车发动机强劲的轰鸣声从他们车后方的雾气中远远传来,飞快追近。

"霍明远——"

"我听见了。"

星期六早晨七点多,在浓雾弥漫的深山把车开到这个速度的绝不会是什么闲散游客。

霍明远沉声截住时光的话,又皱眉听了片刻,放眼看看前路,忽然方向一转,硬生生开下夯土小路,一头扎进旁边雾气更加深重的树林。

越野车也跟着拐了进来,密林中顿时响起密集的枪声,林中宿鸟惊得"扑棱棱"地冲天而起,蜷在时光身旁的年轻女人吓得捂紧了耳朵,失声尖叫起来。

"啊——"

钢铁车身不时被子弹击中,坐在座位上直感到阵阵短促骇人的震颤。

时光忙把上车就搁在一旁的枪抓了起来,刚隔着后挡风玻璃和玻璃外的雾气瞄准跟那个在二十步外方正凶悍的轮廓,就被霍明远厉声喝住了。

"趴下!躲开玻璃,趴座位底下别动!"

话音未落，车忽然急转方向避开一棵一抱粗的大树，年轻女人在极度惊吓中一下子晕了过去。时光顺势一把搂过她，按着她利落地一滚，躬身趴到了后排座位下面。

不知道越野车里载着多少个枪口，子弹像冰雹一样没完没了地砸来，霍明远把车开得像条鱼，在茂密的树林里忽上忽下时左时右地灵活穿行。

豆大的汗珠顺着他几乎皱成死结的眉头直往下淌，那只紧握着方向盘的左手微微颤抖，不知是过度紧张还是在勉力强撑。

时光躲不下去了，一咬牙挺起身来。

"我会用枪，我给你掩护。"

"你给我趴好了！"

霍明远一声把她喝住，深深沉了口气，才压住略显急促的喘息，哑声说："他们怕车里有炸弹，只敢远距离瞎放枪，打不准。这车全雁城就我这一辆，只要开到有监控的地方，他们自己就消停了。"

时光一怔之间朝车外看了看，这才看出来，霍明远一头扎进这林子里不是为了甩脱那辆明显更合适跑这种坑坑洼洼道路的越野车，也不是为了借树林挡子弹，而是抄了个近路朝着那片度假酒店云集的区域奔去。

难怪他不怕人从后面追，却怕人从前面包抄。

"监控？"时光恍然明白过来，"如果被警察或者媒体发现有人追杀你，你和你的公司就会受到调查，教授和他的生意就都会受牵连，所以只要到了有监控的地方，他们就不敢追了，是吗？"

"记性不好了，脑子还行啊……"

霍明远在此起彼伏的枪声中不合时宜地笑了一下，手中果断地扭转方向，刮着一棵老树钻过一个将够这辆车穿过的空隙，"所以你别乱动，只要这辆车里一枪没发，就算进了市区被警察盘问，咱们也能说是被山里配有武装的劫匪袭击绑架勒索，拼命逃出来的。"

时光在这个既冒险又靠谱的安排里敏锐地捉到一个颇有信息量的关键词，微一惊。

"进市区？我们要去什么地方？"

"咱们三个人现在这样，能光明正大一块儿待的地方还能有哪儿啊……"

"去医院吗?"

"去什么医院……回公司。"霍明远好气又好笑地说着,集中精神开过一片路况复杂的区域,才想起时光如今的大脑里缺少一样关键的判断信息,"对了,你这救命恩人是我星期一刚提拔的助理,关梦婵。"

和霍明远说的一样,越野车一直咬着他们直开枪,却始终没有加大油门贴近。霍明远一脚油门冲上度假酒店前的柏油盘山公路的时候,越野车就忽然刹住,再不往前追了。

时光从酒窖里就一直绷着的一口气终于松了出来,把仍然昏迷不醒的关梦婵从座位底下扶起来,安顿她在后排座位上躺好,然后利落地一蹿,翻到了前面的副驾座位上。

车身一抖,霍明远吓了一跳:"你干什么!"

"帮你看路。"说是看路,时光一双眼睛却盯在他鲜血淋漓的右手上。

和他并排坐着,时光才看出他右手上这些新新旧旧的血都是从他右臂靠近肩膀的一处枪伤里流出来的,高烧估计也是这处枪伤引起的,只是湿透的黑西装遮盖了一切,在昏暗的地窖里根本看不出来。

"你伤口还在流血,我给你收拾一下吧。"

"不用。"霍明远小心看清还蒙着雾气的前路,才转头朝时光深深看了一眼,似乎话里有话地问,"你都不记得这几天的事了,为什么还没听宗亮的劝,还要冒这么大的险救我?你就没想过万一没成怎么办?"

"我们是一伙的,只有救了你我才有活路。"

"你觉得我在酒窖里对你的态度像是跟你一伙的?"

"这是策略。"

"什么策略?"

"韩照死了,秦晖投了他们,你的新助理神志不清,能帮你的人就只剩我一个。只有我们两个翻脸了,他们才会觉得我可以拉拢,我才有机会跟他们周旋,不然我也会和你一样被他们铐起来。虽然跟你一起受罪看起来比较讲义气,但是没有任何实际意义,所以翻脸应该是我们脱身的策略。"时光顿了顿,看向旁边那张唇角微微勾起的侧脸,"就算没救成,我也答应过会埋你，就不能丢下你不管。"

时光淡淡地说罢，几秒之后，才在一声深重的呼吸后听见旁边的人从牙缝里挤出一句粗哑的、带着一丝细微颤抖的低骂。

"老子心率快两百了，你别招我。"

从西雁山一路开到市中心的时候刚过九点，所幸是星期六，市中心的马路没有工作日的早晨那么拥堵，也没有交警把这辆被剐得乱七八糟的豪车拦下盘问。

安德生物制药公司总部大楼就建在市中心那片寸土寸金的繁华区域，建筑外形极具现代感。霍明远凭着车牌号一路畅通无阻地开过重重森严的门禁，把车开进空荡荡的地下车库，开到一个靠近电梯门的独立停车位上，才刹车熄火。

霍明远一时没有开门下车，仰靠在座椅上有点艰难地缓了几口气，才微微朝副驾驶座位上的时光偏过头，哑声开口："后面储物盒里有盒薄荷糖，给我。"

时光也不开门下车，直接躬身从副驾驶座位翻回到后排，从储物盒里翻出一个绿色金属盒子，刚要开盖，霍明远已经把手伸过来了。

"给我……"

时光把糖盒放到那只满是血污还微微发抖的左手上，霍明远一接过来就咬开盒盖，迫不及待地仰头往嘴里倒了几颗，吞药片似的紧皱眉头一口吞下。

"你怎么样？"

"没事……"霍明远闭眼缓了足有半分钟，把糖盒往裤兜里一收，又把时光带进车里的那把枪收到腰后，才挺起身开门下车，"你扶关梦婵，跟我走。"

第十二章

时光把仍然昏迷不醒的关梦婵半扶半抱地拖下车，跟着霍明远走到电梯门前。

电梯旁的墙壁上没有上下行按钮，只有一块电子触摸板。霍明远在上面划了一个眼花缭乱的手势，电梯就柔和地响了一声，缓缓打开了。

这栋大楼从外面看有二十几层，这部电梯里却只有寥寥几个选层按钮，霍明远按了其中一个没标楼层的圆形按钮，电梯缓缓关了门，又稳又快地往上升。

霍明远左手撑在门边，站得还算挺直，受伤的右手臂垂在身侧，血顺着微微发抖的指尖滴落下来，正滴在浅灰色的地毯上，分外扎眼。

时光忽然想起来，就算是星期六，这么大的一栋楼里一定不只有他们三个人。

"一会儿要是碰见保安，或者加班的人，该怎么说？"

"不会。"

没等时光问为什么，电梯就稳稳停住了。

门一开，时光才明白霍明远的自信是哪来的。

电梯直接通进了一间比她那套老旧两居室总面积还要大的办公室，靠里还有一个布置成休息室的套间，卧室里该有的东西一应俱全。时光刚在霍明远指点下把关梦婵扶到床上，一回头就见霍明远跟跟跄跄地进了洗手间。

时光顾不得喘口气就赶忙跟了上去。

霍明远已经脱了西装外套并丢在地上，左手吃力地抵住墙面，没等时光上前扶他，他就好像浑身筋骨一下子被抽走了似的，脊背往墙上一贴，脱力地滑坐了下去。

顺着他滑下的轨迹，雪白的瓷砖墙壁上赫然出现一片湿淋淋的血痕。

时光上气不接下气的喘息一下子凝住了。

"你——"

时光错愕地看着那片刺眼的殷红，和殷红末端那张苍白得几乎和白瓷砖融为一色的脸，不禁倒吸了一口气。

他的西装衬衫都是黑的，车里座椅也是黑的，她以为浸透他衣服的就只是水。

霍明远在对面洗手台上方的镜子里瞟了眼那片触目惊心的痕迹，用几乎低不可闻的气声说了句"没事"，靠在墙上闭眼缓了好一阵，才遥手朝洗手台下的柜子指了指。

"急救箱……"

时光一打开柜门就看到一个方方正正的白漆不锈钢箱子,箱盖上印着和这栋大楼外墙上挂的一模一样的公司标志,时光忽然回过神来。

"你这里是制药公司,应该有学医的吧?"

"就一点皮肉伤,箱子给我就行,你去休息室找身衣服换吧,别管了……"霍明远无所谓地说着,不太耐烦地摆了摆手。

也是,他能有本事带着这身伤连打架带开车地跑到这里,那说明这身伤不管看起来多么严重,对他来说都还算不上什么,倒是关梦婵更需要她去好好看看情况。

时光没再和他掰扯,把急救箱拎到他身边,转身刚要出门,脑中忽然闪过一个念头,也闪过宗亮的一句话。

——我客气的不客气的办法都试过一遍了,他还是油盐不进。

时光脚步一顿,愕然转身,两步折回霍明远身边,打开急救箱。

"你干什么?"霍明远纳闷地看着她从急救箱里翻出一把尖细的手术剪,一手拿剪子,一手揪住粘在他身上的衬衫,稳准狠地剪了下去,不等他动手阻拦,就把他衬衫自下而上剪成几片,像剥橘子皮一样从他身上一片片剥了下来。

"哎哎哎——你趁火打劫啊……"

霍明远哭笑不得,时光却一点也笑不出来。

衬衫下面的这副身体显然经历过一番地狱般的折磨,从胸前到背后,一道道伤口摞着伤口,血肉模糊。没包扎,却明显被潦草地冲洗过,水没擦干,混着渗出的血被衬衫吸附后就这么一直捂着伤口,在盛夏的大热天里已经浸得伤口周边的皮肉泛白发炎,好像在一副筋骨结实、线条优美的身体上套了一件打了无数补丁的破衣服,一眼看去,令人触目惊心。

他右手臂靠近肩膀位置上的那处枪伤也被简单粗暴地收拾过,粗暴到好像只是挖土豆一样把那颗子弹挖了出来,又像填土一样塞进了棉球堵住血洞,仅此而已。

最让时光心惊肉跳的是他被利器贯穿肩背形成的四个对称的伤口,虽然没伤到大血管,也没有那处枪伤创面那么大,但是只看位置就很容易猜到,那里曾有一副锁钩一类的东西从他身体中穿过，把他活生生吊了起来。

光是这么看着，都能感觉到他身上钻心剜骨的疼痛。

时光脑子里"嗡"的一声炸开了。

她干了件天大的蠢事……

"我都说了，就是一点皮肉伤，死不了人……"霍明远被她直勾勾的眼神看得不自在了，伸手要去够他丢在一旁的西装外套，刚一动，就被时光扬着剪子拦住了。

"霍明远，"时光嗓音微微发颤，"我们的策略到底是什么？"

霍明远一愣："什么？"

"如果我们只是想脱身，没必要非等你……等你受完这些，更没必要非得一直拖到今天早晨，这样的办法我昨天肯定也能想得出来，而且趁天黑脱身会更容易。所以我们的策略不是为了脱身，我们是在争取时间。"

"争取时间干什么？"

"教授就在那栋房子里，我们在找他，是吗？"

那双深棕色的眼睛在她的凝视中一点点眯起来。霍明远深深地和她对视片刻，才轻皱起眉头，沉声问："昨天的事，你真什么都想不起来了？"

时光用力摇头。

霍明远又缓缓闭了眼，靠在墙上低低地呛咳了两声，转头啐出一口血沫，慢悠悠地哑声开口："不要紧……这事儿还没完，还有机会。"

"那我们昨天知不知道，"时光嘴唇一抿，顿了顿，低声问："教授就在我们中间？"

霍明远眉心一动，蓦地睁开了眼睛，却没开口说话，只是看着她，像是在等她说下去。

"我们从酒窖逃跑是突发的，如果教授躲在那栋房子里一直没现身，或者混在那群打手里面，凭他的本事，有很多机会能下命令指挥应对这件事。但是那群打手始终都犹豫不定，直到我们开车走了才又追上来，这说明在当时的情况下教授不方便下命令，他是在扮演和我们一样被看管的角色。"时光沉了口气，把话说得更明白些，"也就是说，他就在我们中间。除了你和我，就是宗亮、童烁、秦晖，和关梦婵。"

霍明远垂眼看看时光紧攥在手里的那把银光湛湛的剪刀，一时没出声。

"可是，"时光忽然皱起眉头，"教授至少六十岁，我们中间没有年纪这么大的人。"

霍明远"扑哧"地笑了一声。

"你笑什么？"

霍明远噙着那点还没散尽的笑意低头往自己身上看了看："你把我扒得这么干净，就是让我听你说这个啊……你好歹负点责任吧？"

沉浸在血腥里的紧张气氛被他这三两句搅得忽然有点变味了，时光窘了一下，抿起嘴低下头去，在急救箱里扒拉了一阵，才又低低开口。

"我不是故意要坏你的事。"

霍明远不知道在想什么，漫不经心地"嗯"了一声，好像根本无所谓她是有心还是无意。

"我真的不是故意的。我答应过的事从来不会随便反悔，这一次也不是我要反悔，我真的想不起来昨天发生过什么事了。"

这话与其说是表达歉意，倒更像是为自己辩解开脱，霍明远这才回过味儿来："你是觉得自己坏了事，心里过意不去，还是怕我找你算账啊？"

"怕你找我算账。"

这么大的事全砸在了她一个人手里，她还被这个人带到了这么个上上下下二十几层楼全由他说了算的地方，怎么可能不怕？

正因为时光说的是实话，所以听起来诚恳得让人撮火。

霍明远微眯起眼睛："你要是不说，我还真没想这事，既然你都说了——"

"你就当我没说吧。"求生欲逼出了时光前所未有的语速，一句截断霍明远的话，又紧接着一句硬生生地岔走了这个危险的话题，"韩照，他是怎么死的？"

这倒也不全是她随口胡乱问的，从酒窖出来的时候她就想问了。

她原本以为韩照是为了冲出围困，和教授手下那些持枪围守的人发生了什么冲突才被开枪打死的，但他们离开酒窖的时候，别说要带走韩照的尸体，霍明远就是看都没朝那边看一眼。霍明远算不上善良，也算不上什么好人，但是如果一个人对刚使唤几天的新助理不离不弃，却对跟着他鞍前马后几年的人这么无情，里面一定另有原因。

霍明远没再和她计较算账的事，闭起眼睛无声地叹了口气，闷声说："这个怪我……我要是早弄清楚他打的什么算盘，也不至于弄成这样。"

"打的什么算盘？"

霍明远显然不愿多提这个名字，紧了紧眉头，没接话。

时光生怕话题再转回算账的事，又换了件事问："教授抓警察，那又是怎么回事？"

"你没问宗亮吗？"

"问了。"

时光一边动手给他清创，一边把宗亮那番说辞原样复述了一遍。霍明远刚听了几句就舒开了皱出竖痕的眉头，不等时光说完就笑出声来。

"你笑什么？"

霍明远不置可否，时光正要追问，外面办公室里忽然响起一阵电话铃声。

"休息室有移动分机，去拿过来。"

移动分机就在休息室的床头柜上放着，电话铃声不算小，却也没能把在旁边床上昏睡的关梦婵惊醒。时光拿了电话机回来，霍明远看着显示屏上的一串陌生的网络电话号码皱了皱眉头，显然知道电话那头正在耐心等着他接听的是什么人。

这个时候能知道霍明远在办公室，并想和他通话的人，应该就只有那一个了。

时光还是禁不住想要确认："谁？"

霍明远没答，抬眼看看她，稍一犹豫，按下了免提接听键。

刚一接通，不等他说声"喂"，电话里就传来一个像是从机器里发出的古怪电子音，用一种不带情绪的语调一字一句地说："你们躲得过今天，还能躲得过明天吗？明天见。"

话音一落，电话就挂断了。

时光怔怔地看着被霍明远随手丢到一旁的电话："是教授吗？"

"嗯。"

"他刚才的话是什么意思？"

"就是字面的意思……"霍明远闭起眼睛长长地叹了一声，歇了歇，又缓缓睁开，"明天上午这栋楼里有场活动，雁城大学化学院组织学生来参观。这栋楼最出名也最值钱的就是研发中心的实验室，明天是这些实验室建成以来第一次对外开放，很多媒体的人也会来，八点到九点半，雁城电视台现场直播。这是我和宗亮之前定好的。"

时光微惊："宗亮明天会到这里来？"

"不知道，不过现在来看，教授是肯定要来了。"霍明远又缓缓吐了口气，苍白的脸色沉了沉，被他一身还没处理好的伤口衬着，别有几分凝重，"明天会来很多人，不管教授是什么身份，他想混进来都很容易，想弄出事来也很容易。"

"弄出什么事？"

霍明远定定看了一阵眼前急切的面孔。时光平淡的脸上鲜少有什么情绪，一旦有了，就像一干二净的白纸上忽然落了几分色彩，无论喜怒哀惧，都格外鲜活耀眼。

时光被他看得心头微微一紧。

不知道为什么，她总觉得，今天霍明远看她的眼神……怪怪的。

这双曾在八月二号几度看得她心惊胆寒的眼睛里浮动着一层轻薄柔软的迷雾，好像有什么东西在迷雾下激烈地翻涌着，每每要冲破迷雾，都被他使劲按下。

她的直觉告诉她，那不是什么能让她恐惧的东西，反倒是他害怕的。

这么一个不怕死也不怕疼的人，还能怕什么？

霍明远就用这怪怪的眼神看了她一阵，忽然无奈地笑了一下，抬手朝马桶指了指。

"水箱里有个手机，帮我拿来。"

时光照他说的打开马桶水箱，从里面捞出一个密封的塑料盒子，打开盒子，拨开用来增重的填充物，再揭开裹在外面的一层锡纸，露出一部款式老旧的直板手机。

霍明远接过来开了机，拨出一个熟稔于心的号码。

几秒之后，时光就见他神情一肃，用一种她从没听过的端正严肃的口吻开了口。不只是语调，他开口的瞬间虽然没做任何动作，但时光觉得他整个人都一下子庄重起来，庄重得仿佛用通身的气质无形地朝电话对面的人敬了一个礼。

浮动在他眼睛里的迷雾瞬间消散一空。

"陈局，是我……西雁山那边出了点情况，教授明天很有可能会在安德公司的参观活动上现身……我明白，但是为免伤及无辜群众，请求局里安排警力支援。"

不知电话对面的人说了些什么，霍明远忽然抬眼看向已经呆住的时光，看了几句话的工夫，才低沉又果决地说了声"明白"，把手机从耳边拿开了。

时光僵硬地半跪在他身前，半晌才挤出不成句的话："你，你是……"

"是，宗亮蒙对了，我就是警察。"

霍明远坦然又郑重地点头，浅淡一笑，卸去了通身铠甲般的庄重严肃，虚靠回墙上。

"这一个星期你就只记得星期二一天的事，对吧？那你现在还记得的跟我有关的一切，除了单身和三围尺寸，其他都不是真的。"

手机关好，霍明远朝时光递过去，俨然是要交给她再原样封起来放好。

时光在错愕中忽然回过神来，蓦地站起身，连退几步，直退到后腰抵住了洗手台，才跟跄着站住脚。

这个人是警察……

他居然真的是警察？！

这应该就是那跃跃欲出，却反复被他按回进迷雾之中的让他害怕的东西，可他现在居然就这么堂而皇之地抛到了她面前。

这比一个警察的身份更让她发慌。

"你，你就不怕我……我……"

时光仓皇间本能地抓起手边触碰到最坚硬的东西充当武器，那坚硬的东西以一种极具威胁的姿态横在眼前了，才发现居然是个电动牙刷。

霍明远忍不住"扑哧"笑出声来。

一个明朗的笑容在他苍白虚弱的眉宇间铺展开来，看得时光一怔。

她常见霍明远笑，但没有一次像现在这样，笑得不浓烈却饱满，是实实在在地发自心底的笑,是自然而然笑的笑。

干净、真实,临近收尾又温柔缱绻。

像一场暴雨过后,铅灰色的深重云霭一层层散去,碧空中洒下的一片明朗而不刺眼的阳光,又像落在尖利嶙峋的山石上最柔软纯净的一捧白雪。

霍明远就这么笑着看她紧攥在手里的牙刷,伸手从后腰处摸出那把从车里带上来的枪放在地上,稍稍用力往前一滑,黑亮的枪就贴着光洁的瓷砖地面朝着时光直奔而去,不偏不倚正撞到她脚尖。

时光惊得又往后缩了半步,浑身绷直地贴靠在洗手台上。

他们两个人身上唯一的一把枪就在距离她足尖半步之遥的地面上原地打了几个转儿,悠悠地停了下来。

"你……"时光嗓音发颤。

"我不怕。"

"为……为什么?"

"因为有些被你忘干净的事儿,我还记得。我相信你也迟早会想起来。"

不等时光追问他这话是什么意思,霍明远已经把手机朝她抛了过来。霍明远没使多少力气,时光本能地凌空一抓就接住了,正觉得自己一手抓手机一手抓牙刷的样子更傻了,还没想好先扔哪个,就听霍明远有气无力地叹了一声,缓缓开口。

"不管你现在记不记得别的,你起码该记得,你今天还说过不会丢下我不管。"

霍明远松散地靠在墙上,低头朝满身触目惊心的伤口扫了一眼,再抬眼看她的时候,那张苍白如纸、冷汗涔涔的脸上都是干净、明朗又有恃无恐的笑意。

"你这话还算不算数了?"

第十三章

时光在洗手台前僵了半分钟,到底还是在霍明远又一次呛咳着啐出一口血沫后扔下了牙刷,收好他扔给她的手机,拾起那把横在地上的枪别回到他身上。

时光不出声，霍明远也不说话，闭着眼睛靠在墙上一动不动。

他这甘为鱼肉的态度倒是让时光自在了些。时光对着他精赤的上身定了定神，就熟门熟路地剪了干净的纱布简单覆住几处过深的伤口，然后拿镊子夹了蘸着生理盐水的医用棉球，开始自上而下小心利落地清洗伤处周围沾了血污的皮肤。

这个人居然是个警察……

也不能怪她没有眼力，毕竟把这个人扒光了这么看，也看不出他哪里像是个警察。

不过，宗亮歪打正着地蒙对了这一点，那就意味着他十有八九猜错了教授的用意。难道教授在西雁山闹的那番阵仗，真是在找她眼前的这个卧底警察吗？

不对，还是有说不上来的不对劲。

这几天到底发生了什么？

从八月一号星期一到今天八月六号星期六，她怎么就只记得八月二号一天的事，其他全都忘得一干二净？

为什么偏偏是八月二号……

还有，这个人说的那些被她忘记而他还记得的事，究竟指的是什么？他又怎么会那么肯定地说，她就一定能再想起来？

时光正东一搭西一搭地想着，忽然听到头顶传来一个似笑非笑的声音。

"你打针水平一般，处理外伤倒像是个老手啊……"霍明远不知什么时候睁开了眼睛，饶有兴致地看着她手上的动作，"你是在哪学过，还是在谁身上练过？"

时光一下子停住了动作，蓦地抬头："你是要审我吗？"

"我审你干什么……"霍明远无奈又好笑地看着这只惊弓之鸟，"你的那些事，要审也该是经侦队审，关我什么事啊？"

"那你闭嘴。"

霍明远笑："害怕啊？"

"你是警察，我是犯罪分子，你还掌握有我的犯罪证据，我当然害怕。"

霍明远笑得更厉害了，却也只是兀自笑了一阵，就又闭起眼睛不说话了。

时光实在没心思再追问他笑什么，低头接上刚才的动作继续清洗那些血污。随着血污一点点被清洗掉，伤口周边的肌肤一寸寸露出原貌，也一寸寸露出遮盖在血污下星罗棋布的旧疤，尤其心口附近的一处，已经深重到了狰狞的程度。

时光惊诧之下禁不住轻轻摸了上去。

感觉到一抹温软的触感爬上心口，霍明远嘴角微微一勾，也不睁眼，用半睡半醒的声音低低地说："这是我刚被教授提拔上来的时候留下的。"

时光下意识地想问是怎么回事，嘴张到一半才忽然回过神来，忙缩了手，正把到嘴边的话往回咽，霍明远就自己把话接上了。

"那天教授叫我去谈事，结果一到约定的地方我就被人摁下捆柱子上了。教授手下的一个人站在我对面，蒙着眼，拿飞刀朝着我扔。"霍明远闭着眼睛缓缓说着，凭空比画了一个投掷飞刀的动作，自嘲似的笑了一下，"说是只要九刀扔完了我还没死，那就是老天爷向教授保证我是忠贞不贰的。听着扯淡吧？"

"扯淡。"时光本已经继续埋头清创了，听到这儿也忘了让他闭嘴的事，皱眉接话，"这样有什么用，这和扔色子有什么区别？"

"区别大了。"霍明远缓缓睁眼，低头朝那道混在血肉模糊的新伤之间依旧刺眼的伤疤看了一眼，"那些刀子不是随便扔的。跟在西雁山酒窖里一样，那房间里有个摄像头正对着我，教授就在摄像头后面盯着我的反应。扔刀子的人耳朵里塞着耳麦，他其实就是教授的一双手，教授让他往哪儿扔他就往哪儿扔。但凡我一个反应出错，那就不是挨几刀的事了。"

"你不是没见过教授吗，你怎么知道？"

"在我之前，我负责联络的那个战友就是这么牺牲的。事后他们把他埋了。不是葬，就是随便那么一埋……我直到前一阵才查到埋他的地方，队里已经悄悄安排把他带回去了。但是为了他一家老小的安全，还有我的安全，除非整个教授组织全部落网，否则他就只能躺在太平间的那个抽屉里，永远不能回家。"

霍明远说话间时光手上的动作也没停，话说到这里，时光正好在他腰腹间刚刚清理干净的一片肌肤上一眼撞见又一道狰狞的疤痕，心头猛地一紧。

时光盯着那道疤痕看了片刻就继续了手上的动作，默默清理，又在血污之下清出一道同样狰狞的疤痕，不禁手上一顿，终于忍不住低低出声："对不起。"

"嗯？"

"我真的不是故意要坏你的事。"一样的话，时光说得比先前那一回还要诚恳，只是诚恳里没有了那点唯恐霍明远找她算账的心虚，多了点实实在在的过意不去，"要不，回头给我量刑的时候，你把这件事也算进去吧。"

"你是觉得自己虱子多了不怕咬了是吧？"霍明远好气又好笑地叹了一声，"跟你说这个不是想吓唬你，是想让你知道这是个什么样的亡命徒，你那点小聪明在重机枪、手榴弹面前什么用都没有，你得知道害怕，但不是害怕我。现在开始，一切行动你都要听我的。"

时光没答应也没拒绝，像是压根就没听他说了什么似的，只盯着他身上那些与新伤纵横交错的旧疤问："你这些旧伤，现在还疼吗？"

"都多长时间了，还疼什么……"

"你撒谎。"

时光皱眉抬头，伸手点了点他胸前的那道疤。

"刀扎在这个地方肯定会伤到骨头，这个疤留得这么深，是因为当时处理得不好，而且伤口反复开裂。所以一定会留下后遗症，不但会疼，阴天下雨的时候还会特别疼。"时光垂眼扫过分布在这副身体上的其他几处旧疤，"而且，不只这一处。"

时光从语声到神情都还是一副事不关己的平淡，唯有从伤疤上扫过的目光比往常格外轻软，像是生怕看得重一点都会给这副已经伤痕累累的身体增加额外的负担。

霍明远摇头笑笑，朝她勾勾手指，示意她凑近些。

时光不明所以，弯腰凑过去，直把耳朵凑到他嘴边了，才听他用低到几乎只剩气声的嗓音轻轻地说："阴天下雨也不会特别疼，有人心疼它的时候才特别疼。"

时光愣愣地抬头，正对上一双笑弯的眼睛，这才忽然意识到霍明远在拿她打趣，不禁脸上一烫，恼然抄起剪子，眨眼间就抵住了他的前颈。

宗亮说得对，这个人就活该死在这张破嘴上！

剪刀不是牙刷，可霍明远比看到她拿牙刷指着自己的时候还要平静，不气也不慌，浑身上下半点紧张也没有，还是笑着看她："谢谢你。"

时光更愣了。

"这些伤在我身上很长时间了，你是第一个在意它们疼不疼的。"霍明远也不管剪子还抵在脖子上，又笑意安然地把眼睛闭上了，"你说疼，我哪舍得不疼啊。"

齐天大圣被穿了琵琶骨之后也使不出半点神通，这个人却还能放倒打手，挟持宗亮，又一路开车躲开追杀跑到这里，高烧将近四十摄氏度，冷汗直淌，还能坐在这儿强打精神跟她耍嘴皮子。哪怕这一剪子真戳下去，时光也没有半点把握能打得赢他。

时光攥着剪子僵了一阵，忽然反应过来，堪堪松了手。

"你是想策反我吗？"

霍明远笑得更深了，不答反问："那你呢，你心疼我这些伤，是想争取宽大处理吗？"

时光一时没出声，犹豫了好一会儿，好像慎重地思考权衡了些什么，才认真里带着点半信半疑地试探着问了回去。

"心疼你就可以争取宽大处理吗？"

笑容瞬间消失在那张白惨惨的脸上。

"我没有别的意思……"霍明远还没睁眼，时光就能想象到那束目光落在她身上会是什么感觉了，忙把话换了个更清楚直接的说法说出来，"我是想说，你不用再浪费力气策反我了。我今天这样帮你一跑，已经彻底把教授得罪了，除了你们警察，没人能救得了我，现在开始我肯定全都听你的。明天需要我帮你干什么，你直说就行了。"

这张脸上绷得僵硬的线条果然稍稍柔和了些，霍明远到底没睁眼看她。

"知道听话就行，明天的事明天再说吧，谁知道你一觉睡醒了还能记得什么啊……"

时光噎了一下，却也没法反驳。

八月二号一觉醒来忘记了八月一号，八月六号一觉醒来又忘记了三号、四号和五号，天晓得今晚睡下去之后，再一醒来，记忆里还能剩下些什么。

她还能记得这人其实是个警察吗？

记不住也得想法子记住。

"对了，一会儿收拾完我，记得把这地方也收拾干净。明天有媒体来，公司后勤应该安排了保洁一早过来打扫，别让人看出什么不对劲。"

"知道了。"

在这间办公室里待得越久，时光越明白他为什么会把休整避难的地方选在这里。

这里不但是个他能说了算的地方，而且有必备的药品，有换洗的衣服，还有足够的水，满满一冰箱放进微波炉转几圈就能吃的现成饭，以及满满一酒柜来自世界各地的酒。

时光本来对关梦婵揣着三分怀疑，想探探她，但关梦婵一直昏迷到下午，醒来之后像哑巴了似的，目光发直，一句话也不说，就呆呆地缩坐在床上，任时光说什么都没有反应。时光热了饭拿给她，转身出去给她倒水回来，就见她用手抓着饭木然地往嘴里填，黏腻的酱汁糊了满身满脸，白嫩纤细的手烫得通红一片，她却像一点都感觉不到似的。

时光夺下她手里的饭盒，匆匆去洗手间投了条毛巾，回来的时候又见她把自己挂到了窗户上，半边身子已经从十几层的高楼上探出去了。时光吓得忙扔了毛巾，冲过去搂住她的腰把她拽下来，一把扔回床上。

"你不要命了！"

关梦婵再次蜷成一团缩在床头，抖如筛糠。

"别杀我，别杀我……"

时光应付过各种来路的客户，却从没应付过神志不清的人，一轮接一轮的惊吓之后，那三分怀疑和全部的耐心全都一块儿被折腾光了。

关梦婵的这股疯劲儿虽然可真可假，但是毕竟她浑身上下没有任何一件能让她打出一通电话威胁霍明远的设备。还有最关键的一点，是她的年纪。

被雁城警方追捕将近四十年的"教授"，怎么可能是一个刚二十出头的小姑娘？

为保险起见，时光用两片安眠药让她再次昏睡了过去。

那个伤得最重的人反倒是没让她多操半点心。
霍明远被她处理完一身伤口之后，换了一身干净衣服，吞了一把药片，缓了不到半个钟头就像没事儿人似的坐到办公桌前忙起来了。
时光安顿好关梦婵，出门看到坐在办公桌后面的人，忽然想起一件事来。
"霍明远，我给你做的那些账，还放在你这间办公室里吗？"
霍明远从显示器后面抬起头来："在。怎么了？"
"我能看看吗？"
霍明远稍一犹豫，没起身，只朝保险柜的方向扬了扬头，报出一串六位数的密码："中间那层，自己拿吧。看完原样放回去啊，这些都在公安系统里备案了，你就是现在把它们全吃进肚子里也没用。"
时光不理会他这半警告半戏谑的话，输入密码打开那个保险柜。
一摞账本整齐地码放在里面，都是她这半年来给他做的账，一本不多，一本不少。时光拿起最上面的一册，朝霍明远扬了扬。
"七月份的这本账，你后来又动过吗？"
霍明远怔了一下，手上敲键盘的动作没停："什么后来？"
"就是那天被教授的人偷拍以后。"
霍明远敲键盘的手指在空中一顿。兴许是伤病中反应略慢，霍明远皱眉看了她片刻，才摇摇头："没有。你怎么又想起这事了？"
时光手指捏着账册边缘从头到尾迅速地捻过一遍，在纸页快速翻动掀起的微风里深深吸了一口气，然后翻回第一页，一边一页页往后翻看，一边不紧不慢地说："我想看看那天拍照的是什么人。"
"你这样翻翻账本就能看出来？"
"嗯。"时光头也不抬地点了下头，一连翻过几页，才自言自语似地说，"人都觉得账本是死的，其实它是活的，谁动过它，它都能记住。"
任何一门手艺里的高手比拼，比到最后，胜负差别都不在于这门技术本身。
时光能混出"雁城第一账房先生"的名号，凭的不光是和后面几位不分高下的做账技术，更是她对一切和账有关的东西的敏感，尤其是从她手里出去的账。

不只是对上面的数据烂熟于胸，账册纸页的质地、所处的存放环境，以及上面沾染的气息和每一只动过它的手因为不同翻页习惯而留下的差别细微的痕迹，这些旁人看来根本就是不存在的东西，在她看来都是和记在上面的数字一样一清二楚地摆在眼前的。

　　"那它告诉你是谁动它的了吗？"

　　"韩照。"时光淡声说完，毫不意外地看着霍明远脸上惊起的一片诧异，转手把账册原样放了回去，"这上面有他身上的烟味，还有一点很薄的汗渍。你没有出手汗的毛病，我也没有，但是韩照有。"

　　霍明远定定地看她片刻，摇头叹了一声："可惜你是个人啊。"

　　"什么意思？"

　　"你要是条狗，我就把你牵去缉毒队好吃好喝养起来。"

　　"……"

　　因为霍明远这句话，时光再从他冰箱里拿东西吃的时候总觉得用什么姿势都不对劲。

　　霍明远一直在电脑前忙活，直到将近半夜十二点，才推开键盘长舒一口气，脱力地仰在椅子里，唤时光把窗下那张沙发展开。

　　沙发靠背放下之后就是一张不大不小的床，时光扶着他小心地避开满身伤口侧躺下来，抖开毯子给他盖上，站在旁边朝四周看看，犹豫了片刻，咬咬牙开了口。

　　"你往里靠一靠，我和你一起睡。"

　　霍明远已经沉下去的眼皮蓦地抬了起来，深棕色的眸子在昏暗的夜灯下亮得吓人。

　　"你想干什么？"

　　时光朝周围指画了一圈："这里能同时守住所有的门窗，晚上要是有什么突发情况，这里最方便反应。你现在这样，反应速度肯定不如我，我睡在这里方便保护你们。"

　　霍明远顺着她的指点看了一圈，到底没说什么，慢吞吞地撑起身来往里靠了靠。

好像这一天折腾到现在已经彻底耗光了他的体力，霍明远只给时光腾出窄窄一溜刚好够她躺下的地方，就不再往里挪动了。

时光也不计较他腾的地方小，凑合着躺了下来。

后脑勺刚一挨上沙发扶手，身边那刚刚还挪动一下都很费劲的人忽然手臂一展，一把把她搂进了怀里。没等时光反应过来，人就被他搂着翻身一滚，仰面陷进了他里侧的垫子上。

"哎——"

霍明远支手撑在她耳侧，居高临下地看着她，似笑非笑。

时光一回过神来忙抬手格挡，被霍明远手肘一横抵了下去，非但没把人挡开，反倒使两人挨得更近了。近归近，终究还是没有实实在在地贴在一起，但霍明远身上带着消炎药味的温热气息扑面袭来，在昏暗的光线下闻起来分外暧昧。

时光脸上难得一见的慌张惹出这人一阵低笑。

"就这样的反应速度还保护我啊？"

事实已经证明了一切，时光无言以对。

"要睡你就睡里面，不睡就下去。"霍明远不带半点商量余地地说罢，丢给她半边毯子，就抬起身来转面朝外，压着没有伤口的左臂侧身躺了回去。

时光直挺挺地横了好一阵才平复下来，气恼地对着那片毛茸茸的后脑勺虚挥了两拳，刚要闭眼，就听一个低哑的声音在半睡半醒间幽幽地说。

"再比画就算你袭警了啊。"

"……"

时光悻悻地缩了手，直挺挺躺了一阵，随着心率渐渐舒缓，忽然想起一个人来。

"霍明远，我想问你一件事。"

"嗯。"

"你们准备怎么处理宗亮？"

等了好一会儿，时光几乎以为他已经睡着了，才听到那低哑的声音不冷不热地传过来。

"说不好，得看证据。"

"他给你注射的那一针不算是证据吗？药都被你的衣服吸收了，应该还能检测出来。"

"缉毒这个活儿麻烦就麻烦在必须人赃并获，要证明他制毒的犯罪事实，起码要找到他制毒的地方。你说的这些，充其量只能算线索。"背对着她的人无奈地低笑了一声，"怎么，你是怕警方定不了他的罪，还是怕警方能定了他的罪啊？"

"我就是问问。"

霍明远轻哼了一声没再追问，时光刚松了口气，正要闭眼酝酿睡意，就听那低哑的声音换了个略略轻缓的语气又传过来。

"你那天……你问我，这辈子要是能有机会过一天普通人的日子，我最想干什么。你现在还想知道吗？"

时光被问得一愣。她实在想不起来他所谓的"那天"是哪天，也想不起来她为什么会问这个，但要说她一丁点也不想知道这个问题的答案，那是假的。

反正一时半晌也睡不着。

时光"嗯"了一声，待了几秒，才听到霍明远出声。这人似乎马上就要睡过去了，声音还是低哑的，听在耳朵里却觉得轻软如梦。

"我想在你家里睡上一整天。"

在她家睡一整天？

他总是不打招呼就擅自撬门跑进她家里睡觉还嫌不够，还想睡上一整天？这算是什么普通人的日子……

哪个普通人会这样过日子？

"为什么？"

那低哑的声音没再传来。

时光也没再追问。

这又是在逗她的吧？

时光直挺挺躺在沙发床有限的空间里，起初还竖着耳朵，留心着这个不知是真睡还是假睡的人，也留心着周围一点一滴的声响。也许是前一晚睡得不够，这一天从早到晚又是一派兵荒马乱、天翻地覆，时光警觉着警觉着，眼皮渐渐发沉，不知什么时候就沉沉地睡过去了。

待到昏昏醒来的时候，天已经大亮了。

柔和的日光从右侧投射过来，落在她尚未睁开的眼睛上。

一夜相安无事，她还是没能想起忘记的那些日子，但她清楚地记得昨天，八月六号星期六，还有八月二号星期二，这两天从早到晚发生的所有的事她都记得。

她还记得霍明远是个警察。

这就已经值得松一口气了。

不过……

从醒来的那一刻起，她就清晰地感觉到空气里弥漫着一种似曾相识的消毒水的气味，床上用品贴在皮肤上的触感也和那张沙发床的明显不同，远处隐约传来匆忙来往的脚步声和各种仪器的混杂轻响，这好像不是在霍明远的办公室，更像是……

时光蓦地睁开眼睛。

眼前的房间虽然布置整洁，装修精致，但无论怎么修饰，还是一眼就能看出这是某私立医院的高级单人病房。正对病床的墙上，时钟指在七点二十五分。

一个穿着藕粉色连衣裙的年轻女人安静地坐在病床边的沙发椅上看书，余光扫见床上的人动了，忙抬头放下书，起身走过来。

"时小姐，您醒啦。"

时光从病床上僵硬地坐起来，错愕地看看已经走到床边的人。

虽然她没穿那身利落干练的黑西装，也没有脸色苍白面目惊惶地看着她，但这副五官甜美的长相足以让她认出来，这就是昨天傍晚还神志不清的关梦婵。

时光又错愕地低头看看自己身上的病号服。

"这、这是……"

"我是安德生物制药公司财务部的财务助理关梦婵，昨晚……昨晚您乘坐霍总的车出了交通事故，您在本地没有亲属，公司安排我来陪您。"关梦婵好像第一次见她似的，像背课文一样僵硬又磕巴地自我介绍完，一张蜜桃般的脸已经紧张得发红了,"医生说您没有受伤,醒了就可以出院了。您觉得好点了吗?"

昨晚出车祸……

时光心底里猛然冒出一个荒唐的念头:"今天……什么日子?"

"今天是八月一号,星期一呀。"

那昨天,不,应该说是那个发生在昨天的"星期六",还有之前的"星期二",还有霍明远亲口承认他是个警察的事……

都只是个梦吗?

第十四章

八月一号,星期一,早晨八点。

关梦婵想陪时光在医院附近吃些早点,时光没有半点胃口,一出医院就叫了辆出租车,直奔安德生物制药公司的总部大楼去了。

"时小姐……"关梦婵坐在副驾驶座位上,不安地回头看向时光,"您要不要先给霍总打个电话,告诉他一声呀?"

"告诉他什么?"听她这么条理清晰地说话,时光一时还不大习惯。

"告诉他,您要去公司找他啊。"关梦婵小心地说完,很快又心虚似的补了一句,"万一霍总没在,您不是要白跑一趟了吗?"

也许是涉世未深,还不习惯耍心眼,这半大的小姑娘说完这话,自己就脸红起来了。

这张脸脏兮兮还满布惊骇的样子直在眼前打晃,时光怔愣了一会儿才一下子反应过来,关梦婵大概还不知道她和霍明远的生意,把她当成霍明远的某位床伴了,怕她就这么闯去公司会闹出什么乱子,害她工作不保。

时光点头:"你打吧。"

"我没有霍总的号码……"

"我也没有。"

时光看着关梦婵一副不知所措的样子,心里一软,叹了口气:"我和霍明远只是甲方和乙方的关系,我要找他说一点生意的事,不会给你惹上麻烦的。"

也许是被时光说透了心思,关梦婵局促地点了下头,就涨红着脸回过了头去。

时光这话说得虽然虚空,但也没有撒谎。

她这样去公司找霍明远是不合行里规矩的,但她必须尽快见他一面。

出院前她向医生简单概括地描述了一下自己仿佛在星期天的晚上昏睡醒来直接去了一趟星期二,然后又从星期二直接去了星期六,再从星期六回到了星期一这种诡异的感觉。医生反复看过她的脑CT图,又问了几个似乎是用来判断精神疾病的问题,最后就得出一个结论:她这是做梦。

时光低头看向搭放在腿上的左手。

她记得一清二楚,星期六在霍明远的办公室里,为了防止一觉醒来忘记霍明远是警察这件事,她在临睡前去洗手间的时候,用急救箱里的尖头剪子悄悄在食指、中指、无名指、小拇指的指甲上依次刻了"H""1""1""0"四个字符。

"H":霍明远,"110":警察。

但是从她醒来到现在已经看过无数遍,她左手的指甲个个平滑,什么印子都没有。

真的就和往常做梦一样,一觉醒来,除了脑海中多出一段匪夷所思的记忆之外,什么实实在在的痕迹都没有留下。

可她还是很难相信。

那么清晰的记忆,真就只是一场梦吗?

时光看着前面副驾驶座位上那张涨红之后愈发甜美可人的侧脸,微微皱起眉头:"我记得你刚才说,你是安德公司财务部的财务助理,是吗?"

关梦婵像被戳中了开关似的,忙又从副驾驶座位上回过头来:"是,其实也不算是……我今年六月份刚毕业,上个月才来公司,还在实习期呢。"

时光平淡地看着她,平淡地问:"你和霍明远是什么关系?"

"啊?"那张可人的面孔呆了一下,"我……我只在电视上见过霍总。"

"他为什么让你来陪我？"

"我也不知道，是我们主管跟我说的。"

"你们主管是怎么说的？"

"主管只给我一个医院的地址、一个病房号，跟我说是有人坐霍总的车出了车祸，需要一个女孩子去医院照看一下，总裁办那边点名要我，我就来了……就这些。"

关梦婵紧张之下说得粗简又凌乱，但已经足够时光弄清里面的门道了。

这几年找工作不易，实习生为了保住饭碗，被支来使去是常有的事。支个实习生来，既不惹人注目，也不会听见半点怨言。更何况，这样的实习生绝没有胆子来窥探她和公司最高层领导之间的秘密。同样，她从这个刚进公司一个月的财务部门底层人员身上也绝不可能窥探到任何的公司机密。

这像是霍明远能干得出来的事。

可要说他会在今天把这样一个紧张起来连谎都撒不利索的实习生一下子提到和秦晖、韩照平起平坐的位置，不管他是教授手底下野心膨胀的毒贩子，还是扮演一个野心膨胀的毒贩子的警察，时光都没法相信。

但是……

越看眼前这张白净可人的面孔，时光越是觉得有点说不出的眼熟。好像除了在那段奇异的"梦"里，她还在别的什么地方见过这副眉眼。

"我看你有点眼熟，我们以前见过吗？"

关梦婵怔怔地也仔细看了看时光，犹豫地摇摇头："应该没有吧……不过我毕业前找工作的时候跑过很多家公司，您是不是在别的公司里见过我呀？或者，您以前去过雁城大学吗，我是雁城大学毕业的，您可能在学校里见过我吧？"

时光含糊地点头："可能是吧。"

她还是想不起来，但是除此之外，也没法解释这张脸和这个名字怎么会在初次见面之前就已经分毫不差地印在她脑海里了。

和她在"梦"里看见的一模一样，霍明远公司的总部大楼设了严格的门禁。关梦婵没有带人进门的权限，时光只能在门外的马路边等着关梦婵进去给她传话。十几分钟之后，秦晖开着一辆又和她"梦"中所见一模一样的崭新的黑色进口汽车从地下车库出口的方向出来，停到她面前，客气地把她请上车。

"霍总还在开会，我先送您到附近的咖啡馆，他散会之后就来见您。"

"好。"时光坐在"梦"中她已经接连两天坐过的位置上，细细抚过手感一模一样的真皮座椅，看着上面一模一样的天然纹路，"秦晖，这辆车是新买的吗？"

"是，霍总今天一早刚提来的。"

"这车全雁城就这一辆，是吗？"

"目前是的。"秦晖和以往一样恭敬客气地说着，从中央后视镜里抱歉地看了一眼脸色微微发白的时光，"您放心，这是一个国外合作方送给霍总的礼物。因为是最新款的原装进口车，所以出入海关的时候做过详细检查，刚才出来之前我也做了一遍安全检查，绝不会再发生类似昨晚的情况了。"

时光看着秦晖映在后视镜里的那张老实忠厚的面孔："韩照没事吧？"

"没事，他现在正在交警队协助处理事故，晚些时候可能也要麻烦您去做个笔录。"

"好。"

秦晖一路把她送到距离公司总部大楼十分钟车程以外的一家咖啡馆，安顿她在靠墙角的座位坐下，给她留下一张这家咖啡馆的充值卡，客气地道了个别就匆匆离开了。

时光拿着那张卡要了一杯牛奶和一个供咖啡馆持卡会员借用的平板电脑。

她是处理数据的行家，但对处理数据的智能仪器并不灵通，一本书大小的平板电脑抱在她手里，笨拙地戳戳点点半天才进入搜索界面。

输入"雁城大学"，输入"宗亮"，又输入"童烁"，点击搜索。

不等时光在那一则则标题严肃的学术报道中费劲儿搜寻，界面顶端的一排图片中就赫然出现了一张清晰的婚纱照。

男人和女人亲密幸福的姿势看得时光心头一紧，耳边蓦地又响起宗亮在西雁山别墅客房里抓着她的肩膀说得言辞凿凿的那句话。

——我喜欢的人从来就只有你。

时光心绪一乱，只想让眼前的画面赶快消失，一时却弄不清该怎么做，手忙脚乱地戳戳点点间竟点中了那张照片，男人和女人甜蜜的笑容在屏幕上倏然放大了。

同时放大的还有男人手上的那枚戒指。

式样简单大方，和那段奇异的"梦"中宗亮戴在手上的那枚一模一样。

还有虚化修饰过的照片背景，放大了才看出来，就是西雁山别墅楼前的中式庭院，男人和女人就依偎着站在院里那棵大李子树下。李子树粗壮的枝干，树皮上满布的青苔，庭院里石汀步的形状与位置……桩桩件件全都分毫不差。

时光一口冷气刚倒吸进肺腑间，抓握着平板电脑的手还僵硬着，有人忽然拽开她对面的椅子，笑着一屁股坐了下来。

"嗬，会打游戏了啊。"

时光一惊抬头，霍明远已经饶有兴致地朝她伸出手来："玩的什么，给我看看。"

话音未落，平板电脑就落进了对面人的手里。

时光一口气屏住了。

霍明远把平板电脑立在手里，对着屏幕皱起眉头，皱了数秒，才缓缓开口："多重有机成分分离……什么玩意儿，"不等念完，霍明远就兴致索然地放下了，"呵"地笑了一声，"你还对化学论文感兴趣啊？"

化学论文？

时光一怔，低头朝霍明远手边还亮着的屏幕上一看，一眼看到那行足有二十多字的长标题和标题下方的作者名字，差点又倒吸了一口气。

《杨氏提取技术在多重有机成分分离应用中温度控制的研究》，她还记得这个题目，甚至还能毫不费力地回想起这一长串题目被宗亮的嗓音念出来是什么样子……

她刚才情急中暗暗地胡乱戳点了两下，不知怎么就点出了这个。

她在今天，居然真的看到了这篇论文。

世上怎么会有这样的梦……

"我，我没事干，随便看看。"

时光勉强定下神来，才留意打量对面的人。

霍明远好像真的是一散会就匆匆赶来了，身上一丝不苟地穿着一套持重的灰西装，一条灰色暗纹领带平整地贴在他西装下的黑衬衫上，眉眼间有点疲倦，但气色尚好。

他浑身是血地靠在墙上等她处理伤口的样子好像近在眼前，又好像恍如隔世。

"别人没事干随便看看是刷淘宝、刷八卦，你没事干随便看看就是看论文，第一账房就是第一账房啊，一会儿回去开会我得拿这个教育教育他们。"霍明远说着摸出手机，对着平板电脑上的论文拍了张照，一边似笑非笑地眯眼端详，一边问对面脸色微微发白的人，"听医生说，你昏迷的时候梦见我了？"

时光端起手边的牛奶喝了一口，压下乱成一锅粥的思绪，才平淡地开口："嗯，脑袋被河水泡了一下，做点噩梦也很正常。"

霍明远笑出声来："还能拐着弯儿骂人，我看你是真没撞出什么毛病。"

服务员走过来送来一杯浮着层冰块的黑咖啡和一杯清口的柠檬水。霍明远好像热坏了也渴坏了，端起那杯冰凉的咖啡一口气喝下半杯。时光看着他杯沿离口，刚准备说话，就听霍明远满足地舒了口气，抢先开口了。

"放心吧，欠你的尾款准备好了，包括百分之五的违约金，晚上十点半以后去龙堡酒吧找我拿，别去太晚啊。车祸的事，晚点韩照从交警那回来再说，需要你去走个程序的话我再找你。"霍明远一口气说完，收起手机，垂手系上了坐下时解开的那粒西装扣子，俨然一副起身要走的架势，"还有别的事吗？"

"我想看看七月份的账。"

霍明远一时没反应过来，怔怔地看她："什么账？"

"就是七月二十九号我交给你的账。"时光压低了声音，显得愈发郑重，"里面可能有处错误，我必须检查一下。"

"这也是你梦见的？"

"算是吧。"

时光神情严肃，语气郑重中带着一点焦灼。霍明远没把她的话当玩笑，但还是犹豫地看着她，一时没应声。时光心里掠过一丝不安："账本不在你手里吗？"

"当然在。不在我手里还能在谁手里？"

"我要尽快检查，否则万一出了什么问题，我还要按合同赔偿你的损失。"

时光担心这个，他倒是可以理解了。霍明远思忖片刻，点了点头："行吧，我把账放进钱箱里，晚上你一块儿拿走。"

"我现在就要看，马上。"

"不行。"霍明远蹙起了眉头，转头朝周围扫了一眼。

工作日的工作时间，咖啡馆里只有零星几桌客人，人人都在舒缓的音乐中埋头做着自己的事，没人关注他们。

霍明远转回头来，把声音又尽力压低了些："账本在我办公室里，今天是一号，公司里要开一天的大会小会，这会儿楼里到处都是人，不能把它往外拿。"

时光等的就是他这句话。

"我可以去你公司里看。"

霍明远没好气儿地白她一眼："你脑袋里的河水还没干啊？账本进出都够扎眼了，你一个生面孔的大活人不扎眼吗？"霍明远说着，上身前倾，朝对面的人挨近了些，眉头皱着，声音压低到了极点，"我告诉你，我坐下这一会儿，已经有四五个镜头对着咱们拍过了。"

时光一怔，抬头四顾。

她没看见什么镜头，但忽然看明白秦晖为什么把她安顿在这个位子上了。这里两面靠墙，一侧被书架遮挡，只要她不站起来，就很难被人看到正脸。

"不信啊？"霍明远松散地靠回椅背上，有恃无恐地转给她一面棱角分明的侧脸，"这样，你现在过来抽我一巴掌，然后头也不回地走出去，我保证明天八卦新闻头条上全是你。"

八卦新闻头条上都是她？

如果"梦"里都是真的，那这应该是霍明远不愿表明但却求之不得的事，也就是说，她就算真的在大庭广众之下一巴掌抽过去，霍明远也不会把她怎么样。

就算是比抽他一巴掌更过分的事，也不会怎么样。

那么与其抽他一巴掌，还不如……

看着时光一动没动，霍明远放心地拿起剩下的半杯咖啡，一饮而尽。

"没别的事儿，我就——"

话没说完，还没等杯底落到桌面上，霍明远就见对面的人端起了他那杯一口没动的柠檬水，忽地站起身，二话不说对着他的胸口直泼了过来。

"哎，你——"霍明远反应不及，满满一杯冰凉的柠檬水顿时把他胸前的衣服泼了个透，激得他"噌"的一下跳了起来，"你干什么！"

没等霍明远回过味儿来，时光已经在周边客人投来的惊讶目光中面不改色地从桌上拽过两张纸巾，一步上前，伸手就往他胸前擦抹。隔着那片湿透的衬衫，时光一下就在靠近心口的地方摸出一道突兀的疤痕。

宽窄、长短、位置，都和"梦"中的一模一样。

结着这道伤疤的肌肤在湿透的衬衫下蓦地一绷，时光手还没来得及往后缩，忽然被霍明远一把攥住了。霍明远用的是右手，气恼之下使了不小的力气，时光几乎在一瞬间就清晰地感觉到了这只手掌上所有茧子的位置。

这也和"梦"中的一模一样。

时光一抬头，正对上霍明远的眼睛。那双深棕色的眼睛中流淌着没有温度的愠怒，目光像一把刚从冰窟窿里拔出来的刀，直抵在她咽喉上。

一模一样，还是一模一样。

不可能，不管那两天的记忆到底是什么，都绝不可能只是个梦。

咖啡馆里人再少也是公共场所，霍明远不得不在恼怒中竭力压低了嗓音，却反倒使那副低沉淳厚的嗓音听起来更加火大了："吃错药了你！"

"你不想让人看见我和你在一起吗？"

时光眼睁睁看着霍明远脸上闪过一道清晰却也在意料之内的诧异，然后迅速隐没，最后化作一记没好气的白眼朝她丢了过来。

"神经病……"

霍明远阴沉着脸甩开时光的手，拎出手绢一边擦拭身上的水，一边转身要走，忽然听见背后的人低低且淡淡地问他。

"霍明远，你不觉得我昨天是替你出的车祸吗？"

第十五章

霍明远脚步一顿，转回身来。

"你什么意思？"

"出事的那辆是你半个月前刚换的新车，刹车怎么会突然失灵呢？还偏偏在下雨天的大桥上。"时光定定地看着怔住的霍明远，又低低地问了一句，"我在收来当草稿纸的旧杂志上看过你的采访，你说你不会游泳，对吗？"

霍明远皱起眉头折回她面前，侧身往桌子上斜斜一坐，随手扔了湿透的手绢，两手插在裤兜里，微眯起眼睛冷然看她。这个姿势别有几分挑逗的意味，即便他目光深而锋利，从其他座位朝这片墙角看过来，都不会感觉到一丝一毫剑拔弩张的气氛。

所有压迫感都毫不浪费地集中在了时光身上。

"别绕弯子，想要多少补偿款，你说个数。"

时光没说数字，只流利地报出了一个本地的车牌号码。

"出事前这辆捷达车一直在你的车前面，如果不是它在路口熄火，韩照也不会猛踩油门违章超车。"时光仍然直直地看着他，声音平淡如常，"这不是巧合，有人想要你的命。"

霍明远深棕色的眼睛中没有兴起半点波澜，只在眉心皱出一个深重的"川"字。

"你到底想干什么？"

"你让我去看看账本，我给你找凶手。"

霍明远一愣，忽然头一低，"扑哧"地笑了一声："你要是闲着没事就好好在家数钱，少看那些乱七八糟的电视剧，还找凶手……"

"还有一辆尼桑、一辆吉利、一辆雪铁龙、一辆白色厢式卡车，刹车失灵之后如果没有这几辆车碍事，你的车也不会从桥上冲下去。"时光不管霍明远的反应，兀自说着，伸手拿过别在旁边餐牌上的圆珠笔，在一张餐巾纸上飞快地写起来，"这是那几辆车的牌号，你拿去查，它们肯定有交集。"

时光写得快说得慢，说完的同时也写完了，抬头递给霍明远。

霍明远诧异地拿在手里看了足有半分钟，才收进裤兜里，抬眼重新打量时光，毫无笑意地笑了一下："以前不知道你还有这本事。"

时光蓦地想起那段记忆中的一句话，也是霍明远的话，也是他在一个意味不明的笑容之后说的，和这句似乎有些说不出的呼应。

——差点忘了你还有这本事。

时光微一抿嘴："以前没必要让你知道。"

"那现在这是什么意思，吓唬我？"

"我只是想和你做个交换，让你带我去看看那份账有没有出错。我还要靠手艺吃饭，不能砸了招牌。"

"我没说不让你查啊。晚上你拿回家随便查，这时间不算你延误工期，你什么时候查清楚什么时候再给我。"霍明远好气又好笑地说着，垂手探进他咖啡已经喝光的杯子里，从杯底拈起一颗冰块丢进口中，一边咬碎嚼着，一边掏出钱夹，一把抓出所有的现金放到桌上。

"这些你拿着打车回家，免得你一坐上我的车又满脑子都是车祸的事。"

"车祸——"

"车祸的事就不用你操心了，我手底下有的是办事的人。"

霍明远沉声打断时光的话，刚转身起脚朝门口的方向走了几步，忽然被紧追过来的时光一把拽住了。时光的手紧抓在他结实的小臂上，竟把他生生抓得疼得皱起了眉头。

"你怎么没完——"

"不能用你手底下的人。"时光仰头看着这个站直起来比她高了一头多的人，压低着声音打断他的埋怨，"想杀你的人，就是在你身边给你办事的人，他正在等着你给他下一次杀你的机会。"

霍明远一怔，愕然看着她。时光不躲不闪，就这么紧抓着他的手臂，直直地和他对视，一直看到他目光一沉，听到他低低地开口。

"你想说谁？"

"先让我去看账，马上。"

霍明远沉默了几秒，没答应，也没再拒绝："在这儿等我一会儿。"

时光一松手,霍明远就匆匆走出了门去。时光坐回刚才的位子上等了不到五分钟,就见霍明远拿着手机走回来,坐回她对面的椅子上。

"记好了,你现在是我公司特聘的财务顾问,今天第一次去公司,主要目的是了解公司财务情况,一会儿进去我会让人叫你时总。"霍明远看着不知怎么就忽然呆愣住的时光,叹了一声,没好气地把后面的话换了个最简单的说法,"装大尾巴狼,会吧?"

时光点头:"会。"

当然会,她已经顶着一模一样的身份装过一回了。

秦晖再开车来接他们的时候,已经对时光改口叫"时总"了。

"你把后面那套衣服换上。"

霍明远一上车就坐到了副驾驶座位上,他这么一说,时光才留意到身边的座位上放了个不透明的黑色成衣袋,标签牌还在衣架上明晃晃地荡着,好像是刚从商场买来的。

时光看着它发愣:"换衣服?"

"装大尾巴狼也得有条尾巴啊。"

霍明远按着遥控按钮落下了前排和后排座位之间的挡板,及后排座位两侧的窗帘,隔绝了车里车外所有可能朝后排座位窥探的目光。

时光刚把衣袋拎起来,就觉得有种说不上来的熟悉感,拉开拉链,在车顶灯柔和的光线中一眼看见里面的衣服,时光禁不住倒吸了一口气。

白色衬衫,搭配烟灰色长裤,这就是她记忆中莫名出现在她八月二号去西雁山的行李包里,并在六号从西雁山酒窖里醒来时穿在身上的那套衣服。

从剪裁到装饰,到布料的纹路和手感,全都一模一样。

衣袋下面还有一个鞋盒,里面的高跟鞋也原模原样地出现在她记忆中星期二的行李包里。她记忆中的"昨天",八月六号星期六,这双鞋就穿在她的脚上。

只不过记忆中的那双鞋子明显有穿过的痕迹,眼前这双还是崭新的。

时光从小到大做过无数的梦,但从没有一场梦会像这样清晰真切,又与现实世界高度契合,有始有终,仿佛当下所在的八月一号是一块不慎遗失又莫名寻回的拼图，刚好能严丝合缝地拼进星期天和记忆中那个八月二号之间的空隙里，又能和八月六号遥相呼应。

这不是梦，更像是一段因为实实在在经历过而收存进脑海里的记忆。

可她人还在八月一号，怎么可能实实在在地经历过八月二号和六号？

世上怎么会有这么荒诞的事……

这一次进安德总部的大楼，霍明远是带她从正门走进去的。

时光在公司大楼门前下了车，跟着霍明远和秦晖在众目睽睽下走进轩敞的门厅，堂而皇之地穿过月初第一个工作日忙碌的人群，走进一部楼层按键齐全、不时有人上下的电梯。不知道是昨晚在河水里泡的，还是被四面八方投来的视线盯的，时光从一进门厅开始，就觉得太阳穴处鼓起一阵阵胀痛。

走出电梯，走到总裁室门前，霍明远还生怕有人看不见她似的，特地把总裁办里那些终日围着他转的人全都召集过来，精简又隆重地介绍了一下这位从天而降的"时总"。

等到走进他办公室的时候，时光不但头疼没减，还觉得身上已经快被人看出窟窿眼了。

霍明远早就习惯了这种成为目光焦点的场面，进来把门一关，就气定神闲地从保险柜里取出那份账册，转身路过酒柜的时候，还有闲情从里面拿出一瓶半满的洋酒和一只玻璃杯。

虽然已经做足了心理准备，但是乍一看见这间与记忆中分毫不差的办公室，时光还是在这种奇异的视觉与精神双重冲击下无声地倒吸了一口气。

"那一间是什么？"

听时光这么一问，霍明远顺着她还没放松下来的目光转头看过去，正看到酒柜附近那扇紧闭的房间门。

"休息室，我平时打盹儿的地方，里面没人。"

"那里呢？"

霍明远又顺着她的指点朝另一个方向看去。

"那是我的专用电梯，放心吧，没我允许不会有人从那儿冒出来的。"

全都和记忆里的一模一样……

时光惊愕未消,忽然在这句话中反应过来,皱眉看着那个把关系生死的账册随意地夹在胳膊下面,一手拎酒瓶,一手拿杯子,悠悠然走到办公桌前的人。

"你为什么不直接带我从这个电梯上来?"

霍明远被她问笑了,一双深棕色的眼睛弯成了狭长的形状,看起来别有几分不合时宜的暧昧:"你不是挺聪明吗,怎么这点弯儿又转不过来了?带你从公用电梯上来,你就是货真价实的时总。跟我从那上来,你就是挂着时总称呼的……"霍明远顿了顿,慢条斯理地放下手里的东西,对着时光斟酌了一下,才挑出个重点清晰又不刺耳的替代词,"娱乐项目。"

怔愣片刻,恍然明白过来的瞬间,时光不合时宜地想起他在这间办公室昏暗的夜灯下一把将她搂进怀里从沙发上滚过的画面,脸上蓦地一热,腰背一下子绷得笔直。

霍明远看在眼里,一双眼睛弯得更加暧昧了,低身朝她凑近,在她耳边低笑着问:"去参观一下吗?我的床特别舒服。"

"不了。"时光横跨一步和他拉开距离,"我想用一下洗手间。"

霍明远勾着唇角扬手一指:"那边。"

洗手间里的一切陈设都和记忆里的一模一样。

毛巾架、淋浴房、洗手台、台上的电动牙刷、台下柜子里的急救箱,雪白的瓷砖,以及她清洗这片瓷砖上血迹的时候从墙角矮柜里找到的消毒液……

全都一模一样,只剩下最后一件。

时光放轻脚步走到马桶的水箱前,沉了口气,稍稍平复过快的心跳和太阳穴处一跳一跳的疼痛,两手用力攥紧,又缓缓放松,屏住呼吸,小心地扣住水箱盖子。

两手刚把盖子抬开一个不到两厘米的缝隙,洗手间门忽然被敲响了。

时光惊得一个激灵,沉重的陶瓷盖子险些脱手掉下去,后背上蓦地冒出一层冷汗。

敲门声响了两下就停了,门外紧接着传来一个漫不经心的声音:"忘了跟你说了，那马桶是智能的，用完会自动冲水，你什么都不用动。"

时光看看还悬在自己手中的水箱盖子，深深吐纳，淡淡开口。

"知道了。"

几分钟后，时光在一阵洗手声后开门出来，门一开，就见霍明远抱手倚墙站在门外，微眯着眼睛，似笑非笑地等着她。

"我怎么觉得你好像来过这儿啊？"

时光一怔，花了好些工夫才平静下来的脸色又有了凌乱的趋势。她确实好像来过这儿，而且确实仅仅用一句"好像"已经不能解释得通了，但是霍明远怎么知道？

"什么意思？"

霍明远朝她刚刚走出来的那道门扬了扬修得一干二净的下巴："这洗手间和工具间两扇门挨着，长得一样，还都关着。我只是往这边指了一下，第一次来的人一般都会问一句是哪扇门，不问的至少也会在两扇门前犹豫犹豫，你怎么就毫不犹豫地进了这扇门呢？"

时光转头看看身后的门，又看看眼前的人。

"你这大楼里有监控吗？"

"有啊。"

"那还问我干什么，我是不是来过，你去查查就知道了。"

"哎，你一大早泼我一身水我还没怎么着呢，我就随口一问，你怎么还动气了啊……"

时光不理会他这和稀泥的话，径直走到办公桌前，刚要从桌上拿起账册看，那份账册就被紧跟过来的人一手按下了。

"你要的账我给你拿出来了，你是不是先把话说完？"

时光一时没反应过来："什么话？"

霍明远一抬腿坐上了那张宽大的办公桌，一手拿起账册搁到自己肌肉紧实的大腿上，一手拿起酒瓶倒酒。伴着酒液均匀流淌进玻璃杯的悦耳声响，霍明远言简意赅地提醒她。

"谁想杀我？"

第十六章

时光看着那本伸手可得的账册，到底没有伸手。

"我先看完了再说。"

"有嫌疑的人你全都见过了，他们就在这扇门外头。刚才可是你说的，那个人正找机会准备再杀我一次。今天我这一层的监控系统做升级，相当于我办公室周围一整天没监控，多好的动手时机啊，我可能等不到你看完就没命了。"霍明远说着，扬起杯子在她眼前晃了两下，琥珀色的酒液在透明的玻璃杯里不紧不慢地荡了荡，"我要是没命了，不管是账对还是账错，你可都拿不着尾款了。"

监控系统升级，这也和他在那段"梦"里提到的一模一样……

短暂的惊讶后，时光忽然在眼前这副似曾相识的有恃无恐的嘴脸中意识到一件事："你带我在楼里兜这么一圈，就是想让我看一遍所有的嫌疑人？"

霍明远坦荡地点头。

时光垂眼看看还被他按在大腿上的账册："我可以边看边说吗？"

霍明远稍一考虑就松开了按在账册上的手，扬起账册示意了一下桌子后面那把看起来舒服至极的办公椅："就坐那儿看吧。"

时光在那把椅子上坐下来，霍明远才把账册放到她面前的桌面上，然后屈着一条腿坐在这张办公桌上，稍稍扭转身子，低头看着她，有一下没一下地晃着手里的玻璃杯。

"说吧。"

时光拿过账册，捏着边缘从头到尾迅速地捻过一遍，纸页快速翻动掀起的微风送来一股淡淡的酒气和霍明远身上浅淡的须后水的气味。

除此以外，没有任何额外的气息。

时光皱了下眉头，在霍明远的注视下掀开封面，右手食指指尖习惯地爬上纸页，随着目光从头开始一行行地往下移动，嘴上以比之迟缓了几倍的速度慢慢地说着。

"这场车祸设计得很周密。要赶在一个大雨天,因为雨天路况差,发生意外事故就更可信;要有机会弄坏你的车,还要保证车开到指定的地点才出事故。这一定是个非常熟悉你的习惯,也非常清楚你的行程的人。"

或许是疑心杯中的酒液并没有看起来的那么干净,霍明远一杯酒拿在手里,迟迟都没有喝一口,只举起杯子在鼻底缓缓地过了过,淡声问她。

"你怀疑韩照,还是秦晖?"

总裁办里人虽然多,但是被时光圈定的范围里最瞩目的就是这两个人。

时光仍然专注地盯着面前的纸页,手指随着目光在纸面上飞快地移动着,头也不抬地回答他:"都有可能。"

霍明远皱起眉头,终于把玻璃杯送到嘴边,浅浅地抿了一口。酒液刚一咽下,他忽然又把眉头舒开了:"不对吧。你怀疑秦晖还说得过去,但是昨天开车的就是韩照,要真是他想杀我,那他明知道坐车的是你不是我,怎么还会让这事发生在你身上呢?"

"你不是挺聪明吗,怎么这点弯儿又转不过来了?"

霍明远听着这句格外耳熟的话,啼笑皆非地屈指在桌面上敲了两下:"你查着账,破着案,还要记着仇,一心几用,你前面说的那些话到底是认真的,还是随口胡诌的啊?"

"我查着账,破着案,还要记着仇,已经没有多余的精力胡诌了。"

时光一边埋头看账,一边认真和他顶嘴的样子就像个没什么攻击力却还桀骜不驯的小动物,霍明远纵有千百种让人乖乖说话的方法,也挑不出一种适合在此时此刻用到她身上,只好耐着性子问她:"那你怎么解释韩照会临时把杀我改成杀你?"

"如果发生这种情况,那是因为他没想到我会在你之前单独坐你的车,车应该在那个时候就已经动好了手脚,他只有按照原计划做下去,才能既安全脱身又不沾嫌疑。还有……"时光停住匀速下移的指尖,抬头看向对面不知不觉间已经眉头深皱的人,"出事故的是他,去交警队处理事故的当然也是他。这样就算交警那边发现点什么,你也不会知道的。"

霍明远捏着玻璃杯定定地和她对视了片刻。

他的办公椅格外宽大，时光瘦小的身形坐在里面，就像只误入猛兽巢穴而不自知的流浪猫，一双黑亮的眼睛不悲不喜也无忧无惧地望着他，大胆得让他觉得好笑。

霍明远眉头忽然一松，笑着摇头："这都是你的猜测。"

"当然。到底是谁干的，你去查查那些车牌号和谁有关系，就都清楚了。"

霍明远未置可否，好像不打算再就这件事继续说下去，两口喝光了杯子里的酒，微一清嗓，搁下杯子，站起身来，伸手拽松了胸前那条被柠檬水泼湿又风干之后满是褶皱的领带。

"你慢慢看，我换身衣服。"

这本账从头翻到尾，时光都没有找到一丝丝除了她和霍明远之外的第三个人的气息。

时光抬头朝那保险柜看了一眼。

也是和那段记忆中一模一样，保险柜是三开门的，霍明远开的中间一层，开门取出这本账册之后也没关上，就那么大剌剌地敞着，时光坐在办公桌后面，一抬头就能看见里面码放整齐的账册。

都是她这半年来给他做的账，算上她手里这本，一本不多，一本不少。

如果那段记忆中提到的有关今天的一切都会原模原样地发生，那就意味着今天一定会有人拿它出来拍照。现在账本上还找不出那个人的痕迹，只是拍照的人还没有行动，或者是还没有得到可以行动的机会。

时光的目光还没从敞开的保险柜上收回来，办公桌上的座机电话忽然响了。

电话只响了两声半就断了，时光刚一怔愣，就听休息室里传来霍明远接电话的声音。

"嗯……好……知道了。"

霍明远穿着一套干净的黑西装和白衬衫，一边系着一条平整的黑色绸缎领带，一边从休息室走出来的时候，时光才忽然想起来，虽然她没进去看，但她相信，那间屋子里的床头柜上一定是有一台连通他办公桌上这部座机电话的移动分机。

"怎么样，查完了吗？"

"查完了,没出错。"

"瞎折腾我这么半天……"霍明远没好气地抱怨着,接过时光递来的账册,径直走到保险柜前,把账册塞了回去,"没错最好,省得我再看一遍了。看数字本来就够头痛了,看你这手写的数字尤其头痛,你就不能用电脑做吗?"

"用电子设备不安全,容易被篡改,也浪费时间。"

霍明远想起她那几乎不用过脑子的算数速度,哼笑了一声,关上保险柜,借着旁边酒柜玻璃门的反光收拾好领带,才转回身来说:"正好,交警队那边叫你去做个笔录,韩照在那儿等着你呢。我还有会,就让老秦送你去吧。反正照你说的,这人想杀的是我不是你,让老秦开车送你去找韩照,你不害怕吧?"

"不怕。"时光刚要出门,又被霍明远叫住了。

"要是交警那边真发现了什么——"

"只要今天晚上能拿到尾款,我就无偿告诉你。"

交警队在雁城大学附近,离安德公司总部大楼不过半小时的车程,秦晖把时光送到的时候,韩照正站在大门口抽烟。

见霍明远的车开过来,韩照忙把烟掐了,快步迎上前,殷勤地给时光开门。

"时姐,您怎么样,没事吧?"

虽然明知道此刻韩照一定是活得好好的,但是第一次遇到明明亲手确认过的死人转天又活蹦乱跳地出现在眼前的情况,时光一时还是有点失神,怔了怔才摇头。

"没事。"

秦晖从车上拿下来一个文件袋,板着脸递给韩照:"这是医院开的伤情证明材料,还要什么再给我打电话。你记着——"

韩照一手夺下文件袋,一手朝天立起三根手指头,端端正正地打断秦晖的嘱咐:"金锅银锅铜锅铁锅,是锅都是我的,跟远哥没半毛钱关系。"

秦晖叮嘱的目的达到,没再把话接下去,朝时光微一点头。

"时总,公司还有事,我失陪了。"

负责处理这宗事故的交警手头上正有事在忙，安排时光和韩照坐到交警队大厅的休息区等着。韩照殷勤地跑到饮水机前给时光接了杯水，坐到时光身边打量她这身崭新的行头。

"时姐，听说您已经成为我正式的领导了啊？往后您可得多罩着我，您看老秦，欺负人都欺负到衙门口了，远哥也不管他，我现在在公司里绝对属于弱势群体啊！"

时光平淡地看着杯子里倒得不欠不满正正好的温水。

她也是才发现，韩照皮面上看起来嘻嘻哈哈不大着调，但真做起事来，无论大小，都还是细致周全，面面俱到，很难挑出什么毛病来。

难怪和从里到外都中规中矩的秦晖相比，霍明远更喜欢让他跟着。

"韩照，我知道你是教授的人。"

"什么？"

时光一句话说得既直白又突然，韩照脸上的皮笑一下子收不回来，像张尺寸不合适的面具一样僵硬地挂着，看起来可怖又可笑。

"你是教授放在霍明远身边的眼线。"时光一字一句，清晰又轻缓地说，"这场车祸也不是意外，对吧？受害人和凶手是同一个人，别说是交警，刑警也难想到这一点，这确实是个洗清嫌疑的好办法。不知道是你自己想的，还是教授给你想的。"

时光神情寡淡如水，毫无波澜，反倒把韩照的目光逼出一抹慌乱。

休息区有不少人在等着办事，不算吵闹但也不算安静，时光平淡的嗓音淹没在这恰到好处的嘈杂里，没引起任何不必要的关注。韩照迅速地朝周围一扫，又朝玻璃隔断外面瞟了一眼。从这里可以清楚地看见穿着制服的交警们在外面匆匆来去，有路过的交警无意间朝这边看过来，看得韩照目光一缩，收回到时光身上。

"时姐，您说的什么，我怎么一句都听不懂啊……"

"这个计划是很周密，但是周密过头不是好事，安排越是周密，越想万无一失，留下的痕迹就越多。"时光淡声说罢，低声报出了那辆捷达车的车牌号。

接着又报出了那辆尼桑的、吉利的……

车牌号刚报出三个,不等时光再往下说,韩照前额发际处就浸出了一圈细密的汗珠,在冷气大开的休息区里如坐针毡了。

"你怎么……你是什么人?"

时光不管他的急切,依旧平淡地把余下几个车牌号说完,才接着说:"霍明远已经在查这些车牌号了,最多半天时间就能查清楚,你能留在他身边的时间不多了。你还没有完成教授交给你的任务吧?"

一颗豆大的汗珠顺着韩照毛茸茸的鬓角滚落下来,滴在他胸前的衬衫上。

韩照紧咬起后槽牙,一向爽朗跳跃的嗓音在粗重的喘息间变得低沉生硬,什么谦辞敬语也都扔得一干二净了:"我不知道你在说——"

时光叹了一声打断他毫无价值的装傻:"昨天晚上的车祸不是为了杀死霍明远,你只是想让他受伤住院不能上班,好趁着今天他办公室那层楼的监控系统升级,查清楚他到底在背着教授搞什么,对吗?还有,你知道他今天就可以拿到那辆国外合作方送的新车了,有辆更好的新车,他就不会太在意那辆刚换不久的车到底是出了什么问题,车祸的真相就可以瞒过去了,对吗?"不等韩照再硬着头皮反驳,时光又淡声追补一句,"我可以帮你,只要你愿意和我做个交换。"

韩照愕然看了她一阵,牙关一绷,两只手垂在膝间捏出"咔咔"两声闷响,眉眼一沉,像是狠下心做了什么决定。

"你说。"

"我想知道取得霍明远信任的捷径。"

今天以前,时光从没对除钱以外的东西表示过任何兴趣,韩照本以为她不管要干什么归根结底都是为了一个"钱"字,乍听这么一句,不禁又是一愣:"取得信任的捷径?"

"最晚到明天早晨,我要取得他的信任,就像他现在……就像他在今天以前信任你的那种程度。你最清楚他的脾气习惯,一定有办法。"

时光说得模糊,但这一听就显然不是什么钱的事了。

"你想干什么?"

时光端着纸杯浅浅抿了一口:"这和你没关系。"

时光这副耐心十足的样子把他看得一秒都坐不住了,却又不得不在里里外外有意无意的目光中稳稳当当地坐好,一颗颗汗珠顺着鬓角直往下滚,几乎连成了串。

"你说可以帮我,怎么帮?"

"他办公室保险柜中间的那一格放着我给他做的所有的账,那些账你可能看不懂,但是你只要拍几张照片,传给教授,他就能明白霍明远在背着他搞什么了。他虽然在公司里,但是他今天要开很多会,你既然本来就计划好了要进那间办公室,应该也已经设计好了进去的路线和方法,我对那栋大楼不熟,这就看你自己的了。"

"你耍我吗!"韩照差点跳起来,忽然意识到身在何处,忙又把声音压住了,却压不住声音里满满的恼火,"你说得容易,你以为我没想过吗?他保险柜是有自动报警装置的,别说撬了,就是拨错一次密码都会触发警报,这密码就只有他自己知道。"

"不止有他,我也知道。"

韩照怔得瞪圆了眼睛:"你怎么会知道?"

"我看到的。那里面放的都是我给他做的账,我没有必要去偷自己做的账,所以霍明远开保险柜的时候根本没有避开我。"时光半真半假地说罢,又端起纸杯浅浅抿了一口,"你可以考虑一下,我的事情很急,但是你的事情应该比我更急。"

"你到底是什么人?"

韩照错愕的话音还没落,一个穿着制服的年轻交警拿着一摞材料大步流星地走进门,一边放眼扫着整个休息区,一边语声洪亮地朝里面问。

"哪位是时光?"

时光坐着没动,也没应声,定定地看着韩照。

不用时光把丑话说出来,韩照这样的人精自然能明白,时光在等他一个答复。他现在给她什么样的答复,她一会儿就会给交警什么样的笔录。

年轻交警一时没听到回应,又把响亮的嗓门扬高了些:"时光,时光在这儿吗?"

"好……"韩照咬牙点点头,"等我拿到我要的东西,我就告诉你。"

时光摇头，嗓音轻微却坚决："不行，离开交警队之前我就要知道。"

年轻交警看看拿在手里的材料页，皱眉扫视全场，又喊："时间的时，光明的光，昨儿晚上车扎河里的，在这儿吗？"

车扎河里这种事到底不是什么人都干得出来的，交警这么一问，连休息区里等着办事的人也都抬头朝周围好奇地搜寻起来。

韩照汗湿的衬衫下胸膛大幅起伏了一下，终于点头："好。"

韩照一声应完，时光就毫不拖泥带水地搁下纸杯站了起来，朝那正准备转身离开的年轻交警扬手示意。

"在，我是时光。"

第十七章

时光做完笔录出来，韩照正满头大汗从外面走进交警队的大院，手里拎着大大小小几个购物袋，一看就是刚从附近商场匆匆赶回来。

"这些……你要的。"

交警队办公楼外的阴凉地里，韩照把手里的购物袋一股脑地递到时光面前。

时光不记得向韩照要过什么具体的物件，一头雾水地接过来看，每打开一个购物袋，脸色都多难看一分。一条浅灰色羊毛毯子、一只白色蚕丝面羽绒枕头、一件大红色的真丝吊带睡裙、一件男士浴袍、一瓶原装进口红酒……这都是她记忆中八月二号，也就是明天一早，莫名出现在她家里的那些东西。

时光恼怒地看着眼前这张大汗淋漓的娃娃脸，只觉得脑仁一阵阵发疼："你耍我吗？"

"你不是想让霍明远信任你吗？你得知道，这一行里的人谁都不会真正信谁，就是亲爹亲妈都不会信。不过谁让他高兴，他就会喜欢谁；他喜欢谁，就会愿意让谁亲近他。"韩照借着抹汗的动作警觉地扫着从他们周围路过的每一个人，耐着性子低声说，"不管你想干什么，你都得先和他亲近了，你才有机会。跟他上床，就是捷径。"

"你就是这样做的？"

"我要是能这样做了，你还能这样做吗？"韩照实在忍不住翻了个白眼，无奈地叹了一声，"你要想用别的捷径也行，替他挡个枪子什么的，谁都不会亏待自己的救命恩人。但是你这么急着想被他信任，应该是有急事要办吧？别说你明天早晨之前能不能碰上个机会救他一命，就是有，万一分寸捏不准，你在医院里躺个十天半个月，不怕耽误事吗？"

这话也有几分道理。

时光忍着一阵阵的头疼皱眉地看看手里的购物袋，到底还是一把拢好，拎在了手上："如果这些没有用，我会让你付出违约的代价。"

韩照从头到脚看看时光，扫过她平淡的面孔、平坦的腰身，犹豫了一下："要是这些都没用，还有一样……他最想让你干什么，你应该清楚。"

时光怔了一下，恍然反应过来："家养账房？"

韩照点头："我能想出来的我全告诉你了，我的东西呢？"

时光低声地说出那一串六位密码。

韩照听完转头就走，刚走了两步就定住脚步，缓步折了回来："你就不怕出了这地方，我就杀了你吗？"

时光淡淡看他一眼，坦然朝交警队大门走去，从他身前经过时无波无澜地说："你再不快走，可能就进不了那栋楼了。"说罢，忽然想起点什么，稍一犹豫，又驻足回头，看着这张阳光下仍然充满活力的娃娃脸，淡声补了一句，"等办完了事，多吃点好的吧。"

"你什么意思！"

中午太阳正毒，时光顶着日晒和头疼去了一趟附近雁城大学边上的药店和超市，然后打车回到她市区的住处，放下韩照给她的东西，换下身上那套和这片快要拆迁的老旧小区格格不入的职业套装，穿上T恤短裤，吞了两片头疼药，就踩着拖鞋走去了楼下的小卖部。

八月初的大晴天里，体感温度最热的时间不是阳光最强烈的正午十二点，而是暴露在阳光下的种种事物被一上午毒辣的光线晒到饱和，终于从受热物体变成热源的下午两点。

这个时候鲜少有人出门，即使出门，也是行色匆匆地赶往下一个阴凉地，不会有多少闲情停下来和熟人说话，更没有多少精力留心擦肩而过的陌生人。

时光走到小卖部的时候正好是这个时间。

这片小区附近不远就有大型连锁超市，这间开了不知有多少年头的小卖部已经很少有人来买东西了，唯一还算红火的一项生意就是代收快递，时光进门的时候刚有一辆送快递的电动三轮车从门口离开，小卖部一进门处专门摆放快递箱的架子已经堆得满满当当了。

守着这间小卖部的是个聋哑老大爷，时光和他熟络地比画着买了一桶方便面和一支巧克力甜筒，又比画着向他借了玻璃柜台上那部旧得难辨原色的台式电话，然后侧对门口倚站在柜台边，在墙角那台锈迹斑驳的电风扇"吱呀呀"的响声中拨打了一个手机号码。

电话响了五六声，对面才传来一个尖细的女人声音。

"喂？哪位？"

女人的声音里带着一种接到陌生电话时特有的疑惑和戒备，即便如此，时光还是能在这副熟悉嗓音中一下子想起那张描画精致的面孔。

就在她记忆中的"昨天"，这副嗓音还声嘶力竭地骂过她。

时光咬了一口甜筒，借着咀嚼吞咽的动作自然地模糊了说话的口型，也模糊了出口的声音，才低低地问："你是雁城大学的童烁吗？"

女人的声音变得更疑惑也更戒备了："我是。你是哪位？"

"我是你丈夫宗亮的朋友。"

电话那头静了两秒，女人的声音再次传来时，声音里所有的疑惑和戒备全被一种微妙的冷淡取代了。

"他今天回国，飞机两点半到，有什么事你直接联系他本人吧。"

"等一下。"时光抢在电话挂断前叫住对面的人，悄然瞄了一眼正拿着一份报纸在电风扇前安然打瞌睡的老大爷，又在甜筒上咬了一口，"麻烦你想办法转告他，让他下飞机之后不要和任何人联系，不要和任何人接触，不要在任何地方停留，直接去你舅舅在西雁山的那栋房子，有位老朋友会去那里找他。"

"等等……"一阵高跟鞋匆匆踏过地砖的声音之后，对面才再次传来女人微微气喘的声音。背景音清静了些许，把那副原本就尖细的嗓音衬得更加尖细了，"你是什么人？你怎么知道我舅舅在西雁山的房子？"

时光没回答，又咬下一口甜筒，自顾自地接着说："还有，他只能一个人去，谁跟着他谁就会有生命危险，你也不例外。"

对面又静了两秒。一个清晰可闻的深呼吸后，女人的声音不但没有安定下来，反而颤抖得更加明显了，"你到底是什么人？"

时光缓缓吐出一口气。

这个问题的答案她在来的路上已打好了草稿，只是打草稿容易，真要张口说出来，还是觉得如鲠在喉。

拿着甜筒的手不知不觉地攥紧，挤得甜筒底部融化的冰激凌顺着指尖滴落下来。时光只觉得胸前忽然一凉，猛一激灵，才听见电话那头的人已经在"喂喂"地询问她是否还在了。

时光徒劳地擦抹了两下，无奈地看着那摊已经浸进纤维里的褐色印子，在这偷袭她的甜筒上狠咬了一口，含着一口冰凉像背课文一样徐徐把话说出来。

"你不用知道我是谁，我现在说了你也不会相信。我知道你有多在乎他，但是你现在的处境不是你想象的那样，也不是他让你看到的那样。你只要照我说的做，我会让你看到你丈夫的真面目。"

"你胡说八道什么！我听不懂你——"

时光淡声打断电话那头因为忽然拔高而难掩惊惧的嗓音："你不想知道你这辈子和一个什么样的人绑在了一起吗？"

"我丈夫是什么样的人，我自己清楚。"

"那他是什么样的人，学校清楚吗？他的学生清楚吗？他的家里人清楚吗？你的家里人清楚吗？公安局清楚吗？"

时光每问一句，电话那头的喘息声都愈发急促一重。

"你到底是谁？"

"你只要照我说的做就可以了。"时光重复了一遍那个并不困难的要求，"告诉他，下飞机以后不要在任何地方停留，直接去西雁山你舅舅的那栋房子里等着，不要和任何人联系接触，会有老朋友去找他，务必一个人去。"

电话那头沉默了好一阵，时光几乎要开口问她还在不在的时候，才在一声带着细微颤抖的深呼吸之后等来一个坚定到几乎有些决绝的声音。

"好，我会告诉他。"

时光刚要挂电话，转头间目光不经意扫过堆放在门口的快递箱子，忙又把电话那头的人叫住了："还有一件事。你的手机号码，我是在学校门口那个代收快递的超市里找到的。我说我是你实验室新来的同事，帮你去看是不是有快递在，超市的人就让我翻了快递箱子。你记住一定不要说漏嘴，也不要向超市的人多打听什么，更不要去调监控查我，否则他们也都会有生命危险。"

"我知道了。"

打完这通电话，甜筒也正好吃完了。时光吮掉手指上的黏腻，把甜筒的包装纸丢进柜台下的垃圾桶里，抬起相对干净的手背抹了一把脸上的汗珠，拿起那桶方便面，正想和老大爷打个招呼就离开，忽然又想起一件事。

时光放下方便面，抓起刚刚放下的听筒，拨出了记忆中在星期二以"婷婷"的名义给宗亮发送那条示警短信，又在星期六给她那个目前并不存在的手机上打电话的手机号码。

号码刚一拨完，对面立即传来一个礼貌又利落的女人声音。

"您拨打的号码是空号……"

从小卖部回来，那一阵阵的头疼非但没有消缓，反而愈发肆虐了。

时光在床上一直躺到天黑，才觉得先前吞下的头疼药起了作用，爬起来泡了那桶方便面，把午饭和晚饭一并凑合过去，又洗澡换了身衣服，就出门坐上唯一一趟通往西郊的公交车，往龙堡酒吧去了。

雁城靠山，再热的天气里也只会热上一个白天，天色一暗，热浪就会紧随着阳光迅速消退。时光从龙堡酒吧马路对面的站牌下车的时候，夜风里已经能清晰地感觉到丝丝清凉了。

晚上十点半，一周第一个工作日的深夜，这段城郊马路明显比昨晚冷清不少。没了往来的车灯争辉，马路对面酒吧的霓虹灯招牌轻轻松松就把炫目的光亮投射过来，像是在热情地招呼她。

时光皱眉地立在空荡荡的站牌下，一时没有起脚。

这是霍明远常光顾的酒吧之一，她以前也在这样晴朗又冷清的深夜里一个人来过这里，但没有哪一次像现在这样，只是在来的路上想起这家酒吧的样子，心里就止不住地泛起一阵阵说不清道不明的不安。这会儿她隔着马路看着那块闪闪发光的招牌，这股一路随她而来的不安明显变得更强烈了。

是预感到坏事将近的那种不安。

第十八章

时光屏息四顾。

站牌上的电子时钟正好跳到了"22：30"，郊区路灯按照市里的节能规定分秒不差地熄灭了一半，无尽的夜色瞬间暗了一重。

周围陷进一片更深的冷清里，马路对面那块循环闪着五色霓虹灯光的酒吧招牌恰好变换成了最耀眼的大红色，夜风掠过门口茂密的法桐树，摇摆的枝叶一下一下地撩拨着那些闪耀的光芒，从马路对面看过去，红亮的光线明明媚媚，仿佛一片跃动的火海。

火海，火海……

脑海中飞快闪过一幅模糊的画面，没等时光细想，红亮的光芒上方忽然升起一束烟气。

看不见火焰在哪儿，但在霓虹灯光的映照下可以清楚地看见一缕浓烟越升越粗，升到高处，被夜风吹散成蒙蒙一片。

刺鼻的焦煳味穿过马路飘到面前，时光猛然一醒。

刚刚闪过的那副模糊画面瞬间清晰起来，是一幅显示在复古挑高大客厅里电视屏幕上的夜间火灾现场画面，画面里的火灾场景在她眼前浮动着放大开来，与马路对面酒吧和周边景物的标志性轮廓一点点重合，分毫不差。

只不过眼前只是冒起一缕黑烟，新闻报道里整家酒吧已经被熊熊火光彻底吞噬了。

是了，那股一路跟着她来到这里的不安就是这个！

约好的十点半，霍明远应该已经在里面了。

时光在一串愤怒的鸣笛声中横冲过马路，奔到酒吧门口的时候还没看见有人疏散出来。

时光一把揪住站在门口的保安，指着霓虹灯招牌的方向说了声上面着火了，不等保安从诧异中反应过来，就急匆匆地挤进门去。

　　店里不比周末夜晚那么拥挤，但还是一片震耳欲聋眼花缭乱的喧闹。

　　也许是为了弥补工作日夜晚客人略少造成的气氛不足，驻唱乐队正在疯了一样地卖力表演一首撼天动地的摇滚曲，舞池里拥挤着跟随乐点疯狂摇摆尖叫的男女。时光嗓门本来就不大，一路冲过来又有点气喘，使尽全力喊的两声"着火了"全都刚一出口就一点不剩地淹没在了这疯狂的热闹里。

　　对付这种场面，她是一点办法都没有。

　　时光只好从这团要命的热闹里挤过去，赶向酒吧深处那间最大的卡座。

　　时光刚挤过去就是一愣。

　　卡座中央，霍明远正花样百出地投洗着一副扑克牌，几个醉醺醺的男人和一群大胸长腿的陪酒美女簇拥在他身边，纸牌像活的一样在他手指间乖巧灵活地翩跹起舞，引发出一阵阵夸张的尖叫。这团热闹的最外层，一个穿着黑色西装的年轻女人直挺挺坐在沙发边沿，手里紧抱着一个方正的手提箱，和她周围的热闹格格不入。

　　即便她快把头低进自己胸脯里了，时光还是一眼认出了这身装束。

　　关梦婵怎么在这儿？！

　　时光一愣之间，霍明远余光扫见她的身影，从手中翻飞的扑克牌间抬起头来："哎，来了啊……关梦婵。"

　　关梦婵显然没听见有人唤她，浑身紧绷地抱着手提箱一动没动。

　　霍明远没好气地翻了个白眼，随手抽了张纸牌朝她飞扔过去，纸牌横飞过大半间卡座，不偏不倚砸进她怀里，才惊得她一下子抬起头。

　　"箱子！"霍明远在周围一众人的哄笑声中遥手指指她怀里的手提箱，又指指一路挤过来气喘吁吁的时光，"给时总！"

　　关梦婵这才看见时光，忙站起身来，一张脸涨得通红。

　　"时总，给您……"

　　手提箱里装的是什么，时光清楚得很。她本来是奔着这个来的，现在已经顾不上这个了。时光径直从关梦婵身前越过，贴着座位上一众女人花白的长腿几步挤到霍明远面前，一把拽住他的领带硬把他拽得站起身来。

"哎，你干什么——钱都给你拿来了！"

霍明远一站起来足比她高出一头还多，时光拽着领带使劲儿往下拉了一把，又踮起脚，才将将把嘴凑近他的脸旁。

"这里着火了！快走！"

"你说什么……什么火了？"

霍明远眉头紧锁，一脸茫然，身上酒味重得像刚从酒缸里爬出来。时光也不确定他是没听清还是没听明白，一急之下索性一把拧住他的耳朵往下一拉，直冲着他耳朵眼里一字一句地喊了一声。

"着火了！"

"哎你松手——"

乐声如雷，周围人听不清他们说的什么，只看见堂堂霍总被一个女人像训孙子一样又扯又拽，不禁觉得好笑，却又都不敢真笑出来，一个个喝酒的喝酒、摸牌的摸牌。

霍明远挣出被她揪得生疼的耳朵，边揉边皱眉扫过酒吧里的一片喧闹："着火？哪着火了啊……"嘴上这么嘟囔着，霍明远还是扬手招了个巡场的保安来。

"这儿着火了？"

保安被问得一怔，放眼扫过全场，低声对蓝牙耳机里说了几句什么，几秒之后，就见一个胖墩墩的男人挤过人群，快步走过来，伸出一只文着盘龙的胳膊跟霍明远殷勤地握手。

"霍总！不好意思，不好意思……"

霍明远借着跟他握手的姿势倾身往前凑了凑："赵老板，怎么回事啊？哪着火了啊？"

"没事没事，就是外面那广告牌子，昨儿不是下大雨了吗，电线给泡坏了，刚冒了点火星子，已经收拾好了！对不住，让您受惊了……您喝好玩好，今儿晚上都算我的！"

不，不是一点火星子。

酒吧被大火吞噬的画面跃动在眼前，时光心急如焚，太阳穴又开始一跳跳地疼，一时间却不知道该怎么把这话说清楚。

说她在明天，八月二号的新闻里看到了今晚这家酒吧烧得火光冲天？谁会信呢？

酒吧老板的解释合理又让人舒心，霍明远笑着在他那粗壮的花臂上拍了一把："招牌上冒火星子是好事儿，红红火火，好兆头！"

"谢谢霍总吉言！"

酒吧老板招手叫人来添了几瓶酒，又笑眯眯地和霍明远寒暄几句，正转身准备走，忽然被时光两步上前拦住了。

"你是这里的老板？"

"我是。"时光明显是和霍明远一起的，酒吧老板也就拿出了对霍明远一样的客气，"您有什么需要吗？"

"马上清场，让这里所有的人都出去！今天晚上我包场。"

酒吧老板听得一愣，转头看向霍明远，发现霍明远愣得一点也不比他少。

霍明远是他的熟客，但这个女人眼生得很。其貌不扬，干瘦干瘦的，在深夜酒吧这色气洋溢的环境里寡淡得像杯凉白开，怎么看都不像是霍明远能瞧上眼的。

"您是——"

时光拎过关梦婵抱了一晚上的手提箱，打开摊到酒吧老板面前："这些够吧？"

霍明远差点笑出来。箱子里的钱足够连续在这儿包场一个礼拜的，但这样的酒吧里能一掷千金的大有人在，临时包场不是光扔钱就能办得了的事。

酒吧老板为难又不解地看向霍明远："霍总，这是……"

时光急了："我包场，你看他干什么！"

霍明远懒得夹在两人之间啰唆，劈手夺过时光手里的箱子，一把扣起来拎在手上，招手示意酒吧老板凑近过来，附在他耳边说了几句。

酒吧老板眉宇间愁云立散，痛快地一点头转身匆匆走了。

老板显然是不理她的茬，但时光也没别的办法，只好伸手去跟霍明远夺箱子。霍明远像是存心逗她，每等她将将要碰到箱子了，才看似漫不经心地轻巧一躲，几个回合下来，他脚下一步没动就吊得时光满头是汗了。

"霍明远你不要命了！"

时光气绝，正要拉开架势下狠手，充斥在酒吧里撼天动地的摇滚曲突然停了，两声"喂喂"的试音之后，骤然静下来的酒吧中传开了酒吧老板敦厚的声音。

"诸位贵宾，在下是龙堡酒吧老板赵兴隆，感谢各位今晚光临。但是对不住各位，临时有点特殊情况，今晚酒吧营业就到此结束了……"场中埋怨声刚起，就听赵兴隆又说，"为表歉意，今天晚上全场免单，还请各位多多包涵！欢迎下次光临，今晚对不住了啊！"

临时特殊情况？

时光还怔怔地望着舞台上不停道歉赔笑脸的赵兴隆，霍明远已经把那只逗了她好一阵的手提箱往桌子上一放，挥手示意身边的人散了。

卡座里的人都识趣地起身走了。附近还有几家酒吧，换场子不麻烦，扫兴的客人被免了单，即便一头雾水，也都平心静气地陆续往外走了。

不管什么特殊情况，人能散出去就好。

时光心里刚一松，正想拎箱子走，就见霍明远抓了瓶酒往回一坐，慢条斯理地喝起来。

"你怎么还不走？"

霍明远把僵立在一边不知所措的关梦婵也打发走了，才不急不慢地说："我包场了。"

时光一愣，这才猛然反应过来，赵兴隆在台子上说的只是一番场面话，所谓特殊情况就是霍明远临时包了场，全场的单也是结在他账上的。

霍明远仰头灌了一大口酒，心满意足地吞下，抿着湿漉漉的嘴唇醉眼蒙眬地对她笑："你不是想包场吗？现在跟我商量吧。我不要钱，但你得给我个说得过去的理由。"

时光有生之年还从来没这么急过，头疼得快要炸开了。

新闻里那样肆虐的火势不会是一点点慢慢烧起来的，最有可能是什么引发了爆炸，导致酒吧里里外外易燃的东西一瞬间全着了起来。

她不知道具体发生的时间，真到那时候，再想跑也来不及了。

"霍明远，这里要起火了，大火，你还要命就快跟我出去！"

"你怎么知道？"

"我——"时光张口结舌。忘记过去和预知未来这两件事在让人接受的难易程度上根本不能相提并论，就算霍明远愿意听她说，就算她也想一五一十说出来，她也不知道该从哪里下嘴，总不能说是在梦里看见的吧？

"我……我说不明白，我就是知道，你相信我！"

霍明远挑眉点了下头，从身上摸出手机，调到拨号界面朝时光递过来："行，我信你，你既然这么确定了，那赶紧打119吧。不过你可得想好了啊，谎报火警是犯法的，弄不好要进局子里拘几天，咱们非亲非故的，我可不去捞你。"

时光看着递到面前的手机，一时没动。

按照今天从早到现在的种种情况看，那段莫名出现的关于八月二号和八月六号的记忆里的一切细节都极有可能会在现实世界里得到印证，但要说一定会发生，她也没十足把握。

真要被拘上几天，今天白天的一番折腾就全白费了。

霍明远似乎一早料定了她不敢打这电话，看时光犹豫着不接，毫不意外地把手机收了起来："哎，被你搅和得差点把正事儿忘了……有单生意，明天去西雁山，后天回来，你有空接吗？"

时光一怔。

果然，这件事也应验了。

"有。"

"好，谈谈价钱吧。"

"如果你现在跟我走，这趟我可以不要钱。"

"不要钱？"霍明远一愣，摇头盯着她直笑，"我可是第一次听你说这三个字，听着真有点不习惯啊……"

"霍明远——"

霍明远扬手截断时光的话："行，那说好了，明天跟我去西雁山，不要钱啊。"说着，终于把酒瓶子往桌上一丢，慢悠悠地站起身来。

客人已经陆续出去了大半，余下的也都在朝出门的方向走了。赵兴隆赔礼送客的话说得差不多了，搁下话筒走了过来："霍总，都照您的意思办了，您看还需要什么尽管——"

话没说完，忽然"轰"一声炸响。

一声之后又是一声，火舌携着热浪从通往后厨的员工通道冲涌而出，几乎在惊叫声响起的同时就吞噬了陈列着满柜酒瓶的吧台，顺着易燃的装饰材料迅速蔓延。

还没出去的客人和酒吧员工一起蜂拥到门口，在瞬间涌满酒吧的浓烟里乱成一团。

"啊——着火了！"

"救命啊——"

"快！别挤……"

时光惊愕未定，霍明远已经抓起西装外套罩过了她的头顶，搂起她就走。

火光、热浪、浓烟、不断爆炸的灯泡和酒瓶，时光什么也看不清，只能一路任由霍明远带着她跑。正觉得他们离集中在出口方向的惊叫声近了，那只搂在她肩上的手臂忽然移到了她的腰间，用力一带把她按进了怀里。

霍明远加快几步，忽然纵身一跃。

"哗"的一声玻璃碎裂的重响之后，时光忽觉周围空气一清，没等睁开眼透一口气，就觉得身体沿着一条抛物线划过空中，在终点处重重摔进一片软硬适中的温热里。

"霍总！时总！"

时光在关梦婵的惊叫声中匆忙起身，才发现已经从酒吧的火海里出来了，垫在她身下的那软硬适中的温热身体正是霍明远的。

也是这副身体生生把酒吧门口附近的落地玻璃撞碎了大半，从门口挤不出的人纷纷从这临时开辟的出口冲了出来。

时光忙挺身挡住朝这边踩踏而来的逃生人群。

"霍明远！"

霍明远仰倒在落满碎玻璃的水泥地上，双目紧闭，毫无反应。

第十九章

霍明远皱着眉头醒过来的时候，人已经在他的车上了。

秦晖在前面驾驶座上把车开得既稳又快，关梦婵坐在副驾驶座位上，腰背依然绷得笔直，时光坐在他旁边，神情平淡得看不出是在担心他，还是在笑话他。

"你醒了？"

时光一句话把前面两人的目光都吸引了过来，霍明远不快地挺了挺钝痛的腰背，揉着肿痛得发麻的肩膀转头朝车窗外看了一眼。

车已经驶离城西郊，就快到市中心了。

霍明远一怔："这是上哪儿去？"

秦晖忙抽回目光，目不斜视地盯着前方空荡荡的马路，一心一意地装聋。

决定是时光做的，时光当时也言之凿凿地说了一切后果她来承担，所以到底还是时光做了回答："送你去医院。"

"去什么医院，我活着呢！靠边停车。"

霍明远中气十足的嗓音也不像有什么大碍。秦晖好像光用后脑勺就能看见霍明远一下子沉了脸似的，二话不说就减速转方向，干脆利索地把车靠边停下了。

车一停稳，霍明远闭眼靠在座椅上，用手掌抵着额头边揉边朝前问。

"酒吧什么情况？"

关梦婵忙从那个对她来说略显老气的黑色公文包里抽出一本巴掌大的记事本，紧张地翻开捧在手里，在副驾驶座位上半转过身来，对着霍明远一本正经地念。

"有……有两名在后厨工作的员工当场死亡。还有六个人受伤，两人是酒吧员工，四人是顾客，都已经被救护车带走了，没有生命危险。"关梦婵顿了顿，头也不抬地翻过一页，又接着念，"还有……酒吧的赵老板说，今晚特别感激您，要不是您临时包场疏散了大部分的客人，后果就不堪设想了。"

今晚酒吧里人再少也有小百十号人,爆炸要是真发生在那片喧天的热闹里,光是惊慌中发生踩踏恐怕也不只这些伤亡了。霍明远不禁朝时光瞟了一眼。

时光转头看着窗外,仿佛关梦婵说的这些事和她没有半毛钱关系。

霍明远皱皱眉头,转向对着念完记事本后就捏起别在本子上的圆珠笔、惴惴不安地等他发话的关梦婵:"你告诉赵兴隆,这些话让他跟媒体说去,跟我这儿说算什么感激啊……"

"好的霍总。"

霍明远又问:"起火原因清楚了吗?"

关梦婵还在手忙脚乱地往记事本上记录霍明远的指示,秦晖沉沉声,把话接了过去:"消防还在扑救,我已经打过招呼了,等调查结果出来我第一时间向您汇报。"

霍明远闷闷地"嗯"了一声,打发刚刚停笔的关梦婵下车回家,然后闭眼往后一靠。

"掉头,去时总家。"

"好的。"

霍明远要去她家,时光拒绝不了,也不想拒绝。

就算今天晚上酒吧里什么都没发生,她原本也有把霍明远叫去她家的打算。

酒吧里的事到底算谁救了谁,她也说不清楚,她冲进去的时候没想那么多,现在回想起来才觉得有点腿软,还有点心慌。

她那说不清原委却又成功应验的预言,这显然已经在霍明远心里落下了一个巨大的问号,明天见到宗亮之前,她就算走那条捷径也得把他所有的怀疑踏平。

不管他是什么人,被他盘诘来历的一幕都绝不能再上演了。

一路上霍明远不是闭目养神就是拿着手机戳戳点点,只字不提先前在酒吧里的事。秦晖在小区楼下停了车,霍明远才忽然想起点什么,抬起手腕看看表。

十一点多了。

"秦晖,你回一趟公司,再给时总提一份尾款来,十二点前回来啊……不然多加的违约金从你工资里扣。"

"好的。"

进了时光家门，霍明远向她要了瓶活血化瘀的外用药，不等她问需不需要帮忙，就径自走到洗手间里把门反锁了。

时光追到洗手间门口，隔着门问他。

"你伤在背上，不需要我帮忙吗？"

门里传来一声不知好歹的哼笑："昨晚跳了一次河，怎么还泡出一副菩萨心肠了啊？"

时光一怔，恍然回过神来。

因为有关八月六号那段惊心动魄的记忆，她下意识觉得给他处理身上的伤是理所当然的事，可对霍明远来说，她还只不过就是个花钱雇来的按次收费的账房先生。到今天，八月一号为止，他连自己和"教授"的那重最浅层的关系都还没准备让她知道，他还在扮演制药公司老板霍明远的角色，那一身的伤疤自然是不会让她看的。

时光微一抿嘴，顺着他的话岔开话题："我给你的那些车牌号，你都查过了吗？"

"嗯……"门里静了片刻，才传出瓮声瓮气的声音，"让你说中了，韩照干的。"

"他现在人呢？"

"不知道，查出来的时候就已经找不着人了。"门里的人说话间不小心牵痛了伤处，低低地"嘶"了一声，才又漫不经心地问，"你那边呢？你上午去交警队的时候见着他了吧？发现什么了吗？"

"没有。"时光轻描淡写地说罢，赶在霍明远接话之前又把话题岔走了，"今天那个关梦婵是怎么回事？她不是你们财务部的实习生吗，为什么带她去酒吧给我送钱？"

"韩照跑了，我得提个人上来补缺啊。"

"你的总裁办里有那么多人，为什么提一个实习生？"

一阵喷药的"嗞嗞"声后，门里才传来霍明远没什么耐心的声音。

"总裁办那群都是老油子了，她刚毕业没俩月，在公司里没根没底，人是木了点，但用着安全……而且胸大腿长，看着顺眼。"

最后一句听得时光嘴角一抽。

兴许韩照说得对，这个人的信任就是来得这么简单肤浅。

时光低头朝自己胸前看了看，蓦地想起记忆里那个八月二号一大早霍明远给她的评价。

——胸不大，劲儿不小。

这条捷径还是算了吧……

反正还有另一条。

"霍明远，"时光听着门里传来拧开水龙头的声响，清了清嗓，抬高了声音，"你以前说过，想让我跟着你当家养账房。你现在还想吗？"

"我想有什么用啊，你又不答应。"

"我答应。"

水流声忽然断了，里面好一阵没有回应，忽然锁声一响，门开了。

霍明远理着衬衫袖子从门里走出来，像是怀疑自己隔着门听错了，盯着站在门外仍旧一脸平淡的人，一字一句地反问："你说，你想跟着我当家养账房？"

时光清楚地点头："嗯。"

"你跟了我，你找人的事怎么办？"

"我已经找到了。"

霍明远整理袖子的手一顿："找着了？谁啊？这到底是哪路神仙啊？"

时光不答，只定定地望着他，像是在等他一个干脆明了的答复。

"行吧……"霍明远显然对自己的事更上心，也不再追问了，"你说，条件是什么？"

时光这才开口："不能像以前一样做一单给一单的材料，我需要知道你手里所有生意的真实情况，包括但不限于资金真实来源、真实数据、真实去向。还有，不能拖欠我的酬金。"

"那跟现在比，我能有什么好处？"

"我会全力确保你不会在这方面出任何纰漏，因为你将是我唯一的收入来源。只有你是安全的，我才能有饭吃。还有，酬金可以优惠。"

霍明远舐了下微干的嘴唇，稍稍消化了一下，又问："那你有什么好处？"

"收入稳定，不用每次都花时间精力调查客户的诚意。"说罢，时光低头朝他夹在臂弯下的喷雾药瓶看了看，又添了一条，"而且，你比别人对我好。"

条件不算过分，好处也直白实在，霍明远若有所思地点了下头。

"这样吧，我再给你一晚上的反悔时间，你仔细想清楚。明天天亮以后你要是还愿意，咱们再谈。如果你反悔了，我就当你这些话从来没说过，谁也别提了。"

明天天亮以后……

时光心里一沉，忙摇头："不用，我已经决定了。"

眼前的人和她半年前拒绝他邀请的时候几乎一模一样，都是一秒也不考虑就给他一个语声平淡却听起来斩钉截铁的回答，霍明远不禁好气又好笑。

"你决定了，我还没决定呢。我一时半会儿又跑不了，你急什么啊？"

"我怕我明天忘了。"

这个理由明显不在霍明远的预料范围内，那双深棕色的眼睛眯成狭长的形状，像机场安检扫描仪一样在她身上疑惑地扫了几个来回，上身缓缓前倾，皱着眉头凑近了看她。

"时光，你真想当我的家养账房吗？"

"想。"

"你知道，如果我答应了你，就意味着从今往后你不能再接任何人的生意，也不能再和以前的生意伙伴有任何往来吗？"

时光干脆地点头："我知道。"

"这和当挂名的财务顾问可不是一回事，一旦我答应了你，以后你一天二十四个小时做什么、不做什么，全都得听我的安排了。这些你也都想过吗？"

时光又点头："想过。"

"现在有人想要我的命，你跟着我随时有可能把命搭进去。"

时光还是平淡又笃定地点头："这两个晚上我已经见识过了。而且如果没有我，你现在已经把命搭进去了。不是吗？"

霍明远沉了半响的眉头忽然舒展，随着他挺直腰背，一抹笑意拂过他线条刚硬的脸，刚刚低沉如夜的嗓音一下子舒朗起来。

"既然你什么都想好了，怎么可能睡一觉就忘了呢？"

时光狠噎了一下，一时间无言以对。

"行了，赶紧收拾东西去吧，明天得在西雁山过夜。"霍明远把用完的药瓶往她手上一塞，边往客厅溜达边说："对了，收拾行李的时候记得把今天给你的那身衣服带着。"

"为什么？"

霍明远缓缓把自己放到沙发上，毫不客气地拿起时光放在茶几上的那瓶红酒："明天什么都顺利的话，后天回来跟我去趟公司，给你看样东西。"

"什么东西？"

"去了再说。"

"好。"

时光在卧室里拿出她唯一的行李包，翻出出门过夜必备的一应物品，连同霍明远叮嘱过的那套行头，一一按照她最习惯的位置填进去之后，记忆中那幅在西雁山别墅客房里打开它的画面就按捺不住地冒了出来。

一天里经历这样的事情太多，这块小小不言的拼图已经不足以在她被反复冲击到有些麻木的神经上掀起什么波澜了。时光木然关上拉链，刚要把它拎起来放到一边，起身间无意中扫见随手丢在旁边地上的T恤，忽然脚步一顿。

这是她下午去小卖部的时候穿的那件，还没来得及把它丢进洗衣机里，胸前被巧克力甜筒滴上的褐色印子已经彻底干透了。

时光拾起它团了两下，塞进她不轻易拉开的行李包侧袋里。

无论在几小时后即将到来的那个明天是什么样子，这摊褐色的印子都可以为她的大脑证明，至少有关今天，八月一号星期一的一切匪夷所思的记忆既不是梦，也不是幻觉，全都是实实在在发生过的。

她就不信，这摊印子也会和她指甲上的划痕一样消失得一干二净。

行李包刚收拾好，秦晖就拎着码好钱的手提箱赶到了。

十一点四十五，不早不晚。

霍明远从秦晖手里接过装钱的箱子递给时光，又拎起时光刚放到卧室门边的行李包递给秦晖，交代秦晖带下去放到车上。

"你这是干什么？"

"你今天太不对劲儿，我得留手准备，免得你一早起来出什么幺蛾子，连去西雁山的事儿都给我反悔了。"

时光被他这话说得一阵心虚。

显而易见，家养账房这条捷径非但没见半点成效，还给这人心头上又多添一抹疑虑，就连原有的信任都打了折扣。

眼下还能试试的捷径就只剩下那一条了。

霍明远对眼前人心里的波澜起伏无知无觉，正转身要回沙发里继续喝酒，起脚踢到一团揉皱的广告页，顺手拾起来扫了一眼。

"喜欢一个人的滋味就像咬了一口熟得恰到好处的番茄……"干巴巴地读完，霍明远嗤笑一声，又把它揉成一团，随手丢开了，"什么玩意儿，现在卖个西红柿都这么费劲了？"

西红柿……喜欢一个人的滋味？

一股酸中带甜的丰富滋味从记忆中浮现出来。时光神思恍惚了一下，待回过神来，霍明远已经坐回沙发上，随便一仰，抱着酒瓶子喝起来了。

怪了……

她怎么真就觉得，这个浑身酒气的人是番茄味的？

时光站在卧室门口犹豫了片刻。

"霍明远，你进来睡吧。"

霍明远一怔，扬扬手里的酒瓶子，摇头笑："别瞎客气了，我睡床你睡哪儿啊？"

"我不是和你客气。"她也知道自己没把话说明白，但这种话要怎么说明白，时光以前从没想过，一时半会儿也搞不清楚，"你等等。"

霍明远一头雾水地看着时光关了房门，里面窸窸响了一阵，门再被打开的时候，时光已经换了一条大红色的真丝吊带睡裙，束成马尾的头发散落肩头，赤脚站在地上。

霍明远头上的雾水更浓了。

时光平时的日子过得有多糙，这屋子就是最好的证据。这半年来霍明远隔三岔五就在她这里过夜，还从没见这个抠门得好像存钱罐成精了一样的人穿过这么讲究的衣服。

还是件只有在睡觉的时候才能穿一穿的衣服。

她让他等等，等什么？

意思显然还没表达明白，时光在霍明远懵然的注视中又慎重地纠结一下，然后学着时尚杂志封面模特那样，一脚前一脚后，两手叉腰摆了个曲里拐弯的姿势。

还怕不够，又撩了一把垂在肩上的头发。

霍明远刚灌进嘴里的一口酒没吞下去，呛住了。

"咳咳咳——"

"你，你可以先去洗澡，洗手间门后有件浴袍，给你的。"

"咳咳咳咳咳——"霍明远连笑带咳，眼泪都出来了。

"……算了。"

时光不等他咳完，黑着脸一把丢出给他准备的枕头和毯子，在那一连串憋笑的呛咳声里"咣当"一下把门关上了。

这招果然和她想象的一样没用……

不，比她想象的更没用。

"哎，不是……咳咳……"门外的人"咣咣"拍了两下门，时光忙把门反锁上，却锁不住穿门而入的声音，"你是想跟我睡吗？"

"不是。"

"那你这又让我进去睡，又让我去洗澡的，什么意思啊？"门外的人还在憋笑。

"你再说一句话，我明天就不去西雁山了。"

"好好好……"

门外终于清静了。

现在想把韩照找出来打一顿也晚了，只能寄希望于霍明远明天宿醉醒来能适当地忘掉点什么，否则明天事态发展到记忆中的那番局面，她真一点都不意外。

不过，所幸，最要紧的那件事，韩照还是干成了。

这一天折腾下来，时光身心俱疲，利落地把钱点好码进床箱里，没心思再把这条睡裙换下来，又吞了两颗头疼药，就往床上一倒，关灯睡觉了。

一团寂静的黑暗中，门外一阵阵喝酒的声响清晰得好像就在耳边。

越累就越是睡不着，脑海里积压了一整天的困惑就越是挥之不去。今天一天从早到晚的事就像放电影一样在脑海中一一回现，从记忆里的那个八月二号，到八月六号，到今天的八月一号，又到记忆里的八月二号……

今天和记忆里的那个八月二号几乎严丝合缝地拼了起来，就只有一小块拼图不见了。

宗亮收到的那条短信是怎么回事？

那个拨过去是空号的电话号码，是她记错了吗？

只要今天所做的一切能让明天，八月二号星期二，有一个和她记忆里那个八月二号一样的开始就足够了，其余无关紧要，就只是纳闷而已。

新新旧旧的事重重叠叠地搅在心里，时光不等从她隐隐胀痛的脑袋里理出一个可能的解释，就觉得一阵空前浓重的睡意袭来，在困惑中不知不觉地睡了过去。

时光这一觉睡得很沉，再悠悠转醒的时候，身上的疲倦和脑袋里的胀痛已经一扫而空，落在眼帘上柔和的光线已经能让人闭着眼睛就感觉到天已经蒙蒙亮了。

光线投来的方向也传来一阵阵雨点敲击玻璃的密集声响。

又下雨了……

下雨了？

她还能清晰地想起昨天一天发生的所有事，也能想起那段关于八月二号和八月六号的古怪记忆，她要是没记错的话，在那段记忆里，八月二号星期二……

是个阳光明媚的大晴天。

第二十章

时光在睁眼前最后的一点惺忪里伸手去够床头的电子钟,手刚一抬,就撞上一面不软不硬的东西,怔愣中顺手摸了一把。

平顺而有弧度,粗而不糙,不是墙面,也不是床头柜的侧板,更不是她卧室里任何床上用品的触感,更像是……布艺沙发的靠背。

还不是她家的沙发。

时光蓦地睁开眼睛,一下子弹坐起来。

这是一间完全陌生的客厅,她正睡在客厅里的沙发上,身上盖着一条从没见过的空调被,盖在空调被下的身体上穿的也不是那条让她昨晚丢足了脸的真丝吊带睡裙,而是……

一条不知道哪来的大红色抹胸短尾礼服裙。

沙发前是一组收拾整洁的玻璃茶几,茶几对面是电视,复合板打制的电视柜上摆着用大号烧杯水养的绿萝,繁茂的枝叶蜿蜒着垂到了素色瓷砖地面上,和半开半闭的淡绿色窗帘相互呼应……这不是她家,不是霍明远的办公室,也不是西雁山的那栋别墅。

好像是一栋普通单元楼里的一户普通人家。

她怎么会穿成这样睡在这里?

还是,她又忘了什么吗……

转头打量间,目光扫过沙发背后的墙壁,时光一下呆住了。

沙发靠背上方的白墙上挂着一张大尺寸婚纱照,即便做成了油画效果,时光还是一眼就能认出来,这就是她昨天刚在咖啡馆的平板电脑上看过的那张。

这是……

宗亮和童烁的家?!

时光慌忙从沙发上跳下来,两脚落地的一刻才发现脚上穿着一双高跟鞋,鞋跟足有十厘米高,比筷子粗不了多少。时光差点崴了脚,刚顶着一层冷汗站稳,就听身后不远处传来一个让她瞬间从头发梢一路凉到脚趾尖的柔和声音。

"你醒啦？"

时光猛一回头，就见宗亮捧着一只水杯朝她走过来。

阴雨天早晨暗淡的晨光穿过窗帘投进这间面积不大的客厅里，把屋里一切都笼在一重柔软朦胧的光线里。宗亮身上松垮地罩着满是褶皱的衬衫长裤，脚下踩着一双亚麻布拖鞋，头发微微蓬乱，略显局促地站定在她两步开外的地方，通身不见半点记忆中疯狂狠戾的影子。

"我……我起来倒杯水，是不是吵到你了？"

宗亮紧握着那只还在冒热气的水杯，问得有点小心翼翼。

时光只觉得口舌发僵，一时不知道说什么，只摇了摇头。

"对不起……"宗亮垂眼看看她身后还堆着被子的沙发，抱歉地笑笑，"昨晚童烁害得你受了那么大委屈，又麻烦你送我回家，还麻烦你留在这儿照顾我，实在是不好意思。"

时光这才发现，这个家的女主人好像不在。

什么受委屈，什么送他回家，什么照顾他，时光一丁点印象都没有。她只记得，昨天她只在咖啡馆的平板电脑屏幕上看过他和童烁一眼。

"昨晚……"时光心里冒出一种不祥的预感。

"我昨晚喝多了，就只记得你送我回来，后面的事我就不知道了。"眼看着时光脸色微微泛白，宗亮愈发紧张了，"我……我如果，我说了什么不合适的话，你千万别往心里去，我不是有意的，我跟你道歉——"

"宗亮，"时光颤声打断他喋喋不休的道歉，"今天几号？"

"今天？"宗亮一怔，转头看向入户门口边柜上摆放的电子台历，"四号吧。"

八月四号？！

时光三步并两步地冲到边柜前，一把抓起那个毫不显眼的台历。

设计简洁的电子台历上一清二楚地显示着，七点二十八分，八月四日，星期四。

果然，昨天不是星期一……

宗亮懵然跟过去，愣愣地看着瞪圆了眼睛死盯着台历的时光："你，你怎么了？是今天有什么重要的安排吗？你别着急，你要去哪儿，我开车——"

"宗亮，"时光截住他的絮叨，强压住嗓音里的颤抖，抬头看着他一字一句地问，"星期二，八月二号，我们在西雁山见过，是吗？"

"是呀。"

"还有霍明远？"

宗亮点点头，好像明白了点什么："还有他公司的助理，秦晖。"

"中午吃饭是霍明远点的菜——"

"牛油果沙拉、黄油煎芦笋、黑胡椒烤松茸、黑松露罗勒比萨，还有奶油南瓜汤。"宗亮不等她问完就把话答了，有点不好意思地笑了一下，"那天中午我也喝多了，你们一直等客户，等到山里起雾了人也没来，只好留宿了一晚，昨天才回到市里。我没有记错吧？你放心，我只是昨晚喝多断片儿了，昨晚以前的事情我都还记得。"

时光无声地倒吸了一口凉气，凉彻肺腑。

怎么会这样……

时光脸色骤然白下来，立在尖细高跟鞋上的身体微微发颤。

宗亮伸手想要扶她，那只手还没有挨近，一种条件反射似的恐惧与厌恶就迫着时光下意识地往后退了半步，退得着急，仓促间踢到换鞋凳，急忙扶住旁边的柜子才没栽倒。

"小心！"

宗亮那一点还没醒透的宿醉一下子惊得荡然无存，伸出去的手僵在半空中，进也不是退也不是，像极了他星期二在西雁山厨房后院屋檐下的时候。

紧张，局促，小心翼翼得像只食草动物。

时光猛醒。

她在那个不知是现实还是幻想的星期二里琢磨了一夜的那个疑问，从一开始就想错了方向。

她从那天第一眼见宗亮起就觉得哪里有点不对劲，那天从早到晚，直到昏昏入睡的前一秒她都在试图对比出如今的宗亮和过去的区别。现在见识过宗亮的两副面孔，再看到他这和过去并无二致的样子，才终于豁然开朗。

他不对劲，就不对劲在一举一动和过去看起来几乎没有什么区别。

谁能在十几岁往三十几岁过度的二十年里只简单地改变一点形貌？

唯一的可能就是这个人外壳下的一切都已经变得天翻地覆，却不想被久别重逢的人看破如今的真实面目，就再次小心地披起早已经褪下的那层旧皮来伪装自己。

但皮终归是皮，一旦被看破，就越看越觉得不伦不类了。

时光拢拢散在肩头上不断散发出定型发胶气味的头发，缓缓沉了口气，定下神来："你没事就好……我也想喝点水，有凉的吗？"

既然来了，就不能白来一趟。

"有，我给你拿。"

宗亮去厨房给她拿来一瓶矿泉水，回来的时候时光已经坐在沙发上等着了。

"你要是没有什么急事，等我收拾一下，我请你出去吃早饭吧。"

"不用了，我不饿。有件事，"时光拧开瓶盖慢吞吞地喝了两口水，毫不拐弯抹角地提醒他，"我记得你在西雁山的时候跟我说过，你这里有霍明远以前的照片。"

"哦，对，你不说我差点忘了。昨天从西雁山回来我就找出来了。"宗亮说着走去卧室，话没说完就拿着一本薄薄的旧影集走回来。

"这是我从本科到博士毕业期间所有的照片。"宗亮在时光旁边的单人沙发上坐下来，翻开很靠前的一页，指着一张八个男生合影的照片，"这是当时我们宿舍的人的合影。"

时光一眼扫过，目光落在一个胖子身上。

八个二十出头的男生站在一起，这一个胖子占的画面比他旁边两个男生加在一起还多。虽然穿着一身放到现在也不落俗的名牌，但是身形臃肿笨重，目光呆板无神，半点不见如今霍明远英朗挺拔的影子。

"这个就是霍明远？"

宗亮笑着点头："怎么样，和他现在一点都不像吧？"

岂止一点不像。

时光接连往后翻了几页，都没再看见这个胖子的身影："就只有这一张吗？"

"嗯。男孩子嘛，本来就很少拍照，而且我和他不在一个院系，他也很少参加学校的活动，我们在一起拍照的机会也不多，这一张还是毕业前留下的。"

时光若有所思地翻回到那张八人的合影,定定地看着那张全然陌生的面孔。

"那个时候，他抽烟吗？"

"抽烟？"宗亮揉揉额头，像是在记忆深处好好翻找了一通，才犹犹豫豫地说，"我好像没见他抽过，但是我有印象，那个时候他身上经常有股烟味。不知道是他抽的，还是他外面的那些朋友抽的。怎么了？"

"没什么。"时光目光微一转，落在照片上站在最左边角落里的少年的脸上，微一抿嘴，伸手轻触上去，"不看这些还不觉得，你现在也和以前不一样了。要是我们这一次没遇上，在我的记忆里，你一直都会是照片上这个样子。"

宗亮看着那张和他如今相差无几的年轻面孔，神情复杂地笑了一下，微微摇头。

"我,我那个时候什么都没有，就只有你动不动就说我有多么多么好……你不知道,这些年我得了多少奖，得了多少荣誉，都没有人再像你那样夸过我。我能走到今天，每一个成功里都有你的功劳，我都希望能和你分享，但就是不知道你在哪里。现在我的新项目研究成功了，刚好你就出现了，这就是人们说的天意吧。"

时光一怔抬头，正撞见那双定定看着她的眼睛。

乍看一片柔和的目光里小心地压抑着一团炙热的疯狂，时光蓦地想起他说过的一句话，是在记忆中那个八月六号，星期六，他在说起T1107这个命名的来历的时候。

他说，这命名是他在星期四这一天定下的，他曾暗示过她，她没有注意。

时光后背一凉，不动声色地把影集合上了。

"你做这个新研究，是在学校的实验室吗？"

宗亮略犹豫了一下，才挂着他招牌式的腼腆微笑摇摇头："是另外一间实验室。"

"也在学校里吗？"

"这个……"宗亮挂在嘴角的微笑微微发僵,"是一家大型研发型企业的实验室,目前还涉及一些学术机密,不方便公开,等到合适的时候,我一定带你去参观。"

"我就是随便问问。"时光依旧平淡地说着,起身站起来,"谢谢了。时间不早了,你既然酒醒了,我就先走了。"

"等等!"时光刚一起身就被宗亮唤住了,"你裙子上沾了东西。可能是我昨晚不小心把红酒洒在你身上了。"宗亮匆匆抽过两张纸巾,从时光喝剩的矿泉水瓶里倒出点水沾湿,拈起时光身侧的裙摆擦抹起上面几滴深色的污渍。

"不用了,我回去洗。"

时光很不自在地拽回裙摆,宗亮刚要再道歉,垂眼间扫见手上湿纸巾上沾染的颜色,不禁一怔,凑到鼻底闻了闻,忽然变了脸色。

"这是……是血啊。"

礼服裙是大红色的,什么颜色的液体滴上去都是差不多的深褐色,只有擦到了白色的纸巾上,才显出原本的血红色,和血液那股特有的铁锈味。

"你哪里伤到了吗?"

"没有。"她从头到脚都没有一丁点疼痛的感觉,更看不见什么伤口,宗亮身上也没见什么伤口,"可能是不小心在什么地方蹭上的,回去洗洗就行了。我先走了。"

时光刚走到门前,又一次被宗亮叫住了。

宗亮从刚才落座的单人沙发上拿起一个精致的女士手包,追上前递给她:"你的包。"

时光一怔,她的包?

她从没用过这种啰里啰嗦的东西。

"外面下雨了,这个你拿着。"宗亮打开边柜取了把雨伞,"我送你下去吧。"

"谢谢,不用了。"

时光接过包和雨伞,逃也似的匆匆出门,不坐电梯,踩着那双十厘米高的尖细高跟鞋一路直跑下七楼，撑开伞冲出楼道，才喘息着缓了口气，回头隔着雨幕看向身后的公寓楼。

这是雁城大学的教师公寓，六号楼，四单元。

她昨天怎么到这里来的……

或者说，她是为什么到这里来的？

沾在她身上的这几滴，又是谁的血？

时光正在雨打伞顶的声音和自己急促凌乱的心跳声中搜寻着任何一点有关的记忆，手包里忽然传出"叮"的一声响。

像是手机收到信息的提示音。

手机？

时光一怔，忙把伞柄担在肩上，打开手包来看。

小巧精致的手包里没放多少东西，除了一沓现金和一个半新不旧的U盘之外，就只有一部崭新的手机——和记忆里被她在逃亡路上从霍明远的车上扔出去的那个。

引起响铃的确实是一条短信。

时光把手机拿出来的时候屏幕还亮着，短信内容赫然显示在屏幕上。

是一条化学方程式，一条稍有点化学基础的人一眼看下来就知道没配平的化学方程式。

$2CO_2 + H_2O = C_6H_{12}O_6 + O_2$

时光一惊，再看到发来信息的号码，又是一惊。

是那个她在昨天……不，她在八月一号星期一打过去还是空号的古怪号码。

时光忙把电话打过去，刚一拨完，对面就传来一个客气的女人的声音。

"您拨打的用户已关机……"

时光收起手机，匆匆朝雁城大学附近的公交站走去。

那条信息不是什么乱码，也不是什么恶作剧，那是一个地址。

一个约人见面的地址。

先把方程式里出现的所有化学元素按周期表顺序排列，也就是H、C、O，然后整合每个元素原子总数，14H、8C、13O，这就是一份公交线路指示图。

氢的原子序数是一，碳的原子序数是六，氧的原子序数是八，也就是从十四路公交车的第一站上车，然后在马路同一侧换乘八路公交车，上车后往下坐六站，再在马路同一侧换乘十三路公交车，往下坐八站后下车，就是见面的地方了。

知道这个约见方法的，还活着的人里，除了她，照理说应该就只有她刚刚道别过的那个人了。可那个人又绝不可能是这个手机的机主。

就算宗亮能用两部手机自己给自己发短信，他也没法做到在被霍明远锁着双手勒着脖子挟持而行的时候给她打出那通电话。

这人是谁，只有见了才能知道。

雁城大学门口的公交站离十四路公交车的第一站起码有四十分钟的车程，时光隐隐有点头疼，却还没疼到犯傻的程度。这法子只不过是借用公交线路隐秘地指示出见面的地址，不是让人非得这样坐着公交车一站一站地过去不可。

公交站牌后面有雁城市公交线路全图，时光沿着这化学方程式标示的换乘方法在线路图上从头到尾理了一遍，最后停在了"市科技馆"这四个小字上。

八月初还在暑假里，虽然是个工作日的下雨天，科技馆里依然热闹。

时光打车过来前已经找了一家开门早的商场换了一身不太招眼的行头，上午九点四十，排在那些大大小小的学生队伍中间买了票，寄存了换下的衣服鞋子和雨伞，只拿着那只手包，漫无目的地随着人流往里走。

也许是为了迎合暑期参观群体的兴趣，科技馆专门腾出一整层楼布置了一个时空穿越主题的展览，硕大的宣传图就挂在一进门厅最显眼的位置。

时光平时不看电视，但拿旧报纸旧杂志当草稿纸用得多了，多少看过点影评文章，她也大概知道穿越是个什么意思。

如果这些天发生在她身上的怪事真的不只是一场梦，那答案也许就在这里了。

也或许，这就是那个人约她来这里的原因。

时光照着指示牌走上三楼展厅，顺着参观的人流走进去，正诧异地看着展厅中还原出的奇形怪状的各种时空穿梭机模型和在模型上兴奋尝试操作的小孩子们，肩膀忽然被人从后轻拍了一下。

时光一惊回头，一眼看到那张描画精致的美人脸，又是一惊。

"你——"

"自然点，边走边说。"童烁压着她声线偏尖细的嗓音，边装作参观的样子缓步往前走着，边对旁边错愕的人说："我的学生们在楼下化学展馆，我不能多待，咱们长话短说吧。"

约她来的人就是童烁无疑了。时光不知道童烁想说什么，或是想听什么，但她有一句话已经憋了一早晨，非问不可了。

"你怎么会知道用化学方程式约见面的方法？"

童烁一怔，皱起眉头深深看她一眼，好像忽然想起点什么，苦笑着转头看向身旁橱窗里半个世纪前某位科学家绘制的时空机器手稿，没做回答，反问。

"你脑子里没有八月三号的事，是吗？"

第二十一章

时光不知道是该惊讶，该害怕，还是该狂喜。

这件事已经完全超出了她有生以来对这个世界的认知，别说她身边没人能听她说，就是有人听她说，她也不知道该从哪开口。现在却突然冒出这么一个人，不知道为什么好像一眼看进了她的脑子里，那么轻松自然又主动地把这件事提了出来。

哪怕这个人是童烁，时光也想听她说。

"你怎么知道？"

"你先听我说吧。"童烁挨近橱窗玻璃，细细地看着里面发黄的手稿上龙飞凤舞的花体英文，用低到只够她们两人听到的声音飞快地说："我查了些资料，不过我是学化学的，这事不属于我的专业范围，我也没有找到完全一样的参考案例，所以只能说说我猜测的一种可能。你身上会发生这种事，简单说，可能是因为时空秩序被扰乱了。"

时光顾不上去追究她为什么会查这些，又为什么专程把她约到这里来说这些，现下她只迫切地想听童烁把这件事说明白。

"什么秩序被扰乱了？被谁？"

"时空秩序，被你扰乱了。"

"我？"时光愣得冤枉又迷茫，"什么意思？"

要说乱，恐怕谁也没她乱得厉害，明明她才是受害的那一个，怎么就成了她把什么时空秩序扰乱了？再说了，她连时空秩序是什么都不知道。

听着也不像是什么能赚钱的东西……

"我从头跟你说吧。一切的起因应该是在七月三十一号晚上，那天晚上下大暴雨，可能是你掉进河里的时候被雷劈了，又或者是赶上了什么特殊的天文现象，也或者碰上了什么时空裂缝、时空褶皱一类的，都有可能。"童烁边信步前行，边看着橱窗里各种奇形怪状的时空机设计图轻叹了口气，"总之，你在没有任何科学仪器辅助的情况下，意外又成功地实现了这些科学家研究到现在都还没实现的时空跨越。"

"你的意思是……"时光怔怔地看向离她最近的一台时空机器模型，又怔怔地把头转了回来，憭然看向童烁在橱窗前被旗袍包裹得玲珑有致的侧影。

这么多年不见这个人，模样还能认得出来，怎么就觉得她说的都不是人话了呢？

"可是我这几天一直就……我也没有天天被雷劈——"

"你听我说完。"童烁蹙眉横她一眼，时光忙像课上随便发言被老师训斥的学生一样闭了嘴，童烁才接着说，"我刚才说的只是你为什么会从七月三十一号跨越到八月二号。但是不管出于什么原因，这种跨越都是一种破坏宇宙原有运行秩序的错误。可能是因为你跨越的时空范围相对于整个宇宙时空而言太小了，正常的时空秩序可以自发纠正这个错误，所以你能回到被你意外跨越过去的八月一号。举个不太恰当的例子，好比一滴一百摄氏度的热水滴进太平洋，热水会迅速变成凉水。"

"等、等等……"童烁到底是个化学博士出身的大学讲师，这一番拗口又绕脑子的话被她用一加一等于二一样理所当然的语调说出来，时光下意识觉得她说的肯定对，但到底也就只勉强听懂了一点零碎，又凭着眼前这些展品的提点充分发挥想象力拼凑了一下，才怔怔地试探着问："你是说，我不小心把八月一号跳过去了，宇宙发现了，又把我送回去了？"

如果童烁的解释是一篇通俗科普文章，时光的复述就是一本儿童画册，话糙，但核心意思大概还是对的。童烁皱起描画精致的眉头看她一眼，欲言又止，到底还是放弃了。

"你这样理解也行。"

听童烁给她简单粗暴的复述打了个对钩，时光却更懵了："要是这么说，那六号是怎么回事？我回到一号之前还跳去了六号啊。"

童烁有点头疼地叹了一声，不知是看在什么的份上忍了忍，才又一边随着观展顺序缓步朝前走，一边拿出人民教师的全部素养耐着性子说："这个世界是由物质构成的，任何事物的发展变化都需要一个过程。还是那个例子，一滴一百摄氏度的热水滴进太平洋，热水会迅速变成凉水，但是不管再怎么迅速，从热到凉都需要一个过程。在这个过程中热量不断从热的地方向凉的地方扩散，也就是说，在温度达到一个平衡之前，热水会不停释放能量来影响它周围水的温度。你从二号跨越到六号，很有可能就是在这个过程中发生的。"

展厅里放眼看去到处都是些极尽匪夷所思的展览品，童烁这些匪夷所思的话在这种地方听起来倒也不是那么让人难以置信了。时光似懂非懂地点头，童烁无声地松了口气，刚要开口说什么，时光又忽然摇头了。

"不对。我昨天就在一号，都已经纠正好了，怎么……怎么我今天会在四号？"

"这就是为什么我说时空秩序是被你扰乱的。"童烁翻了个还算克制的白眼，"你好好想想，你有没有在一号的时候利用二号和六号的记忆，做一些本来不可能发生在一号的事？"

时光听明白这话意思的瞬间心头猛地一沉。

有，当然有。

从她在病房里一睁眼开始，去公司找霍明远，搜索宗亮和童烁的信息，跟韩照做交易，给童烁打电话，还有冲去龙堡酒吧救人……

每件都是因为那些关于二号和六号的记忆。

如果没有那两天的记忆，这些都不会发生。

"这样就是扰乱时空秩序？"

"当然。你用未来的记忆影响了当下的行为，而未来之所以成为你记忆里的样子，又恰恰是建立在你当下这些行为的基础上，这样就形成了过去和未来的循环影响，也就造成了更大更复杂的混乱。"眼看着时光浑身上下都写满了不知所措，童烁叹了一声，语气多少软了些，"不过目前看来，你应该可以放心，这点混乱对于整个宇宙时空来说还是太小了。如果我的这种猜想没错，那正常的时空秩序迟早会把这点错误纠正好。只不过还是那句话，这需要一个过程。"

"那也就是说，"时光猛然意识到一件至关重要的事，"我现在脑子里的八月二号、六号和一号，都不是幻觉，是真的，是……都是……"

时光虽然不擅长说话，但也从没这样词穷过，还没等她找到一个恰当的形容，童烁已经会意地点头了。

"是。好比吃一盒巧克力，别人都是从第一块开始一块一块挨着往后吃，你是这一块那一块跳着吃的，有些别人已经吃过的你还没吃到，有些别人还没吃到的你已经吃过了。但是不管怎么吃，都是真的吃了。"

难怪……

难怪星期一的种种细节会和星期二严丝合缝地扣上，也难怪星期二的时候霍明远会因为她乍见宗亮时的一点反应就一下子质疑起她的来路，因为她在星期一就已经或阴差阳错或弄巧成拙地在他心里留下了一连串的问号。

比起这两天，时光更在乎的是那个星期六。

"那也就是说，我的那些未来，比如六号，星期六，我已经吃完……不是，我已经过完了，不会再过一遍了，不管我现在再做什么，也不可能改变它了。它已经，一定，就是那样了，是吗？"

时光在震惊中问得七零八乱，童烁还是一听完就摇了头。

"你说的这不是你的未来，是你的过去。"

"过去……什么意思？"

"你的过去和未来已经不再是被日期序号定义的了。你要回归到过去和未来最原始的定义去想这个问题，你已经经历过的都是你的过去，你还没经历到的，都是你的未来。你的未来依然是不确定的，但是过去就是过去，没有人能改变过去。当然，还有一种可能。"童烁顿了顿，从面前的展品上抽离目光，转头看她一眼，"就是宇宙时空为了纠正混乱，把你这个混乱的源头彻底消灭,那你的这些过去就不会存在了。"

"彻底消灭?怎么消灭?"

童烁稍一思索,微微眯眼打量她:"你在用未来的记忆影响当下行为的时候,不管是你自己的行为,还是由你引发的他人行为,你身体上有没有出现什么特殊的感觉?"

时光几乎立刻就想起了她买的那盒头疼药。

"好像是会头疼。"

"那就是了,因为你在用你一个人的力量和整个宇宙时空的力量较劲,头疼很可能只是个开始。你想想那一滴掉进太平洋里的热水吧。"

童烁略有点同情地叹了一声,抬头朝展厅的顶上看去,时光也顺着她的目光抬头看上去。这间展厅挑高超过十米,顶上用壁画、模型和灯光效果布置出了各大星系的样子,光是置身在这样虚拟的微缩宇宙空间里都能轻易地感觉到一个人的渺小,更何况是真正的上不封顶宽无边际的浩渺宇宙。

时光一个人在旁门左道的行当里摸爬滚打这些年,什么三教九流都应付过,什么人找她的麻烦她至少都能有个起码的应对思路,可这回和她杠上的根本就不是人。

"可是我已经活到六号了,也就是说,不管怎么样我至少都会活到六号,对吗?"

"你听说过一句话吗,叫地球离了谁都会转。"童烁看她的眼神里仿佛跃动着"没文化真要命"几个大字,"你以为你死在今天,这地球上所有人都不会有明天了吗?我们当然是过另一个没有你的版本的八月六号,你已经过完的那个版本,就会被宇宙时空作废,随着你的死一块消失,没有人会知道。你懂了吗?"

一个人一辈子总是会死一回。任何人来到这世上都不会活着离开,但就算是死,他也要死对时候、死对地方,平白被当个错误纠正死算怎么回事……

时光正消化着这个更加不友好的第二种可能,童烁一句话把她拽回眼前。

"当然,这都是我的猜测,依据有一些科学文献、一些小说和电影,还有一些是我自己的想象,信不信随便你吧。能说的我都已经说了,我要的东西呢?"

时光看着童烁朝她伸来的手，不禁一怔："什么东西？"

她这样子显然不像是故意抵赖的，童烁无奈地叹了一声，耐着性子提醒她："你从我家里出来的时候，身上有没有多一个U盘？"

时光刚要摇头，忽然想起一直拿在手上的手包，忙打开来，翻出那个只有一节手指长的银灰色U盘，"这个？"

童烁如释重负，接过来就匆匆塞进了自己的拎包里。

"这是什么？"

"等你过到八月三号的时候就知道了。"时光刚要开口，就被童烁扬手截住了，"别问我三号发生过什么，也别告诉我六号会发生什么，你最好别再跟时空秩序对着干了，否则谁也不知道会发生什么更诡异的事。"

"好。"时光点头之间看到童烁手指上的戒指，目光一顿，又犹豫了一下，"不过，你得听我说一句，就一句，跟过去、未来没什么关系。"见童烁点了头，时光才沉声说："你要小心宗亮。"

听见这个名字，童烁冷然笑了一下，放眼看看展厅里的时空机模型，"如果有一天人类真能造出穿越时空的机器，我一定要回到宗亮他妈怀他的时候，把他弄死在娘胎里。"

时光一惊。这夫妻俩的关系，好像和她想象的完全不一样。

"你知道宗亮他——"

"我知道，他那些见不得人的事我都知道。我活该，当初要不是不听家里的话，非要跟他结婚，也不会弄成现在这样……躲过这个人渣是你运气好，往后挑男人可要擦亮眼，别自己坑自己。还有别的事吗？"

"你知道他的那个实验室在哪里吗？"

童烁被问得一愣，眉目间的戾气随之散尽了："什么实验室？"

"他说是一家大型研发型企业的实验室。"

"不知道。"童烁皱眉摇摇头，"不过，在雁城能算得上大型研发型企业的也没几个，你们安德生物制药不是请他去过吗？你可以去问问那个霍总。"

霍明远确实说过，安德公司有个研发中心，但是……

"没别的事了吧？"

"还有一件事。"时光又一次叫住耐心快要耗尽的童烁,"你舅舅,就是造了西雁山那栋房子的那个舅舅,他生前是做什么的,为什么会去那么偏僻的地方盖房子?"

这个问题问得前不着村后不着店,童烁愣了愣,似乎是赶着早说完早走,没多犹豫也就答了:"他是个画国画的,你在那房子里看见的所有书画作品都是他的手迹。他身体一直不大好,就住在那里一边静养一边创作。我小时候跟着他学过一点,所以他特别疼我。他一直没结婚也没有孩子,临终前就把那栋房子交给我了。"

"那栋房子是什么时候建成的?"

"有三四十年了吧。"童烁微一皱眉,"那房子怎么了?"

"我总觉得以前在哪里见过,一直想不起来。"

"那不关我的事了。"童烁冷淡地说罢,看了眼手腕上小巧的表盘,转身就走,"我得去和学生会合了,你好自为之吧。回见。"

看着童烁迅速走远的背影,时光才想起来。

她还没来得及问那条短信的事。

还有,她还没来得及对童烁说一声谢谢。

时光从科技馆出来的时候,外面雨势更大了。

天空阴沉成了一片深深浅浅的铅灰色,白日如夜,周边很多店铺和人家里都亮了灯,映得雨幕明晃晃的,宛如星河。时光在大雨里艰难地打了一辆出租车,一路堵过去,终于在将近十一点的时候来到了安德生物制药公司总部大楼门口。

公司里的人似乎都已经接受了她"时总"的身份,却还没有习惯于她在这栋大楼里出现。从大厅一直到霍明远办公室门口,一路上不时有人对她点头说"时总好",一走出她视线之外,就三三两两把头扎在一块儿嘀嘀咕咕。

时光视而不见,充耳不闻。

关梦婵穿着那一身干练的黑西装坐在离霍明远办公室门口最近的工位上。一见时光走过来,关梦婵像活见鬼了似的,"噌"地站了起来,两手紧张地攥在身前,一双眼睛战战兢兢地看着她,惶恐又无辜。

"时、时总……"

"霍明远在吗?"

关梦婵咬牙犹豫了一下,像是做了一番强烈的思想斗争,才抓起面前桌上的座机电话听筒,"您稍等一下。"

关梦婵按了一个键就把电话拨通了,小心翼翼地对电话那头的人说了句时光在门口想要见他,不知听了句什么回复,就忙说了声带着轻颤的"好的",把电话听筒放了回去,愈发纠结地看向时光,一张脸肉眼可见地一阵红一阵白。

"霍总让我跟您说……说他,他……"

"他不在?"

"他、他死了。"

"……"

第二十二章

霍明远的这种口气她早已经习惯了。

时光可以肯定,她一定是在星期三因为什么鸡毛蒜皮的事惹毛了他。或者应该说,她将会在宇宙时空把她纠正回星期三的时候,因为什么鸡毛蒜皮的事惹毛了他。

至于为什么,关梦婵显然不敢说,她也懒得知道。

她需要见他一面,而这间办公室也不是非得他乐意开门才能进得去。

时光一句也不磨叽,心平气和地说了声"好吧",就转身原路返回电梯,随着大楼里忙碌的人流下到一楼,走出大厅,从地下停车场的入车口走了进去。

工作日,还没到下班时间,偌大的停车场里看不见一个人影。

时光沿着印象里星期六霍明远开车走过的路线,一路穿过停得满满当当的停车场,朝那部可以直通他办公室的专用电梯走去。

童烁那些什么宇宙时空、过去将来的解释,她真正听懂的部分不多,但有一点她听得很明白,那就是她脑子里的八月一号、二号和六号都是她已经实实在在经历过的,她在这三天里知道的一切全都是真实存在的。

包括她在六号看见的那个开启电梯门的密码手势。

只要这个密码手势没在这几天之间更换过,她就一定能打开那部电梯。

至于用未来影响当下会扰乱时空秩序的问题,只要她记得在被时空纠正回八月三号星期三的那天想办法获知这个密码手势,那按照正常的时空秩序来看,她在今天,八月四号星期四使用这个密码手势,也就不算是用未来影响当下了。

她还记得霍明远跟宗亮约好了要在三号来公司参观,要她跟着秦晖走,到公司会合。

这个机会肯定不难找。

时光边想边往前走。

停车场里寂然无声,时光下意识把脚步放得极轻。

电梯就在霍明远的专用车位旁边,时光看见了霍明远的车,接着就看到了那扇电梯门。

再走几步,视线角度渐变,那辆崭新的黑车完整的车身渐渐出现在视野里的时候,时光蓦地刹住了步子,侧身一闪,就近隐到了一根立柱后。

一团黑乎乎的人影正仰躺在霍明远的车底下,对着车底盘鼓捣些什么。

时光屏息贴着柱子静静立了几秒。

停车场里依旧寂静一片,连心跳声都能听得一清二楚。

时光缓缓沉了口气,小心地偏过头,微微探身看过去。

那团黑影刚好从车底钻了出来,是个穿着黑西装的男人,背对着她藏身的方向利落地站起身,拍拍身上的灰尘,好像担心被人发现,起脚离开之前警觉地朝周围扫了一眼。

时光与他不过隔了四个车位的距离,男人只侧过半张脸,时光就毫不费力地认出了那张老实忠厚的面孔。

秦晖?!

四顾无人,秦晖正正领带,若无其事地朝她藏身的方向走过来。

时光忙缩身贴紧立柱内侧,屏息听着皮鞋底子踏在水泥地上的声响。声响越来越近,近到和她只有一柱之隔的时候,时光壮着胆子偏头看了一眼。

秦晖正从柱子前经过，低头在手机上飞快地戳点。

时光刚瞥见屏幕，手机忽然在秦晖手中响起来。

秦晖眉头一皱，脚步不停，边往前走边接通电话，语声平稳持重一如往常："喂，小关，怎么了……哦，我在外面抽烟，信号不好，你跟霍总说我马上就来……时总？"

秦晖忽然驻足，在离她不足五米远的地方转头四顾。

时光忙缩头回来，背贴柱子直挺挺地立好。

"她到车库干什么？"

秦晖疑惑又警觉的声音近在咫尺。

时光斜前方停的是辆崭新的黑车，锃亮的漆面上赫然映着秦晖清晰的身影。

这样看着秦晖并不可怕，可怕的是，只要秦晖环顾周围的目光稍稍下落些许，也必能看到她的身影映在这辆车上。

她也不敢往旁边挪动。

只要她有一点点晃动，影子跟着一动，就会立刻吸来那束正在捕捉一切动静的目光。

如镜的黑车面上，一身黑西装的秦晖通身紧绷，一手举着手机，一手缓缓伸进西装下摆摸向腰后，活像一只一边嗅着猎物的气息，一边慢慢从肉垫里伸出利爪的豹子。

时光紧屏呼吸，度秒如年。

不知待了多久，驻足四顾的豹子终于收回目光，垂下手，起步朝前走去。

"我知道了，这就回去。"

话音伴着脚步声飘远，时光看着秦晖拐了两个弯彻底消失在视野里，才从柱子后面蹿身而出，直奔到电梯前，在电子屏幕上飞快地划下那个复杂的密码手势。

手势刚划到一半，猛然袭来一阵剧烈的头痛。

疼痛来得猝不及防，时光手指一颤划偏了方向，电子屏幕上立即红光一闪，显示出"密码错误"的字样，下面还跟着一行小字，"将在2次错误输入后启动警报"。

时光按着额头苦叹。

怎么回事……

难道没在星期三弄到这个密码？

已经管不了那么多了，她必须得在秦晖见到霍明远前先一步见到他，否则万一被那个精擅危机公关的人抢先反咬一口，她浑身是嘴也说不清楚了。

时光一手按着疼痛稍退的脑袋，一手再次划上触摸板。

一半未过，剧痛再次袭来，从颅脑深处瞬间蔓延到周身每一块骨头、每一寸皮肉，疼得她眼前一阵昏花，身体一晃，下意识想要伸手扶住点什么，正好一巴掌按在了触摸板上。

电子屏幕再次闪起红光，"密码错误"的字样下，那行小字变成了"将在1次错误输入后启动警报"。

只剩一次机会了。

时光忍痛沉了口气，趁着对疼痛短暂的适应一鼓作气划了下去。

再度袭来的疼痛中，电梯门终于"叮"一声打开了。

时光跟跄着扑进电梯，按下直通霍明远办公室的按钮。

电梯门缓缓关闭，平稳升起，时光只觉得好像有五只手分拽着她的头颈和四肢往不同方向撕拧拉扯，仿佛要把她生生撕碎在这里一样。

不过就是个电梯密码，就这么点事儿，宇宙时空不会因为这个就要把她消灭了吧？

就这一次，最后一次，以后再不敢了……

时光扶着电梯冰凉的内壁强撑着站稳，在脑子里和宇宙时空万分恳切地讨价还价。不知道是宇宙时空打算再信她一回，还是本来也只是打算再给她一次警告，时光痛苦归痛苦，难熬归难熬，但是到底没有失去意识。

仿佛忍了一辈子，电梯才缓缓降速停稳。

门一开，时光刚松手要往外走，发软的腿脚就支撑不住了。

霍明远正站在办公桌前举着瓶子灌酒，忽然听见身后电梯门一响，惊讶中回头，正见时光一头栽倒进来，忙搁下瓶子疾走过去。

"你怎么——"

时光半截身子在电梯里半截身子在电梯外地伏在地上，冷汗淋漓。宇宙时空似乎一时半会儿还不想放过这个扰乱者，时光四肢百骸痛如刀割，连翻身起来的力气都使不出来。

霍明远刚到她身旁俯下身，没等扶她，就被她急切地一把抓住了手臂。

"秦晖不是去抽烟的……他——"

办公室的门忽然被叩了两下，接着传来秦晖恭谨端正的声音："霍总。"

霍明远朝门望了一眼，又看看身前几乎要失去意识的时光，一言不发，俯身把她横抱起来，快步走进休息室，轻轻放她躺到床上，立指对她做了个嘘声的手势，才一边整整衣服关门出去，一边对外扬声。

"进来。"

时光闭眼躺在床上听着秦晖走进办公室。

"霍总，您要找时总？"

"没事，不用找了……你刚才干什么去了？"

"出去抽了根烟。"秦晖顿了顿，又不慌不忙地说，"顺便检查了一下车况，您十二点半不是约了人在伊藤居酒屋吃饭谈事吗？"

世上最容易取信于人的谎话就是九分真里掺着一分假，秦晖说的就是这种。

时光蓦地睁开眼，勉力撑身坐了起来。

床对面墙上的挂钟显示，离十二点还有不到一个小时了。

"哦，行了，忙你的去吧。"

霍明远轻飘飘地说完，就听秦晖应了一声，一阵脚步声后接着一声关门的轻响。又待了片刻，才听到霍明远的脚步声渐近。

霍明远回来的时候手里端着一杯温水，眉头拧着一个死结。

"你这是怎么了？"

时光多少还有点气喘，挨在床头坐着，接过霍明远递来的水小抿了一口，任由他坐到床边伸手摸了一把她汗涔涔的额头。

"没事。"

疼痛来得急去得也快，好像一场突如其来的噩梦，醒了也就醒了，浑身上下只有一层冷汗和跌出电梯时磕碰出的一点钝痛证明刚才的一切真实发生过。

"你刚才那样叫没事啊?你看看你这些汗。"

那只刚从她额头上摸过的手掌带着一种心有余悸的气恼直伸到她眼前,时光看看那明晃晃的汗水,睁着眼说瞎话:"天太闷了,我着急跑了几步,热的。"

"你傻还是你当我傻啊?"霍明远急了,嗓音蓦地拔起来,"热得出汗脸色是红的,你这——"拔高的嗓音忽然收住了,霍明远别过头去透了口气,再转回头看向眼前这张煞白一片的脸,嗓音明显低缓了,"是不是在宗亮家出什么事了?"

时光被问得一怔。

他知道她昨晚去了宗亮家?

怔愣间垂下的目光正落到霍明远按在床边的手上,时光不禁又是一愣。

靠近她身旁的这只手不知使了多大的力气紧紧按着床沿,骨节绷得都发白了,因为竭力克制着什么而不由自主地微微发抖。

时光一怔抬头,才发现那双直直盯着她的眼睛里血丝满布,好像通宵都没有合起来休息过,眼底满是焦灼和后怕。时光有种强烈的预感,她只要点一下头,他立马就会冲出去找宗亮拼命,三刀六洞、生吞活剥的那种。

她不就是趁宗亮喝醉送他回家,顺带帮童烁拿了个不知道存了什么的U盘,来换取童烁帮她解开身上这件怪事的秘密吗?

她能出什么事?

他觉得她能出什么事?

这恐怕不是一句"没事"就能应付过去的。

可她既不知道昨天到底发生了什么,也没有把握能像童烁一样,把那些什么宇宙什么循环的话说得清楚明白又令人信服。

时光转手搁下水杯,小心地伸手过去,把掌心轻轻覆在那只紧按在床沿的手上。绷紧的手在她掌心下忽然一僵,然后一点点卸了力,慢慢松开了。

时光歪着胆子收拢手指,轻轻握住这只手。

实实在在的体温通过掌心递送过去,比千言万语都更能证明她还活得好好的。眼看着那双眼睛里的焦灼一重重淡去,握在掌心的手也平复了细微的颤抖,时光心头才稍稍一松,就着这个姿势一字一句地认真说。

"我真的没事。"

霍明远定定看了她一阵，看得目光里彻底只剩下纯粹的一汪后怕了，才伸出另一只手抚上她的肩头，缓缓倾身，一点点朝她挨近过去。

每靠近一点，都小心地看看她的反应。

时光始终没躲，也没松开他的手，直到他结实的胸膛轻轻贴上她，抚在她肩头的手缓缓滑到她肩胛骨之间，时光仍没有挣开，这才忽然被他一把搂进怀里。

她掌心下的那只手反手一握，把她的手牢牢攥住了。

霍明远下巴抵在她肩窝，粗重温热的鼻息扑得她侧颈直发痒，时光一动也不敢动，任由他紧紧抱着，清晰地感觉到他强健有力的心跳从缓到急，又从急到缓。

许久，时光才听到耳边传来一个闷闷的声音。

"没事就好。"

说罢，搂在她背后和攥在她手上的手一齐松开了，霍明远几乎有些仓皇地起身走去对面窗下的茶几前，背对着她拎起茶盘里的半瓶酒，揪开瓶塞，倒了满满一杯，一饮而尽，又倒满一杯，才转身在旁边的扶手椅上坐下来。

时光终于松了口气。

太奇怪了……

她和他之间不过只有一天的时差，人和事都还能根据种种细节线索顺得下来，可一腔情绪却好像隔了千山万水、沧海桑田，不是问出个为什么就能接得上的。

所幸眼前是应付过去了。

星期三发生了什么，也只有到了星期三才能知道了。

窗外雨泻如注，天阴得吓人。

霍明远背对窗户靠在扶手椅中，又浅浅抿了两口酒，仿佛把残余的情绪都混着酒一起吞下了，才终于想起了正事来。

"你刚才没说完，你说秦晖不是去抽烟的，然后呢？"霍明远也不抬头看她，只垂眼看着酒杯里晃动的琥珀色液体，脸色晦暗不明，低缓淳厚的语声听起来有些漫不经心。

已经十一点二十了，霍明远一会儿就要用车出门，这件事是得赶紧弄个清楚明白。

"是，他在撒谎。"

霍明远掩口打了个浅浅的哈欠，一丝困倦浮上来，问得更加漫不经心了："秦晖身上确实有烟味，我中午也确实要用车，你觉得他哪句撒谎了？"

"他不是去检查车况的。"

"你怎么知道？"

"我看到他从你车底下钻出来，鬼鬼祟祟的，然后发了一条信息。"

霍明远眉头一蹙，嗓音微微收紧了："什么信息？"

"我没看清楚。"眼看着霍明远刚提起的一点注意力眨眼间烟消云散，无动于衷地举起酒杯往嘴边送，时光忙又补上一句，"还有，他在电话里听说我在地下车库的时候，还准备杀我灭口。"

霍明远刚送到嘴边的酒杯蓦地顿住了，目光一抬，终于朝她看了过来。

"杀你灭口？"

"你能知道我去了地下车库，是因为看了监控录像吧？你调出来地下车库的监控仔细看看，就知道我和秦晖谁在撒谎了。"

"我是看了。"霍明远也不遮遮掩掩，皱皱眉头，若有所思地摩挲着手里的酒杯，"我是从车库南区入口的监控看见你走进去了。但是，你记得我跟你说过吧，这几天公司里的监控系统在分区进行技术升级，今天是轮到了地库南区，你进地库以后我就看不见了。"

"你的车位就是在南区？"

"嗯。"

"秦晖知道今天那里没有监控吗？"

"他当然知道，分区安排表就是他从安保中心拿来给我的。就因为今天那片没有监控能看，他才有必要跑下去检查车况。"

时光相信霍明远已经和她想到一处了，但霍明远一定不会比她更紧张。

毕竟这世上恐怕只有她一个人知道距离现在两天之后的八月六号星期六会发生什么。

眼前这件事和六号的事接起来看，秦晖在不远的将来突然倒戈背叛霍明远，已经不是见风使舵那么简单的了。

"我可以跟你一起下去看看。"

"好。"

第二十三章

霍明远在和时光走进那部专用电梯前给秦晖打了个电话。

"去楼上咖啡吧给我买盒冰激凌，我在下面车库等你。"

进了电梯，按了选层按钮，看着电梯门缓缓关上，霍明远抱手侧身往电梯壁上一靠，不动声色地把她堵在了角上。

"我这部电梯除了办公室里这个门以外，其他楼层的门都是有密码的，你刚才在地下车库里是怎么开的门？"

电梯平稳下行，时光一颗心也跟着直往下沉。对面直盯着她的那双眼睛里满是血丝，看得出疲惫深重，但敏锐不减分毫。

时光面不改色："我试出来的。试了两次不对，第三次对了，我就上来了。"

霍明远转头朝控制板上为数不多的按键扫了一眼。

"哪个按键是来我办公室的，也是你试出来的？"

"我没想来你的办公室。"时光的视线越过霍明远精瘦的侧腰，也平淡地扫了一眼控制板，和控制板上那个刚才被她毫不犹豫戳上的按钮，"我只是害怕被秦晖发现，想尽快从车库逃出去，随便按的一个。"

"那你跑去地下车库是想干什么？"

"等你。你不让我进去，我只能等你出来。反正快到吃饭的时间了，你的毛病那么多，肯定不会在公司的食堂里吃，很可能会坐车出去。"

前因后果合情合理，霍明远一时挑不出什么毛病，半信半疑地盯着她，像是在她脸上搜索着任何一点心虚的痕迹。

他不追问，时光也不上赶着描补。

反正没有监控可查，他能怎么样？

电梯狭小的空间里一时间静得只能听见机器运转的轻微声响和霍明远近在咫尺的呼吸声，以及她自己不由自主加快的心跳声。

就在这一片拉锯式的安静里，时光肚子忽然"咕噜噜"地叫了一声。

叫声响亮又缠绵，收尾还拐了个百转千回的弯，捂都捂不住。

霍明远绷不住"扑哧"笑出声，脸色瞬间朗起来，看着眼前这张被他一下子笑红的脸戏谑道："怎么，昨天晚上抱得那么起劲儿，早晨起来连顿饭都没管啊？"说着抬起手腕看了一眼，"你是专门卡着这个点来蹭饭的是吧？"

这一番心惊肉跳的折腾下来，时光差点忘了自己是为什么大雨天费这么大周折也要来见他一面的了，被他这么一提醒，也顾不得去理会那个"抱得那么起劲儿"是怎么回事了。

"不是。我想让你帮我查个人。"

时光脸上的红晕还没退散，这样仰着脸一本正经地说出这么句话来，让霍明远忍不住想要逗她。

"看上谁了，直说，别不好意思。"

"西雁山那栋房子的房主。我想知道他是什么人，他以前都干过什么，还有他家里都有什么人。你既然能查到他是个死人，应该也有办法查这些。"

霍明远皱了眉头，笑意全无："你查他干什么？"

"现在还说不清楚，等查出来我一定会告诉你。"

时光话音刚落，电梯就稳稳地停下来，电梯门在"叮"的一声响后缓缓打开了。

离午休时间还有半个多小时，地下车库里仍然只见车不见人，霍明远正色走出电梯，故作漫不经心地围着他的车绕了一圈，确认周围没人以后朝时光伸出手来。

"把你头上的卡子摘给我。"

"卡子？"

"赶紧的！"

时光从耳后捋下一支别碎头发的长条卡子给他，霍明远接过去就俯身钻进了车底。时光给他指了秦晖动手的大概位置，站在旁边看着他在底下摸索鼓捣。

"你还没说能不能帮我查那个人。"

车底下传来一声没好气的冷哼："昨天是谁说不让我管她闲事的啊，这会儿又想起来使唤我了？晚了，你已经不在服务区了。"

星期三的自己有底气把这句话撂给他，大概是知道今天的自己有本事让这句话说了也不算数。怎么才能不算数，时光想来想去，也就只有那一个办法最简单好使。

"昨天的事我全都不记得了。"

车底下一下子探出来半张瞪大了眼睛的脸："你这是求人办事的态度吗？昨天的事就算要翻篇，那也得是我说不记得，你说不记得就不——"

"我真的不记得了。昨天，八月三号，星期三，一整天的事我都不记得了。"

时光眼看着那双瞪大的眼睛眯了起来，难以置信地仰看着她，看了好几秒，才一字一句地说："你是说，你就像你星期二的时候忘了星期一那样，又把星期三给忘了？"

"嗯。"

"嗯什么嗯——"

霍明远忘了自己正仰躺在车底下，猛一挺身抬头，额角"咚"地撞在车底板上，还没落定的话音一下子撞了个稀碎。

车底下的人捂着脑门儿低骂了一声，闭眼忍着生生撞出来的眩晕，更没什么好气了："星期二把星期一忘了，星期三好不容易全想起来了，星期四又把星期三忘了。下一步是不是星期五又全想起来了，然后星期六又忘了啊？"

这还真让他说中了……

"可能是吧。"

"可能什么可能啊，你这是黑瞎子掰棒子呢，掰俩扔一个？从那天出车祸以后你就一直不对劲，到底怎么回事——"

漆面黑亮的车身上光影浮动，时光看到秦晖远远地从后面走过来，忙伸脚戳了他一下。

"秦晖来了。"

霍明远收了声，却不着急起身，磨磨蹭蹭地从车底下钻出来的时候，秦晖已经走到车前了。霍明远看也不看他一眼，皱着眉头把手里的卡子塞给时光。

"把你这玩意儿卡好了，不值钱的东西也不能瞎掉，你看看这片停的都是什么车啊，轧崩了划了哪个都得赔上几个数。到时候你出还是我出啊？"

"知道了。"

时光接过卡子别回头发上，低头间余光扫见秦晖往车底方向看了一眼。再转头看他，就只见他面不改色地上前把冰激凌交给霍明远，对她点头打了个见面招呼，转身开车去了。

霍明远到底还是没说帮还是不帮，但秦晖在这儿，也不好再催问下去。

"那我先走了。"

时光刚要走，就被霍明远一脸怔愣地叫住了。

"上哪儿去啊？"

"回家。"

"这都几点了，还回什么——"霍明远脱口而出的话说到半截，忽然想起些什么，无奈地一叹，看看已经在驾驶座位上准备好的秦晖，转回头来朝她递了个眼色，"十二点半，咱们约了宗亮夫妻俩吃饭谈事。你忘了啊？"

他们两个人约了宗亮夫妻俩吃饭谈事？

时光不但想不起来，而且想不明白，他们四个人坐在一起能有什么是可以在大庭广众之下坐下来边吃边谈的？

一愣之间，车门已经打开了。

"别磨蹭了，晚会儿路上就堵车了。"

十一点四十，车开出地下车库，驶进外面的雨幕里。

霍明远一言不发地靠在后排座位上，一手托着那盒冰激凌，一手摸出手机，有一下没一下地摆弄。时光正从中央后视镜里小心地瞄着前面驾驶座上秦晖的神情变化，忽然听见她牛仔裤兜里传来"叮"的一声响。

时光惊了一下才想起来，那是她不知道什么时候有的手机。

引发声响的是一条短信，没有备注姓名，但一看就知道是她身边这个还在埋头若无其事摆弄手机的人发来的。

——你昨天要买宗亮家在西雁山的那栋房子，宗亮一个人做不了主，要回去和他老婆商量，约好今天中午出来吃饭见面谈。这和你要查这个房主的底细有什么关系吗？

时光看得一愣，皱眉想了一阵，拿着手机小心地戳点半天才给他回过去。

——不知道。可以帮我查吗？

霍明远的手机在他手里振了一下，不到三秒，时光的手机又"叮"了一声。

还是霍明远发来的信息。

——你能把我哄高兴了，我就给你查。

"……"

没等她回什么，霍明远又发来一条。

——那房子还买不买了？

——买。

她能提出来要买，一定是发现了什么。

霍明远没再发什么，把手机随便往身旁座位上一丢，揭了冰激凌盒盖子，转面朝外看着大雨中下班高峰期拥挤的车流，慢条斯理地吃起来。

不像他二号一早在那家酒店下午茶餐厅里吃得那么享受，一口接一口填进嘴里，脸上始终看不见半点愉悦的痕迹。

时光无力地叹了口气。

连吃冰激凌都不能让他高兴了，她还能怎么让他高兴？

长这么大，她连条狗都没哄过，哪知道怎么哄这么麻烦的一个人……

她想查那房主的背景，说到底还是因为那栋房子，因为那股莫名的似曾相识的感觉。

二号突如其来的事情太多，除了紧张就是困惑，她心思并没有放在那栋房子上，六号一睁眼就在想办法逃出那里，更没有多留意什么。

一遍又一遍地回想下来，始终一无所获。

还是得指望这个人能高兴高兴，帮她查出点什么来才好。

车行到路口前，有辆车强行变道加塞，秦晖有惊无险地避过，不满地按了下喇叭，时光才忽然想起屁股底下坐的这辆车来，忙又抓起手机给坐在旁边的人发信息。

——车底下有什么东西吗？

车在等信号灯的长队里缓缓停下来，秦晖有意无意地朝后视镜里看了一眼。

霍明远还在气定神闲地吃着冰激凌，好像压根没注意身边的手机振过一下。

直到车再次启动，走走停停地开过这个大雨中分外拥堵的路口，霍明远才把勺子叼在嘴上,伸手抓过手机。

又等了足有半分钟,时光才收到他的回话。

——下车再说。

这条信息发完,霍明远一边把手机收回西装内袋里,一边交代前面开车的人:"老秦,一会儿你去给我买点东西,单子发到你手机上了。"

秦晖两手规规矩矩地握着方向盘,目不斜视地盯着雨中的前路。

"好的。"

时光看看旁边打着哈欠倚回座椅上又开始吃冰激凌的人,忽然想起他说过的一句话……不,现在这个时候应该说,他将会在两天之后的六号对她说的一句话。

确实还有一样东西比冰激凌更有希望能哄他高兴。

"秦晖,可以帮我也带件东西吗?"

"好的,您需要什么?"

"我想要一盒薄荷糖,那种绿色铁盒子装的。"时光说着,从兜里摸出一张二十块钱的钞票递了过去。

秦晖忙摇头:"时总,您不用这么客气!"

钱还是落到了驾驶座旁储物盒的盖子上。

"时总,真的不用——"

霍明远听烦了,一脚踹在驾驶座靠背上,生生把秦晖还没说完的客气话踹断了:"你俩有完没完了?我明天就破产了怎么着,二十块钱还跟这儿扯起来没完了!微信群里抢红包的时候怎么不见你们这么客气呢!"

秦晖被骂得一激灵,忙把那张惹事的二十块钱抓起来塞进兜里。

"谢谢时总。"

时光摆弄着手机没吭声。

消停了不到两分钟,霍明远就感觉到手机在他胸口振了一下。摸出来一看,是时光发来的一条短信。

——抢红包就是抢钱吗?

霍明远还没想清楚该怎么回,又来了一条。

——哪里能抢钱?

"……"

第二十四章

一路堵车，闲着也是闲着，霍明远耐着性子花了四十多分钟让她弄明白了微信抢红包是怎么回事，时光下车的时候看向秦晖的目光里就更多了一重困惑。

"他每个月的工资有多少？"

离十二点半还有一会儿，宗亮和童烁还没来，时光坐在霍明远订好的包间里，手里拿着厚重的菜单册子，边翻边皱着眉头问。

"不清楚。问这干什么？"

"就算他每个月实发一万块钱，一个月算他工作三十天，他一天也有三百三十三块三毛三的收入，为什么一天抢到五毛钱还会有那么激动的反应？"

霍明远在点菜的平板电脑上熟门熟路地戳点，头也不抬地哂笑："工资那是卖力气挣来的，红包是天上掉馅饼，白捡来的，这能一样吗？"

时光还是困惑："丢给他一个五毛钱的硬币，他也会那么激动吗？"

霍明远想象不出秦晖站在他面前捏着一个五毛钱硬币兴奋地直喊"谢谢老板"的样子，但三言两语也实在说不出这两者之间到底有什么区别。

"你可以试试。"

"他是不是有什么重大的个人财务问题？"

时光问得一本正经之余还有点忧心忡忡，霍明远好气又好笑地斜她一眼："他比你过得滋润，你赶紧的，看看有什么想吃的，自己饿着呢，还管他有没有饭吃……"

"我不是这个意思。"时光这才发现，霍明远根本没明白她在说些什么。

时光放下手里的菜单册子，侧转过身来正对着霍明远，愈发一本正经地问他："你刚才说，他放在车底下的是个追踪器，就是能时时刻刻确定位置的那种，是吗？"

霍明远把两条烤秋刀鱼加进菜单，漫不经心地"嗯"了一声。

"可是今天给你开车的人就是他，车在哪里，他就在哪里，他为什么还要在车上装这种东西呢？"

霍明远一双眼睛还是盯在菜单上，不答反问："你觉得为什么？"

"是有人指使他这么做的。"

这个弯并不难绕，霍明远似乎也已经想过了，漫不经心地点了点头："那这和你研究他抢红包抢了多少钱有什么关系啊？"

"这关系到指使他的人是什么身份。"

霍明远一愣，终于从菜单里抬起头来："什么意思？"

"如果他有重大的个人财务问题，比如欠高额赌债，或者需要一大笔钱救急，那指使他的人很可能是借这个机会收买他的。沿着他的财务问题去找，应该就不难找到这个人。"

霍明远若有所思地点点头。

时光又说："如果没有，那另一种可能，就是他有什么不可告人的把柄，指使他的人在利用这个把柄威胁他，那么沿着这个把柄就能找到这个人。"

"嗯，有道理。"霍明远不疼不痒地表示了赞同，就低头看回菜单，手指尖在几种刺身间认真地犹豫着，好像这个指使他最贴身的手下在他的车底下安装定位跟踪装置的人远不如他嘴里的一口饭来得重要，"你爱吃哪种鱼，三文鱼，金枪鱼，真鲷，还是河豚？试试伊佐木鱼吧，夏天吃最好，再过几天就过季了……"

这个人实在奇怪，有时候敏锐得可怕，有时候又迟钝得让人着急。

"可是如果这两种可能都不是，那就说明，他和韩照一样，从一开始就是别人安排在你身边的眼线。"

不知道是听到了"韩照"这个名字还是"眼线"这个词，霍明远指尖一顿，转头看向时光的目光颇有几分复杂，却到底只是意味不明地笑叹一声，低头继续看鱼。

"你是不是不准备让我高兴了？"

"你要是死了，我准备什么都不能让你高兴了。"她在两天之后见过他，并不意味着随便他怎么活都一定能活到两天之后。时光压低声音提醒这个好了伤疤就忘了疼的人："有人想要杀你，星期一晚上龙堡酒吧里的事我还记得，你忘了吗？"

霍明远微一怔，旋即不以为意地笑出声："想杀我的人多了，从这儿开始排队能一直排回公司门口，想杀我就能杀得了我啊？你以为我是什么，北极贝还是象拔蚌啊？"

"你是警察。"

时光就坐在霍明远身边，声音放得很轻，也足够他听得一清二楚了。

那个不以为意的笑在他脸上倏然凝固，像烛火燃尽一样，光亮和温度一点点消失，最后剩下一脸莫测高深的冷肃。

时光不由自主地屏住呼吸。

难道……不是吗？

时光被他盯着看了不知多久，刚见霍明远双唇微微一动，像是要开口说点什么，包间的推拉门忽然"哗啦"一声从外面被拉开了。

"不好意思，我们来晚了。"

时光一惊抬头，没等看见说话的宗亮，迎面就正对上了童烁一个冷冰冰的白眼。

童烁早上在科技馆对她的态度说不上多么亲热友好，但也没见有什么火药味，这一个突如其来的白眼把时光看得狠狠一愣。

宗亮跟在童烁后面进来，没看见她的表情，依然抱歉地笑着解释："实在不好意思，下雨路上有点堵，我们——"

"听说昨晚时总是在我家睡的，今天早晨才走，是吗？"

客气话被拦腰打断，宗亮才发觉气氛不对，脸上温文的笑容一下子凌乱了，忙伸手拽了童烁一把："你胡说什么……"

童烁不管宗亮拽在她胳膊上的手，冷笑着紧盯时光，一双眼睛像是要喷出火来把她活活烧死在这儿，"怎么，我家的床就那么好睡吗？睡了一张又一张，时总睡得高兴吗？高兴的话，要不要把那一套房子也一块儿买了，我多送你点床上用品？"

宗亮脸上一阵红一阵白："童烁，你——"

斥责的话刚开了个头，就被霍明远低低的一声清嗓打断了。

霍明远从头到尾扫了一遍自己选好的菜品，点了下单，转手把平板电脑放到一边，才抬眼看向剑拔弩张的童烁夫妻俩，目光由上而下落到童烁被雨水打得透湿的高跟鞋上，唇角一弯，不急不慢、不冷不热地开口。

"童老师，你既然冒着这么大的雨来了，那说明卖房子的事你是想谈的。你拿这些说出来你自己都没脸的话来挤对时光，无非就是想先拿她一把，占个气势，对吧？"

眼看着童烁脸上一僵，霍明远唇角的弧度深了几分。

"你们两位都是高级知识分子，为人师表，高风亮节，谈生意的那些个花花肠子，不管是跟我比，还是跟时光比，你们都是关公面前耍大刀，实在犯不着。"

宗亮怔愣间朝时光看去，才发现时光已经在低头翻菜单册子了，一张平淡的脸上无波无澜，别说生气，就是理都懒得理他们。

"不是，我们没有这个意思……"

霍明远扬扬手截住宗亮没什么底气的解释，朝对面的两个空位子伸了伸手。

"谈生意讲究个和气生财，都是老相识，咱们就别上那些弯弯绕绕的手段，把这么简单的一件事搞得那么复杂了。来都已经来了，有什么条件，你们坐下来沉住气一条条说清楚，也对得起大雨天跑这一趟。"

当领导当惯了，霍明远随便往什么地方一坐都有种"这里我说了算"的强硬气场，再加上这连哄带吓的几句，童烁和宗亮虽然相互拉扯了几下，到底还是一起坐下了。

霍明远显然是这里的常客，有些东西从他进门开始就已经准备了，两人刚在他们对面坐下，服务员就敲门进来，把大大小小的盘子一样样摆上了桌子。

看见食物，霍明远五官轮廓都变得和善了："别客气，边吃边说。"说着，伸手把一碗热腾腾的拉面推到时光面前，"早晨没吃饭，先喝口热汤，生的冷的等会儿再吃。"

时光点点头，也不吭声，拿起勺子埋头慢慢喝起拉面汤来。

她明白霍明远的意思，这不是真要照顾她，这是让她用吃的把嘴堵上，没事儿别说话。

童烁冷着一张脸不动筷子，宗亮似乎脸上有点挂不住，僵硬又不失客气地笑着，拿起筷子朝面前烤秋刀鱼的细长盘子伸过去。

盘子里有两条鱼，宗亮随意朝其中一条伸过去，筷子尖儿刚到半路，对面一双筷子忽然横伸过来，把那条鱼整个夹走了。

宗亮筷子落了空，脸上的笑容瞬间变得更僵硬了。

霍明远一边愉悦地把整条鱼放进自己面前的盘子里，一边客气着说："这烤秋刀鱼得赶快吃，不然凉了就难吃了，快点尝尝。"

宗亮僵了片刻，还是把筷子放下了。

"时光，你考虑好了，真的要买那栋房子吗？"见时光怔了一下抬起头来，宗亮脸色缓和了些，轻叹一声，接着说，"说实话，那栋房子年份已经很长了，日常维修养护的费用很高，而且是在山里。那里清静归清静，但是生活很不方便，也不太安全。你一个女孩子，要是买它来住的话，实在很不划算。"

宗亮说话间，霍明远捏着纤细的尖头筷子在那条丰满结实的烤秋刀鱼身上流畅地走了一个来回，鱼肉就分成两片，被完整地剥离了下来。

"没什么划算不划算的。"霍明远夹起那根比猫舔得还干净的鱼脊骨丢到一边，漫不经心地笑，"女人都是属龙的，看上点什么东西就想往回敛，用着用不着的，堆在那儿看着就高兴。我说得对吧，童老师？"

童烁红唇一绷，目光经过一个白眼的翻转越过霍明远而投向旁边的时光，端着架子清了下嗓，冷声开口："我知道时总出得起钱，但是这栋房子的买卖不光是钱的事。这两年我也确实想过把它处理掉，但是这房子现在还在我舅舅的名下，他已经过世了，而且他是外国国籍，虽然有遗嘱证明我有代他进行房产买卖的权利，但是手续办起来会非常麻烦。"

霍明远拿起半个柠檬，一边低头往剔好的鱼肉上挤汁，一边无所谓地笑着说："这个你们放心，手续的事你们不用操心，我来安排。另外，交易过程中产生的一切手续费用也都由我承担，这样行吗？"

"你来承担？"童烁一怔，宗亮也愣了一下，两人齐齐朝时光看过去。时光丝毫没有开口加入这场谈判的意思，还在埋头慢吞吞地喝面汤。

宗亮怔怔地问："这房子，不是时光要买的吗？"

"是，她买，我掏钱。"

霍明远坦然说着，夹起一半弄好的鱼肉，转手放进时光面前的空盘子里，然后慢条斯理地享用起自己盘子里余下的另一半。

童烁皱眉和宗亮对了个眼色，宗亮微一点头。

童烁稍稍犹豫了一下，到底还是松了口："那好。既然这样，还有一些关于那栋房子的事，在这里不方便说，你们要是真想买，那就定个时间去一趟，我在现场和你们说清楚，咱们再详谈。"

"没问题。时间你们定，我和时光随时有空。"

"今天下这么大雨，进山的路应该已经封了。我看天气预报上说傍晚雨会停，明天是大晴天，就明天去吧。正好明天也是个工作日，如果谈得顺利，当天就可以走手续了。"

霍明远痛快地点头："好，明天一早我让人去学校接你们。"

"不，明天上午八点半，我们去安德公司接你们。"童烁说完，冷着脸站起来，一句客套的话也不多说，转身拉开门就走。

"对不起，不好意思……"

宗亮匆匆道歉，忙起身唤着童烁的名字追了出去。

看着这夫妻二人的身影相继消失在包间门口，时光搁下了筷子。

"霍明远——"

时光刚一开口，霍明远就低低地"嘘"了一声，朝对面的座位扬了扬筷子尖儿。

宗亮人出去了，随身的东西却还留在这里，显然随时会折回来。

时光低头微一抿嘴，放轻了声音："我是想说，谢谢你。"

霍明远眼睛里漾出些许笑意，一张脸却还若无其事地绷着，伸手抓过一只帝王蟹脚，边熟门熟路地剔蟹肉，边不带好气地问："谢什么，谢我给你掏钱啊？"

"谢你给我撑腰。"

霍明远挑眉哼笑了一声，语气酸里带呛："我哪是给你撑腰啊，雁城第一账房先生也是横蹚黑白两道、手眼通天的大人物，用得着我给撑腰吗？"

不等时光弄明白自己又怎么招惹了他，就见一块完整的蟹肉落进了面前的盘子里，一句再也憋不住笑意的话同时落进了她的耳朵里。

"我是献殷勤。"

他对她献殷勤？

今天不该是她哄他高兴的吗？

第二十五章

霍明远扔下第三只帝王蟹脚的空壳,吮掉指尖浓郁鲜美的海腥味,拿起杯子悠悠然地喝干第二杯清酒,宗亮才开门进来,苦笑着坐下。

"实在是不好意思,我替童烁道个歉。"

道歉的话是对着时光说的,时光却用那半块烤秋刀鱼堵着嘴,一声不吭。

霍明远大度地笑笑,斟满酒杯,和宗亮伸过来的杯子碰了一下,一口喝干后好像忽然想起点什么,忙问:"哎,你出去这么半天,不是埋单去了吧?你可千万别因为这个抢着埋单啊,说好我请的。"

宗亮愣了一下才恍然回过味儿来,脸色顿时复杂了几分。

时光偏在这个时候抬头看了他一眼,宗亮忙弯起微微发抽的嘴角:"啊……啊,这顿当然得是我请,再看看菜单,还想吃点什么,别客气!"

"这怎么好意思啊,"霍明远从桌子尽头拖过一盘鲜嫩的海胆,半开玩笑地说:"学校里就那么点死工资,这顿可不便宜,你这种有家有室的,一分钱那也是夫妻共同财产,童老师不在,你一个人能做主吗?"

"就别再挖苦我了……"宗亮僵硬地苦笑了两声,清清嗓,望着对面开始全身心投入享用海胆的霍明远正色说:"我还有一件事想跟霍总谈谈。"

霍明远半点也不意外,慢条斯理地往嘴里填了一块海胆,牵着笑意细细品着。

"嚯,怎么叫上霍总了啊?是不是终于想通了,愿意来公司了?"

"这个……现在学校还在放暑假,这件事再容我考虑几天吧。"宗亮稍一迟疑,看着终于露出几分意外神色的霍明远,紧了紧嗓子,不大好意思地说:"我昨天喝多了,如果有失礼的地方,还请多包涵。我记得昨天跟你提了一下组织学生参观你们安德生物制药公司研发中心的事,你说回去跟负责这部门的人说一下,不知道是不是方便?"

宗亮话没说完,霍明远就已经笑着摇头叹气了。

"你对教书这事还真上心啊。"

"主要是我负责的一个大一的暑期实践团队课题出了点问题,临时再找别的课题对这些大一的孩子很困难,如果我不帮他们找个课题补上的话,他们的学分就修不够了,这会直接影响他们大二开学的注册。"宗亮苦笑着叹了口气,"你知道的,咱们那会儿也是——"

时光刚转眼朝霍明远看去,霍明远就筷子一撂,把宗亮的话截住了。

"行了行了,一提上学的事儿我脑仁就疼。"霍明远一口闷掉一杯清酒,"你就说吧,想什么时候去,大概多少人?"

"一个二十人左右的团队,都是化学专业大一的学生。时间的话,如果方便,当然是希望尽早,毕竟他们还要在八月底开学之前完成实践报告,准备开学之后的答辩。"

霍明远稍一思量,"这样吧,待会儿我让我那个女助理联系你,她刚毕业,你说的这些事儿她应该一听就明白,具体的事你就跟她说吧。工作日肯定不行,如果你们的要求不麻烦的话,最早应该能安排在七号,这个星期天。"

"那太好了!我先替学生们谢谢你了。"

两杯酒后,宗亮脸泛酡红,舌头略有点打结,开始套近乎似的絮絮说起他们上学时宿舍里的事。霍明远没听几句就推说公司有事,带着时光先走了。

"想装醉逃埋单,美得他。"

霍明远走出居酒屋的店门,一边撑开伞,一边没好气地哼了一声。

他让秦晖去买的都是些吃吃喝喝的东西,但又都不是那么容易买到的,一份临时敲出来的简短购物清单就支得秦晖开车跑了半个市区,这会儿才刚刚赶回,正随着午间大雨中拥堵的车流慢慢并道朝他们开过来。

时光看着那辆缓缓开近的黑车,低声问身边的人。

"你下午还有事吗?"

霍明远听出点言外之意来,"你有事?"

时光点头。

"正好,我也有事跟你说,一块儿回公司说吧。"车已经靠在他们几步外的马路边停下了,霍明远说完起脚就走,忽然被时光拽了一下。

"去公司不太方便,去我家吧。"

霍明远微一怔，隔着雨幕看看降下车窗玻璃朝他们示意的秦晖。

"行。"

一进时光家门，霍明远就把他从车里拎上来的两瓶酒蹾到客厅的玻璃茶几上，脱了西装外套往沙发里一窝，懒洋洋地扬声问那个进门就直奔进卧室的人。

"什么事儿，你先说吧。"

时光不知道在卧室里鼓捣什么，一时没出声。

直到霍明远启开红酒瓶子，抓过茶几上仅有的一只印着牛奶广告的马克杯，转手把剩在杯里的小半杯白水泼进沙发旁边那盆半死不活的仙人球里，正拎着酒瓶子往马克杯里倒酒的时候，时光才从卧室里出来。

时光一看他手里的杯子就皱起眉头。

"你一点也不害怕吗？"

"我怕什么？"霍明远无所谓地哼笑了一声，举起杯子就往嘴边送，一双眼睛亮堂堂地望着时光，"怕你说我是警察啊？"

杯子还没挨到唇边，忽然被时光一把夺走了。

"你干什么——"

"别喝了。"时光转手把满杯的酒一股脑倒进茶几下面的垃圾桶，另倒了半杯凉白开，然后从裤兜里摸出一板药片一起递给他，"酒精不能止疼，只能麻痹你的神经，让你反应迟钝。你就不怕再这么喝下去，不等你抓到教授，你的脑子和身体就全废了吗？吃药吧。"

霍明远怔愣地看着她，坐在沙发上一动不动。

时光也不动，就这么一手端水一手拿药地看着他，眉头平淡地皱着。

"我知道，因为安德公司和市里几乎所有的医院都有合作，平时还有媒体追着你拍，所以你受伤也不敢去医院看，药也不敢吃，就怕被人看见惹人怀疑。"时光顿了顿，把声音稍稍放低了些，"你到现在都没有问我为什么说你是警察，也没有说自己不是，应该是因为我们在昨天就已经说过这件事了吧？我虽然不记得昨天发生过什么，但是我相信我一定说过，我愿意跟你合作。不，应该说，我只能跟你合作。因为不管我愿不愿意，在教授眼里，我和你早就已经是一伙的了。现在只有跟着你，帮你找到教授，让警方把他和他的人全消灭，我才能有一条活路。对吗？"

霍明远没点头也没反驳，算是默认了。

时光微松了口气，又把水和药往前递了递："既然我什么都知道了，你还死抗什么？"

平淡的话音在窄小的客厅里落定，两人就这么面对面地僵了三四秒，霍明远忽然笑着摇摇头，放松身子往后一靠，伸手把水和药一起接了过去。

"你什么时候知道的？酒和冰激凌的事。"

药是接过去了，却一直摆弄在他手里，迟迟没有吃的意思。

"我前几天害过一个人。那个人受伤后被人囚禁了，我想带他离开那个地方，但是需要他在不引人注意的情况下尽快调动起精神和体力配合我，所以我在行动之前给他吃了些冰激凌。然后，我就想起你了。"

时光顿了顿，空气中立时只剩下窗外沙沙不绝的雨声。

霍明远眉头浅浅地蹙着，好像还是没能明白其中的因果关系。

屋里的窗帘和往常一样全都拉紧着，过于昏暗朦胧的光线把这张午饭后本就有点困乏的面孔衬得格外疲倦。即便如此，这张面孔的气色也比她在六号看到的好上百倍。

时光缓缓沉了口气，接着把话说完。

"酒精可以帮你麻痹神经，缓解疼痛和压力，但是又会让你犯晕，影响你思考和行动的敏捷程度。所以你一边要喝酒止疼，一边还需要吃冷饮提神。对吧？"

霍明远低头笑了一下，未置可否，终于掰出两颗药丢进嘴里，就着水吞下去，还不忘对着时光张了张嘴，抬了抬舌，以示没耍花样，才放下药和水杯，仰回沙发里好奇地问。

"你刚才说的明明是救人啊，怎么叫害人呢？"

"因为我后来才知道，他根本就不需要我救。反而是他为了救我，放弃了一个马上就要成功的计划，前面的付出全作废了，伤也全都白受了。"

如果没有霍明远的配合，她就算逃得出酒窖，也逃不出西雁山。而且会因为这一番动作而处于极度被动的境地，轻则和霍明远一样；重的话，就是韩照那样的下场。

"后来这人怪你了?"

"没有,他什么都没说,是我自己看出来的。"

"那说明他还算是个聪明人。"

时光一愣:"为什么?"

"因为没把你的好心当驴肝肺啊。"

霍明远笑得事不关己,时光只觉得一团东西堵在心口,憋得她难受。

时光透了口气,压下那股莫名翻涌上来的东西,从另一边兜里摸出让秦晖买的薄荷糖,撕开外层的塑料包装纸,打开盒盖,把里面的糖粒一股脑全倒在茶几上,然后在霍明远更加纳闷的注视下拿过那板他刚吃了两颗的止疼药,一颗颗掰进腾空的糖盒里。

"这种止疼药和薄荷糖长得很像,把药装在这个盒里,只要你不拿给别人吃,应该没人能发现。你随身带着它,或者放在车上备着。"霍明远看着时光装完药递来的糖盒,一时没伸手接,时光忙又说:"我不是想咒你,就是……万一哪天能用得上呢。"

万一哪天?

话是这么说的,霍明远却觉得,她这神情好像是百分之百确定一定会有这么一天。

"好,我收着。"

霍明远把糖盒接过去的瞬间,时光还没松一口气,太阳穴间猛地一阵刺痛,不禁浑身一颤,脸色骤然白了下去。

霍明远微惊:"怎么了?"

"没事……"她有这样的反应,就意味着她用未来的记忆影响了当下。也就是意味着,六号她从霍明远车上的储物盒里拿出来的那盒薄荷糖,十有八九就是这个了。

这也就意味着,童烁的话并不全对。

——对她来说,八月六号虽然已经过完,但也并不是什么都不能改变的。

这一回宇宙时空也没怎么和她计较。

时光心头一松,不由自主地笑了一下。

浅淡,一闪而过,但霍明远看得一清二楚,她就是笑了,破天荒地笑了。

怔愣了片刻，霍明远才恍然回过神来，扬了扬手里装着药片的糖盒，"你让我到这儿来，就是为了说这个？"

"不是。我是请你来睡觉的。"

"请我什么？"霍明远又愣了，"睡觉？"

"你眼睛里全是血丝，脸色很难看，应该是昨天晚上没有睡觉。今天阴天下雨，你身上的伤应该正发作得厉害。一会儿止疼药起作用，你就可以好好睡一觉了。这里不会有人打扰你。"为表诚意，时光又认真地补了一句，"你要是担心我害你，睡前可以把我捆起来。"

霍明远被她的诚意逗乐了，"请我睡觉，你图什么？"

"人缺觉疲劳的时候会比较烦躁，我觉得你睡饱了以后可能就会比较容易……"时光稍稍犹豫了一下，还是一五一十地说了出来，"高兴。"

霍明远狠狠一愣，忽然想起他发给她的那条信息。

她这是在……

哄他高兴？

为了查那个房主的背景资料，她要请他睡觉？

霍明远绷不住笑出声来，仰在沙发靠背上笑了好一阵，才直起腰来点了下头："行，我睡。但是我可不保证我睡饱了就能高兴啊，你要真那么想让我高兴，最好多想点辙。"

霍明远刚跷腿从沙发上躺下来，时光又把他叫住了。

"你去里面床上睡吧。"

霍明远抱手窝进沙发，在这片对于他颀长的身材过于狭小的空间里找了个还算舒坦的姿势，闭着眼睛摇头笑笑："算了吧，不是什么人躺在你那金山上都能高兴的。"

时光稍一犹豫，还是伸手拽了拽他。

"你还是去床上睡吧，你放心，那里面只有几千块钱。"

"几千块钱？"

霍明远诧异地睁眼爬起来，跟着时光走进卧室。

时光当着他的面打开那道复杂的锁，掀开床板，随手从码好的钱堆里拿出一沓递给他。

霍明远刚一过手就觉得分量不对，捻开一看，才发现这一沓钱只有前后封皮的两页是面额一百的真钞票，中间全都是裁剪成和钞票一样大小的废纸、废报纸、废稿纸、废广告页、废杂志页……

"这些都——"

"都是这样的。"

霍明远忽然明白点什么，愕然四顾。

这间卧室里星期一早上还扔得到处都是的废纸团已经不见了，卧室墙角堆着一摞用麻绳捆好的纸质废品，像是从外面新收来的。

他一直以为她收这些东西只是在做账的时候当草稿纸用的，想必雁城所有盯着她的那些眼睛也都是这么认为的。

"你是在假装扔那些用过的废纸的时候，把钱转移走的？"

时光点头："是。"

她不知道星期三发生了什么，或者说，她还不知道星期三会发生什么，但是刚才一进屋看到纸团清理一空，还多了这捆新废品，她就知道，她在星期三从西雁山回来以后抽时间把星期一收到的尾款和去西雁山这趟的钱都按老法子转走了。

"我就说，你挣那么多钱，为什么非得住在这种地方，还把家里布置得跟废品回收站似的……你就是为了干这件事更方便？"

在雁城这样的城市，也只有这种快拆迁的老旧小区里才常有买卖废品的人出现。无论她往回拎废品还是往外拎废品，在这里都不会惹人注目。

"算是吧。"

"那你把钱都转移到哪儿去了？"

时光从霍明远手里拿回那沓以假乱真的钞票，码回原位，扣上床板，一丝不苟地上好那道只守卫着几千块钱和一堆废纸的复杂的锁，然后拿出那只雪白的蚕丝面羽绒枕头和那条浅灰色羊毛毯子放到床上。

"这个跟你没关系。你只要知道我的那些赃款不在这里就可以了。"说着，时光平静又老实地伸出双手，"你可以捆我了。"

第二十六章

要捆人，就要有根绳子。

霍明远扯下领带，扬手朝床边那把被她当衣架用的椅子一指，时光就老老实实地坐了过去，还自觉地把双手背到椅背后面，等他来用领带把她捆在这把椅子上。

霍明远来是来了，却没捆她准备好的手。

时光眼睁睁看着那根领带像遛狗绳一样套到了她脖子上。

"就你那两下子，还用得着捆？你老实坐这儿就行了。"霍明远说着，煞有介事地整了整套在她脖子上的领带，"别动啊，真丝的，又贵又矫情，你就给我这么挂着吧。"

他这是拿她当衣架子用了？

行吧……

他高兴就行。

安置好了他又贵又矫情的领带，霍明远上床往毯子里一团，一边在羽绒枕头上磨蹭着寻找合适的姿势，一边皱着眉头把她这张床从床头嫌弃到床尾，直到实在没什么别的好让他嫌弃了，才凑合着闭眼睡下。

时光笔直地坐在旁边，心里直打鼓。

他这样子一点都不像是会因为在这里睡一觉就高兴的。

他六号晚上说，想在这里睡一整天，难道不是这个意思吗？"睡一整天"，这四个字不管怎么想，都找不出第二种可能的意思了。

他说的"睡"，不是这么个睡法吗？

时光正绞尽脑汁地抠字眼，床上的人忽然轻哼着翻了个身，从"弓"字形睡成了"大"字形。轻浅的鼾声、悠长的呼吸、放松的姿态，好像一只狩猎一天之后回到自己的洞穴里安安心心仰天酣睡的猛兽，獠牙利爪和华丽的皮毛、健硕的肌肉一样，都成了唬人的装饰。

两分钟前还叽叽歪歪嫌这嫌那,这就睡着了?

时光斜眼瞄向床头柜上的电子时钟。

下午三点一刻。他是三点左右把药吃下去的,差不多该起效了。

除了止疼成分,这种止疼药里还带有一点安眠成分。只要他能就着药效入睡,那这一觉一定又沉又绵长,加上他一夜没睡的困倦和那几杯清酒的后劲儿,别说一觉睡到天黑,就是一觉睡到明天天亮也不是不可能的。

明天。

霍明远的明天肯定是八月五号,星期五。

那她的呢?

她肯定不能让这个人一觉睡到八月五号去。

时光和她答应好的一样老老实实地坐在那把椅子上,本打算在天黑之前叫醒他,谁知道看着床上的人酣睡,看着看着就把自己看困了,不知什么时候就迷迷糊糊地打了盹,被一阵似真似幻的"嘟嘟"声惊得猛醒过来的时候,窗外的天空已经暗成一片幽深的墨蓝了。

她还在她的客厅里,霍明远还睡在床上,她还坐在床边的椅子上,脖子上还挂着那条又贵又矫情的真丝领带,床头柜上的电子闹钟显示着"20∶00"。

八点整,还好……

还好,是八月四号晚上的八点整。

时光惊起的一层冷汗还没消,心还怦怦直跳,就听客厅方向又传来一阵"嘟嘟"声。

是敲门声,不轻不重,很客气。

这个时候,能是什么人?

床上的人还沉浸在睡梦里,没有半点被惊扰的迹象。

时光小心地起身出去。从卧室到客厅入户门前这十来步的时间里,时光猜过了从秦晖、关梦婵到她的每一位可能找上门来的金主,甚至这个老旧小区里形同虚设的物业和每一个相见不相识的邻居,可走到门前透过猫眼往外看过去的时候,时光还是一下子愣住了。

楼道里昏暗的声控灯清楚地映出一张清秀温文的面孔。

宗亮？！

他怎么会知道她住在这里？

他这个时候来干什么？

门外的人一时没得到回应，抬起胳膊看了看手表，时光这才注意他不是空着手来的。戴着手表的左手里拎着满满一袋子水果和一箱牛奶，右手里拎着……

一只银灰色的手提箱。

和在六号装着T1107的那只一模一样的银灰色手提箱。

不管他为什么来，就冲着这只箱子，她也得让他进来。

时光心脏一阵狂跳，手已经抓到门把手上了，才忽然想起脖子上还挂着条领带，忙摘下来，随手卷卷揣进文胸罩杯里，一转眼又看见霍明远随手丢在沙发上的西装外套，忙过去抓起来塞到沙发底下，这才沉了口气，重新回到门前，摁开客厅的灯，神情淡淡地打开门。

"我没有迟到吧？"宗亮一见时光开门就松了口气，已经消了酡红的脸上又挂起了温文腼腆的微笑，"昨天你说让我八点准时到，我是看着表来的，敲门的时候是八点整。"

是她让他在这个时候来的？

"呃……没迟，进来吧。"

宗亮进门的一刻，时光才确信真是自己在"昨天"叫他来的。

因为熟悉的头疼又开始了。

屋子里的陈设明显和宗亮在进门前想象的天差地别，站在客厅里扫视一圈下来，宗亮一时竟找不出一句可夸的话来，最后目光扫过乱堆在茶几上的那一把白色薄荷糖，落在旁边那只已经开启的红酒瓶子上。

"你一个人在喝酒吗？"

时光从卧室里出来的时候顺手掩上了门，这会儿客厅里没有什么霍明远的痕迹，卧室里也没有一丝响动，这么看起来，的确很像听见敲门声之前她就是一个人在这里喝酒的。但时光心知肚明，在这间不到七十平方米的房子里的的确确还有那么一个人存在，不知什么时候就会在沉沉的睡梦中醒来，突然出现在他们面前。

注定圆不了的谎绝不能撒。

"你喝吗？我给你拿个杯子。"时光忍着头疼绕过了宗亮的问题，也绕过宗亮顺手放在茶几旁边的水果和牛奶，准备朝厨房走去。

"不用麻烦了。中午喝的酒还没有醒透呢，再喝，恐怕又要麻烦你送我回家了。"

宗亮诚心诚意地婉拒，时光也不推让，目光直奔他还拎在右手的手提箱上。头疼一阵更甚一阵，不知道还能坚持多长时间，得让他快把这箱子打开看看。

不等时光开口，宗亮忽然有意无意地看向那扇紧闭的卧室门，拎着箱子就走了过去。

"昨天刚听你说住在这里的时候我还不太相信，你可是安德制药的财务顾问，能算得上是金领了，怎么想也不该住在这种小区。不过现在看，这里虽然小，但是很有烟火气，比装修豪华的大房子更像个家。"宗亮说话间人已经站到卧室门前了，微笑着转过头，征求地看向脸色隐隐发白的时光，"可以参观一下吗？"

"我屋里乱，没什么好看的。"

时光说着走上前，伸手开了门。

开门前她已经想好了，霍明远睡得再沉也终归是个常年卧底的警察，警觉应该早就成了习惯，两个人开门进去的声音足够把他惊醒的。只要他看见宗亮和宗亮手里的这个箱子，不用她说什么，光是霍明远的好奇心也不会让一个箱子在自己眼前关着进来、关着出去。

然而一把推开门，摁亮卧室的顶灯，时光已经准备好了看两个男人惊讶地四目相对，却发现床上居然是空的。

不但床上是空的，床下也是空的。带他脱在床下的鞋子，全都不见了。

门窗都关着，他人呢？

时光怔怔地看着床上带着新鲜褶皱的羽绒枕头和胡乱一堆的羊毛毯子，宗亮只当她是面子上挂不住了，忙打圆场。

"哪里乱了,这样才温馨,要是都和样板房一样整洁规矩,哪还有家的感觉?"宗亮边说着,边把一直拎在手上的手提箱小心地放到这张乱得很温馨的床上,"婷婷,你想要的东西,我带来了。"

她想要的?什么东西?

时光看着这只从哪个角度看都和六号看到的那只一模一样的手提箱,心跳越来越快。

眼前的宗亮还披着那张极力伪装成旧时模样的皮,也就意味着,时至此刻,他们应该还没有相互摊牌。她还在扮演上市公司的财务顾问,宗亮还在扮演温良无害的大学老师。

她到底要了什么,会让他把这东西直接送上门来?

时光强迫她疼痛不止的脑子竭力运转的工夫,宗亮郑重其事地打开了箱子上的锁扣,抿着一点故作神秘的微笑缓缓掀开。

一眼看见箱子里的东西,时光愣得心脏差点不跳了。

箱子里放的不是T1107,甚至不是任何一种和药剂沾边的东西,而是一堆信封。大大小小,有新有旧,还有旧得已经明显发黄的,足有三四十个信封整整齐齐排在箱子里。

"这是……"

"我这些年没有忘记过你的证据。"宗亮略有些紧张地垂下目光,两手不安地交握在身前,低低地说,"这些年虽然一直没有你的消息,但你一直在我心里,想你的时候我就会给你写信,只是从来没有想过,这些信有一天真的能送到你的手上。"

时光愣得更狠了。

这都是什么跟什么啊?!

时光不死心地把一个个信封拿出来,眼睛直直盯着箱子里,然而直到所有信封都被她拿出来,箱子见了底,也没见还有别的什么。

"就这些?"

"就……就这些。"时光的反应显然不在宗亮的预料之内,但宗亮对自己的准备似乎信心尚存,含蓄地催促,"你不打开看看吗?"

宗亮的昨天是八月三号星期三,但是对她来说,八月三号是将会出现在今天之后的未来某一天。也就是说，很有可能……不，是一定，宗亮带着这些东西来这里，一定是她在八月三号有意做的什么安排。

这是一个用未来影响过去的行为，所以宗亮一进门，她就开始头疼不已。

可是她到底为的什么？

总不会就为了这些陈年破纸吧？

"你还记得，我昨天是怎么跟你说的吗？"

时光头疼得更厉害了，口气不由自主地硬了些，听在宗亮耳朵里像极了一句质问，听得他微微一怔，开口时底气都不足了。

"你说，如果我这些年真的没有忘记你，就在今晚八点准时带着证据来这里见你。"说罢，宗亮看着时光皱起的眉头又小心翼翼地反问了一句，"不对吗？"

话说到这个份上了，宗亮也不知道她对八月三号的事一无所知，应该不会骗她。

可她实在想不通八月三号的自己到底想干什么……

也许只是在一个不得已的情境下使的一个脱身之计吧。

"你先回去吧。"时光把抓了满手的信封一股脑放回手提箱里，"这些都带走。"

霍明远人虽不知道哪儿去了，但他一定是听见了宗亮的声音才消失的，以这个人的一贯做派，他一定留了一只耳朵在这里，她和宗亮在说什么、做什么他一定知道，他一定还会回来。天晓得宗亮都写了些什么，让霍明远看见就麻烦了。

"婷婷——"

"这不是我想要的东西。"

"可是你还没看——"

"等明天看完西雁山的房子再说吧。"

"好吧。"时光态度冷淡又强硬，宗亮略有点失落地轻叹了一声，没再坚持，从身上摸出一张银行卡递给她，"我知道你应该不缺钱，住在这里一定有你的理由。不过，这里面是我自己的一点积蓄，童烁不知道的，也不多，密码贴在背面了，你……你先拿着用吧，就当是我报答一点当年——"

"好。"时光毫不客气地拿过银行卡,抢在他再说什么之前下了逐客令,"谢谢你,我就不下楼送你了。"

宗亮识趣地点点头,也不再多说什么,默默关上手提箱,拎起来出门去了。

时光把他送出门,再回卧室,卧室里还是不见霍明远的影子。

但是刚才还紧闭的窗户不知什么时候打开了,带着雨水潮湿气味的夜风灌进屋里,撩得单薄的窗帘阵阵飘荡。

时光忙扒着窗台往外看出去。

天黑透了,下了一天的雨也停了,万家灯火在地面和屋顶的积水中映出一片片安宁的明亮,明亮中不见霍明远的半点踪影。

她的头还在疼,变本加厉地疼。

这到底是怎么回事……

未来的她把宗亮这样送到现在的她的面前,到底为的是什么?

第二十七章

十分钟后,霍明远回来了。

霍明远是从正门回来的。比他从正门回来更让时光毛骨悚然的是,他是拎着宗亮那只装满了写给她的情书的银灰色手提箱回来的。

"你怎么——"

不等时光问完,霍明远就自己说了。

"你们进屋的时候我在你床底下的金山里,你送他出门的工夫我翻窗户出去的。"霍明远把手提箱往茶几上一撂,坐到沙发上轻描淡写地说罢,抬眼看着呆若木鸡的时光,"看你这样应该是还没想起来。昨天你跟我说过,让我今天找信得过的人在你家周围注意宗亮,只要宗亮拿着这么个银灰色手提箱出现,就假装打劫的把这箱子抢回来。"

如果她真说了这种话,她说的也应该是那个装着T1107的手提箱。

可是三号的一切对她来说是今天之后的事。也就是说,三号的她明知道这箱子里是一堆不能见人的情书,还要求霍明远这么做。为什么?

这问题还没想通，时光在沙发上的人那玩味的目光里忽然意识到另一个问题。

"他来的时候你安排的人没有看到他吗？"

"看见了啊。"

"那为什么等到他走的时候才动手？"

霍明远屈起手指在手提箱硬邦邦的壳子上叩了两下："要想知道这里面装的什么容易得很，但我也得知道他拿着这东西是来干什么的啊。现在这个已经知道了，东西我也给你抢来了，该你说说你要我抢这个干什么了。"霍明远说着，忽然想起点什么，皱起眉头朝周围扫了一圈，"我领带和外套呢？"

她真是倒了八辈子的霉才沾上这么个满肚子心眼儿的瘟神……

时光趴到地上从沙发底下拽出那件沾了一层灰的西装外套，又从胸前掏出卷成一团还带着她体温的领带，连抖也不抖就一股脑儿丢了过去。

头疼得要炸开了，时光懒得去看霍明远那张比外面夜色还黑的脸，一手撑着茶几桌面在旁边的单人沙发上坐下来，使劲儿揉按着太阳穴，才觉得稍稍舒缓。

"别磨蹭啊，坦白是你唯一的出路。"

除了这条路，时光也真不知道还能怎么办。

只能相信未来的自己不会坑现在的自己了。

"信不信由你，我已经快要把脑袋想爆炸了也想不起来昨天的事。如果你能让我拆开那些信看看，或许我还能想到点什么。"

霍明远将信将疑地看她片刻，到底还是做了个"随便"的手势。

时光推开茶几上的一堆乱七八糟的东西，伸手把箱子拽到自己面前，打开锁扣，从一堆信封里扒拉了两下，捡出一封看起来年代最久远的。

信封没封口，不需拆封就能把信纸抽出来。

霍明远坐在沙发上，一边垫着自己的大腿胡噜领带，一边瞄着旁边这个眉头皱得比他领带还厉害的看信人。这封信就只有一页纸，行距稀疏，满打满算也就三四百字，时光却看得很慢，目光时不时就盯在某一处好一阵不挪动。

按宗亮的话说，这里面写的都是类似情书的东西，可时光的表情根本不像是在看爱慕者送的情书，倒更像是在查看一份漏洞百出的糊涂账。

时光用这样的表情接连看完四五封信,霍明远终于把领带往旁边一扔,忍不住问:"怎么样,看出什么了?"

时光皱着眉头一声不吭,一股脑把剩下的信全抽了出来,几乎一秒一页地扫了一遍,然后拢起三十多张信纸,整齐地摞成一摞举到脸前,捏着边缘从头到尾迅速地捻过。

纸页飞快翻动掀起的微风撩得她额前的碎头发一阵轻荡。

这更不像是在看情书了。

不等霍明远再问,就见时光转手把整摞信纸往旁边一搁,拎过已经掏空的手提箱,里里外外摸索起来,像是在找什么东西。

"你找什么?"

时光还是没吭声,对着箱子外敲敲里戳戳,最后抠着里外衔接处边沿上的缝隙使劲儿一拽,黑色的硬壳内衬"咔"的一下从银灰色的外壳上脱了下来。

霍明远一愣。

时光也狠狠怔住了。

三样和情书毫不沾边的东西用胶带牢牢固定在外壳内侧———一根十来厘米长的乳黄色细软管、一支没拆封的一次性注射器,还有一小袋白色粉末。

白色粉末和这两样东西同时出现,几乎没有第二种可能了。

"我没有吸毒!"时光回过神来的瞬间像触电似的把箱子一把丢到茶几上,硬壳在茶几面上磕出"咣当"一声重响,"我、我就是觉得他可能,可能不是就、就为了这些信,我不知道这个……我可以跟你去做任何检查,我保证我从来没有吸过毒!"

霍明远若有所思地看看这双直伸到他眼前的胳膊。

骨骼纤细,肌肤青白,即便这样微微发抖,也能把臂弯处的根根血管看得一清二楚。其实用不着看,也用不着验,他三不五时就会突然跑到这儿来,时光要是真沾了这些,绝不可能在他眼皮子底下瞒过半年之久。

更何况,时光只是急,急得一点也不心虚。

"我知道。"霍明远把箱子拖到自己面前,沉着眉头小心又利落地揭下粘在上面的三样东西,"时光,你昨天就知道宗亮会带这么个箱子到你这儿来,还让我给你截下来,肯定有原因。你再好好想想,能不能想起点什么?比如,宗亮他到底是什么人？"

她不可能想起任何有关她还没有度过的一天的事，但宗亮是干什么的，她能回答。

"我觉得，他……他有可能，已经是教授的厨子了。"

"教授的厨子？"

"我没有证据。"见霍明远只有惊讶，确实没有怀疑她的意思，时光才定住了神，缩回胳膊缓了口气，才接着说，"但是他今天早上跟我说，他有一项新研究刚刚取得了成果。还说，他搞这个研究的实验室不在学校，是在一家大型研发型企业的实验室。"

从时光投来的眼神里，霍明远就知道她把话结在这一句是什么意思。

"不会是安德制药。你不清楚公司实验室的管理制度，要是说他什么时候偷偷溜进过公司一次两次的，我还能信。但要是说他频繁出入这公司的哪间实验室做研究，那不可能。"霍明远笃定地说着，捻开装着白色粉末的透明小袋子，用手指尖挑了一点凑到眼前看看，又送到舌尖上一抿，转头啐到脚边的垃圾桶里，才皱着眉头把袋口重新封起来，"海洛因，四号货，纯度超过90%了。不管是不是教授的厨子，他还真有可能是个厨子。"

"什么意思？"

"国际上习惯把海洛因类毒品按纯度分类，纯度超过80%的就是四号，国内的四号货多数都是从海外流进来的。国内这些二道贩子为了多挣点，一般都会在出手前往里掺东西，就跟往酒里兑水，一瓶兑成两瓶卖一样。等这些货流到市面上就变成50%左右的了，一般的毒贩子都拿不到这么纯的。"霍明远抖了抖手里的这包粉末，"还有就是，这个纯度虽然已经超过90%了，但是按说达到这个纯度应该是纯白的，可这个有点发黄。"

时光的表情分明是一句"我怎么看不出来"。

霍明远在时光刚才拆信时随手丢在茶几上的空信封堆里捡出一张纯白的信封，往这包粉末后面一衬，原本单看还是白色的粉末立刻被比衬出了微微的黄色。

时光惊讶："为什么会这样？"

"这是反应过程中条件控制出的问题。雁城近几十年所有的四号货全是从教授的渠道流进来的，从来没有过这种次货，这很可能是宗亮在他说的那个实验室里自己鼓捣的。他的制取技术是达到了，但是原料有限，那个实验室的条件也有限，很有可能是因为在一个比较容易受潮的地方，所以才会做成这个样。"霍明远搁下信封，又扬了扬那袋再怎么看都不再是纯白的粉末，"你要买西雁山的房子，是不是和这个有关系？"

是，一定就是这个了！

一个足够隐秘的地方，又因为常年有雾，空气湿度很大，再加上宗亮在卖房这件事上的种种犹豫，还有六号那个剑拔弩张的局面……

实验室很可能就在那栋房子里。教授大费周章根本不是要找什么卧底，只是要寻个说得过去又不会让他丢了脸面的由头杀人灭口罢了！

时光只觉得胀痛的太阳穴一阵突突直跳。

可是这样一来，教授应该从一开始就不想让任何不值得信任的人接近这个地方才对。那教授要她和霍明远在八月二号到那栋房子去又是怎么回事？

如果那天他们没有按教授的指示去过那栋房子，很多事情都不会发生了……

时光隐约觉得哪里有点不对劲，还没理到头绪，忽然听霍明远唤了她一声，就一下子从思绪里脱了出来。

"时光，你跟宗亮到底是什么关系？"

时光微一怔，抿了抿嘴，一时没出声答话，伸手想要去拿刚才放下的那叠情书，手还没挨到边上，整沓信纸就被霍明远一把抢走了。

"干什么，当着警察的面还想销毁证据啊？"

时光被"证据"这个词听皱了眉头："这些信不能当证据。"

"为什么？"

"因为他撒谎，这些信都是他在这两天里刚写出来的。"

"刚写的？"霍明远诧异地看向自己手上的信纸。信纸被他抓在手上像一把扑克牌一样捻成扇形，一眼就能看出写信用的纸张大大小小、深深浅浅、新新旧旧各不相同。

"虽然这些纸有新的有旧的，写字用的笔也有很多种，但是笔迹全都是新的，连气味都是新的。"

"气味？"霍明远把信纸举到面前深深闻了两下，显然没闻出什么。

"你闻不出来，因为你身上也有一样的气味。是你们中午刚刚喝的那种清酒的味，说明这里面有一些是他中午喝完酒之后回去才赶出来的。"

霍明远挑眉："这可不一定，也有可能是他刚才来之前还一封封拿出来看过一遍啊。"

时光未置可否，盯着霍明远捏在手上微微摇晃的信纸："还有笔迹。你看看那封距离现在最久的信，信上写的日期是十年前，信纸和信封都发黄了，但是他写信用的是明彩牌0.48毫米半针管型笔尖的中性笔芯，是去年夏天才能买到的。他在学校里工作，想找到一些积存的旧纸旧信封很容易，但是没有人会把墨水和笔芯囤放那么多年。就算是囤了，用放了十年的笔芯写在放了十年的纸上的字迹，和用同样的笔芯在同样的纸上写了字之后放上十年，字迹是完全不一样的。这一点作不了假。"忍着仍不见消停的头疼一口气说完，时光又郑重地添上一句结论，"因为写信时间是假的，所以这些信的内容也不可信。"

霍明远抽出那张明显发黄的陈旧信纸略略扫了一眼，就把它拢了回去，探究的目光又投回到了时光脸上："我给你重复一下我刚才的问题啊。我没问你这些信是怎么回事，我是问你，你和宗亮是什么关系。"

时光微一抿嘴，沉默片刻，再开口时已经没有了刚才十足的理直气壮。

"就是以前认识。"

霍明远哼笑了一声，忽然探身朝时光凑过去。那张目光锋锐棱角凌厉的面孔忽然在眼前放大，时光一惊之下下意识地往后缩，脊背已经平贴在了沙发靠背上。霍明远却还嫌不够近似的，直凑到时光已经能感觉到他呼吸的温度了，才停下来定定看着她。

这样看足有四五秒，才似笑非笑地说："脸都吓白了，还不说实话。"

时光倒不是多么害怕，她只是头疼得厉害，这会儿又被他凑得这么近，连气都不敢喘，再这么僵持下去，她很快就要晕过去了。

晕过去再醒来，那就不知道是什么日子了。

她还没准备好现在就离开这一天……

"行吧，你不说，我也有的是办法知道。"霍明远轻飘飘说罢，终于在时光眼前发黑之前放过了她，起身利落地把所有从这只箱子里翻出来的东西全部收拾回箱子里，拎起来朝卧室走去，"你再好好想想昨天的事吧，顺便把晚饭做了。我再睡五分钟。"

霍明远一走，那阵要命的头疼就像是被他一块儿拎走了似的，很快就消散一空了。

时光仰在沙发里缓了好一阵子，在心里暗暗骂了他好几个来回，正恶毒地想着他怎么就不怕她在饭里下毒毒死他，忽然记起来这个人今天会出现在她家里的原因。

他当然不怕了！

她还对他有所求，她还得让他高兴啊。

第二十八章

时光做完饭，霍明远还在睡着。

可能是嫌太亮睡不着，霍明远睡前又把卧室里的灯关上了，时光在门口正要开灯，忽然发现那只手提箱被他揽在怀里。

好像那不是个又凉又硬的箱子，而是个香香软软的美人。

时光犹豫了一下，缩回已经摸到开关上的手，一片黑暗中放轻脚步走过去。一直走到床边，床上的人还在酣睡，无知无觉。

时光屏住呼吸，悄然伸手。

手一直伸到那片缓缓起伏的胸膛前，人还是没有醒来的迹象。

时光沉了口气，壮壮胆子，继续朝他胸前的箱子探去。

指尖离箱子不足两厘米，时光几乎都感觉到箱子表面那片冰凉的温度了。沉睡中的人忽然一动，电光石火之间，一只刚硬如铁的手准准地扣在了她手腕上。

时光一惊，还没等挣扎，那手已经抓着她的手腕毫不拖泥带水地一拧一按，时光腿下一软，"咚"地跪了下去。

"是我——"

惊醒的人好像这才看清楚自己制住的是谁,手上一滞,抓在她腕上的力道松了几分,却仍然没有放开,睡眼惺忪的嗓音里夹带着气恼。

"干什么?"

时光被他不轻不重地反拧着一只胳膊,跪在地上冲着墙角说话:"叫你吃饭。"

一团黑暗中,时光清楚地感觉到一个饱满的白眼狠狠丢在她的后脑勺上,然后手腕上一空,那只硬邦邦的手彻底松开了。

"我看你是想偷这箱子。"

时光揉着被拧得酸胀的手腕站起身来,转身看向又打着哈欠懒洋洋地躺回去的人,仍然心有余悸:"你是故意装睡试探我吗?"

"这还用得着装睡……"霍明远重新揽回那只箱子,半张脸埋在松软的羽绒枕头里,闷闷地说:"要是连这点警觉都没有,我坟头上的草都长得比你还高了。"

时光认命地叹了口气。

算了,也没什么大不了的。

"我就是想叫你吃饭的,已经做好了,起来吧。"

时光准备的晚饭不过是一锅清汤寡水的馄饨。

霍明远大概是睡饱了心情好,也不挑什么,起床去冲了个澡,然后就裹着那件浴袍坐到客厅里,捧着那只五块钱一对的白瓷碗慢慢吃起来。

那只手提箱被他从卧室拎进浴室,又从浴室拎回客厅,始终不离他的视线。

时光看得在心里直翻白眼,脸上还是一片平淡,开口更是平淡:"你忘了件事吧?"

查一个人对他来说不过是动动手、动动嘴的事,而且她相信,现在就是没有她的请求,他也会把有关西雁山那栋房子的所有信息查个底儿掉,她只想让他拿出来分享一下而已。

觉已经睡过了,饭也端在手上了,他还想怎么样?

"嗯……是,你不说我还差点忘了。" 霍明远低头往嘴里慢慢送了口热汤，熨帖地叹一声，才不紧不慢地抬眼看看坐在旁边单人沙发上一样捧着白瓷碗慢慢吃馄饨的人，"我是来跟你说事儿的，被你这打岔了，事儿还没说呢。"

时光一怔，忽然想起中午离开居酒屋的时候他确实说过，他有事要跟她说。

"其实我本来是想跟你说，宗亮那两口子可能有问题，明天去西雁山的事儿得再琢磨琢磨。现在也不用说可能了，肯定是有问题。"

"什么问题？"

宗亮的问题已经一清二楚了，童烁有什么问题？

"这俩人，表面上看，是童烁说了算，但是你仔细想想中午吃饭的时候，童烁说的每一句话、干的每一件事，其实都是宗亮在控制的。我故意说你买房子是我掏钱，这事他俩之前都不知道，所以童烁下意识就去看宗亮。她不是觉得惊讶，她是慌，这跟宗亮交代给她的情况不一样，她不知道该怎么往下接了。"霍明远说着，往嘴里送了个馄饨，边慢悠悠地吃着边说："两个人一块儿过日子，一般都会有一个更占主导地位，这不是问题。问题是这两个人之中明明是宗亮占主导，但又非要对外表现出童烁更强势。"

"对外表现？"时光听出点弦外之音，不禁一怔，停了勺子抬起头来，"你是说，他们不管在哪里都是这样吗？"

霍明远点头，又抿了口汤，才接着说："我昨天让人在学校打听了一下童烁，她在学校里风评不是一般的差劲。业务能力很一般，脾气还怪，没有朋友，尤其在男女关系的事上敏感得有点神经病。只要有女学生或者女老师跟宗亮走得稍微近一点，她都一定骂到人家脸上去，不分时间不分场合，逮着就骂，宗亮连去道个歉都不敢。你今天也见识了。"

时光皱皱眉头，低头一言不发地搅弄碗里的馄饨。

"据说她以前在雁城大学念书的时候脾气也不是这样的，而且她的原生家庭各方面条件都很好，家庭氛围和谐，所以这问题应该就出在她和宗亮结婚以后。"霍明远淡声说罢，又往嘴里送了一个馄饨，边吃边朝时光看了一眼，"还有就是，宗亮对你特别上心。"

时光捏着勺子的手微微一颤，在碗壁上磕出"叮"的一声细响。

"什么……什么上心？"

"不是他写给你看的这种上心。"霍明远瞥了一眼那只靠在他大腿旁边的手提箱，"是那种发疯一样地想得到点什么的那种上心。毒贩子堆里经常能看见他那种眼神，我不会认错，更何况他还真就是个厨子呢。"

时光几乎毫不费力地就回想起六号在西雁山的那个早晨，宗亮说的每一句话，以及说那些话时他眼睛里闪烁的那种让人毛骨悚然的炙热的疯狂。脊背刚生出一道凉意，她忽然听见霍明远缓缓叹了口气。

不是无可奈何的叹息，而是那种漫长的等待之后终于要有个了结的感叹。

"所以，明天去西雁山的事，得再琢磨琢磨。"

"琢磨什么？"

"谁去，怎么去，去了干什么。"霍明远轻描淡写地说罢，又把兴趣转到了端在手里的馄饨上，"这些你不用管，你只要老实听话就行了。"

"好。"时光低头胡乱往嘴里塞了个馄饨，就着两口汤吞下去，稍稍平复心绪，放下勺子，才望着旁边的人正色说，"我想问一个问题。"

霍明远漫不经心地"嗯"了一声。

"如果，现在让你回到昨天，星期三，你有什么想做的吗？"

霍明远刚兴致勃勃地捞起一个馄饨要往嘴里送，就被时光这话愣得手上一顿，馄饨"啪嗒"落回碗里，几滴热汤溅在他手背上，也没让他把愣怔的目光从时光脸上挪开。

"什么意思？"霍明远吮着手背皱眉看她。

"你现在已经知道了很多昨天不知道的事，你有没有想到什么事是你在星期三可以做却没来得及做的。比如，你觉得那间实验室最可能在西雁山那栋房子的什么位置？如果让你明天一觉醒来回到星期三的早晨，你会重点去什么地方搜查？或者，还有别的什么事，在昨天做了就能对抓到教授有帮助？"

"时光，"霍明远有点好笑地盯着这个把童话故事一样的事说得一本正经的人，像是要看穿她脑子里的东西一样，"你这是看什么乱七八糟的电视剧了？你知道你在说什么吗？"

"我知道。"时光认真地点了下头，平静而笃定地迎着他的目光，"如果你真能想到点什么，可能……"时光微一抿嘴，咽下了最直白的实话，换了个比较容易被人接受的说法，"还能找到机会弥补一下。"

"昨天？"这个说法果然比较容易接受，霍明远边继续吃，边皱眉想起来。两个馄饨咽下之后，霍明远抬头问她："你确定宗亮说他刚取得了一个新研究成果，是吗？"

"我确定。"时光想起宗亮在六号说过的几句话，忙又补了一句，"他说是在国外交流的时候研究成功的，否则就回不来了。"

霍明远没深究这话宗亮是什么时候、什么语境下跟她说的，若有所思地点头道："实验室的位置我暂时还没什么想法，但我现在还真想倒回昨天去干件事。"

时光竭力压制住就快浮到脸上的激动："什么事？"

霍明远又往嘴里送了个馄饨，才不急不慢地说："教授这个人能一直隐形到现在，主要就是因为他小心，尤其在厨子的事上格外小心。据说他手下的每一个厨子在被招募之初都由他本人亲自去接触过，只是这些厨子自己并不知道。我想大张旗鼓地把宗亮弄到身边，本来一是想保护他的人身安全，再就是想逼教授出来跟我抢人。但是这几天下来，教授一直没什么反应，不像他的作风。但是如果宗亮已经是教授的厨子了，那这事儿就不奇怪了。"

时光在这一番急死人不偿命的啰唆里终于择出一条让她不知该惊还是该喜的信息，"你是说，如果宗亮是教授的厨子，他就一定见过教授？"

"我只是说有这种可能。你也知道，有关教授的事基本都是传言，谁也不知道哪句是真的，哪句是他故意放出来障眼的。"眼看时光迅速失了兴趣，低头去看碗里漂着的虾皮，霍明远清了清嗓，话锋一转，"不过，这里面有件事肯定假不了。"

时光明知道他在故意卖关子，还是忍不住追问："什么？"

"钱。"

说完这个字，霍明远又把话断住了。

第二十九章

"钱?"时光还是没明白,"什么钱?"

听见追问,霍明远才拿勺子轻轻搅荡着碗里所剩不多的馄饨,慢条斯理地说:"搞研发肯定要花钱,而且不会是小数,这笔钱肯定不是光明正大地给,也不能光明正大地花。在研发上用的钱和消耗的原料,他需要记录明细,为了计算成本,也为了供教授随时核查。教授给他的酬金,他也得先洗成合法收入才能拿出去花。"

眼看着时光倒吸了一口气,霍明远就知道她已经明白关键所在了,也不再卖关子,提快了语速一口气说完。

"童烁读大学的时候修了两个专业,一个是化学,一个是会计,所以宗亮的账房很有可能就是童烁。如果他是刚取得这个成果,那这些账应该还没移交。考虑到宗亮的日常生活轨迹很简单,学校里人多眼杂,所以这些财务相关的记录最可能在两个地方,要么在西雁山,要么在他家里。"霍明远顿了顿,抬眼看向时光,"他家附近应该有教授设的监视措施,想神不知鬼不觉地摸进去找不太容易,昨天晚上他不省人事,童烁还被你俩气跑了,是个挺难得的机会。要是真能倒回昨天……"

霍明远不知想起昨天的什么,意味不明地看着时光苦笑了一下,就把目光垂进了手中的碗里,就着一个馄饨把后半截的话吞了下去。

时光没再追问。知道这些已经足够了,毕竟真能倒回三号的那个人并不是霍明远。

个人财务资料远比公司财务资料要简单得多,更何况是童烁这么一个在雁城账房先生的排位里都挂不上号的半吊子账房打理的,只要让她看到那些账,一定会有收获。

如果那些账是纸质的,教授又拿去亲自翻查过,事情就更简单了。

所以,三号晚上她睡在了宗亮家里,是因为……

"至于西雁山那儿,"不管时光看起来有没有还想继续往下听的兴趣,霍明远还是接着说了剩下的一半，"能摸的地方我都摸过一遍了，如果账在西雁山，应该也是在那间实验室里。但是那间实验室肯定不在地表上，就算是能倒回昨天再来一遍，能做的也还是那些。"

时光飘去三号的思绪被他成功拽了回来。

"不在地表上，是什么意思？"

"说得矫情一点儿，就是那栋房子里应该有密室。"

"密室"两个字被霍明远刻意放低拉长了，配上他本来就低沉淳厚的嗓音，听起来不但一点也不矫情，而且还别有几分森森的凉意。

时光捂紧了手里那碗还冒着热气的馄饨。

无论是在一头雾水的二号，还是兵荒马乱的六号，她的注意力都不曾放到那栋房子本身上，光是这么想，一时还真想不出什么头绪。

"你这馄饨是怎么做的？"

突然被问了这么一句八竿子打不着的话，时光一愣，凉意顿时消散一空，不禁转眼看看霍明远手中几乎已经见底的碗："不好吃吗？"

"好吃。"

时光问之前就知道应该不会是不好吃，不然这个挑三拣四的人也不会吃到现在才说。但听他说好吃，时光还是愣了一下。

不知道是不是有钱人的通病，霍明远说什么菜好吃，总是先说这位子多么多么难约，厨子多么多么有名，再说食材多么多么名贵，烹制工艺多么多么复杂，反正乱七八糟天花乱坠地说一遍，到最后都不会这样直截了当地说一句"好吃"。

时光心里有点发虚。

这怎么看也不像是个会下厨房的人，好吃就好吃，他管她怎么做的干什么？

他说的这个"好吃"，是字面上的意思吗……

没等时光脑子里转出个所以然来，就听霍明远又说："特像我小时候我妈煮的馄饨。一模一样，包法一样，味儿也一样，我这还是第一次在我家以外的地方吃到这个味儿的。"

时光怔怔地看看自己碗里的馄饨，又看看霍明远的："你确定吗？"

"当然。我这些年回趟家都跟做贼似的,偷偷去偷偷回,好几年没吃过家里的饭了,这馄饨的味儿我记得特清楚,想过不知道多少回了。"

霍明远用闲话家常的口气说着,眼尾弯起一抹笑,是他在六号对她说自己是警察之后她曾看到的那种明朗干净的笑,是揭掉所有面具之后,完全自由放松的霍明远的笑。

自然真实得让人心头微微发热,不由得时光不信。

"你没有问过你妈妈,她是怎么做的吗?"

霍明远还是这样笑着,摇摇头道:"我怕她听了瞎琢磨,以为我在外面受多大委屈,连口馄饨都馋,不敢跟她提。这馄饨到底怎么做的,很麻烦吗?"

时光暗自叹气。早知道一碗馄饨就能让他高兴,她还瞎折腾什么……

"不麻烦。先烧开水,等水开了以后下馄饨,煮四五分钟,再撒点葱花、香菜、虾皮什么的就行了。要是不怕麻烦,还可以切点火腿丝提味。"

"我知道怎么煮馄饨。"霍明远好气又好笑地捞起他碗里最后一个馄饨,"我是问你,这馄饨是怎么擀皮、怎么调馅、怎么包的?"

"不知道。"时光实话实说。

"不知道?"

"这是速冻的,十三块五一袋,买二送一。"眼看霍明远眼角眉梢的笑意瞬间僵住,脸色一黑到底,时光扬起勺子指指厨房的方向,"你要是不信,冰箱里还有。"

霍明远到底也没去翻冰箱考证。

馄饨吃完,时光去厨房刷锅洗碗,霍明远就在客厅里打电话,声音压得很低,低到她在厨房里刚好听不清楚,只能听出每句话他都说得尽量简短,最多不超过十个字。

时光一直在想霍明远说的那个"密室"。

那个"密室"里应该不会有宗亮的账目。在化学实验室,尤其是搞研发的实验室,随时都有可能因为一些做实验的人自己都搞不明白的化学反应爆炸起火,易燃的重要物品不能放在这种地方长期储存,宗亮应该比谁都清楚。

更何况,如果账本是存放在这间实验室里的,这么长时间下来,一直给他当账房的童烁不可能连这间实验室的存在都不知道。

童烁不知道这间实验室的存在，那么童烁的舅舅，那个建房子的人，他知不知道？

他知不知道"教授"是谁？

还有，她到底是什么时候、在什么情况下见过那栋房子的？跟建房子的人有关系吗？跟那个"密室"有关系吗？跟"教授"有关系吗？

这些事猜是没法猜的。只能等霍明远高兴了，兑现承诺，心甘情愿地把这个人的全部底细拿给她看。

直到晚上十一点多，她在卧室里收拾霍明远睡过的床的时候，霍明远才端着半马克杯的红酒晃晃荡荡地走进来，往床对面的一个旧柜子上一倚，拢了拢身上浴袍松垮的衣襟，慢条斯理地问她："西雁山那个房主的事，你还有兴趣知道吗？"

"有。"时光立时停了手上的活儿，"你已经高兴了？"

"现在还没有。"霍明远一手晃荡着马克杯，一手从浴袍口袋里摸出手机，"不过这个人的背景资料我已经查好了，就在我手机里，你再满足我一件事，我就发给你看。"

时光毫不犹豫地点头："好。"

霍明远被她急不可待的模样逗乐了，"你也不问是什么事？"

"你是警察，你们是有纪律的，你们的纪律允许你要求我做的事，我都可以做。"

时光说得平淡又底气十足，霍明远"扑哧"地笑出声来，笑够了才眯起眼睛，欠身挨近一本正经站在他面前的人："真的？"

"真的。"

"那你让我亲一下。"

时光虽然不知道警察有什么纪律，但她相信，这些纪律里肯定没有哪条是不许他亲女人的，不然就凭他那些养活了雁城一堆小报记者的花边新闻，他也早可以光明正大地回家了。

只不过，这么无赖的话，被这个人穿着浴袍端着红酒眯着眼睛勾着一弯坏笑说出来，居然不但不觉得猥琐，还觉得有点……

让人心痒。

可能是他长得好吧。

不过就是亲一下，也没什么大不了的。

"你亲吧。"时光依然平淡又底气十足地说着，坦然闭上了眼。

看起来是一副逆来顺受的样子，但就连时光自己也很难相信，在闭起眼睛之后无声无息的等待中，她心底里竟暗暗地生出一丝说不出口的期待。

期待另一种体温落在唇上的感觉。

世上酸甜苦辣千般滋味都尝过了，还从没尝过一个吻的滋味。

会是广告页上说的那种番茄的滋味吗？

电视上接吻的镜头里，女演员不但要闭眼，多半还都是要踮脚的，虽然不知道这是什么道理，但是她是不是也应该——

正乱七八糟地想着，时光忽然觉得鼻尖上被什么凉飕飕的、硬邦邦的东西轻点了一下，不禁一愣，睁眼就见霍明远不知什么时候收起了那副浪荡公子的样子，好气又好笑地看着她。

"你可真行。就为了这么份资料，这种便宜都让我占啊？"霍明远拎着刚才拿来点过她鼻尖的手机在指间轻快地转了一圈，"你说实话，到底为什么这么在意这个人？"

"我说过了，我现在也说不清，等我知道了我会告诉你。"

霍明远似乎本也没指望她能说出什么，挑眉笑了一下，收起自己的手机，转手从身后摸出了时光的手机，"发到你手机上了，自己看吧。我已经看过了，这个人背景不算复杂，和我昨天查童烁的那些信息都对得上，我这么看着，没什么特别不对劲儿的。你要真能看出点什么也好。"

手机递过来的时候，屏幕上显示的已经是一份文档了。

时光刚接过手机，霍明远又把在手里晃荡了好一阵的那杯酒朝她递了过来，"你这几天动不动就忘事，可能是睡得不好。睡前把这酒喝了，能睡得踏实点。"

时光摇摇头，没伸手接，"不用了。我对酒精的反应很大，喝了酒会睡不踏实，睡着了也会很早就醒，而且喝得越多醒得越早。"

霍明远听得一愣，"那你昨天晚上喝了一杯香槟，今天早晨几点醒的？"

"七点二十八分。"

宗亮家门口柜上的电子台历显示的时间从脑海中闪过,时光不禁一怔。

看到那个台历的时间是七点二十八分,那就是说她最早也就是七点二十五分醒的,这是她正常的生物钟,怎么会这样?

是因为香槟的酒精度数太低了吗?

"不想喝就放在床头闻着吧。早点睡,别胡思乱想了,有事儿随时喊我。"

霍明远语声慵懒地说着,走过去把酒杯放到床头柜上,拿了枕头和毯子就要往外走,忽然被时光从后叫住了。

"霍明远,你能,真的亲我一下吗?"

霍明远呆愣了一下,转身就见卧室里暖黄色的灯光下时光一向平淡的脸飞速涨红了。

"我……反正,反正你亲过那么多女人,也不多我一个,我不会让你负什么责任。我就是,就是……"就是觉得如果错过这次,这辈子都不会再有机会尝到一个吻的滋味了。

没等她厚着脸皮把话说完,霍明远就伸手勾起了她的下巴。

时光慌忙闭起了眼睛,嘴唇不由得微微绷紧。屏息等了好一会儿,心都快从嗓子眼儿里蹦出来了,才感觉到一个轻如羽毛的吻落在她的额头上。

时光一怔,睁眼,正对上一双温柔含笑的眼睛。

"晚安,傻姑娘。"

第三十章

时光到底还是端起那杯酒喝了几口。

看完手机上的那份资料,关灯躺在床上,不知道是霍明远那一记轻吻的作用,还是酒劲儿的作用,她心里迷迷糊糊地萦绕着一股奇异的不安,好像一缕丝线把这七零八乱的几天穿了起来,但是太模糊。模糊到她只能隐约感觉到这种串联的存在,却又说不清究竟是什么。

不管怎么样,等到八月三号的这天,很多事应该都能明了了。

床上已经换了她自己的枕头和毯子，但依稀还有霍明远的气味，好像这个人就睡在她身边，就像六号晚上那样，让她既安心又紧张。时光在这种奇异却并不讨厌的错觉和她对酒精的古怪反应中一直在黑暗中辗转到将近十二点，才在一阵忽然袭来的浓重睡意中沉沉地睡了过去。

再醒来，就是被山林间此起彼伏的鸟叫声唤醒了。

她正和衣躺在西雁山客房的床上，床边窗下的地上放着她的行李包，厚重的丝绒窗帘紧拉着，只有一层薄薄的光亮从外面透进来，勉强让她看清床对面墙上的老式时钟。

指针刚走过五点十分。

八月三号早晨的五点十分。

时光深呼吸了一口气，起身下床拉开窗帘。天色还早，窗户外面雾腾腾的一片，除了白色还是白色，只能听见近在咫尺的鸟叫声，什么都看不清。

天地间一片安宁的混沌，好像之前的一切都只是星期二晚上因为睡前胡思乱想而做的一场悠长又不可思议的大梦，难辨是真是幻……

不，不难！

时光忙拉开脚边行李包的侧袋。

一件胡乱揉了几下就塞进来的T恤正躺在这个一年到头都不会拉开一次的侧袋里，时光拿出来抖开来看，胸前那片被巧克力甜筒滴上的污渍和记忆中的一模一样。

心里一块石头咯噔落地，时光缓缓吐了口气。

一切都是真的。

她的昨天不是八月二号，而是眼下其他所有人都还一无所知的八月四号。

时光一边收起T恤，一边将八月四号和二号发生的一切在脑海中迅速过了一遍。

按霍明远二号晚上的安排，等雾散了，他们就会分两路回公司。她跟秦晖走，宗亮跟霍明远走。既然霍明远直到四号才知道宗亮的身份，秦晖在四号也还客客气气地让她使唤，前后串起来看，今天应该不会有什么棘手的麻烦。

她得赶在雾散之前把那间"密室"摸出来。

五点半，时光洗漱完，换上那身更合适出现在安德总部大楼里的职业套装，趿拉着客房里的拖鞋走出门去。

走廊里空无一人，一片静寂。

为免门缝透光影响睡眠，二号晚上宗亮最后去睡觉前把走廊里的灯都关了，此刻走廊两侧所有房间的门全都关着，只有走廊尽头的那扇朝西的雕花圆窗里透进一抹经浓雾过滤后的冷色柔光，把这条幽深的中式装修的走廊映得别有几分阴森。

在门口站了片刻，没见有人出来，时光放轻脚步，朝走廊尽头悄然走去。

走到那扇窗前，漫不经心地朝外面茫茫的雾气看了看，又转身折返回来。

路过霍明远的房间、宗亮的房间、秦晖的房间，时光都假装驻足欣赏房门旁边墙壁上的字画，小心地听了听门里的动静。

全都是一片寂静。

这栋楼年代久远，层高比一般单元房高出不少，两层已经有普通居民楼的三层高了，离地远，通风也好，这一层的房间就算是没有门窗的密室，潮湿程度也远不至于达到能对化学反应造成无法避免的影响的地步。

如果实验室就在这栋房子里，那也应该是在下面。

时光微微松了口气，穿过走廊直走到楼梯口，蹑足下楼。

从霍明远发给她的那份背景调查资料里看，建造这栋房子的那个人就只是个名气平平的画家，获奖的次数都屈指可数，社会关系非常简单，一辈子的事用两页纸就罗列完了，确实没有找到什么能和"教授"扯上关系的线索，也没有什么可以解释她对这栋房子莫名其妙的似曾相识。但眼下走在这空荡荡的房子里，那种感觉又无比强烈而真实地涌现了出来。

她在二号以前明明从没来过这里。

而她二号之所以来到这里，是教授把他们约在了这里。教授为什么会把约见地点选在这里，选在这个藏有一间那么重要的实验室的地方？

是想让宗亮先观察观察他们吗？

可宗亮不是被教授叫来的，是被她叫来的。而且宗亮在二号乍一见到他们出现在屋子里的时候，那种货真价实的戒备和惊恐绝不是装的。

那是因为教授有十足的把握，他们无论如何都不会发现那间作为实验室使用的"密室"的存在，还是教授别无选择，非得约在这里不可？

如果是后者的话……

一个念头刚一浮现出来，就被时光苦笑着摇摇头晃掉了。太荒唐了，宗亮才不过三十出头，他怎么可能是"教授"呢？就连他们中间年龄最大的秦晖，也要加上起码二十岁，才能达到"教授"该有的年纪。

时光边想边在这栋房子里轻手轻脚地走着。

客厅、餐厅、厨房、杂物间、锅炉房、楼前的庭院、楼后的菜园……

时光绕着这栋房子里里外外转了一圈，甚至小心地摸过每一处可能藏有玄机的墙壁、地板、家具和字画一类的装饰品，一无所获。

没有任何不同寻常的痕迹。

没有可疑的隔墙夹层，没有能当机关用的按钮，没有什么不同寻常的墙体移动痕迹，什么值得过一下脑子的痕迹都没有。

连霍明远让秦晖安排过什么的痕迹都没有。

是秦晖安排得足够隐蔽，还是因为教授临时取消见面，所以秦晖又连夜悄悄把一切恢复原状，时光无暇分心去琢磨这些。

一圈转下来，已经快六点了。

宗亮应该会早起给他们准备早饭，只要宗亮一动身，霍明远一定有所警觉。不管他是不是继续装睡，秦晖都一定会替他盯紧宗亮。

她能随意走动的时间不多了。

还剩那个地下酒窖。

时光还清楚地记得六号早晨挂在酒窖铁门上的那只陈旧却结实的大锁，一路走下楼去的时候顺手从头发上取下一支发卡准备撬锁，走到门前却发现，门是关着的，锁却已经开了。

伸手稍稍用力一推，铁门就"吱呀"一声开了条小缝。

一股熟悉的混着酒味的霉气钻出来，湿乎乎阴嗖嗖地直扑在她脸上，凉得她一个激灵。

从小缝里看进去，里面一片漆黑，没有一丁点响动，应该不是有人在她前面开门进去才打开的锁，而是昨天晚上这门就一直没有锁。

时光沉了口气，小心地把门推开一个将将足够她侧身进去的空隙，悄然钻进黑暗里，按照记忆中台阶的位置摸索着走下去。

眼睛渐渐适应了黑暗，视野逐渐清晰起来。

酒架一类东西的排布和她在六号看到的一样，那个铐锁霍明远的角落里此时还是一干二净的，只有那根下水管道立在那里，没有水渍，没有血腥，也没有那副锈迹斑驳的手铐。

角落对面，远处天花板上的那个细小的红点也和六号看到的一样闪动着。

时光放松手脚，像个信步走进来的参观者一样随意地走走、看看、摸摸。

六号早上发生在这里的一切都历历在目，先是霍明远在墙角猝不及防地朝宗亮发难，她几乎同时对两名反应不及的持枪打手动了手，然后两名打手一个去帮宗亮，一个和她纠缠。她一脚踹飞了那名打手的枪，然后缠斗，她渐渐落于下风，边打边往酒架间退身……

不对。

时光脚步一顿，在酒架间站住了。

不对，这场缠斗好像哪里有点不对……

时光皱眉往后退了两步，又退了两步，和这组酒架拉远了些距离，隐约觉得答案就在眼前了，全神思考之间不禁又往后退了一大步。

"咣当"一下，时光只觉得露在拖鞋外的脚后跟准准地踢中了一个什么坚硬的物件，踢得她脚后跟猛地一疼，也踢得这坚硬的物件在水泥地上结结实实地拖出一声重响。

时光狠惊了一下。

呼之欲出的答案顿时灰飞烟灭，只剩下脚后跟上一片钻心的疼痛，时光在心底里暗骂了一声，恼然蹲下身来。

一眼看清这倒霉催的物件，不禁又是一惊。

这是一对尖利厚重的金属钩子，最粗的部分有她两指并在一起那么宽。时光拿起来大致比量了一下，这个形状和尺寸……

正和她在霍明远身上看到的那对被利器刺穿后又大力拉扯过的伤口对得上。

宗亮是用这对钩子把霍明远的身体刺穿，然后把他活生生吊了起来？

时光倒吸了一口气，只觉得肺腑间一片阴寒。

多么扭曲变态的人才能对活人做出这样的事，还能在做完这样的事之后若无其事地搂着她的肩膀大谈爱慕之情、相思之苦……

这是个疯子，极度危险、泯灭人性的疯子。

错愕之中，门口方向忽然传来"啪"一声轻响，一片昏暗的酒窖瞬间灯火通明。

时光像只猛然被暴露到强光下的穴居动物，惊得浑身一僵，已经适应了黑暗的眼睛在突如其来的光亮中难受地眯了一阵，才勉强睁开来。

站在酒窖门口的正是那个泯灭人性的疯子，一只手按在门边墙上的一个开关上，轻蹙着眉头一言不发地看着她。

这酒窖里竟然是有灯的。

"我……"时光勉强定了定神，咬咬牙稳住这惊讶之余通身细微的颤抖，故作怯怯地站起身来，"对、对不起，我看见门没锁，就……"

宗亮转头朝身后的铁门看了一眼。

"哦，这门昨天开了就没关，想着方便你们随时过来拿酒。"宗亮没什么热情也没什么不满地说着，走下台阶，缓步走到她面前，蹙眉看看她仓促之下还没来得及扔下的钩子，"你是在找什么东西吗？"

"没有，我就是起得早了，随便看看。"

阴湿的空气中安静了几秒，宗亮像是认真地犹豫了一下。

"抱歉，我刚才听见走廊里有声音，担心进贼，就看了监控……啊，对不起，还没来得及告诉你们，因为这里没有物业保安，不太安全，所以这栋房子的公共区域都有监控。"宗亮说着，手朝那个在明亮的橙黄色灯光下终于能看清全貌的监控摄像头指了指，又收回目光看向时光，一双线条阴柔的眼睛里清楚地闪烁着点点狐疑，"我看到你里里外外地转了一圈，还到处又摸又敲，好像，是在找什么东西？"

时光心头一绷，微一抿唇，低头看看手里的钩子。

她在六号就只看到了这酒窖里的监控，一时大意竟忽略了别处也有监控的可能。这追问来得突然，问得她措手不及，倒是还有一个现成的解释就在嘴边。

"我没有找东西，我只是想检查一下这栋房子。"

宗亮眉头一紧："检查？"

"检查一下这栋房子哪里好，哪里不好。"时光放眼朝周围扫了一圈，被灯光照亮的酒窖一览无余，看起来比一片昏暗中的小了些许，陈旧还是陈旧，但远没有刚才那么阴森可怖了。"我想跟你商量一下，能不能把这栋房子卖给我？"

宗亮狠愣了一下，愣得眉头都展开了："你想买这栋房子？"

"我——"

"她昨天一来就看上你这房子了。"一个打着哈欠的慵懒嗓音从酒窖门口方向传来，时光一惊，才发现霍明远不知什么时候站到了酒窖门口。

霍明远裹着一件垂感很好的咖啡色对襟丝绸睡袍，脚上踩着拖鞋，头发乱蓬蓬的，好像刚从床上爬下来，看起来半睡半醒，人畜无害。

宗亮也惊了一下，转身回头，就见霍明远悠悠逛逛地顺着台阶走下来。

"我就知道，她昨天不跟你提，今天也得憋不住要说。不过，时光，这房子又不会长腿自己跑了，你至于惦记得这么早就爬起来说这事儿啊？"霍明远拐弯溜达到一组酒架前，兴致盎然地挑了瓶红酒，才拐回他们面前，微眯起睡意还没散尽的眼睛看着时光还抓在手里的大铁钩子，"你这拿的是什么玩意儿？"

"不知道，地上捡的。"

时光看向宗亮，宗亮才在怔愣中回过神来，忙说："哦，这个，这是方便在这儿搬重物用的，电动的起重钩。"两人随着宗亮的指点朝天花板上看去，几条简单的轨道贴着电线布在顶上，一条轨道的尽头垂下两条绳索，简单地收起挂在墙上。

装置粗简，材料略显老旧，看起来和这房子年份差不多。

"也是，你这肩不能挑手不能提的，搬这些东西是费劲……"霍明远笑着捏了一把宗亮单薄精瘦的肩膀，转手从时光手里接了一只钩子看了看，捏着尖头往瓶塞上一戳一钩，利落地把瓶塞拔了出来，举起酒瓶子喝了一口，满足地喟叹一声，"哎，时光要买了这房子，这些酒你怎么处理啊？随房子送给她的话，还不如卖给我呢。"

"这个，"宗亮迟疑了一下，有点不好意思地笑笑，两手在身前攥了攥，终于又恢复了那副一在人前说话就紧张局促的模样，"其实这房子是我爱人家亲戚的，只是他过世前托给我们打理。卖房子的话，我实在做不了主。这样吧，"宗亮抱歉又恳切地看向时光，"今天回去以后我跟她商量一下，再给你答复，行吗？"

"好，我等你的消息。"

"行了，"霍明远随手扔下尖头上还戳着瓶塞的钩子，慵懒地展了展睡袍下的腰背，"既然都起床了，那收拾收拾，咱们走吧。"

"现在？"宗亮一怔，"这么早，雾还没散呢，这样开车下山太危险了。"

"不开车，我在下面一家酒店订了早餐，从导航上看，溜达过去最多半个钟头，吃完再溜达回来，正好活动活动，消消食。"

时光听得一愣，霍明远二号晚上好像没提过这个。

不等两人说什么，霍明远就扬扬酒瓶子，像他来时一样溜溜达达地出去了。

"快点啊，我在客厅等你们。"

第三十一章

霍明远说在客厅里等他们，实际是唯一换好了衣服的时光一个人在客厅里等三个。

"他俩还没下来啊？"霍明远是第一个下来的，见客厅里只有时光，立刻不耐烦了，"俩大老爷们儿，出个门怎么这么磨叽……"

"霍明远，你动过这本书吗？"

时光手里拿的是茶几上那本英文版《科学》杂志，霍明远显然还记得，随意扫了一眼就毫不犹豫地点头说："动过啊。昨天不是拿它抽过宗亮吗？"

"我不是这个意思。我是说，后来你又动过吗？"

"后来？没有啊。"霍明远皱着眉头，看看时光手上那本和昨天没什么两样的杂志，又看看和昨天一模一样又判若两人的时光，"怎么了？"

时光刚要开口，宗亮和秦晖一前一后地走了过来。

"不好意思，刚才忘记钥匙放在哪里了，麻烦秦先生帮我一起找了好一会儿，让你们久等了。"宗亮边快步朝他们走过来，边抱歉地扬了扬手里的一串钥匙。

见秦晖在宗亮身后微一点头，霍明远又把询问的目光投向时光。时光像她十分钟前拿起这本杂志时一样漫不经心地把它放回茶几上，连头都懒得摇一下。

"没事，走吧。"

确实没什么大不了的事。

只是夹在里面的那张餐巾纸不见了。

六点半，弥漫在山林间的浓雾还没有开始消散的迹象。

霍明远订餐的地方就在那片度假酒店云集的区域里，宗亮临出门还试图劝他在家里吃点算了，奈何霍明远从来就不是个听劝的人，宗亮只好仔细地锁好所有门窗，带他们顺着房前的那条夯土小路朝下走去。

"怪我考虑不周，昨天晚上睡觉前应该把早餐订好的。"

兴许是山里一早一晚阴湿的空气让他身上的旧伤又折腾起来了，霍明远手里还拎着那瓶酒，边喝边走："都在你这儿白吃白喝一天了，一顿早点的事儿，你就别客气了……哎，我记得这条路是盘着山走的，咱们不开车就不用这么绕了吧，有什么近道能抄吗？"

"有是有，从前面那片林子里穿过去就可以了，能少走一半的路。不过……"宗亮犹豫了一下，回头看看和秦晖一起走在他们后面的时光，"时光的鞋子可能不太方便吧。"

霍明远回头往时光脚上看了一眼。

对这些人而言八月二号是近在昨天的事，对时光来说已经远在大半个星期以前了，不过她还记得清楚，二号早晨她还以为霍明远是带她直奔这边的度假酒店来的，所以一本正经地穿了双高跟鞋配裹身裙。八月一号晚上收拾行李的时候，她也不知道三号的安排里还有这么一项，所以只带了那身霍明远叮嘱她带着的职业套装和配套的高跟鞋。

也就是她现在正穿在脚上的这双八厘米高的尖头高跟鞋。

"穿片树林子应该没问题吧？你们小时候不都在南山吗？南山那片山区可比这地势凶险多了，走山路的本事应该打小都练出来了啊。"霍明远说话间折回到时光面前，似笑非笑地看着她，"怎么样，行不行？不行我背你。"

时光心里咯噔一沉。

自从把霍明远从里到外扒了个一干二净之后，时光就清楚地意识到，这个人一直以来所有的散漫、浪荡、想一出是一出，全都是装出来的。

一个分分秒秒都走在刀尖上的人，不会平白浪费时间和精力去做任何毫无意义的事。

他做的每一件看似不着调的事，实际上往往都经过了深思熟虑，精心计算，有着他无比明确且万分必要的目的。比如他不分时间地点地喝酒，不分春夏秋冬地吃冰激凌。

又比如他现在非要在大雾弥漫的山林里徒步半小时去吃一顿早饭。

她刚一听到这个安排就知道一定不是吃顿饭那么简单，但从她过完星期二直到今天已经隔了足足半个星期的时间，半个星期的同生共死，尤其是昨晚那个像羽毛一样轻柔的吻，让她实在是没能立刻想到，这一回的深思熟虑、精心计算竟然是冲着她来的。

星期二那天——她的好几天前，他们的昨天——她和宗亮不经商量就一起撒下的那个小时候在南山认识的谎，根本没能打消这人的疑虑。

可是看霍明远在四号对她的态度，也不像是不信她的。

不等时光琢磨出霍明远到底在打什么算盘，宗亮已经急不可耐地开口了。

"其实她——"

"没事，我可以。"

时光淡声截断宗亮的话，宗亮这才恍然明白点什么，脸上一僵，正对上霍明远有意无意朝他转过来的目光，忙勉强笑笑，僵硬地找补。

"呃……是，其实她可以，不用背她的。"

"那就行了。"霍明远对时光意味不明地笑了一下，伸手往宗亮肩上一搭，勾起他朝着前面那片还隐匿在浓雾后的林子走去，"走吧。"

时光沉了口气，在两人的背影消失在雾气中之前跟了上去。

秦晖始终跟在时光后面半步距离的地方，不远不近，既像保护又像监视。

直到现在她才终于明白童烁那句话的意思——哪怕她已经度过了八月四号和六号，眼下的八月三号仍然不是她的过去，而是她的未来。

充满了未知，充满了变数的未来。

走在夯土路上的时候还好，一拐进林子，时光穿着高跟鞋走在坑坑洼洼的林地里，明显有些跟不上宗亮和霍明远的步子。不知道是不是霍明远故意为之，时光不管怎么紧赶慢赶，都始终落后他们三五步。

林子里草木繁盛，雾气比路上更浓，隔着这三两步距离就只能看到两个模糊的背影了。

"宗亮，南山那边也跟这儿似的，动不动就起这么大的雾吗？"

时光正一边小心看着脚下的草丛树根，一边尽快追赶，忽然听见前方牛奶一般浓厚的雾气里传来霍明远半真半假的抱怨。

接着就听宗亮笑了一下，毫无戒备地回答。

"没有，只是海拔高的地方容易起雾。其实南山的气候挺好的，就是交通很不方便，所以经济一直发展不起来，到现在还是贫困区。"

两声吞酒的响动后，雾中传来一声感叹。

"闭塞也有闭塞的好处啊，起码没什么工业污染，吃的喝的都干净。"

"是呀，那边的野菜野果，在这里买都买不到的。"

不知宗亮是因为提起家乡格外亲切，还是唯恐霍明远再问什么别的，故意拖延时间。接下来的好几分钟，时光就听到他一直喋喋不休地跟霍明远讲这样那样的野菜和野果，讲完野菜野果，又开始讲野鸟野兽野虫子……

霍明远边喝酒边随口支应，明显兴致索然，却也不出声打断他。

时光悬着一颗心，又深一脚浅一脚走得别扭，不多会儿就在山林间湿凉的雾气里生生走出了一身汗，气喘吁吁。

宗亮开始说野蚂蚱的第七种吃法的时候，霍明远终于叫停了他，问了句前面大概还有多远，就转身折回到时光面前，微眯起眼睛笑着打量她一眼。

"怎么样，还能行吗？"

"行。"

时光说这个字的时候还有点喘，额头上的汗珠顺着脸颊直往脖子上淌，这一个字听起来毫无底气。霍明远又笑了一下，把喝得半空的酒瓶子递给跟在后面的秦晖，转身背对着她矮身半蹲了下来。

"来吧，前面还有段路呢，我背你。"

时光站着没动，"不用了，我能走。只是这双鞋子是新的，走长路还不太合脚，再走一会儿就好了。"

"行了，上来吧。"霍明远转头看她一眼，蹲着没动，"万一真崴了脚，你今天可什么事都干不了了，我还得给你算工伤。"

这句倒是说到了时光心坎上。

霍明远又催促了一声："快点吧，都饿着呢。"

时光没再犹豫，俯身趴上霍明远的背，刚环住他的脖子，霍明远就把住她两边膝窝，轻轻松松地站了起来。视线忽然升高，时光慌得一下子搂紧了，一张脸紧埋在他颈侧，惹起霍明远一阵低笑。

时光被他笑得浑身僵硬，一动也不敢动。

秦晖从接过酒瓶子那一刻就仿佛得到了什么无声的指令，朝前紧走了两步，赶到和宗亮并肩而行的位置，接替霍明远和他在前领路。

"时光没事吧？"宗亮有些不安的声音穿过雾气从前面传来。

霍明远仍然走得轻松，脚步虽比刚才明显放慢了，但声音还是四平八稳，"没事儿，她就是磨叽。"

问完了宗亮，也该来问她了。时光伏在他背上静静等着他发问，霍明远却好像真就只是为了背她而背她似的，嘴上哼着不成调的曲子不疾不徐地走着，一句话也不说。

时光清楚地闻到霍明远身上的气味，微微有点发慌。

酒味和男士淡香水味混合出的刚硬气息中裹挟着一丝牛奶冰激凌的甜软香气，复杂又矛盾，像极了这个人难以捉摸的心思。

他一定有什么打算。

只是她贴在这片宽厚温热的脊背上，实在理不出个头绪。

宗亮带的这条路虽然走起来有点费劲，但是确实省了不少距离。

从林子里穿出来就是直通度假酒店区的柏油大路，时光从霍明远背上下来，无意间转头朝后看了一眼刚刚穿过的林子，不由得微微一惊。

她这才发现，宗亮刚带他们穿的这条路，就是霍明远在六号甩脱越野车追赶时抄的路。

难怪他能那么有把握地一头开进这片林子里……

"怎么样，好点了吗？"

宗亮不知什么时候凑到了她身边，一句话把她的思绪从六号的惊心动魄里拽了回来。

时光忙收回目光摇摇头，就见霍明远已经从秦晖手里接回了酒瓶子，边仰头喝着，边顺着大路朝前走了。

"没事就好。"宗亮伸手似乎想要扶一扶她，手在半空中纠结了片刻，到底还是僵硬地转了个方向，朝霍明远的方向指去，"前面不远就到了，走吧。"

再往前没走多远，就看见度假酒店区周围路边闪烁的雾灯了。

"就是那一家吧？"

将近七点，宗亮指着一家酒店楼上隐约可见的灯光招牌问霍明远的时候，浓雾还没有开始消散的迹象，霍明远也还没有对她说点什么的意思。

"对，就是这家。这家有个法国的甜品师傅，他做手工冰激凌的手艺在全世界都是排得上号的，但脾气也是地道的法国脾气，懒得要命还特别矫情，想做就做，不想做就不做，今天能订上一回全靠缘分。"

听着霍明远满怀愉悦的絮叨，时光忍不住反思，她是不是把这个人的心思想得太多了？

兴许他一大早拽着他们跑到这儿来，就是馋这口冰激凌了呢。

就像他馋一口速冻馄饨的味道……

时光心猿意马地跟着往前走，随着离酒店大门口越来越近，门口两位迎宾的身影也在厚重的雾气中渐渐清晰起来……不，不是两位，是三位。

两位穿着迎宾礼服在大门两侧笔挺地站着，一位穿着黑西装在门口来回踱步。

再走近些，才发现黑西装的身前有一股升腾的灰色烟气混在奶白色的浓雾里。

时光一怔，这人在抽烟？

这好像不是迎宾，这是……

不等看清这人的相貌，就见黑西装的身影一顿，利落地把烟掐灭，边招手打招呼，边朝他们快步迎了过来。

"远哥、时姐！"

这是……

韩照？！

韩照怎么会在这儿？！

她明明记得八月一号晚上霍明远说过，他查出来车祸的事确实就是韩照干的，而且查出来的时候韩照就已经不知所终了。

他怎么会堂而皇之地出现在这儿，还和什么都没发生过一样熟络地和他们打招呼？是她的那段记忆出了什么差错，还是宇宙时空又搞出了什么新幺蛾子折腾她，还是……

时光错愕地看着那张在雾气中渐渐清晰起来的娃娃脸，一时间呆如木鸡。

"介绍一下，"霍明远在韩照健壮的肩膀上拍了一下，颇有点得意地给宗亮介绍，"这是我另一个助理，韩照，吃喝玩乐的事比我还门儿清，今天这早餐的预订就是他抢的。"

不等宗亮把手抬起来，韩照已经两手伸过去和他握上了。

"您就是宗教授吧，久仰久仰！今天能见着本尊真是太荣幸了！"

"不敢不敢……"

宗亮被迎头扑来的吹捧砸得有点发懵，霍明远也不等他再反应什么，"宗亮，让他俩先陪你进去，你们先吃，我跟时光说点事。"

"啊……好。"

"宗教授，您请！"

几步的工夫，韩照和秦晖就迎着发懵的宗亮消失在浓雾里了。

霍明远慢条斯理地举起瓶子喝了一口酒，悠悠然抿掉唇间的酒渍，才转回身来看向还沉浸在突如其来的错愕中的时光，唇角毫无笑意地弯了起来。

"看你这反应，星期一的事已经全都想起来了吧？"

第三十二章

时光怔愣之间，霍明远已经走进酒店的庭院了。

"是，我想起来了。"时光在脑海中飞速地过了一遍八月一号从早到晚的每一件事，以及她和霍明远说过的每一句话，然后紧走两步跟到霍明远身边，带着半真半假的诧异问："你不是说，你刚把韩照查出来的时候，他就已经失踪了吗？"

这家酒店的设计者显然充分考虑过西雁山独特的起雾问题，酒店楼前的露天庭院里布置了数不清的灯，繁而不乱，既指明通道，又配合着景观和雾气营造出如梦似幻的浪漫氛围。

霍明远顺着一条灯光指引的石板路慢慢踱着步子，抬起手腕看了看表。

"咱俩最多在外面待十分钟，再多，韩照肚子里的那点货就哄不住宗亮了。所以为了免得你跟我瞎扯淡浪费时间，我先跟你交代个前情。"

时光微抿着嘴没出声。

天色还早，雾气尚浓，周围听不见半点人声，除了山林间时响时歇的鸟叫声外，就只剩下他们的鞋底踏在石板路上的轻响，霍明远有意放低的声音也足够清晰地落进她的耳中。

"星期一的时候，你跟韩照说过什么话，教他干过什么事，又拿什么条件做的交换，他都一字不落地告诉我了。"

时光脚步蓦地一滞，呼吸也一并滞住了。

霍明远像是早知道她会有如此反应似的，也跟着她脚步一停，好像蛰伏许久的猎人终于看到锁定的猎物掉进早已布好的陷阱，带着一点收获的愉悦施施然现身了。

时光逃无可逃、藏无可藏，一时间僵站在原地，愕然看着眼前慢悠悠仰头喝酒的人。

"他是你的——"

不等时光说完，还在仰头喝酒的人就连连摆手了。

两口喝足，落下酒瓶子满足地轻叹了口气，霍明远才边说边又往前走，"星期天晚上的车祸确实就是他干的，动机跟你猜的也差不多。他替教授盯着我，教授让他弄清楚我总和你这个外面的账房打交道是在搞什么鬼。但他一直找不着像样的证据，在教授那交不了差，狗急跳墙想出这个法子，结果阴差阳错地让你给搅和了。"

莫名其妙玩光她的酬金，临时让韩照大半夜开车带她去找钱，阴差阳错搅和了韩照计划的那个人明明是他，但时光没心思跟他计较这些。突如其来的错愕让她浑身僵硬，两条腿却又不由自主地跟着他朝前走。

霍明远在雾气中低笑了一声，接着说："他本来确实没打算出卖你，不过他在我办公室开保险柜拿账本拍照的时候被我抓了个现行。我也是那天才知道，他还有个妹妹被教授捏在手里，好在隔段时间教授就会让人给他发他妹妹拿着当天报纸的照片，照片上的线索足够找出他妹妹的关押地点，我就帮他把人救了。救人这段跟你没关系，就省略三分钟不说了。反正结果就是韩照被我策反了，配合我编了这么一出戏，看看你到底想干什么。"

霍明远轻描淡写地说着，已经走到了石板路的尽头。

石板路尽头是一片景观池塘，岸边和水中都有星星点点的灯光，把水面上随风缓缓流动的雾气映出一派不合时宜的温柔缠绵。

时光不出声，霍明远就沿着池塘边继续慢慢地走，轻描淡写地说。

"至于这出戏为什么跑到这儿来演，是因为你在咖啡馆里看的那篇论文。我查了一下论文的作者，我大学的时候没怎么在宿舍里住过，所以对宗亮印象也不深，查完了才知道他和教授早年看上的那个化学专家杨正明很有点渊源，又查到他那天正好从美国回来，而且一下飞机不回家也不回学校，就直奔着西雁山这边来了。所以我觉得你应该不是随便看看他的论文那么简单，干脆安排你俩来个不期而遇，看看你俩的临场反应。"

池塘占地不大，霍明远慢条斯理地说完这些，就已经围着池塘转完一圈了。

一圈转下来也没看见半个陌生的人影。

池塘岸边不远处有一架藤本月季爬成的繁花拱门，拱门下吊着一组秋千椅，在雾气和灯光的装点下像足了婚纱照里用软件精心虚化过的背景。

霍明远就朝着这婚纱照背景兴致盎然地踱步过去。

"我想想还有什么……哦对，那把大门钥匙，那是我公司食堂仓库的钥匙，真的钥匙来不及搞了，就随便拿了个假的，反正宗亮肯定在家。演戏演全套嘛，'服化道'都得跟上。"

说着，霍明远走到秋千椅前，拽过被仿真藤蔓装饰的秋千绳晃了晃，转身坐下来，一摇一荡地看着始终没发一言的时光。

"行了，前情我交代完了，还有差不多……七分钟。你就看在我这么有诚意地给你编了这么一大出戏的分上，把那些瞎扯淡的话都省了，老老实实说，你到底是什么人，在我身边折腾这些为的是什么。还有，你跟宗亮到底是什么关系？"

时光在浓雾里定下脚步。清晨的凉风掠过池塘水面从她背后拂过来，才发觉后背的衬衫不知什么时候被冷汗浸湿了，贴在身上一片冰凉。

难以置信归难以置信，但从昨天一直困扰她到现在的那个疑惑终于解开了。

教授根本没有选择在这里和他们见面，也没有临时改变主意不来，一切的一切都和教授本人没有半点关系，全都是这个此刻正坐在繁花拱门下的秋千椅上抱着酒瓶子悠然摇荡的人一手布置的、针对她的、为期近两天的骗局。

她倒是不怕这个人会把她怎么样，她只是怕了他这个人。

今天一早就发觉的那种被人精心谋算的感觉没有错，只是她实在没想到，这一番谋算从她以为一切都在被她掌握的星期一就已经开始了……而不管是八月六号还是四号，竟都没有一丝一毫的迹象提示她有这样一番谋算的存在。

这个心思深不见底，又耐心得可怕的人，和前一夜那个会因为想家而留恋一口馄饨的滋味，会轻吻她的额头，对她温柔地笑着道晚安的霍明远，简直判若两人。

不，不是判若两人，就是两个人。

她差点忘了，眼前这人的脸上还有一层凶神恶煞的面具没揭呢。

时光缓缓地吸了一口湿凉的空气，徐徐吐出，才上前两步，站到秋千架旁，用她一如往常的平淡语调不慌不忙地低声开口。

"我和宗亮只是以前认识，没有什么关系。"

霍明远似乎没想到她会从这句开始答起，怔了一下才笑着摇头。

"刚才在林子里，我就是和宗亮闲聊了几句南山的事，什么都没问你，你就在我背上紧张了一路，你让我怎么相信你俩没什么关系？"

时光心头微微一绷。

不管怎么问话套话，她都可以撒谎，可以给宗亮暗示信息，但她紧张之下身体的本能反应是没法撒谎的。他只要一言不发，感觉着她一直没有放松，而且越来越紧张的身体反应，就能胜过千万句盘诘了。

果然，他没有花时间精力做任何一件无用的事。

霍明远耐着性子喝了一口酒，随着秋千的前后摇荡有一下没一下地看着她。

"我昨天本来猜，你可能就是教授的人，准备利用你俩的老交情替教授招纳他。但是我怎么看怎么觉得，你恨不得躲他远远的，他倒是好像对你更感兴趣。"

"我上学的时候喜欢过他，他知道的。现在他已经结婚了，我看着他心里就别扭。"

"上学的时候？"霍明远皱着眉头看她，"宗亮上大学是跟我一级的，你俩差着五六岁吧，上什么学能上到一块儿去啊？"

时光也皱起了眉头，脸色和话音也一并沉下去了，"我上学的时候还喜欢过周杰伦，我也必须要和周杰伦上学上到一块儿去吗？如果你不相信我说的话，你就自己去查，别让我在这里白费唾沫。"

霍明远被撑得一愣，不禁好气又好笑："你是觉得我在这儿收拾不了你是吧？"

时光无波无澜地吐出一个"是"，不等霍明远从秋千椅上跳起来，就接着淡声说："我记得你昨天晚上问过我，我这些年一直要找的那个人是不是教授，我现在告诉你，不是。那个时候我要找的人确实已经找到了，但不是教授，是你。"

霍明远蓦地刹停了摇荡的秋千，眉眼间那点本就半真半假的火气顿时消散一空，定定地看着秋千架旁的人，"我？你一直在找我？"

"也不能说是在找你，应该说，是在找一个像你现在看起来这个样子的人。"

霍明远低头往自己身上扫了一眼，"我现在看起来什么样？"

"看起来很好用。"时光隔着一重白纱似的淡薄雾气坦然迎上他的目光，"我确实想找教授，但是全雁城的警察都找不到的人，凭我一个人不可能找到。所以我和你一样，找不到教授，就想让教授来找我。我只要找到一个在教授手下办事，但是不服教授，想要另找账房自立门户的人，那我只要跟着他，就一定有机会被教授找上门。只要教授找上我，我就能拿这个人的命和资金去敲开教授的门了。在这之前我不给别人当家养账房，是考虑到教授疑心重，到时候可能会觉得我背景不干净，不肯收我。"

时光省去了所有瞎扯淡的话，说得比霍明远的前情还要简单直白不留情面。霍明远像是消化了一阵，才微眯起眼睛，一字一句地问。

"你想当教授的家养账房？"

"是。"

"为什么？我哪亏待你了？是钱给少了，还是让你受委屈了？"

"都不是。"时光面无表情地看着又快从秋千上跳起来的人，"教授的生意做了几十年都没出事，说明他谨慎而且有门路，在雁城跟着他是最安全的。我只是个做账讨生活的，没有什么靠山，身价被抬得越高就越危险。我要钱，更要留着命花钱。"

"所以，你又是让韩照给教授看账本，又是要取得我的信任，当我的家养账房，都是想拿我这条命到教授那当投名状？"

"是。"

时光依然平淡地应罢。霍明远一时没说话，仰头一口喝干瓶子里剩下的酒，反握起空瓶子抬手往旁边一挥，"啪"一声结结实实地敲在防腐木的秋千架上，瓶子顿时碎了半截。

时光惊了一下，不等回过神，右手一把被他捉了起来。

细长光滑的瓶颈落进她手里，刚一怔愣，手掌被霍明远反手一攥，瓶子方向倒转，锋利如刀的碴口忽然冲着他自己直刺过去。

"霍明远——"

时光慌忙地把手往后撤，却挣不过霍明远的力气。

半截碎酒瓶子攥在她手中直奔霍明远的颈部而去。就在最长的那片玻璃碴子离他喉结只有半厘米的时候，霍明远手一顿，酒瓶子和她的手一起硬生生刹停了。

电光石火之间，时光已经吓白了脸。

霍明远唇角一弯，从她瞬间变得冰凉僵硬的手里把酒瓶子接了出来，转着圈端详了一番沾在瓶颈上的那层生生被他吓出来的冷汗，唇角勾起的弧度又深了几分。

"说得跟真的一样。怎么我把命白送给你，你又不敢拿了？"

时光手脚发软，扶着秋千架子深吸了几口气，才艰难地把喘息平复下来。

"我不是不敢。"时光冷脸看着他，劈手夺回把玩在他手里的碎酒瓶子。

霍明远微一怔，好笑地放松身子往后一靠，有恃无恐地看着被他惹恼的人，刚想开口说点什么，就见时光拎着酒瓶子的手直朝他扬了过来。

锋利的碴口迎面袭来，霍明远一动不动，连唇角的弧度都没浅下半分。

眼看着玻璃碴子刺到脸前，却是贴着霍明远的侧脸朝后伸了过去。霍明远一愣之间，时光的手臂已经环住了他的脖子，身子一侧坐进他的怀里。

霍明远唇角的弧度顿时没了。

"你干什么？"

时光坐在他肌肉忽然绷紧的大腿上，两手环着他挺直僵硬的脖子，像热恋中不分时间地点总黏糊个没完的小姑娘一样贴在他怀里，把嘴凑到他耳边，依旧冷着脸色，语声淡淡。

"我不拿你的命，不是我不敢，是因为你根本就不是霍明远。"

第三十三章

"我不是霍明远，那我是——"

"至少你不是和宗亮住过一间宿舍的那个霍明远。"

时光淡声截断他试图反驳的话，没拎着酒瓶子的那只手覆上他的后背，贴着两肩胛骨之间缓缓滑下去，清楚地摸到一片紧紧绷起的肌肉。

"我见过那个霍明远大学毕业时候的照片，那是一个两百多斤的胖子，眼睛细小，塌鼻梁，眉毛很淡，和你根本就是两个人。"

浑身绷紧的人故作轻松地哼笑了一声，悠悠地把秋千荡了起来。

"我瘦下来就是现在这样，你不信，我也没法立马胖回去给你看。"

"还有，他右手指尖发黄，是被烟熏的。他有很大的烟瘾，但是你不抽烟。"

霍明远哂笑："我还不能戒烟了啊？"

"戒烟可以，但是他瞳孔缩小，目光涣散，脸色苍白而且鼻翼泛红，脸颊上还有皮肤溃烂的斑点。那是一张毒鬼的脸，吸食海洛因的毒鬼的脸。"

时光一字一句地说着，胸膛贴着他的胸膛，在秋千的摇荡中毫不意外地感觉到他一下比一下快、一下比一下乱的心跳。

"这又怎么了？"霍明远仍然操着满不在乎的语调，气息四平八稳，还有意无意地把秋千摇荡的幅度加大了，晃得时光不得不牢牢搂紧了他，"你都知道我是干什么的了，这有什么奇怪啊？那时候年轻不懂事，后来戒了，不行吗？"

"先不说沾上这种东西到底能不能戒掉，就算是能戒……"时光顿了顿，在秋千的晃荡中又和他挨近了些，贴在他耳边几乎只用气声低低地问，"戒完还能当警察吗？"

被她黏着的这副身体从头到脚忽然一滞，好像连心跳呼吸都跟着停了一停，只短短的一瞬间，却恰好错过了蹬地的节拍，只迟了不到一秒，秋千摇荡的节奏就一下子乱套了。

霍明远忙把一通乱荡的秋千停了下来。

时光趁热打铁："你办公室洗手间的马桶水箱里有个手机，有紧急情况的时候，你会用它联系你卧底任务的负责人，市公安局分管缉毒的副局长，陈庆东。"

说罢，时光抬起头来，看看忽然刹停秋千之后脸上还略有点凌乱的人，随手在他胸前摸了一把，又戳了戳肩膀，捏了捏手臂。

"那么多女人在你怀里坐过，你还紧张得像块石头，肯定不是因为害羞。差不多到十分钟了，你也别瞎扯淡了。"时光淡声说着，站起身来，照着他刚才的样子把手里的半截碎酒瓶子塞还给他，然后反握住他的手，把碎玻璃碴口对准了自己颈侧大动脉的位置，"你能对着这里扎下去，只要扎进一厘米，我就相信我的判断是错的。"

别说一厘米，就是两三毫米，也足以刺穿她薄得几乎透明的颈部皮肤，扎破下面的动脉血管，使得血如井喷而出，不消一分钟就能死透了。

时光手上刚一使劲儿，酒瓶子还没挪动，霍明远就一把挣开了。

"学这个学得倒挺快。"霍明远沉着脸看她片刻，从秋千椅上站起身来，远远丢开那半截碎酒瓶子，居高临下地看着她，从头到脚看了两个来回，才压着低沉的嗓音问，"你是什么时候开始琢磨这些事的？"

"昨天晚上做了很长的一个梦，忽然就明白了，信不信随你。我知道我原来的计划已经全都没有意义了，我现在的活路只有一条，就是帮你抓到教授。我今天早晨一直想跟你说,就是不知道怎么说才能让你相信我,现在既然说开了,你也不用劝我,我决定就选这条路了。"

时光平淡又认真地说完,垂手老实站着,静待发落。

霍明远嘴角微微抽动了一下,脸色颇有几分复杂地盯着这棵还没刮风自己就往下倒的墙头草看了几秒,才嗤笑出声,"没事别瞎琢磨,老实点,才是最安全的。"说着,霍明远既不承认也不否认,低头看看手表。

"先吃饭去吧。"

"等等,还有一件事。"时光唤住起脚就要走的人,"你是不是已经把那栋房子的所有地方都摸查过一遍了?"

"你不是也摸查过一遍了吗?"

时光不理会他话音里的戏谑,皱眉低声问:"你有没有发现一个银灰色的手提箱?"

"手提箱?"霍明远一怔,摇头,"没有。你一大早地四处转悠,是在找这东西?"

现在跟他提什么实验室什么密室还太早,不但有再次扰乱时空秩序的风险,而且,她现在就是说了,没有那只箱子里的东西做凭据,这个人能信几分,她心里也没底。

搞不好,刚刚在他这里争取来的三分信任也要土崩瓦解了。

实在划不来。

时光点头:"算是吧。"

"箱子里装的什么?"

"我也想知道。"时光不管他那好气又好笑的神情,正色说:"你要是想知道,就安排个可靠的人,明天在我家附近蹲守着,只要宗亮拿着这样一个箱子出现在我家附近,就假装抢劫,把箱子抢回来。"

霍明远怔了片刻,哼笑出声:"使唤我还使唤上瘾了啊?你想得美。"

时光没接话,跟在他身后踏踏实实地朝酒店走去。

反正她想得再美,也不如他在八月四号做得漂亮。

走到酒店大堂门口的时候,霍明远的手机响了。

霍明远看了一眼来电显示，就打发了时光先跟着迎宾进去。二十多分钟以后，他又打电话把韩照叫了出去，直待到外面的雾气都渐渐消散了，两个人才一起回到早餐餐厅。

"公司里的一点破事，不好意思啊。"

宗亮似乎觉察到了氛围里有点什么不对，犹豫了一下，试探着问："今天是工作日，你们工作这么忙，我去公司参观的话，会不会太打扰了？"

"没事，这跟你教学生一样，不能惯他们这种什么破事都找我的毛病。"霍明远头也不抬地在餐盘里撕下一块面包，挖起一大勺冰激凌扣在上面，送到嘴边之前垂眼朝时光脚下扫了一眼，"时光，你穿这鞋就别再回去了，一会儿你直接跟韩照的车走，咱们在公司见。"

"可是我的行李还没拿。"还有那间实验室的位置没有找到，现在就走，太可惜了。

"我给你拿着就是了。"霍明远嚼着那口面包漫不经心地说。

"可是我还没有把东西都收拾进包里。"

霍明远被她"可是"得不耐烦了，"你出门从来都是带那几样东西，我还能不知道什么东西是你的吗？大不了回头少了哪样让宗亮再给你送，你还非跑上去一趟干什么？"

宗亮也随声附和："是呀，你就别再跑一趟了。"

再坚持下去，恐怕不等霍明远觉察她另有用意，宗亮就先要起疑了。

"好吧。"时光妥协完，又提了个请求，"不过我不想去公司了。我昨晚没睡好，不太舒服，我想直接回家，行吗？"今天有很多事在排着队等她去做，而且，她实在不想再和宗亮一起晃荡在霍明远的眼前了。

霍明远微一怔，咽下那块裹了冰激凌的面包，才皱眉说："还是去一趟吧。之前不是跟你说了吗，今天回公司让你看点东西。用不了多长时间，看完了就给你放假。"

时光倒是没忘了这件事。

她之所以带了身上这套衣服来，就是霍明远因为这件事专门嘱咐她的。只是她以为霍明远打算带她去公司说的事，刚刚就已经在庭院里说完了。

现在看来，好像是一件和她的身份立场没什么关系的事。

时光一时想不出会是什么。

"好吧。"

因为她这一句"昨晚没睡好",等着晚来一步的霍明远把饭吃完的工夫,宗亮不是嘘寒问暖,就是来来回回地说些照顾不周的话。时光支应的话都说尽了,也没能让他消停。

好在霍明远也没打算慢慢享用,只胡乱吃了几口,就招呼他们走了。

韩照开来的是一辆陌生的黑色商务车,停车场出口的电子屏上显示,星期二一早他们还在市里那家五星酒店的下午茶餐厅里吃早饭的时候,韩照就已经来到这里等着了。

现在想想,霍明远非要跑到一个不在营业时间的地方闹腾半天吃一口冰激凌,也许就是为了磨蹭时间,等韩照顺利抵达这里的消息。

这个人不当演员,实在便宜那些影帝了。

当着霍明远、宗亮和秦晖的面,韩照像往常一样客气地把时光请上车,在车外三人的注视中轻快地鸣了声喇叭,稳稳地开车驶进山间还没彻底散尽的薄雾里。

还没离开西雁山,时光就感觉到一阵阵熟悉的头疼,持续时间不长,没等走到西雁山脚下,头疼就和西雁山的雾气一样消散了。

时光想了好一阵才反应过来。

这阵头疼大概是霍明远在房子里搜寻那只手提箱引起的。

他本不该在今天知道这个箱子的存在,更别说去找它。此时此刻宗亮甚至还没有开始着手去准备那些作为所谓证据的信,霍明远再怎么找,肯定也找不到那只他将在他的明天,八月四号,顺利劫下的箱子。但是……

那只在八月六号装着T1107的银灰色手提箱呢?

时光沉浸在自己的千头万绪里,没去在意前面开车的人,前面开车的人似乎也没有在意她。直到离开西雁山,进入雁城西郊,开上通向运河大桥的那条路,韩照才往后视镜里看了一眼,说了上车来的第一句话。

"时姐,远哥让我跟您说,这趟来西雁山到底是怎么回事,就只有咱们三个人知道,留神别说漏了嘴,对老秦也是一样。"

韩照这声"时姐",比他转达的这句话更让时光错愕。

"您不用这么看着我……"韩照苦笑着目视前方,"其实说到底,咱们都一样倒霉,也都一样命好。我不知道您跟远哥之间是怎么回事,但是既然他让我像以前一样待您,那您就还是我时姐。"

车在路口的红灯前停下,韩照又朝后视镜里看过来。

"说起来,我还得谢谢您。要不是您拽上我折腾这么一出,我妹妹还回不来呢。"

映在后视镜里的娃娃脸笑得有点酸涩,却是情真意切,毫不勉强。时光心里有点说不出的难受,一时不知说什么好,半晌才问了一句。

"她还好吗?"

韩照攥在方向盘上的手紧了紧,不知是想起了什么,嘴角的弧度浅了几分,一转眼又高高地扬了起来:"已经回来了,会好的。"

上午九点多,车正从西往东走,明媚的阳光穿透前挡风玻璃,把韩照一双满含笑意的眼睛映得亮闪闪的,干净明亮,好像一眼就能看到底。

"韩照,你今年多大?"

"我这个月底就二十三了。"

比刚出大学校门的关梦婵大不了一两岁,却已经能在霍明远这里独当一面了。

时光稍一犹豫,还是忍不住问:"你是怎么进这一行的?"

"我一生下来就在这一行了。"韩照对着后视镜里被他一句话说愣的人笑笑,"他们跟我说,我父母都是给教授卖命的,我从来没见过他们,听说早就死了,但也不知道怎么死的,死在哪儿了。反正从小就是我带着我妹妹跟教授手底下养的一群人过,其实我也不知道那是不是我亲妹妹,但是相依为命长大的,跟亲的没什么区别。她就是我唯一的亲人。"

可能是很少对人说这些,韩照说得有点凌乱,时光却也不难想象那是一种什么生活。

"你从小就没想过干点别的吗?"

"想啊,我从小对电子仪器就特别着迷,可能是那时候也没什么玩具,整天就只能摆弄那些人的收音机、对讲机什么的玩。那时候我就特别想当个发明家，我小时候的偶像就是爱迪生，现在是钢铁侠。"韩照说着摸出他的手机，炫耀似的朝时光亮出那个大红色的手机壳。

手机壳上印的是一个铠甲模样的头像，时光翻那些旧杂志的时候看到过，不等她去记忆里翻找这是一个什么样的发明家，就见韩照笑意一敛，把手机收了回去。

"不过稍微长大点我就明白了，我生在那个地方，这辈子就只能干这一行，不能选别的了。"绿灯亮了，韩照利落又平稳地把车开了起来。

时光定定看了他片刻，仔细斟酌了一番字句，一字一句地缓缓说："只要你好好跟着霍明远，他也许，能给你个重新选择的机会。"

韩照显然没听出什么弦外之音，想也没想就目视前方摇头笑笑："我现在不想这些了。我这条命就是远哥的，只要我妹妹过得好，我怎么都行。"

韩照说这话的时候，阳光落在他的脸上，稚气未脱的眉眼间闪动着一种充满朝气的、明朗的温柔，这副面孔和那张沾着血污的灰白的娃娃脸重合在一起，刺得时光心头一紧。

虽然一时想不通眼前这样的韩照为什么会在短短两天之后再次背叛霍明远，但她实在不敢去想，当一切都发展到八月六号的样子，那个刚刚才逃离地狱的可怜女孩要怎么独自面对接下来的漫长人生。

"韩照，你见过教授吗？"

"那当然没有啊。"韩照在方向盘上拍了一把，恨恨地叹了口气，"他这个人特别鸡贼。他用电话跟我联系的时候声音和信号来源全都做过特殊处理，我什么法子都用过，半点线索都找不出来。"

"那你从小到大都没有听说过什么有关他真实身份的事吗？"

"听是肯定听过不少，但是谁也不知道哪句真哪句假。那些人都是当故事讲的，讲故事哪有不添油加醋的啊……"韩照无奈地说着，忽然想起点什么，话音顿了顿，"不过，有件事我真觉得挺怪的，也算是跟他的身份沾点边吧。"

"什么事？"

"我觉得教授有病。"

第三十四章

韩照一眼扫见时光映在后视镜里满是愣怔的脸，忙摇头："不是，我不是骂人啊，我是说，教授他身体可能出毛病了。"

时光更愣了，"你没有见过他，怎么会知道他身体的情况？"

"其实我也是猜的，但我可不是凭空瞎猜的。"韩照开过一个车流密集的路口，才一本正经地皱起眉头，接着说："我虽然没见过教授的人，但我从十三岁就开始给他卖命，这么多年了，事情干成什么样能领赏，干什么样会挨罚，我心里基本都有数。但是最近这两三年……我说不上来，就是，有时候我觉得我办的事没毛病，结果挨一通狠罚；有时候我觉得这回我肯定要凉了，嘿，结果什么事儿没有！"

"你是说，你突然摸不透他的脾气了？"

"是是是……就是这个意思！"

"秦晖他们也是这么觉得吗？"

韩照苦着脸摇头："时姐，您别忘了，教授是让我来盯着远哥的。教授让我办事儿也都是那种……我哪能跟老秦他们聊这个啊，这些话我也是头一次跟人说。"

这几天来，时光已经把所有关于教授可能的猜测翻来覆去想了无数遍，韩照的这个疑惑也迅速在她理好的猜测里找到了合适的对应解释。

"是不是因为他的年纪大了，人老了以后脾气多少都会有变化？或者，教授要是个女人的话，她现在的年纪差不多正在经历更年期，情绪不稳定，也很正常。"

"是，我以前也是这么想的。不过，"韩照话锋一转，声音有意放低了些，还是隐约可听出一丝难以抑制的激动，"有一回公司开会，我听搞药品研发的那些人在会上说，有些人脑子里长瘤，要是压迫了脑子里的什么什么区，就有可能性情大变，行事作风也跟平时不完全一样了。我倒更希望他是因为这个。他这辈子害过多少人啊，也该遭报应了吧！"

时光暗自苦笑。

她能理解韩照的希望，如果叱咤雁城几十年的教授最终以这种不费一枪一弹的方式被报应打败，对很多人来说都不得不说是一件值得庆幸的好事。如果她还不知道八月六号会是怎样一番局面，她应该也会认真地考虑一下这个猜测的可能性。

但是现在……

时光心口发闷，降下身边的车窗想要透一口气，一转头就看到一片烧得黢黑的废墟。

怔了一下，时光才恍然反应过来，这是星期一晚上爆炸起火的龙堡酒吧。

一片废墟的酒吧外面还拉着警戒线和提示减速慢行的牌子，周围停着几辆警车和清理现场的工程车，显然还有什么正在调查。星期二早上去西雁山的时候秦晖没选这条路走，应该就是因为这个了。

"韩照，龙堡酒吧星期一晚上爆炸起火，你知道是怎么回事吗？"

韩照也朝酒吧的方向看了一眼，摇摇头。

"不清楚，这事应该是老秦去查的。"

秦晖开车的水平到底甩了韩照几条街，霍明远一行比他们动身得晚，到得却比他们早。

韩照和她一块儿来到总裁室的时候，霍明远刚让秦晖把宗亮带去楼上咖啡吧休息，正抱着一个文件夹倚站在办公桌前一页页飞快地签字。

关梦婵低埋着头垂手站在一旁，见韩照和时光进来，忙毕恭毕敬地问了声好。

"行了，记着，谁送来的文件就给谁打电话让他们自己过来拿。你是我的助理，不是给他们送快递的，别没事儿瞎积极，不够丢人的。"

关梦婵涨红着脸接过霍明远硬邦邦甩来的文件夹，小声地应了声"是"。

霍明远交代了韩照去研发中心安排一会儿宗亮参观的事，就打发他俩一块儿出去了。

时光清楚地看到关梦婵转身出去的时候嘴唇紧抿，眼眶红了起来，一双漂亮的大眼睛里亮晶晶的，像是有泪水在打转。

想起这怯生生的小姑娘六号在酒窖里为救她开的那一枪，时光禁不住想替她说句话。

"她还小，你吓唬她干什么？"

霍明远"嗬"地干笑了一声，未置可否，绕到办公桌后打开一台笔记本电脑，用数据线把手机连在这台电脑上，边在键盘上敲敲点点，边放轻了声音说："别管闲事了。还记得星期一晚上龙堡酒吧爆炸的事吧？"

时光没想到他突然提起这个，怔了一下才点头。

"记得。你查到什么了？"

"其实星期一晚上我就收到现场勘查结果了。爆炸是人为的，炸弹安装在厨房燃气管道旁边，控制炸弹的开关设得很邪乎，原理有点类似一种断电保护装置。"

这种程度的电学知识已经超过时光的文化水平了。

"什么意思？"

"这么跟你说吧，你还记得那天爆炸前，酒吧外面的霓虹灯招牌先起火了吧？"见时光点了头，霍明远才接着说："酒吧老板说过，那牌子起火的原因是电线短路，他一发现就赶紧让人上去收拾了。这种电路起火收拾起来就必须得先断电，而那个炸弹的一根线就是跟这个线路连着的，只要这个线路一断电，炸弹里的倒计时装置就自动启动了。"

时光听明白的一瞬间忽然反应过来，诧异地看着坐在办公桌后的人。

"你怀疑是我干的？"

霍明远越过笔记本电脑屏幕上沿朝她丢了个没什么好气的白眼："你想想你自己那天的行为举止，我怀疑你不应该吗？"

这样设定的引爆装置，加上她那天晚上从进酒吧开始的一连串举动，一时间连她自己都要觉得自己是最可疑的人了。时光错乱了片刻，正觉得百口莫辩，忽然想起一个最重要的证明，"你别忘了，我那天晚上一直是在拉你出去的，是你自己不肯走。炸弹要是我弄来杀你的，我应该让你待在那里才对。"

"我没忘啊。"霍明远边在键盘上敲点，边漫不经心地说："我本来以为你拼命想拉我走是因为听见我说第二天叫你去西雁山，临时改主意了。所以我让人把酒吧附近几条街的监控都调给我看看，想着今天把你叫这儿来对质的。但是今天早晨我收到这些录像以后，发现干这事儿的可能还真另有其人。"

霍明远说着，拔下连接手机的数据线，把笔记本电脑屏幕朝她转了过来，伸手在触摸板上轻点了一下，屏幕上就播放起一段监控视频来。

摄像头对准的是龙堡酒吧后面那条堆满杂物的小巷子，夜晚昏暗的光线下，就见一个身影贴着镜头下角一晃而过。霍明远按了暂停，又往回倒了几帧，勉强截出来一个能看到侧脸角度的画面。虽然只一个模糊的侧脸，但结合熟悉的身形、发型和衣服，已经足够辨认了。

时光倒吸了一口气："秦晖？！"

霍明远点头，伸手在画面上显示时间的地方指了指。

"那天晚上霓虹灯招牌起火前不久，他在酒吧后巷里出现过。他应该是故意躲开了这些监控，这是周围所有的监控拍到的他唯一的一个镜头。"

霍明远说着，放松身子往椅背上一靠，微眯起眼睛看向时光。

"所以我现在是想问问你，你既然已经把星期一的事都想起来了，那你再好好想想，那天晚上秦晖赶到酒吧的时候，他有什么让你觉得不对劲的地方吗？"

时光皱眉想了又想，到底还是摇摇头。

"我没留意他。"

她是真的没有留意秦晖。那天晚上一切发生得突然又惊险，霍明远意识恢复之前，她没有半点心思分在别处，打电话通知秦晖来的也是关梦婵。想起这个，时光赶忙提醒。

"你问过关梦婵了吗？"

霍明远没什么好气地哼了一声："你说呢？"

时光微一怔，这才反应过来，霍明远刚才的那通脾气恐怕不只是因为送文件的事。

"算了，你先回去吧。"霍明远挺起身来转过笔记本电脑，干净利落地删掉这个视频文件，把屏幕一合，忽然想起点什么，抬头似笑非笑地看向时光，"哎，宗亮在这儿参观，你真不跟着了？"

时光摇头。

霍明远支着桌子往前微一倾身，笑着朝时光凑近了些，"照他说的，你俩将近二十年没见面了，那时候你也就六七岁吧。但是照你说的，你上学的时候还跟他有过一段，这可有点对不上啊。你就不怕你不在这儿的时候，我从他嘴里套出点什么吗？"

"不怕。但是如果我在这里，我怕他很容易就能看得出来，我在你这里只是一个刚挂名没两天的摆设，不够丢人的。"

最后这句很有点耳熟的话把霍明远听得笑出声来，摇头叹着气，从办公桌后慢悠悠地站起身："行吧，这么大的人了，谁还没几个不堪回首的前任啊。要叫韩照送你吗？"

"不用。"时光站在原地没动，垂眼看看霍明远摆在办公桌上的手机，"还有件事。你能给我一部手机吗？带电话卡的。"

霍明远一愣："怎么突然想起来用手机了？"

"我们现在的关系不是和以前不一样了吗？万一我想起来什么，或者，突然发现了点什么，有个手机方便随时告诉你，也方便你随时找我。"

这也不是什么不可理喻的要求，霍明远没再多问，给韩照打了一通电话。

听着霍明远在电话里交代韩照手机的事，时光漫不经心地扫过面前这张办公桌上的一应摆设。除了电脑、电话、笔筒这类必要的办公用品之外，这张宽大的办公桌上几乎没有什么装饰性的摆设，一眼看去，尽管那块职位立牌的款式已经很低调了，看起来还是分外醒目。

时光的目光刚从上面掠过，忽然又退了回来，愕然看着上面的字。

首席执行官，霍明远。

"等等吧，韩照去办了，一会儿就拿过来。"霍明远挂上电话的时候，时光还盯着那块只有几个字的立牌不放，神情像是被雷劈了似的，看得霍明远不禁一愣，"你看什么呢？"

时光一把抄起那块就要被她盯出窟窿的立牌。

"霍明远，我知道教授的身份了。"

第三十五章

霍明远一路把她带到楼顶露台上，反复确认了整片楼顶上除了他俩之外再没有别人，又折回去反锁了通往露台的那道门，才背倚露台栏杆，问向一路跟他走到这儿、手里还攥着他那块立牌的人。

"你说，教授是什么人？"

霍明远步子大又走得急，时光几乎是小跑着跟他走到这儿的，一双脚在崭新的高跟鞋里磨得生疼，脱鞋赤脚站在晒得温热的楼顶上，好好喘了几口气，才把话说出来。

"教授不是人。"

"不是人？"霍明远狠狠一愣，旋即气得笑出声来，"不是人，是什么，是鬼，还是 AI 啊？大白天的，你溜我玩儿呢？"

"我不是这个意思。"时光好不容易定下喘息，反问他，"你在教授手下几年了？"

霍明远答得不假思索："两年三个月，怎么了？"

"难怪你没觉得……"

时光自言自语似的话音还没在二十几层楼顶上呼呼直吹的大风里全落定，这个急躁的人就已经不剩多少耐心了，"觉得什么？你一口气儿把话说明白！"

距离这个念头从她脑海中浮现出来到现在也不过短短几分钟的事，时光还没能把千头万绪理成一张脉络清晰的网，一时不知道该从哪说起，只好先把她和韩照在车里关于教授的那番对话复述了一遍。

霍明远从头听到尾，还是没有半点豁然开悟的样子，"部分脑瘤患者确实可能出现他说的这种情况，但也不是绝对的，你说的那两种情况也有可能。但是，不管你们说的哪种情况，病人、老人、老女人，那可都是人啊。其他的都不说，教授的犯罪活动可不是什么人胡乱散个口风就能算数的事，这可都是在公安系统里有案底的，都是实实在在的人干的。"

时光摇头，她也不是这个意思。

"你先回答我一个问题吧。"时光在霍明远耐心允许的范围内想了片刻，拢住被顶楼的大风吹乱的额发，也拢了拢脑子里因为过于激动而纠缠出的一团乱麻，才问："我听说，警方这些年来也抓到过怀疑是教授的人，对吗？"

时光的话虽然东一榔头西一棒槌，越听越莫名其妙，但她神情里的认真和紧张一点也不假，霍明远只好耐着性子点了头："是。抓过几个，但是后来都证实了，他们都不是教授。"

"警察不会随便抓人，抓人前肯定是做好调查的，对吗？"

霍明远像是想起了什么极不痛快的事，深吸了口气，两手反撑着背后的栏杆，一纵身坐了上去，转头看着身后楼下川流不息的车流，才闷声说："是。这些人确实都有很大的犯罪嫌疑，有的确实有犯罪事实，但也确实都不是教授。"

"既然谁都不知道教授的任何特征，那怎么能确定抓到的人就一定不是教授？"

霍明远苦笑："一部分原因，是这些人里虽然多数都有证据确凿的犯罪事实，但也都有确凿的证据，比如不在场证明，或者年龄履历之类的，能证明教授的一些犯罪行为是他们不可能实现的。还有一个最重要的原因，就是在他们被捕后，教授的生意还都在正常运行，教授的整个组织都没表现出一丁点群龙无首的迹象，打进教授组织里的卧底还会收到教授新发的指令。也就是说，这个组织的头目还在外面活动。这么说，你能明白吗？"

"明白了。"刚才在霍明远办公室里她还只是猜测，现在已经有十足的把握了。

"那你能让我也明白明白了吗？"霍明远坐在栏杆上晃荡着他那一双夺目的长腿，大有一副她要是再不说清楚他就往后仰下去的架势，"教授不是人，到底什么意思？"

"其实，韩照说的那件事，除了我和他猜的那些原因之外，还有一种可能。"时光顶风扬起她一直攥在手里的那块安德公司首席执行官的职位立牌，一字一句地说，"教授根本就不是人，而是一个职位。"

楼顶充足的阳光直直照在这块三棱锥形状的金属立牌上，反射出一片明晃晃的光芒。

霍明远在时光手上的光芒中怔了片刻，目光骤然一亮，"噌"地从栏杆上跳了下来。

"你是说，警方以前抓到的那些人里可能就有过真正的教授，但教授并不是特定的某一个人。对他们这个组织来说，教授就像一个公司的CEO，一个人被抓了，马上就有新的人顶上来，按照组织里的规章制度继续干那些活儿。所以，这个组织少了谁都能正常运转，以教授的名义做的全部犯罪行为也不可能都在被抓的某一个人身上找全，那也就没有任何一个人会为警方认定的这个教授所犯的罪负责了。但是每一任教授都不可能跟上一任的脾气性格一模一样，所以，就会出现韩照说的那种情况。"

她想说的就是这个意思。

时光点头松了口气，把手里的立牌递还给眼前这个身形挺拔面貌英朗的人。

"就好像你不是宗亮认识的那个霍明远，但你依然是这个牌子上写的霍明远。'霍明远'这个名字代表的已经不是一个人了，教授这个名号也是一样的。这只是一个被沿用了很多年的身份，是一个职位，所以，现在坐在这个职位上的人，未必就有六十多岁。"

这样一来，她关于教授的另一个判断也就能说得通了。

她在八月六号做出的那一番推断没有错，教授，或者说现在的这一任教授，就在八月六号和她一起困在西雁山的这些人中间。

包括此刻正在这栋楼里的他们，和时至此刻还没有和霍明远他们碰上面的童烁。

当然，如果"教授"指的是一个岗位而不是一个人，那八月六号坐在"教授"这个位子上的人，也不是没有可能就是在八月五号才刚刚接任的。

也就是说，还包括没能活到八月六号的韩照。

毕竟霍明远在八月六号提起他时会说，要是早知道韩照打的什么算盘，事情也不会弄到八月六号的那个地步……

时光正犹豫着要不要现在就把这个能一下子将怀疑范围从茫茫人海缩小到十个手指头就能数过来的线索说出来，就见霍明远好像忽然想起点什么，眉头一沉，快步朝前走去。

楼顶上有一片长方形区域是用透明的玻璃铺盖的，霍明远直奔那边过去，一直走到玻璃边缘处才停住脚，笔直站定，垂眼透过玻璃朝下看去。

时光顾不上把鞋穿上就赤着一双脚匆匆跟过来，这才发现这片玻璃顶子的下面就是位于这栋大楼顶层的那家咖啡吧。

不知道是不是霍明远的主意，这家制药公司内部的咖啡吧借着这片采光绝佳的玻璃屋顶开辟出了一片生态主题区，桌椅穿插布置在精心打理的各种景观植物中间，在这样阳光明媚的夏日上午，单是从上面看下去就能感觉到坐在这片区域里的舒适惬意。

工作时间，咖啡吧里的人不多，霍明远往下一看就锁定了目标。

一株高大茂盛的琴叶榕旁边，秦晖和宗亮正面对面坐着。

让秦晖带宗亮先到这里坐坐是霍明远的意思，看到这两个人出现在这里本身倒也没什么奇怪，奇怪的是这两个在一个屋檐下待了一天一夜都没说几句话的人，此刻正对着两杯咖啡谈笑风生，仿佛相见恨晚。

时光看得一愣。

她忽然想起来，八月六号那天，在西雁山别墅院外声称霍明远的车里发现定时炸弹、试图阻止他们上车离开的就是秦晖。

可是引发那个疑似定时炸弹计时声响的……

不等时光细想，秦晖和宗亮不知是说起了什么，说笑间忽然齐齐抬头朝上看过来，霍明远忙张手把她往后一拦，连退两步才又站下。

耀眼的阳光轻轻松松铺满了霍明远棱角分明的脸，却唯独照不进他拧成死结的眉头，那里就好像聚起了一团乌云，随时可能劈下一个惊天动地的炸雷来。

时光还是忍不住问："你怀疑谁？"

霍明远没答，转头看看身边赤脚站在地上头发随风乱飞的人，皱紧的眉头随着一声没能忍住的笑一下子舒开了，"你今天别回去了。"

"你怀疑我吗？"霍明远一愣之间没接上话。时光也不知道是哪来的火气，只觉得心头上的一点火星子被呼呼刮来的大风瞬间吹成了燎原之势，一步上前揪住霍明远的领带使劲儿往下一拽，差点把他拽跪下。

"哎，你松手——"

"你看好了，"时光把这张瞬间也蹿起火气的脸直拽到自己眼前，拽到鼻尖就快顶上他的鼻尖了，才咬着牙说，"我是雁城排名第一号的账房先生，给你做账做了半年，你的那些烂账都是我给你做平的，我要是教授，就算你不是警察，你也早就已经死过八百回了。"

霍明远被她拽得直不起腰，一时挣不出自己那根已经在她手上绕了两圈的可怜领带，索性把拿在手里的那块立牌一丢，屈膝矮身，两手一绕把时光拦腰抱了起来。

"啊——"

忽然拔地而起，时光慌得去搂霍明远的脖子，绕在手上的领带也一下子松开了。

霍明远不管她怎么擂打蹬踹，就这么抱着她大步走回到他刚才坐过的栏杆前，一把将她放了上去，二话不说就撒了手。

时光远没有霍明远的个头儿，这样坐在栏杆上两脚离地足有半米高，根本没有着力的地方，霍明远刚一撒手，时光又一次搂上了他的脖子。

搂住了脖子还嫌不够，两条腿也跟着缠了上来。

眼见着刚才还对他连打带踹的人这会儿活像只猴一样挂在自己身上，霍明远也不急着把她往下拖，只张开手臂撑在她左右两侧的栏杆上。

他缓缓向前倾身，时光就被迫缓缓向后仰去。

"霍明远！你干什么！"大半截身子已经悬空了，时光终于在一阵阵把她吹得摇摇欲坠的大风中忍不住喊出声来，声音里带着让霍明远十分解气的颤抖。

"怎么样，能好好说话了吗？"

时光一句话也不想说了："我……我已经说完了！"

"那你好好听着我说。"霍明远就保持着这个姿势，饶有兴致地看着眼前这张已经吓白的脸，慢条斯理地说，"第一，你要再敢动我领带，我就让你给我熨一辈子领带。第二，我不让你回去，不是怀疑你，是怕你有危险。"

"我……我跟你待在一块儿才危险！"

霍明远终于忍不住笑出声来，正觉得差不多可以把她放下来了，撑在栏杆上的手刚要收回来抱她，忽然又听这个牢牢挂在他身上的人颤抖着说。

"我是害怕教授，但是直到现在这个教授也没有把我怎么样，倒是你，要不是你，我现在……我现在也不用这么担惊受怕了。"

霍明远身形一顿："你什么意思？"

时光的声音还在抖，但比起刚才的惊吓，更多了几分气愤和几分委屈："要不是你把我扯进来，我现在还在好好地当账房先生，不至于得罪教授。"

"你还怨我？"霍明远的脸色眼见着沉了一重，时光的身和心也都跟着他的脸色往下沉了一重，"谁想拿我的命到教授那儿当投名状来着？星期一晚上是谁准备睡我啊？啊？还准备先奸后杀，谁啊？我还没记仇呢，你还好意思怨我了？"

"可是我没有真的睡你,也没有真的杀你,但是你已经真的快害死我了!"

"那是因为我有把握保护你的安全!"

时光已经后仰到几乎平躺在那只有一握粗的栏杆上了,脸色煞白,浑身直抖,一双眼睛还是直直地瞪着这个给她唯一支撑的人。

"我怎么知道你不是教授?"

"你还没完了是吧!信不过我就别挂我身上啊!松手!"

霍明远刚冲她号完就后悔了。时光平时看着总是淡淡的,但她骨子里有种说不出的倔劲儿。一旦这种倔劲儿犯上来,自己爬上栏杆跳下去都是可能的,别说是区区松手了。他也不过就是随口冒出来的一句气话,但眼见着时光咬肌一绷,分明是要较真了。

没等霍明远心虚服软,就感觉到这一副缠在他身上的手脚活动起来。

不过不是把他松开,而是手脚并用地把他缠得更紧了。

时光还是那么瞪着他,既生气又委屈。

"我不敢。"

"……"

霍明远一个饱满的白眼还没翻完,手机突然在他裤兜里响起来。不知道是因为火气被手机铃声打断,还是被她的认怂浇灭了,霍明远脸色稍缓了些,终于带着她一起直起身来,腾出一只手摸出手机来看。

时光还挂在他身上,轻轻松松就看到了手机屏幕上的来电显示。

电话是韩照打来的,霍明远没接,也没挂断,直接把还在响铃的手机塞回了裤兜里,然后伸手把她从栏杆上抱了下来,又把她脱在不远处的鞋子拎到她脚边。

时光还背靠着栏杆两腿直抖,霍明远就转身去拾他刚才随手扔下的立牌了。

从楼顶上呼呼刮过的大风送来他一贯低沉淳厚的嗓音。

"一会儿拿了手机,你爱上哪儿去上哪儿去。"

第三十六章

他们回到办公室的时候，韩照已经拿着一张电话卡和一个还没拆盒的新手机站在办公室门口等着了。霍明远唤了韩照一起进来，接过手机和电话卡，熟门熟路地摆弄。

毫不意外，这手机和她在八月四号用过，又在八月六号扔掉的那部一模一样。

"远哥，研发中心那边安排好了，现在就能过去了。"韩照顿了顿，话音放低了些，"还有，研发中心刚报了一批九号实验室的采购单子，说是挺急的，已经发到您邮箱了。"

九号实验室？

时光心头微微一绷。

她记得她听过这个地方，是在八月六号，刚从西雁山那栋房子里逃出来的时候，她告诉霍明远这一个星期的事她就只记得八月二号那一天，霍明远就问了她还记不记得九号实验室。那时候她还不知道什么实验室，现在看来，这个九号实验室显然说的就是教授在西雁山的那间秘密实验室了。

那现在……

霍明远还不知道，她也不能让他知道。

且不说会对时空秩序有什么影响，只看他刚才在楼顶上的反应，再告诉他这些，她今天剩下的打算就全都要泡汤了。

教授的事对她来说性命攸关，她现在只敢，也只能指望自己。

"知道了。"霍明远随口应了一声，埋头摆弄完，把装好电话卡的手机和包装盒一起塞给了时光，"我的手机号给你存上了，剩下的你自己照说明书摆弄吧。"

"好。"时光收起手机，又把包装盒塞进韩照从一旁帮她拎过来的行李包，转身朝门口走了两步，忽然想起些什么，脚步一顿，又回头说了一句，"西雁山的那栋房子，我真的想买，你能帮我跟宗亮再谈谈吗？"

霍明远已经坐回电脑前忙活了，只漫不经心地"嗯"了一声。

时光这才在韩照的目送下出了门。

"时姐慢走啊。"

时光不但没慢走，还恨不得能长双翅膀飞起来。

上午十点半，时光在雁城大学正门前的马路对面下了那辆被她催促了一路的出租车，没过马路，而是拎着行李包转头朝来时的方向走去。

这部手机虽然是全新的，但她在八月四号已经和它磨合了一天，现在用起来已经没有那么手忙脚乱了。

时光边走边拨出了八月一号在快递箱子上找到的童烁的电话号码。

待了足有七八秒，电话那头才传来一个不冷不热的声音。

"喂，哪位？"

时光压了压嗓音里因为走路带来的气喘："我是星期一下午给你打电话的人。"

电话那头的人倒吸了一口气，嗓音蓦地绷紧，混在急促的喘息声和高跟鞋踏在瓷砖地上的碎响中细细发颤："你还想干什么！我已经照你说的做了，宗亮他去过西雁山了，一个人去的，都和你说的一样，你还想怎么样？"

时光快步走过一家热闹的临街店铺，才既轻又快地说。

"十五分钟后，你到学校南面的文化广场来。你一个人来，到了广场再打这个电话，我会告诉你到哪里——"

时光话没说完就被电话那头满含惊惧和愤怒的尖细嗓音截断了。

"你到底想干什么！"

"你来了就会知道的。"

电话里接连传来几声深深吸气的声音，"你们那些事跟我没关系，有什么事你们直接去找宗亮，他已经回来了，你不要再来找我！我不会去见你的。"

"等等。"

时光无声地叹了口气，放眼朝四周看看。

工作日上午的人行道上行人不多，人人都躲着毒辣的日头，贴在树荫的一边走。时光往另一侧的太阳地里挪了几步，才淡声开口。

"童烁，你在吸毒，对吧？"

顿了两秒没听到回音，时光心里了然，接着说。

"你身上有一种酸里带苦的气味，像醋酸的味道。我相信你身边的人也有注意到的，但是你经常在化学实验室，应该没有人会去想，那其实是海洛因的味道。"

"你……你到底是谁？你、你到底想干什么！"

时光几乎能在这刺耳的嗓音中想象到那张美人脸满是恐惧的样子，她也不想在这种情况下说破这些，但时间已经不多了。

"十五分钟后，我在广场等你，你一个人来。如果在广场等不到你，我就只能去学校找你了。你考虑一下吧。"

说罢，不等对面回话，时光就把电话挂断了。

雁城大学附近的文化广场面积不算大，但是周边除了雁城大学之外还有一所中学、两所小学。学校之间插空盖了不少学区房，又有雁城大学的教师公寓，所以虽然是个大暑天里暴晒的工作日上午，广场上还是一派乱哄哄的热闹。

距离电话挂断不到十分钟，童烁就打来了询问见面位置的电话。

时光在电话里指引着她兜了几个弯，看清了她确实没被人盯着，才放心地让她走过一片喧哗的轮滑场，朝着锣鼓喧天条幅招展的保健品推销展台走过来。

童烁脸色惨白，满头大汗地站在人群外层四顾。

"我已经到了，你到底在哪儿？"

"再往前走。"

童烁摆手拒绝了迎上前来发传单的推销员，照着时光的话往前走了一些，又往前走了一些，还是不见时光，豆大的汗珠顺着她两颊直往下淌。

"你到底在哪？"

话音未落，时光一手拎着行李包，一手拿着手机，从距离推销展台不远的雕塑后悄然走出来，在离童烁背后一步远的地方不高不低地唤了她一声。

童烁惊弓之鸟般地慌忙转身回头，一眼落在她的脸上，愕然呆住了。

"你……你、你是……"

从童烁朝这边走来开始,那种熟悉的头痛就阵阵袭来,所幸不像四号在电梯里的那样剧烈,只是一阵接一阵地疼着,像是无声的警告。

时光忍着太阳穴处针刺般的疼痛挂断电话,收起手机,轻轻一点头。

童烁难以置信地大睁着眼睛盯着她,无意识地摇头,仿佛下意识地否定着什么。不等时光开口,童烁忽然间像是想起些什么,猛然一个激灵,慌地退了一步,惊惶四顾。

"你别怕,我是来救你的。"时光说着,转眼朝周围看看。

活动在这附近的除了卖力吆喝的推销员,就是孩子和看孩子的老人,喧闹,安全。

"你放心,我已经帮你看过了,没有人跟着你。就算被看到了也没有关系,如果有人问你,你就说,我看上了你家在西雁山的那栋房子,来找你谈买房的事。这件事我今天已经和很多人提过了,宗亮不会怀疑什么的。"

童烁愕然听着时光平淡地说完,涂着熟透番茄般颜色口红的嘴唇微微颤抖了片刻,才收了一直僵握在手上的手机,跟跄着上前来,一把将时光拽进雕塑后的阴影里,颤声问。

"你见过宗亮了?在西雁山?"

时光点头,微皱着眉看着眼前这张被汗水花了妆后分外狼狈却也分外凄艳的脸,"宗亮在星期一收到一条短信,说有危险,不让他去西雁山,署名是婷婷。是你发的吧?"

童烁脱力地靠在雕塑上缓了几口气,才默然点头。

"为什么?"

为什么已经听从她的要求让宗亮去了西雁山,还要发这样的示警短信?又为什么要用宗亮不认识的手机号,以这样的署名发给他?

童烁明显明白时光的一肚子疑问,不等她一个个问号全问出来,就叹声说:"只有让他看到这样的信息,才能满足你说的,让他一下飞机就立刻去西雁山,而且是一个人去。"

时光不但没明白,反而更糊涂了:"为什么?"

童烁靠着雕塑定定看着她,几乎要把她看出个窟窿了,才抬手抹了一把一路赶过来赶出的汗,凄然笑笑:"你可能不知道……前两年,有一次他隔着马路看见你了，等他追过去你又不见了。从那以后他就一直担心哪天你会突然冒出来，所以时时刻刻都在准备着杀你。只要是有你的消息，他就一定会去，而且不会让别人知道。不过我真没想到，那天给我打电话的人居然是你，你居然自己跑到西雁山去见他，他居然还让你活着回来了。"

愕然的神情随着童烁这些话换到了时光脸上。

"他要杀我？"

难道八月四号藏在箱子里的那包海洛因和注射器，是宗亮准备拿来杀她用的？

还有那些现在可能还没有被他赶出来的信，他三番五次催她看看那些信，是想趁她看信的时候失于防备，好有机会下手吗？

一个常年以做些见不得光的账目为生的独居女人，和全雁城最肮脏的人群打交道，如果因为注射毒品过量死在那样一栋破旧又人员复杂的居民楼里，确实是再合理不过的了。

可她还是想不明白……

"他为什么杀我？"

"还能为什么……你不信就算了。"童烁淡声说着，又深吸了一口气，挺起腰背，"我不知道你是从什么时候开始盯着我、盯着宗亮的，我也不知道你想干什么。但是不管你想干什么，我和他的事都不是你能掺和的。你相信我，你能从西雁山活着回来已经是你走运了。有多远走多远吧，别在雁城作死了。"

童烁说着要走，被时光一把抓住胳膊截住了。

拽住童烁的同时，太阳穴间的疼痛毫无预兆地骤然加剧，疼痛像电流一样从头顶瞬间遍及全身。时光浑身一软，拎在手上的行李包"噗"地掉到了地上。

童烁一惊，忙把她扶住了："你怎么了？"

时光靠着童烁的扶持挨在雕塑方正的底座边上席地坐下，一时说不出话，只勉力摇头。

"你、你是不是……是不是——"童烁惊诧间紧张地朝周围看看，在保健品推销展台那边发出的如雷乐声里竭力压低了嗓音，"你也吸毒了？"

时光下意识地摇头，抬眼间正对上童烁满眼绝望的恐惧，不禁心头一凉。

"没有，我没有……太热了，我就是有点中暑。"

童烁像是没听见她说了什么似的，两手颤抖着捋起时光左右两边的衬衫袖子，仔细看了一遍，亲眼看到这两只苍白细瘦的胳膊上没有任何针孔，才松出一口气，整个人也一下子松垮了下来，蹲在她身边脸色煞白地微微摇头。

"我不是故意的……就那么一次，一次，我就……"童烁哽咽着顿住，咬着嘴唇深吸了一口气，又颤声恨恨地说，"我这辈子最后悔的事，就是沾上了这种恶心的东西和一个生产这种恶心东西的人渣。"

"他生产这种东西的事，你一直知道？"

童烁沉沉闭起眼睛，咬着牙轻点了下头。

"你还给他处理账目？"

童烁惊得一下子睁开了眼，"你怎么连这个都知道？是……他在给一个人研发毒品，我也不知道那是个什么人，就只知道那个人会定期给他钱，有时候也会要求检查他研发经费使用的明细。他不懂做账的事，就让我做。还有他赚的那些钱，也要我给他洗成合法收入。我没办法，我、我父母，全都在他眼皮子底下，我没法拒绝……"童烁脸色煞白地说着，发红的眼睛朝手指上的那枚婚戒扫了一眼，自嘲地扬了扬嘴角，"领证那天我居然还在想，和你比来比去的，到底还是我赢了。"

"你——"

"我现在该怎么叫你？"

时光冷不丁被截了话，怔了一下才答："时光。"

"时光，你和他们不是一伙的，对吧？"

时光忙摇头："不是。我来找你是——"

童烁摆手截住了她还没说完的解释："时光，我和你可能天生八字不合，从第一眼见你我就讨厌你，我也说不出来为什么，就是讨厌。到现在也是，看见你就烦。我以前从来没好声好气地跟你说过一句话，但是你相信我，我现在说的这些都是为了你好，算我求你，不要沾这些事，赶紧离开雁城，去哪儿都行，好好活着。"

童烁和她一起缩身在这片广场中为数不多的阴影里，两手按着她的肩膀，冷淡、凄楚又绝望的声音混在周围市井平凡的喧闹里，分外刺耳。

时光忽然明白了一件事。

霍明远打听到的童烁在学校里那些神经病一样的言行，恐怕不是出于疑心和妒忌，而是出于恐惧，唯恐再有人被宗亮温文尔雅的外表蒙蔽，落入她这般地狱生活的恐惧。为了吓退那些无辜的人，这个像孔雀一样骄傲的女人竟一口一口啄光体面耀眼的羽毛，生生把自己变成了一个人人敬而远之的疯子。

想着这些，太阳穴处的疼痛见缓，心口又泛起一阵憋闷的钝痛。

时光定定看了她片刻，没点头也没摇头，只看着她一把话说完就微微绷起的红唇，淡声说："你的口红颜色真好看。"

童烁一愣，笑着翻了她一个白眼，"这是正宫红，适合上战场用的色号，有空自己去商场试吧。不过你没我白，涂上也没我好看。"

"可能是我没见识，反正，你一直都是我见过最好看的女人。"时光看着这张精心修饰过的美艳面孔，一字一句地说："我想让你也好好活着。"

"你怎么就——"

"我知道你是为我好，但是这件事我已经沾上了，不是我了结它，就是它了结我。你就不想结束现在这样的生活吗？"

"我这日子总有一天会结束——"

"那你的父母呢？你的日子结束的那一天，他们的日子也就到头了。"时光平淡但坚决地说罢，看看童烁眉眼间流露的恐惧和犹疑，以及她再次微微绷起的红唇，才接着说："你不用害怕，我找你只是想问两件事，问完就走，我和你都不会有危险。"

不等童烁表示同意还是拒绝，时光就开始问了。

"第一件事，你在家里有没有见过一个银灰色的手提箱？"

第三十七章

童烁还没从情绪里抽离出来，一时有点发懵。

"手提箱？"

"大概这么大。"时光两手比量了一个尺寸，"他给那个人研发的新型毒品，在他去国外交流的那段时间里研发成功了，就装在一个银灰色的手提箱里。我在西雁山没有找到，他是不是直接寄回家了？"

"你是刚从秦朝穿越来的吗……"童烁哭笑不得地摇头，"现在这种东西，不管是从机场入境还是邮寄，都不可能，而且他也没有这么干的必要。既然是已经研发成功了，那只要把数据带回来照做就行了。如果连样品都不能复制出来，还怎么实现量产，这还算什么研制成功？"眼看着时光被她说愣了，童烁忽然明白了点什么，"你让他一下飞机就去西雁山，就是为了能在西雁山截到这个？"

她还真不是这么想的。

她在那时候还只觉得关于八月二号和六号的记忆是一场诡异的梦，她让宗亮下了飞机就一个人直奔西雁山，不在任何地方停留，不接触任何人，就只是单纯地希望能够验证记忆中的一切都只是个太过逼真的噩梦，宗亮只是被这场噩梦冤枉了。

可是现在，虽然确实什么也没找到，但是……

时空秩序因此被她搅得一塌糊涂，一些原本一塌糊涂的事却因此渐渐分明了。

"那，西雁山的那栋房子里，有什么地方是他决不允许你去的吗？"

"没有啊。"童烁说完又想了想，还是笃定地摇头，"有时候我也会一个人过去，他从来没拦过我。那房子怎么了？"

时光暗叹，看来只有等再去西雁山的时候才能把这件事搞清楚了。

"没什么。"

"他搞研发的那些事从来不跟我提，你这第一件事我也只知道这些了，第二件呢？"

从西雁山到公司再到这里，一而再，再而三地耽搁下来，已经日近中午了，现在比她预计的迟了不少，时光也不再在那个很可能还没影儿的东西上耽误工夫了。

"你给宗亮做的那些账在哪里？我想看看。"

童烁一怔："你要看账？"

"宗亮现在正在安德公司里参观，一两个小时之内回不来。"眼见童烁没有半点要答应的意思,时光忙又补了一句,"你只要告诉我那些账放在哪里,我自己去看就行了。"

童烁咬着牙看了她一阵,眉眼间的犹疑不决渐渐消散,最后化成一声无奈的叹息:"不是我不想让你看……那些账都是我手写的,只有一份。宗亮很小心,他把账本都锁在家里书房的一个保险柜里,钥匙一直在他身上放着。"

"如果是用钥匙的保险柜,我可以撬开。"

童烁忙摇头苦笑:"那个保险柜虽然是机械锁的,但是有联网的电子保险设置,如果强行撬锁,马上就会有信息发到他的手机上。你要想看账本,就得先拿到钥匙。"

这确实不在她意料之中。

可能是从前的印象太深,她实在把如今的宗亮想得有点简单了……

今天能近宗亮身的机会已经错过了,再要想从宗亮身上拿钥匙,恐怕只能等到晚上。可是哪怕明知道今天晚上会有一个把醉酒的宗亮送回家的机会,但她还不知道宗亮究竟是怎么醉的。就算她不顾再次扰乱时空秩序的后果,给自己创造一个灌醉宗亮的机会,她也实在没有把握,能把一个处心积虑想要杀她的人真正灌醉到人事不省的程度。

对于一个危险的疯子来说,这里面的变数实在太多了。

见时光皱起眉头不说话了,童烁一叹,伸手扶着她站起来:"我得回实验室了。你先走吧,我再想想办法,有机会的话,我——"

童烁话没说完,被时光忽然截住了。

"你回什么实验室?"

"我还能回什么实验室,学校的实验室啊。虽然学校放假了,但是课题组的项目都还在进行,我是扔下半截实验赶过来的,再不回去就要招人怀疑了。"

时光皱紧的眉头舒展开来。

"你再帮我个忙。"

时光话音没落,附近的保健品推销展台上忽然传来现场抽奖活动的开场白,主持人激情洋溢的声音经扩音喇叭放大响彻整座广场,震耳欲聋。时光上前凑到童烁耳畔,才把她的请求一字一句地送进童烁耳朵里。

"可以是可以……"童烁诧异地听完,更加诧异地看着她,"你要那种东西干什么?"

"你只要给我就可以了。"

童烁稍一犹豫,带着一个条件答应了:"那我也要一样东西。如果……如果你真能开了那个保险柜,里面除了账本,还有一个银色的U盘,你把它偷来给我。"

"没问题。"

从广场离开之后,那一阵阵警告般的疼痛就消失了。

时光到附近街边的小饭馆里吃了一碗馄饨才回家。老板娘现包的馄饨,煮好了捞出来浇上一碗鸡汤,卧上一只荷包蛋,比那买二送一的速冻馄饨好吃一百倍。

骄阳如火的下午两点,进小区前,她又拐进那家小卖部,打了一通电话。

"今天能来收废品吗?"

得到肯定的回答,时光又问了一句时间,就把电话挂断了。

看店的聋哑老大爷坐在老旧的台式电风扇前摇着扇子,见时光挂了电话准备出门,笑眯眯地冲她扬了扬扇子,算是一句"再见"。

时光脚步一顿,抬头看看这间破败但干净的小卖部,从身上摸出一把钞票,把里面所有的一百块钱全抽出来,一块儿搁到了柜台上。

这些钱都是二号那天从霍明远的钱包里掏的,她只破开了一张一百的,打了几趟车,吃了一碗馄饨,剩下还有这一千多块。

老大爷看得一愣,忙站起身来,指指电话,连连摆手,示意她打电话不要钱。

时光点点头,拽过放在柜台上的一本草稿纸,不急不慢地写下一句话。

——存在这里,以后我来买东西不用总想着带零钱了。

老大爷犹豫了一下,到底点了点头,从时光手里接过纸笔,一笔一画地写。

——你叫什么名字?我记账。

——随便写吧。

进了家门,搁下行李包,洗漱一番换了衣服,时光就拿了剪子和废纸,往床边的地上一坐,飞快地裁剪起用来偷天换日的"假钱"来。

最早开始干这件事的时候，她还需要拿张真钱比量着大小一点点地剪，后来做得多了就越剪越熟、越剪越巧，现在闭着眼睛都能剪得分毫不差了。

剪着剪着，时光忽然停了手。

拿在她手里的是一张有机蔬菜的广告页，一组红得耀眼的西红柿旁边印着一句诗意到有点矫情的话——喜欢一个人的滋味就像咬了一口熟得恰到好处的番茄。

八月一号晚上霍明远念这句话时的语气，八月二号在西雁山从他手中塞过来的那半个西红柿的滋味，今天他在公司楼顶上的气急败坏，以及八月四号晚上在这里的那一个轻如羽毛的吻和八月六号他带着浑身的血坦然向她说出身份的时候，仿佛仗着什么坚不可摧的筹码说的那声"不怕"，几乎同时随着这句矫情的宣传语涌现出来。

她这些天是乱着过的，一会儿过到别人前头，一会儿又过到别人后头，有时候该知道的一点都不知道，不该知道的又知道一大堆，能活到现在已经是运气了，她竟没有发觉，不知道是什么时候开始，她和霍明远好像……

跟以前不一样了。

到底怎么不一样，时光想了好一阵，也就只想出一条说不清算还是不算的。

以前找教授，她是为了自己的事，后来是为了自己的命。不知道从什么时候开始，这里面也加上了他的命。她也想让他好好活，不只是活下去，还要活得很好。

不要受伤，如果有可能，最好连疼一下都不要。

不要在不想喝酒的时候喝酒了，也不要在不想吃冰激凌的时候吃冰激凌了，不舒服了就可以去医院，困了就可以踏踏实实地睡觉，想吃家里的饭就可以回家，不要再一直惦记着一碗速冻馄饨的味道……

她也不明白自己怎么会想这些婆婆妈妈的事情，但是每当这些婆婆妈妈的事情出现在她脑子里，都会让她更加迫切地想要把教授找出来。

前所未有地迫切。

哪怕粉身碎骨，也在所不惜。

剪出足数的纸，替换了星期一晚上码进床箱里的钱，时光又用废纸把钱一沓沓地小心包裹好，然后拎出一个脏兮兮的编织袋，把满屋里扔得到处都是的废纸收敛起来填进去，一沓沓包好的钱就塞在这些废纸中间。

时光拎着编织袋走到楼下的时候，一个衣着简朴到甚至有点褴褛的中年妇女已经蹬着拉满废品的三轮车在小区里吆喝着转悠了。

这件事干得次数多了，女人也不和她多说什么，接过编织袋钩在秤上，像模像样地称完重，从腰间脏得难辨原色的腰包里数出几张皱巴巴的零钱，又从车斗里拎出一沓子捆好的旧报纸旧杂志，一并给她。

时光接过零钱和那一沓子废纸，看看被女人丢进车斗里的编织袋，没立时转身走。

"我这些东西的去向真的不会有人知道吗？"

脸晒得黢黑的女人愣了愣，认真地点了下头。

时光犹豫了一下，又补了一句："你保证，就算我死了以后也不能让人知道。"

女人像被这个"死"字吓了一跳，转眼看看周围，见四下无人，才凑近过来，压低了粗厚的嗓音问："你是……遇上什么难处了吗？"

"没有。"

"你要是——"

"没有。谢谢了。"

时光拿着女人数给她的零钱到小区门口的蔬果店精挑细选了几个熟透的西红柿，再回到家里，已经是下午三点半了。

时光生吃了一个西红柿，把余下的放进了冰箱，然后洗了把脸，在脑子里最后过了一遍打好的草稿，拿手机拨通了从童烁那里要来的宗亮的手机号码。

"是我，时光。"

"时光？"对面传来的话音里，刚一接电话时疏离的客气一下子被惊喜取代了。

"嗯。公司刚给我配了一部手机，我觉得……我想，给你留个号码。"

时光一句三停地缓缓说罢，就听对面的人有些克制不住激动地笑了，笑声里依然带着那人标志性的拘谨。

"太好了。我还以为，你已经不想再见我了。"

"是你不想再见我了吧。"

时光淡淡的语声里夹带着几分清晰可闻的低落，把电话对面的人听得一怔："我不想见你？怎么会呢？"

"宗亮，这些年，你已经把我忘了吧？"

"当然没有！"对面的人已经有点急了，拘谨成了紧张，话音里全然没了笑意，"我怎么可能忘了你，我……我从来就没有忘记过你。"

"我不是故意要打扰你和童烁的，如果你怕童烁介意，我可以保证再也不和你联系。"

"她怎么能和你——"宗亮一个深呼吸截断了自己差点失态的话，再开口时，语声又软了下去，"婷……不是，时光，你相信我，这些年我真的一直在想着你，从来没有一时一刻忘记过你。只是我以为你……"

"是吗？"半晌没听到宗亮把剩余的半句话说完，时光才又淡声说："你有证据吗？"

"证据？"电话对面的人又一次愣住了。

"能证明你从来没有忘记我的证据。"时光平淡的语声让这个明明很是无理取闹的要求听起来认真又郑重，"你有证据，我就信你。"

"我……我当然有。"

"今晚能给我吗？我想今晚请你和童烁吃个饭，顺便谈谈买房子的事。"

"今晚？"对面的人又愣了一下，"霍明远邀请了我和童烁今晚参加你们公司的一个酒会，说是你也一起去的。你说的吃饭，和这个是一件事吗？"

这回换成时光愣住了。

上午跟霍明远在一起那么长时间他都没跟她提这个，难不成真的是宗亮在参观的过程中被他套出了什么话，他临时决定的？

霍明远既然已经这么说出去了，那告诉她也是早晚的事。

谁请客都是一样的，有酒就行。

"是一件事。"时光微一抿嘴，从客厅沙发上坐定下来，试探着问电话那头的人，"我没想到他会邀请你们，你们今天参观的时候，谈得很投机吗？"

"是呀，以前上学的时候都没怎么和他说过话，他现在和以前真是一点都不一样了,像是那种天生的领导者。其实,主要还是因为有件要紧的事想拜托他,上午他临时有事,我还没有来得及提,所以也想趁今晚的机会和他聊聊,就答应去了。"

宗亮说的要紧的事,大概就是想带学生去参观的那件事。

他还有心思惦记这些事,说明霍明远确实没把他怎么样,起码是他没觉得霍明远把他怎么样。时光淡淡地"哦"了一声。

"你说的证据……今晚拿出来可能不大方便,明天,明天好吗?"

"好吧。明天晚上八点整,我在家里等你。"时光说完报了地址。

"好,我一定去。那……今晚的酒会,你会去吧?"电话那头的人小心翼翼地问完,又犹犹豫豫地说:"霍明远说,你可能不太愿意出席那种场合。"

"你和童烁都去的话,我就一定去。"

"太好了,那晚上见。"

一直等到快五点,时光才在手机上等来一通电话。

电话是霍明远用他的手机打来的,但手机来电显示的既不是一串电话号码,也不是霍明远的名字,而是四个大字。

——金主爸爸。

"……"

"时总,在家歇好了吗?不跟我生气了吧?"

单是看着"金主爸爸"这四个字,她都没什么好气的了。更何况,她的金主爸爸还在电话那头好声好气地哄她。

时光心平气和,明知故问:"你有事吗?"

"晚上陪我出去应酬一下,一会儿韩照去接你。"

第三十八章

"应酬?"宗亮口中的酒会到了这位金主爸爸的嘴里就变成了应酬,这两者间微妙的差别让时光不禁一怔。

"就是喝酒,扯皮。"电话那头的人随口敷衍了一句,就兴致盎然地说,

"我给你挑衣服呢，晚上宗亮他们两口子也来。我跟你说，宗亮他老婆可是个大胸长腿的美人，你输人不能输阵啊……哎，你喜欢什么颜色啊？"

不管是酒会还是应酬，只要能见到这两个人，其他都无所谓。

想起那个大胸长腿的美人，时光毫不犹豫地答："我要红色，正宫红。"

电话那头静了一秒，旋即传来一阵毫不克制的大笑。

"行行行，我知道了。"紧接着就传来他对旁人说"这个那个"的声音，像是已经选中了什么，准备包起来埋单了。

"不用我去试试吗？"

电话那头又传来一阵笑声："我背也背过了，抱也抱过了，你那点尺寸我心里有数。"

"……"

挂断电话之后，时光还有些顺不过气来。

这个人真是人民警察吗？

人民怎么会有这样的警察？！

毫无意外，霍明远选给她的衣服就是她四号在宗亮家一觉醒来时身上穿的那条大红色抹胸短尾礼服裙，还有那双十厘米高的细高跟鞋，和那只小巧精致的手包，以及手包里整齐放好的一沓百元钞票。

裙子是崭新的，很干净，还没有沾上那滴不知道属于谁的血。

"时姐，这个点路上太堵，衣服只能委屈您在车上换了。"

韩照一边把车开往二号早上霍明远带她吃早餐的那家五星酒店，一边隔着前后排座位之间落下的挡板对时光说话。

"不要紧。"这是她第二次在这辆车的后排座位上换衣服，已经觉得自在多了。时光往身上套着那条裙子，故作漫不经心地问："韩照，今天晚上的酒会是为什么举办的？"

城区主干道上车堵成一片，加塞抢道的各显神通。韩照全神开车，答得漫不经心。

"嗨，就是个公司的小活动，都是自己人，热闹热闹，也跟各个合作方联络一下感情。远哥想挖那个宗教授来公司，就邀请他们两口子一块儿了，显摆显摆公司实力呗。"

听起来倒是没什么不对劲。

时光没再追问，换好了衣服，把手机塞进手包放好，才发现还有个小号的黑色纸盒子没有打开。纸盒子用一根闪亮的红绸丝带捆扎着，还在上面系出一朵玫瑰花的形状，像是什么礼物，时光没敢动手拆。

"后面这个黑色的小盒子也是我的吗？"

"对，后面的东西全都是您的。"

时光犹豫了一下，小心翼翼地解开丝带。

盖子打开的一瞬间，时光从头发根到脚趾尖一下子全都僵住了。

"韩照，这到底是什么酒会？"

盒子里装的是一套大红色的比基尼泳衣，红得发亮，就像此时此刻时光的脸。

听着时光突然变了调的嗓音，挡板前面的人终于憋不住"噗"的一声笑出来。

"我也不知道远哥是怎么跟您说的，管它叫酒会倒是也没错，不过我们还是习惯管它叫泳池派对。"

"……泳池派对？你安排的？"

时光实在想象不出，一个制药公司能有什么感情是需要在游泳池里联络的。

"这回可是真不赖我啊！是星期二早晨远哥非要在人家酒店里吃下午茶才有的东西，老秦没辙，跟酒店谈好，这周内包一场非高峰时段的泳池派对，人家酒店这才给伺候的。这个星期也就今天和明天两个时间能挑，天气预报说明天有雨，就只能今天了。"

"为什么非要包泳池搞派对？"

"因为贵啊。"

到了这泳池派对的举办场地，时光才明白韩照说的"贵"是什么意思。

偌大的露天泳池周围装设了数不清的彩色射灯，整片天空都被映得五彩斑斓，又倒映进泳池的水里。无论是穿着西装礼服在岸上聊天的人，还是穿着泳装在水里嬉闹的人，无一不被光影笼罩，天地间目光所及之处都是一片绚烂欢腾。

龙堡酒吧里的喧闹和这里一比，几乎像小学生的元旦联欢会了。

时光正踩着那双鞋跟高得直打晃的鞋子跟韩照在这片热闹中憷然穿行，霍明远忽然举着一杯冰激凌浑身酒气地晃到她眼前，眯眼往她身上一扫就夸张地皱起眉头。

"远哥，时姐说什么都不要那套比基尼，丢车上了。"

"丢车上干什么？你这尺寸给别人也穿不下啊，知道多贵吗，别浪费了啊！韩照，晚上完事儿了送时光回家的时候记得给她拿着啊。"

"好嘞！"

不等时光黑脸，霍明远伸手撩了一把她束在脑后的头发。

"哎，你这头发是怎么回事，你是来上体育课的啊？来来来……"

霍明远不由分说，就在韩照憋笑的目送中一把揽过她的肩，带着她钻进岸边餐厅里的一间化妆室。时光以为他只是找个地方方便单独说话，可霍明远把她往梳妆台镜子前的椅子上一按，真动手拆开了她那条清汤寡水的马尾辫，二话不说就在她头发上鼓捣起来。

时光在面前的镜子里看着他那双手灵巧地围着她的脑袋上上下下地折腾，忍不住问。

"你今晚到底要应酬什么？"

"没你什么事，你就端个架子，风风光光当你的时总就行了。"霍明远还在贫嘴，但话音里已经不见了刚才的那点醉意，抬头看向镜子的目光也是清明一片，"你不是想买宗亮他家的房子吗？正好在这儿跟他们两口子谈谈，全公司的法务都来齐了，我看谁敢坑你。"

时光看看他随手搁在梳妆台上的冰激凌。

他需要这东西吊着精神，说明今晚就算没有她的事，他也一定有事。

他忙他的，她忙她的。

"好。"

时光顶着霍明远三下五除二就给她鼓捣好的发型出去的时候，宗亮和童烁已经来了。

"欢迎欢迎——"

霍明远的手刚拍到宗亮的胳膊上，宗亮堆起笑脸，还没来得及客气回去，时光就一步走到童烁面前，不冷不热地盯着她。

童烁的妆比白天描画得更精致也更浓艳，一身色泽绮丽、包裹严实的中袖旗袍在这片或礼服或泳装的欢腾中显得特立独行，咄咄逼人。

"宗亮娶的就是你吗？"

童烁微一怔，也把她从头到脚扫了一眼，哼笑了一声："一心惦记着别人的老公，到现在都没人娶的那个人，就是你啊？"

DJ台传来的欢快乐声也没能盖住这两句话一来一往间的火药味，霍明远和宗亮都听得一愣，还没反应过来发生了什么，就见两个精心打扮的女人几乎同时动起了手来，眨眼工夫就扭打成了一团。

又是抓又是踹，几下就扭打到了泳池边，摇摇欲坠。

"哎哎哎——"

"童烁，你干什么！"

霍明远上前搂过时光的同时，宗亮也上前去拽童烁。宗亮的身手远不如霍明远利落，可霍明远利落归利落，也并不熟悉女人打女人的路数，一团慌乱之下只紧紧搂住了时光的肩，却没留神她伸脚朝童烁尖细的鞋跟绊去。

童烁被冷不丁绊得身子一晃，一头栽进泳池里，激起"扑通"一声重响，在欢闹中惊起一阵短促的尖叫。水里顿时一片混乱，近旁的人手忙脚乱地把她捞出来的时候，童烁已经脸色煞白，呛得骂不出声了。

"咳咳咳……时光……咳咳……"

霍明远一手把时光结结实实地拦在自己身后，唤过闻声赶过来的关梦婵。

"过来！关梦婵，你陪童老师去收拾收拾。"

"好、好的……"

关梦婵忙拿了条大浴巾给童烁披着，和宗亮一起扶起她往洗手间去了。宗亮边走边连声对周围人说着"对不起"，经过之处尽是一片好奇的打量。

任霍明远见过多少大场面，也被这一出看懵了。三人的身影都淹没在人群里了，霍明远还有点缓不过神来，转头怔怔地看向头发被抓得一团蓬乱的时光。

"你俩这是……你没伤着吧？"

周围好奇打量的目光虽都被霍明远瞪散了，但以他们为中心周围一圈的欢闹也戛然而止了。时光在尴尬的平静里弯腰拾起混乱中掉在地上的手包，紧抿着嘴转身就走。

"时光——"

"我也去收拾收拾。"

时光再回到热闹里的时候，宗亮已经和霍明远、韩照一起等着她了。

霍明远沉着一张脸，显然刚发过一通脾气，韩照像座山似的在旁边直挺挺地站着，宗亮紧张得手都不知道往哪儿搁了。一见她过来，宗亮忙迎上前。

"时光，实在对不起——"

"霍明远，"时光淡声截断宗亮着急忙慌的道歉，"我能和宗亮单独说几句吗？"

霍明远的目光不放心地在她身上扫了个来回，目光所及之处倒也没看见什么不妥。

"你真没事？"

"没事。"

霍明远稍一犹豫，到底点了下头："你完事儿了过来找我。"说罢，带着韩照几步之间就消失在人群里了。

见两人走远，宗亮忙又满含抱歉地开口："时光，我——"

"你等一下。"

时光朝周围看看，挤过笑闹的人群，从端着酒盘在场中走动的侍者那里拿了一杯酒，又从人群中挤回来，攥着酒杯站到宗亮面前。

"对不起。"时光垂眼看看宗亮手指上那枚在满场绚烂的灯光下闪闪发亮的戒指，"我没想和她起冲突，只是想问问她关于房子的事，但是我一看见她就……"时光微一抿嘴，抿掉了半句话，"对不起，让你在那么多人面前难堪了。"

宗亮忙摇头："你放心。房子的事我在来之前已经和她说过了，她答应考虑一下，明天中午我们一起吃顿饭，坐下来好好谈谈。我也和霍明远说过了，他说他来安排。"

时光低垂着目光点点头,看着手中酒杯里红亮的酒液:"谢谢了。刚才的事到底是我过分了,我想和童烁道个歉,不知道她还愿不愿意见我。"

　　"她先走了。你别多想,其实今天下午她带的课题组实验上出了点问题,她今晚应该通宵在学校里盯实验结果的,本来也没有准备在这里待太久。其实……其实霍明远说得对,这都应该怪我,童烁的脾气我最清楚,这些情况我在来之前都应该考虑到的。"

　　童烁的脾气,说的无非就是她对一切试图靠近宗亮的女人严防死守的劲头。

　　时光未置可否,把手里的酒杯递到宗亮面前:"那这杯酒我敬你吧。你要是愿意喝,刚才的事我们就都别放在心上了。"

　　"好。我喝。"

　　宗亮接过杯子举起来正打算一饮而尽,忽然被时光按着臂弯拦了一下。

　　"你酒量不好,在这里喝一口就行了,剩下的拿着去谈事的时候慢慢喝吧。别一下子喝醉了,耽误你今天晚上准备要谈的事。"

　　"好,听你的。"

　　看着宗亮郑重地喝完那一口,时光说了声去找霍明远,就转身走了。

　　不急不慢地穿过三五成群端着酒杯聊天的人,一直走到泳池岸边一棵棕榈树下的垃圾桶旁,时光才停住脚,转头朝宗亮的方向看了一眼。

　　宗亮已经和两个西装革履的男人边喝边聊起来了。

　　先前那场闹剧的余波彻底消弭在喧天的欢闹里,酒早已经过了不知道几巡,就是擦肩而过,也没人留意刚才事件的主角了。

　　时光微松了一口气,刚才一直紧攥着手包的左手微微一松,右手从左手手掌和包之间的空隙中拈出一个细小的东西,刚要伴装不经意地往垃圾桶里扔,一只手忽然越过她的肩头从后伸过来,把她右手手腕一把攥住了。

　　时光一惊回头。

　　霍明远不知什么时候已经站在了她背后,不等她回过神来使劲儿挣脱,就干脆利落地从她瞬间冒出一层冷汗的手掌心里把东西抠了出来。

　　一个半根手指大小的透明小瓶,里面空空如也,只有一层透明的液体在瓶壁上沾着,被场中不停变换的灯光映得闪闪发亮。

　　"这是什么东西?"

第三十九章

时光微抿着嘴没吭声。

霍明远捏着瓶子凑到鼻底闻了闻，眉头深深一皱，又把小手指尖探进瓶里抹了一圈，送到舌尖上一舔，一抿，转头啐了口唾沫，瞪大了眼睛看向时光："GHB，迷奸水？"

被他一句话直截了当地问到面前，时光反倒不紧张了，破罐子破摔地轻舒出一口气，平淡地迎上他的目光："不是给你的。"

不是给他的，但瓶子已经空了，显然已经给了某个人。

霍明远一愣，恍然明白点什么，忙朝宗亮的方向看去。

隔着将近十步远的距离，还是能清楚地一眼看见，那杯拿在宗亮手里的红酒已经在刚才的谈笑间见底了，他旁边的男人正唤侍者过去添酒。

"你……"霍明远愕然回过头来，竭力压下不经意间拔高的嗓音，"你从哪儿弄来的这东西？你想干什么？"

东西是她托童烁在实验室给她弄的，趁着刚才那一番撕扯塞到了她手里。只不过直到现在，童烁顺利完成了她拜托的一切，也还不知道她今晚到底要干什么。

"我就想拿回属于我的东西。"

"你拿什么东西非得这么拿！"

"男人。"

霍明远愣了足有两秒才反应过来她是什么意思，"你疯了啊！"霍明远一把拽起这个仍然一脸平淡的人就走，却被时光硬生生甩开了手。

"时光，我知道那两口子让你受委屈了，我给你出气，行不行？你先回化妆室好好歇一会儿，我给你拿点蛋糕，你吃点甜的，心情就好了。不闹，听话啊。"

硬的不行，霍明远就好声好气地哄，边哄着，边起脚就往宗亮的方向走。

时光一步拦到他身前，堵停了他的步子。

"我是答应了跟你合作,都听你的,但是只限于教授的事。我的私事跟你没有关系。如果你要坏我的事,我就坏你的事。"时光一字一句地说着,转眼看看水上水下满场沸腾的热闹,"我不确定你今天安排这些为的是什么,但是我知道你肯定在这里安排了什么。我猜是和韩照说的那个九号实验室采购单子有关的事,对吗?"

霍明远眉目间掠过一抹短促的惊诧,随着场地里追光灯色彩的变化一闪而过,脸色沉了沉,压低着嗓音轻描淡写地说:"跟你没关系。"

时光看看他还攥在手里的空药瓶,也轻描淡写地道:"这也是跟你没关系的事。"

"时光,他有家有室的,你这种行为是——"

"不道德,还是犯法?"这副大红礼服裙加十厘米高跟鞋的打扮让时光平淡的话音听起来格外有几分咄咄逼人的硬气,"我本来就不是什么好人,你找上我的时候就知道。有什么罪,攒着最后一起算吧。"

"你这人怎么——"

"不知好歹。"

霍明远被她堵得脸色青黑,转头透了口气,才又把话续上:"你这么聪明的人怎么就那么死心眼儿呢……你看看,两条腿的男人到处都是,你非盯着那一个干什么啊?"

"我高兴。你想睡哪个女人就睡哪个女人,我就睡这一个,怎么不行?"

"我什么时候……"一句话没说完就被他自己蓦地掐断了,霍明远脸色难看得吓人,"你就不能学我点好的吗!"

"你有什么好的?"

霍明远一口气提起来正要骂人,就见韩照穿过人群匆匆走过来。

"远哥、时姐。"韩照打了声招呼,顾不得看两人的脸色,就上前附到霍明远耳边低低地说起话来。

时光隔着人群之间的空隙朝宗亮的方向看过去。

宗亮手里的酒杯又空了,人已经有点站不稳了。

从这里到雁城大学的教师公寓有将近一小时的车程,药效不能持续太久,既然已经见了反应,那就得尽快离开。

时光刚走出两步，就被霍明远一把抓住了胳膊。

"我知道了，你先去。"霍明远打发了韩照，看着韩照走远，才两手扳过她的肩膀，深深地沉了一口气，"时光，我，我不行吗？"

时光被这没头没尾的话问得一愣："你什么？"

霍明远微微俯身，把视线降到与她平齐的位置，直直地看着她："你前天不就想睡我了吗？你今天非得睡一个才高兴的话，你就睡我行不行，我还比不上他吗？我保证，你睡了我肯定比睡了他高兴——"

"啪"的一巴掌结结实实地落在霍明远脸上，把没说完的话也打断了。

"我不是你的娱乐项目，我也不需要娱乐项目。"

那双直直看着她的深棕色的眼睛被闪烁的灯光和粼粼的水光映着，震惊、气恼、困惑、无辜，既清晰可见又乱成一团，让人畏惧又让人可怜。

不知道是不是哪里又招惹了宇宙时空，时光只觉得自己那一巴掌好像落到了自己的心口上，火辣辣地疼，疼得她喘不过气来。

"时光，你——"

"我再说一遍，如果你坏我的事，我就坏你的事。我的事今天做不成，还有明天；今年做不成，还有明年，只要宗亮活着一天，我就有一天的机会。你今晚要做的事能有这么多机会吗？这里这么热闹，应该也有很多媒体的镜头在对着你拍吧。"

时光勉强维持着平静一句句地把话说完。霍明远脸色时红时白，咬肌绷了几回，才几乎从牙缝里一点点挤出一句。

"教授随时可能找上你，也随时可能找上宗亮，你俩在一块，不怕死吗？"

时光扬了扬手里装着手机的包，"如果教授的人找上我，我会想办法跟你联系。利用我引教授出来，这不就是你找我合作的初衷吗？"

霍明远脸色更难看了，"你，你要是敢走，你就等着……"

"等着什么？"

"等着给我收尸吧！"

时光被这别具一格的威胁听得一愣，旋即想到四号她去公司见他的时候，这个人让关梦婵丢出来的那句他死了，不禁有点好笑，又有点说不出的酸涩。

八月四号她看到的那双熬得满是血丝的眼睛，那股恨不得找宗亮拼命的火气，还有那个小心翼翼的拥抱和非要她哄的脾气，原来都是因为这件事啊。

为了他以后能好好活，能活得很好，也值得了。

何况，她在八月四号已经好好地哄过他了。不过……

如果早知道她是这样让他不高兴的，她一定会更认真、更卖力地哄他。

可惜她的八月四号已经过完了。

好在来日方长。

端着酒盘的侍者正从旁经过，时光唤住人，拿了一杯香槟递到霍明远手上，又给自己拿了一杯，和霍明远手里的酒杯轻碰了一下，仰头一饮而尽。

"我等着。"

宗亮被时光带上出租车的时候还有些残存的神志，时光趁着他还能听懂说的话，向他要了他家门的钥匙，等车停到小区单元楼下的时候，宗亮已经只能软趴趴地挨在她身上嘟囔些不成句的胡话了。

"婷婷……"

"你再坚持一下，就快到了。"

时光多掏了点钱，请出租车司机帮她一块儿把宗亮送上了楼。

开门进去，摁开客厅的灯，时光扶着宗亮跌跌撞撞地走进去。十厘米的细高跟鞋踩在瓷砖地面上，一个人走已经不怎么稳当了，再架着一个软成一摊烂泥的大男人，时光走得步步小心，临到卧室床边往下放人的时候，还是脚下一晃，重心失稳，被宗亮的重量拉拽着一起栽倒在床上。

宗亮闷哼了一声，仰在床上没有睁眼。

时光爬起来缓了缓急促的喘息，站在床边俯身挨近宗亮，轻声说："我帮你把衣服换了吧。"宗亮没有反应，时光又试探着唤了他几声，还是没有反应。

药效反应最稳定的时间就两三个小时，过了这段时间就会渐渐恢复神志，就算还昏睡着，也随时有可能被惊醒。来的路上堵车，比预计时间多耗了小半个钟头，现在已经将近十点半了，最晚到十一点，她必须看到账册，否则这两天来的精心布置、冒险折腾和为此承受的宇宙时空的警告折磨，就没有任何意义了。

时光沉了口气，转身到床尾，着手给他脱了鞋子。

就着床头台灯温和的光亮细看一番，鞋里鞋外都没有什么可藏东西的夹层。

时光又动手解了他西装外套的扣子，扳着他的身子小心又利落地脱下来。内袋、两侧口袋、衣领、袖口、衣摆夹层，一一摸遍，一无所获。

解下领带，一寸一寸摸过，什么都没有。

摸过衬衫衣领袖口，还是没有。

裤子的前兜后袋，也还是没有。

也许是被摸得不自在了，宗亮在昏睡中不安地皱皱眉头，闷哼着动了动腿脚。

时光发际间已经冒出了一圈细密的汗珠，床对面墙上挂钟秒针走动发出的嗒嗒声在夜晚的一片寂静中清晰可闻，仿佛是她越来越剧烈的心跳。

钥匙不在这些地方，倒也不是多么意外的事。

这些外衣不能天天穿着，穿一穿就要换洗，如果钥匙放在这些衣服上，每天倒来换去之间稍微疏忽一点就能被童烁发现。已经谨慎细密到这个份上了，宗亮不至于在一把这么重要的钥匙存放上犯这样的错误。

可童烁说钥匙是在他身上，一定也不是随口说说的。

在把他身上里里外外每一件大小衣物全都检查过一遍之前，她还是得相信童烁的话。

时光深呼吸了一口气，咬咬牙，伸手解开他的腰带扣。卡扣一开，没等把皮带尾端彻底从腰带扣里抽出来，时光的手就蓦地顿住了。

那腰带扣是个式样再普通不过的方形金属牌。但随着皮带从卡扣间往外抽，腰带扣微微振动，借着床头方向侧面照来的灯光可以清楚地看到，嵌在金属牌表面的那层刻着花纹和品牌标志的方形金属片是可以活动的。

这尺寸大小应该正好够藏把钥匙。

时光强按住心底的激动，抬眼看看还没有半点动静的人，稳着手小心翼翼地在那金属扣上细细按了按。她虽然能感觉到金属片的活动，却到底没能把它按开。

也是，如果随便按按就能打开，那平时免不了磕磕碰碰，太容易意外打开掉落了。

但这打开的法子应该也不至于太复杂，否则时间长了也容易被童烁察觉。

时光边想着边在这人身上打量，目光不经意地扫过他的右手，不禁微微一怔。宗亮一直是个很爱干净的人，从她认识他开始，他的指甲都是剪得一干二净的，不知道从什么时候起他居然把右手小手指的指甲蓄起来了。

越过指尖足有一厘米长，虽然没藏污纳垢，但看起来还是有些阴阳怪气的别扭。

指甲……

时光忙把那腰带扣捏起来朝台灯的方向凑了凑，挨近了细看，才发现金属片和镶嵌的底盘交接的边角处有些细密的划痕。

时光拿自己的指甲抠了抠，奈何指甲太秃不顶用，忽然想起霍明远给她收拾头发的时候别了几个尖细的长条卡子，忙摘下一个，捏着尖头探过去轻巧一拨，就听"咔"一声轻响，金属片弹开了。

一把保险柜钥匙正严丝合缝地躺在里面的卡槽里。

时光一喜，忙伸手去拿。手指尖还没碰上钥匙，这一直无声无息的人忽然身子一挺，翻身往床边一趴，连声呕起来。

时光一惊松手，已经打开的腰带扣就被他翻身之间压到了身下。

"宗亮？怎么样，没事吧？"时光使劲儿攥了攥因为情绪大幅起落而微微发抖的手，勉强维持住镇定，低下身去给他拍背。

宗亮只喝了那一杯酒，呕了一阵也只呕出点酸臭的液体，趴在床边艰难地喘着粗气。

时光扶着他翻过身，正对上一双半睁半闭的眼睛。那双眼睛里蒙了层水汽，不甚清明地朝她看着，没有焦点。

"婷婷……"

"是我。"时光扶着他躺好，"你喝多了，快睡吧，我来收拾。"

重新躺下的人又嘟囔了点什么，眼皮一点点沉下去，很快又一动不动，无声无息了。

时光唤了他几声，确定他确实没有恢复意识，才舒出提了半天的那口气。再往他腰间看去，腰带扣上弹开的金属片还敞开着，别在下面卡槽里的钥匙却没影了。

床上床下搜寻一通，终于在宗亮的胳膊底下摸出那把钥匙的时候，挂在卧室墙上的时钟已经指到十一点整了。

时光轻手轻脚出了卧室，走去隔壁的书房。

一进书房，那种从带着宗亮上出租车开始就隐约泛起的头痛忽然加剧了。

如果不是霍明远在四号对她说了那些话，她这会儿确实不会这样出现在宗亮家，更不会在童烁那里得知这个保险柜的存在，大费周折地来开这把锁。

疼痛不要紧，这几天下来她也差不多习惯了，只要忍到从账册里找到线索就可以了。

时光忍着一阵强过一阵的头痛走进去，也不开灯，就借着客厅投进来的光亮打开书橱最下面一层的一扇柜门。

柜门一开，露出一个贴着橱柜固定安装好的保险柜。

时光屏息听了听隔壁的动静，确定卧室床上的人依旧毫无声息，才小心又利落地捏着那把钥匙送进柜门上的锁孔。

没等拧动钥匙，钻心刺骨的疼痛骤然传遍全身。

时光浑身一软，"咚"地跪倒下去。

她扶着柜门长吸了几口气，稍稍一缓，咬牙撑起身，一把拧开。

柜里上下两层，上层放着一台笔记本电脑，旁侧的USB接口上插着那个她在四号亲手交给童烁的银灰色U盘。下层分两摞放着一些账册。

时光挺着浑身窜动的疼痛，先拔了那U盘塞进手包里，又从两摞账册中各拿出一册掀开分辨了一下内容，才拿起那册记录着经费使用明细的账册凑到鼻底，手指捏住纸页边缘从头到尾一捻，纸页迅速翻动带出的微风在昏暗中送来一股复杂的气息。

即便浑身疼痛如千万只手要把她撕裂一般，时光还是瞬间就辨认出来，这是一股熟悉的气息，一股她单是在今天就闻过无数次的气息。

酒味、男士淡香水和一丝丝奶油的甜香混合在一起的气息。

一股透骨的寒凉从头顶直蹿到脚底，激得时光胸腔里一阵剧痛，头晕目眩之中一股滚烫的甜腥涌上喉头。时光忙偏头俯身，一口浓稠的鲜血险险地避开账册和衣服喷落到瓷砖地面上，溅开一片刺眼的殷红，到底还是落了一滴在她大红的裙摆上。

这本由教授亲自核查、经手人屈指可数的账册上，最清晰的气息……竟然是霍明远的气味。

第四十章

时光不记得自己是怎么把账册放归原位，又是怎么清理了地板上的血迹，再去到卧室里把钥匙塞回宗亮的腰带扣，把一切恢复如初的。

从心口蔓延到全身的冰凉把她的一切知觉冻得麻木。

她一直以为宇宙时空对她扰乱时空秩序行为的警告只会是身体上的折磨，可直到现在她才突然发现，这只不过是最最浅一层的警告。

早在她自以为能够利用这场时空错乱的时候，警告就已经开始了。

八月六号的那么一通听不见对面话音的电话和霍明远的几句一面之词，被她在这几天找到了些许间接的佐证，她就理所当然地相信了他在六号所说的一切。

可她直到现在才意识到，在正常的时间顺序里，最先提出霍明远的警察身份，以及做出一系列足够自圆其说的解释的那个人，不是霍明远。

而是她！

是她在今天，八月三号，第一次向他提出了警察的事，霍明远直到八月四号也没有给出一句正面的答复。八月六号，她才在霍明远打了那通间接证明他警察身份的电话之后，第一次听到一句正面的承认——在今天，八月三号，先对他提过那个水箱里的手机和那个雁城公安局副局长的名字的前提下。

这条在她的时序里顺理成章的推理链，居然在正常的时序下毫无意义。

这才是宇宙时空对她最大的警告。

今天在安德公司楼顶上冲霍明远嚷嚷的那些话都是赌气的话，可是有一句她现在不得不重新认真地想一想。

他不会是教授吗？

他要是教授，她想的那些和他有关的婆婆妈妈的事情，又算什么呢……

等她在通身的冰凉中慢慢寻回些知觉的时候,客厅墙上的时钟刚刚走过十一点四十。还有不到二十分钟,她就要被宇宙时空丢去下一天了。

不管下一天是哪一天,八月七号还是八月五号,霍明远都在她触手可及的地方。

与其现在回酒店找霍明远,不如睡一觉来得快。

沙发上叠放着一块毯子,时光扯开来裹在身上,倒在沙发上闭眼待了好一阵,乱成一团的心绪和浑身的疼痛渐渐平定下来,才发现脸颊不知什么时候被眼泪打湿了,一片冰凉。

她自作聪明,自食其果,有什么好委屈难受的?

应该是疼的吧。

时光两下抹掉脸上的湿凉,猛地想起一件事来,忙起身拿过手机,给童烁在星期一给宗亮发信息的那个号码上发了条信息。

——药效稳定,一切顺利。另外拜托你查的事,也请一定在今晚帮我弄清楚。

童烁很快回了一个"我尽力",又紧跟着发来一条。

——在哪儿见?

——明早八点后给我发"$2CO_2+H_2O=C_6H_{12}O_6+O_2$",我会去市科技馆的时空穿越展厅找你。不要发早了,否则宗亮会看到。

如果没有八月四号童烁在科技馆给她的那番解释,就不会有她之后做出的种种决定和安排,也就不会有现在这当头棒喝一般的发现……

那番解释,就是把这场飓风扇到她面前的蝴蝶翅膀。

十一点五十二分,童烁回了信息。

——光合作用的反应式是 $6CO_2+6H_2O \rightarrow C_6H_{12}O_6+6O_2$,你写错了。

时光有点啼笑皆非,化学老师就是化学老师。

——这不是反应式,是密码,就按我写的发,不要改。

十一点五十四分,童烁回信息。

——行吧。记得把这些短信删干净,小心被人看见。

照童烁说的删完短信,已经十一点五十七分了。时光顶着越来越浓重的睡意和颅脑中一阵阵沉闷的钝痛收好手机，倒回沙发上，没等再想些什么，就仿佛被一只看不见的手一把推进了沉沉的睡梦里。

再一睁眼，人已经在她卧室里的那张高箱床上了。

地上没有扔得到处都是的废纸，床头柜上放着一只马克杯，杯子里剩着半杯没喝完的红酒，这是八月五号，星期五的早晨，确凿无疑了。

床头柜上印着方便面广告的电子时钟显示着"06∶27"。

比她平时自然醒的时间早了大约一个钟头，大概是这半杯红酒的作用。嘴里还有点红酒留下的隔夜的酸苦，就像现在她心里的滋味。

四号晚上喝下这半杯酒的时候，她想过三号和今天的各种可能，但是没有任何一种可能里她是以这样的心情来到今天的。

时光默然起床，换了衣服走出卧室，睡在客厅里的人早已经惊醒了。

"才几点啊……怎么起这么早？"霍明远裹着毯子懒洋洋地仰躺在沙发上，打着哈欠看了看手表，毫不遮掩嗓音里晨起的惺忪懒怠。

"我说了，喝了酒我睡不踏实，醒得早。"

时光面无表情地说着，路过客厅朝洗手间走去。

沙发上的人松软地笑了一声："还能记得昨天晚上喝酒了啊，不容易……看来今天是没把昨天的事忘干净。那星期三的事想起来了吗？"

时光没应声，径直进了洗手间，锁门之前听见沙发上的人慢悠悠地翻了个身，打着哈欠随口嘟囔："怎么一天一个脾气，还随机播放的……"

时光不接话，客厅里也没再传来什么声音。

洗漱一番从洗手间里出来，时光站在客厅和厨房的交界处冲那窝在沙发上准备睡回笼觉的人说："你去洗漱吧，我做早饭。"

沙发上的人把脸埋在枕头里，眼都不睁一下。

"别折腾了，一会儿外面吃点就行了。"

"你去洗个澡醒醒盹，我有事跟你说。"

沙发上的人愣了一下，这才翻了个身抬起头来。时光神情平淡又严肃，一如往常。

霍明远叹了一声，不大情愿地推开毯子。

"行。"

霍明远洗完澡擦干了头发才出来,一开门就皱起了眉头。

"什么味啊?"

空气里弥漫着一种沉闷如蒜臭的难闻气味,刚才还没有。

不等他过脑子去想,时光就从厨房里走了出来,手里捏着一只塑料打火机,站在厨房门口不远不近地看着他,依然一派淡定。

"是天然气的味。"

霍明远一愣,反应过来的瞬间惊得连最后一点睡意也散得一干二净了。

"你,你发什么疯啊!"霍明远在浴室里蒸得微微泛红的脸色霎时白了一层,睁大了眼睛紧盯着她手里的打火机,裹在浴袍下的身体每一寸都绷紧了,虽然定在原地一动没动,但好像已然做好了随时扑过来的准备,"你有话好好说,你这是又把哪天的事忘了啊?"

"星期三的事我已经想起来了,这个星期每一天所有的事我都想起来了。"时光以一种一夫当关,万夫莫开的姿态站在厨房门口,淡淡又慢慢地说,"我也没什么想跟你说的,我只是想听你说,你到底是什么人?"

霍明远狠愣了一下,愣得那张被她吓白的脸看起来很有几分无辜。

"我是什么人?我是什么人,你不是都知道了吗?"

"那些都是我的猜测,我要你给我证据。"

"你还讲不讲理了!"

霍明远忽然恼火地往前跨了一步,时光忙把打火机举高了。

"站在那儿别动,再动一下,后果你负。"

霍明远到底还是原地站住,不敢冒进,但七分真三分假的恼火还挂在脸上,话音还是一样的气急败坏,"猜测是谁猜测的?你猜测的!你自己猜测的事,你要证据你自己找啊,你一大清早的在这儿要跟我同归于尽算怎么回事?"

"我打不过你,只能这样。时间拖得越长,空气里天然气的浓度就越大,爆炸就会越剧烈,你不想跟我同归于尽,就拿出证据说清楚,你到底是什么人。"

硬的不行,霍明远长叹一口气,换了个软的。

"好好……你让我回回神,好好想想,行不行?这样,你先把这玩意儿放下,你这样我连个电话都不能打,上哪儿给你去弄证据啊?"见时光无动于衷,霍明远又把语气放软了几分,"时光,这里可是在居民区,你看现在才几点,你楼上楼下的邻居们都还没起床呢。再说了,你也知道这小区院里的车停得多满多乱,万一不小心哪擦出个火星点炸了,消防车都开不过来,到时候不知道要活活烧死多少无辜的老百姓。你也不想闹成这样,对吧?"

时光静静地听着他说完,捏在打火机开关上的手指不但没松开,反而微微收紧了。

"如果下一句你说的还是这些和你身份无关的话,我立刻点火。"

"你别——"眼看着时光真要按下去,霍明远忙把刚出口的话掐断了,扬手稳住对面神情淡漠得好像已经无所谓生死的人,沉了沉声,一字一句地说:"是,我的身份是安德生物制药公司的CEO,是教授手底下的毒贩子,也是市公安局缉毒队的警察。"

见时光没什么激烈的反应,霍明远微微松了口气,稍一斟酌,接着说。

"你之前说的那些都对,我不是那个和宗亮住过一个宿舍的霍明远。那个霍明远大学毕业后没多久就吸毒过量死在中缅边境了,那时候我刚从警校毕业,面孔生,年龄差不多,警队就做了些安排,让我顶了霍明远的身份,进入涉嫌参与制毒、贩毒活动的安德生物制药公司执行卧底任务。"

"警队做的安排,是什么安排?"

霍明远青白着一张脸苦笑:"我是个一线外勤,上级交派什么任务我就执行什么,只知道自己负责的这一小块儿,其他部分对我也是保密的。"

"那你的任务是什么?"

霍明远叹了口气:"一开始我的任务就是外围的联络和配合。后来我负责联络的那名卧底身份暴露牺牲了,按程序上说,出于安全考虑,我得立刻撤出来,但是那个时候,就是两年零三个月之前,教授的人正好找上我,要把我提到安德公司CEO的位置上,直接为教授办事。我就请示上级,留下来继续跟进调查教授的事了。"

"然后呢?"

"然后就是我渐渐摸清楚了教授利用制药公司制毒运毒的犯罪事实,但还是一直弄不清教授的身份。"不等时光再问,霍明远就自己接着说,"再然后,就是我觉得这样下去不行,得换个思路,让教授主动来找我。剩下的事你都知道了。"

"还有。"时光浅浅地皱着眉头提醒他,"星期三晚上,那个九号实验室的事。"

霍明远看看她手里的打火机,无奈地叹了口气。

"九号实验室,就是教授制毒的窝点。名义上是个抗癌药物研发实验室,虽然挂在安德公司的名下,走安德公司的账,但和公司其他的实验室都不在一块儿。教授让我负责的就只是利用制药公司特殊的采购和物流条件,采买原材料和运输毒品,我也想过办法去跟踪原材料的去向,但是教授太小心,我一直都没查出来这个实验室在哪儿……直到昨天,才算有点实实在在的线索。"

霍明远说的线索,无疑就是宗亮藏在手提箱里一起拎来的那包海洛因。

"那天韩照说来了九号实验室的采购单,那就是教授让你采买原材料?"

霍明远点头:"是。星期三晚上在酒店搞那场派对,主要就是为了方便和教授派来接运原材料的人见面,当然,也为了方便跟踪摸查原材料的去向。不过白折腾了整整一宿,还是什么都没摸着。现在倒是明白了,那些东西可能是分散以后弄进山了。"

这些还是不足以说明任何问题。

时光想了想,又问:"你负责采买原材料,就要动钱,教授应该给你派了账房,这个人肯定就在你公司里,是谁?"

霍明远目光微微一动,像是看到了什么希望。

"有是有,这人以前就在公司财务部门里,但是我一开始执行这个引教授现身的计划的时候就先拿他开了刀,往他身上栽了点事儿,以涉嫌私自挪用公款的名义让经侦队的人把他给拘走了,现在还扣着呢。你要是想跟这个人聊聊,我可以想办法给你安排,但是你得先把打火机放下。"

时光静静听完,丝毫不松开手里捏着的打火机。

这些话听起来好像说了很多,关于霍明远这个人的事似乎都完整地补齐了,但稍一琢磨就能发现他这些话里面不可查的部分轻描淡写,可查的部分又无足轻重,证明不了什么,这一番解释从头到尾只是听起来能自圆其说罢了。

"这些事你说得再圆,我也没办法核实。"

谈判无果，空气中那种难闻的气味越来越重，霍明远似乎是有点急了，额头上沁出了一层细细的汗珠，眼睛紧盯着时光捏着打火机的那只手，脚下却一寸也不敢挪动。

"好……那这样，你问个你能核实的事，只要不违反保密纪律，我都告诉你。"

时光也纹丝不动地盯着他。

"你还记得你发过的誓吗？"

第四十一章

"发誓？"霍明远愣得连打火机都不盯了，怔怔地看着对面还是一脸平淡，却也一脸认真的人，"我什么时候对你发过誓了？"

"不是对我。我知道，警察在刚入职的时候都会对着国旗念一段誓词，而且一辈子都不会忘。你要是警察，你就能背得出来。"

临时起意冒充警察的人可能凭着无比灵光的脑子随时编出无懈可击的故事，但再灵光的脑子，也没办法在这些细节上临场发挥。

"你可真行……你早说啊！"

霍明远原地做了个标准的立正，右手握拳举到耳际的姿势，从"我志愿成为一名中华人民共和国人民警察"开始，一句不停地一直背到"我愿献身于崇高的人民公安事业，为实现自己的誓言而努力奋斗"，不等时光下判词，又说："这是我入警那年宣誓的誓词，2017年6月国家做过一次修订，现在宣誓都是用新版的了。新版我也能背，你还听吗？"

"不用了。"就算他能在这件事上对答如流，也还是不能解释那个最大的疑问，"你再能说出来一件事，我就相信你。"

"那你赶紧说！"

"星期四晚上说的那些账，你是不是已经看过了？"

"星期四晚上？"霍明远愣了一下才从这个时间点上反应过来，"昨天晚上？你说宗亮的那些？"霍明远愣得有点好气又好笑，"我昨天晚上才刚知道，我上哪儿看过去啊？"

"我看过。"

"你什么时候——"霍明远汗涔涔的眉目间忽然掠过一抹惊讶，"星期三晚上？"

"是。星期三的事我已经有记忆了，我给宗亮下药，带他去他家，看到了那份账。我已经看过了，所以我发现，你也看过。"时光说着，在霍明远惊诧目光的注视下又把手里的打火机扬了扬，"如果你说不清那账本上为什么有你新近翻过的痕迹，你前面说的那些话，我就一个字都不信。"

霍明远怔了片刻，恍然在她这决绝的架势中回过神来，一时间怔得更狠了。

"你还真怀疑我是教授？"

时光未置可否，但这个意思不言自明。

"你这脑袋是真让河水泡坏了啊！"霍明远仰天吐了口气，伸手指指自己的脸，"你昨天在楼顶上是怎么说我的来着？你要是教授，我早死了八百回了是吧？那你不想想，我要是教授，你死几百回了，啊？"

时光淡漠地看着这张瞬间充满了火气的脸。

"你最好别再浪费时间说没用的话，你越磨蹭，这里的人越危险。"

淡定惯了的人决绝起来就像温驯的兔子突然跳起来咬人，咬得疼不疼还在其次，光是这行为反差就足以让人心惊不已。毕竟鲜有前例，谁也不知道等在后面的会是什么。

世上最可怕的总是未知的、无法预测的东西。

霍明远不得不耐着性子再次把话音放软了。

"不是，你听我说……我从来没去过宗亮家，我是怎么想出来他手里有这份账的，我昨天晚上也全都跟你说了。"眼看着时光下巴微微一扬，像是又准备撂出什么狠话，霍明远忙扬手稳住这只龇牙的兔子，"不过，你既然说我看过，肯定有你的理由。现在假设咱俩都没有撒谎，那就只有这么一种可能，就是那账我确实看过。但是我在看的时候，根本不知道我看到的是什么东西。"

这种情况她确实没有想过。

时光正考虑着这种情况有几分可能，就听霍明远问："你知道我对账的事就能看懂个皮毛，看过的内容我不一定能想起来，但是外观应该还能有点印象。你能不能说说，那账是什么样的，是电子的还是纸质的，是打印的还是手写的？"

时光皱着眉头掂量片刻，点点头。

"是手写的，纸质账册。"时光又描述了一下账册的大小尺寸、封面和内页的样子，霍明远听着听着就蹙起了眉头，斜斜垂下一直紧盯在打火机上的目光，似乎真的陷入了回想。

"我好像真在哪儿见过……"

"我提醒你一下，你那天应该吃了不少奶油冰激凌。"

"吃了不少冰激凌？"霍明远被这似乎八竿子打不着的提醒听得一愣，忽然猛醒，"我想起来了，秦晖。"

"秦晖？"

"因为经侦队调查那个账房私挪公款的事，时不时地要求提供材料，所以前段时间公司一直在做财务上的清查整理，每弄完一部分东西都会拿过来给我看。我记得有一回就有这么本账压在送材料的箱子的底下，是秦晖给我送到办公室的，我问秦晖，他说拿错了。秦晖平时办事很少出错，所以我还有点印象，就是八月一号的事。那天里里外外一堆乱七八糟的事，我确实吃了不少冰激凌。"

八月一号，那天确实出了不少的事，和秦晖有关的除了这个，还有晚上酒吧的爆炸。

霍明远显然也想到了这件事，自语似的说："所以，秦晖一号晚上去龙堡酒吧，是怕我跟你提那账本的事，被你发现点什么，要炸了酒吧杀人灭口啊？"

这解释倒也可以自圆其说，如果确实是这样，那么四号上午秦晖在地下车库里对她的那种恨不得杀之后快的态度也有充分的动机可以解释了。

还有他在人后对宗亮莫名的亲近，以及即将对霍明远的背叛……

时光正犹豫着，又听霍明远说。

"你要是不信，我可以给你调那天我办公室门外的监控。但是你得先把打火机放下，给屋里通风，不然这电话一打出去，咱们可能立马就灰飞烟灭了。"

"好吧。"时光终于把打火机塞进了裤兜里，"你调监控吧。"

霍明远长舒了一口气,一把扶住墙,弯下腰按住了上腹,紧咬牙关低着头,眉头紧紧皱着,像是在忍着什么痛楚。

"你怎么了?"

"被你吓的,胃抽筋了⋯⋯"

时光这才发现,他这满头的汗和青白的脸色好像不光是紧张出来的。

也是,长年累月的拿酒和冰激凌当药吃,这人的肠胃能好到哪里去。

"那你歇一会儿吧,我给你煮碗热汤面。"

"你别以为一碗面就⋯⋯"没好气的闷声埋怨刚说了一半,霍明远猛地回过神来,脸色一下子更白了,"你等会儿!煮什么面,这一屋子的天然气,你作死啊!"

时光一边平淡地转身进了厨房,一边平淡地说。

"没有什么天然气,就是一点硫醇。"

"⋯⋯硫醇?"

霍明远狠愣了一下,顾不得胃里一抽一抽的疼痛,忙跟着时光进了厨房。

厨房的操作台上放着一个装着无色液体的小瓶子,瓶盖开着,稍走近点就能闻见一股刺鼻的蒜臭味。时光小心地把瓶盖封好,放进了阴凉避光的橱子里。

"你放心,这是稀释过的,浓度很低,不伤人,也不会引起爆炸,只是能闻到点气味。"

天然气本身是无色无味的,为了使用安全,常会添加一点气味浓重易辨识的硫醇进去作为燃气泄漏的警示标志,人们自然而然就把这味道当成了"煤气味"。

这一点霍明远虽然知道,但从没想过有人会这样利用这种气味。

"你为什么会在家里放瓶这个?"

时光打开厨房的窗户,又开了抽油烟机,那股难闻的气味一下子淡了。

"出远门的时候防贼用。贼进来以为天然气泄漏,随便翻翻也就走了。"

霍明远哑然失笑,转身往操作台上一倚,捂着还在抽痛的胃啼笑皆非地摇头:"我在警校毕业前实习的时候也在基层派出所待过,你这种居家防贼的法子我还真是头一回见。别说贼了,派出所经验最丰富的老民警估计都想不到⋯⋯"

霍明远笑着,目光微微一深,落定在已经开始往锅里加水准备开火煮面的人身上。

"这是你父母教你的吧?"

时光端着锅的手微微一颤,激得锅里的水泛起一圈圈不自然的波纹。

霍明远定定地看着时光仍然无波无澜的侧脸。

"你是十二年前被教授以意外事故灭口的化学家杨正明夫妇的女儿,杨丹婷,对吧?你想找教授,不是什么求安全求活路,你是想报仇。"

时光头也不抬,接完足量的水,把锅稳稳地坐到燃气灶上,拧开火,转身打开冰箱,不急不慢地拿出一个西红柿和两颗鸡蛋,不慌不忙地反问他:"你这么猜,就是因为我会用硫醇吗?"

"这可不是猜的。我一直在想你和宗亮到底是怎么回事儿。这两天反复梳理宗亮的社会关系,发现和他有密切关系的、和你年纪相仿的女孩里就有他恩师也是他资助人的女儿。所以我合理推测,你们说的小时候在南山认识,不是你俩一块儿在南山长大,是你跟着你父母一起去南山看这个受资助学生的时候认识的。再加上童烁对你的态度,还有宗亮昨天晚上拎来的那一箱子情书,我觉得你八成就是杨丹婷,所以,昨天晚上我找了张杨丹婷的照片。"

霍明远说着,从浴袍口袋里摸出手机,翻出一张蓝底的彩色证件照。

"虽然是张十几年前的照片,但是看得出来,你和她长得太像了。"

霍明远说话的工夫,时光已经把那个熟得通红的西红柿洗好切成了小块,又拿过两根翠绿的小葱,边利落地切葱花,边转头朝伸过来的手机屏幕上瞥了一眼,无动于衷地问他。

"你还记不记得,童烁叫我什么?"

虽然星期三在这个人的记忆中要比她远一些,但时光相信,他一定不难想起来,哪怕是刚被人从泳池里捞出来的时候,童烁嘴里骂的名字仍然是"时光"。

所以不等他开口回答,时光就把切好的葱花拢起来放到一旁,边拿起鸡蛋往碗里磕,边又问他:"如果我是这个杨丹婷,既然我和童烁水火不容,她为什么要为我隐瞒身份呢?"

时光一手拿着一个鸡蛋,利落地在碗边沿上一磕一挤,两个鸡蛋齐齐落进了碗里。

霍明远被她这有些刻意表现平静的举动看得低笑了一声。

"你别忘了,她的言行举止可都是受宗亮控制的,宗亮想替你撒谎,她当然也只能这么说。我说的童烁对你的态度,不是说你俩水火不容,是说你俩星期三晚上肯定不是第一次见面,却非要装成不认识。"

她就知道,这个人星期三晚上把她和宗亮夫妻俩都叫去,一定没他说得那么简单。

时光未置可否,从筷笼里抽了一双筷子,边低头打蛋液,边又无波无澜地问:"你既然找了她的照片,那你有没有顺手找一找,这个人现在在哪儿,是干什么的?"

霍明远像是早知道她会有这么一问似的,意味不明地勾起唇角,坦然点了下头,垂手从菜板上捏了一块西红柿塞进嘴里。

"是,在派出所的记录上,十二年前杨丹婷在被她叔叔杨正勤一家领养后不到三个月就病死了,相关证明手续很齐全。杨正勤一家现在下落不明,杨正明夫妇也没有其他直系亲属在世了。所以,我也想知道,你到底是谁?"

时光打蛋液的利落程度不亚于数钱,霍明远话没说完,她就已经三下五除二地把蛋液打成均匀的奶黄色。霍明远话音一落,就见她放下碗筷,朝他伸过一只胳膊来。

"如果你有什么怀疑,可以采我的 DNA 去做检验。"

"我第一次来这儿的时候就在你梳子上采过了,DNA 数据库里没有能和你匹配的。不过当年市局的技术能力有限,没有保留杨正明夫妇和杨丹婷的 DNA 数据。"霍明远说着,微眯起眼睛看了看这只又白又细瘦的胳膊,"这个你应该早就知道,才敢让我采样吧?"

"你一定要这么想,我也没办法。"

锅里的水烧开了,翻滚着发出"嗞嗞"的声响。

时光拿了只空碗,舀出半碗热水递给那个目光幽深锋锐,脸色却还青白一片的人。

"你先喝口热水暖暖胃吧。"

霍明远接过碗,不等他再说什么,时光边把西红柿下进锅里,边淡声说:"我只是个做账的。你现在有闲心研究我,还不如好好想想,你的身份有没有可能已经暴露了。"

第四十二章

热气腾腾的碗在霍明远嘴边顿住了。

"你什么意思?"

"或者,除了我以外,还有没有别的人可能知道,教授的人里混进了一个警察?"时光慢慢搅动着随开水翻滚的西红柿,一字一句地说:"你仔细想清楚,这对今天很重要。"

霍明远又是一愣:"今天?"

"既然教授的那间实验室很可能就在西雁山,那我们今天去西雁山,很可能就是现在这一任教授准许的。如果不知道他是为什么愿意让我们去的,我们就很危险。"

教授到底是真的要找出卧底警察,还是因为他们触及实验室的事,要以清除警察的名义把他们就地灭口,还是两者同时都有,三种情况应对起来天差地别。

霍明远若有所思地点点头,一时没说话,慢慢抿了一口热水就搁下了碗,起身溜达到冰箱面前,边想着,边信手打开门随意地翻看。时光也不催他,丢了一把挂面下锅,直到硬挺挺的面条全软了下来,才听到这个人在她身后开口。

"我的身份在警队里只有少数几个人知道,这些年一直也没出什么问题,不过最近确实有一点变动。"霍明远从冷冻室里拎出一袋还没拆封的速冻馄饨,看着还缠在包装袋上的那条印着"买二送一"字样的红色胶带苦笑了一下,才接着说,"上面觉得我引教授出洞这个计划临近收网,危险性增高,决定新派一个人来协助我。七月三十一号那天晚上我故意把你的酬金玩光,就是为了用你把韩照支走,和这个人见面。但是你俩刚走一会儿就出事了,我只能先顾你们,也是因为出事的时间太巧合,出于见面两方的安全考虑,我没再等这个人就走了。后来这个人也没再联系过我,可能也是觉得我身边不安全,决定暂时不露面吧。"

"也就是说，这个人知道你是谁，可你不知道这个人是谁？"

"应该是。"霍明远有点含糊地说罢，把馄饨塞回原处，又解释了一句，"我只知道我接到的命令里面没有这个人的身份信息，至于这个人收到的命令是什么，我就不清楚了。"

"给你命令的人也不知道这个人是谁吗？"

霍明远兴致索然地关了冰箱门，倚回灶台边无奈地笑笑："这个人不是缉毒队的，他们查的是枪支走私，和我执行的不是一个任务，只是在教授这个点上存在一部分交叉，说是把这个人派给我，其实也是相互配合。这事是我领导的领导直接拍板定的，我的上级也只是转达命令。这种命令里不会把什么细节都说明白，怕的也是过手的人越多卧底就越危险。所以只能按程序见了面，我才能知道这是个什么人。"

"突然在你身边添一个人，不会让你更危险吗？"

霍明远会意地笑了一下，点点头，眉头皱出浅浅的几道竖痕："其实我也反对这个时候新加人进来，新人不熟悉情况，而且太招眼，容易误事。但是他们说这个人很不起眼，加进来也不会影响我目前的工作安排，不会有人注意。"

时光把蛋液均匀地淋进再次滚沸的面汤里，汤里顿时漫开层层轻薄如纱的蛋花。

"也许，这个人没再联系你，是因为这个人已经到你身边了。"

看着时光利落地关火，撒盐，撒葱花，点香油，盛碗，一碗热腾腾的西红柿鸡蛋面端到面前了，霍明远才恍然反应过来时光话中所指。

"你说关梦婵？"

时光犹豫了一下，没答，反问："像你们这样的人，如果遇到被逼问身份的情况，会不会假装精神失常之类的蒙混过关？"

"精神失常？"霍明远接过汤面和筷子，怔怔地看她，"卧底任务随时可能遇到各种危险的突发情况，每个人处理情况的方式都不一样，所以什么方式都有可能。怎么了？"

"没什么。"时光稍一犹豫，看着在一声习以为常的哼笑过后就毫不客气地捧着碗开吃的人，"你昨天说，要好好想想今天去西雁山的安排，你想好了吗？"

"我先问你，你有什么打算？"

"我没有打算。你需要我干什么，我就可以干什么。"

霍明远看她片刻，低头一笑。

"那就简单了。"

"你想怎么办？"

霍明远挑了一筷子面条送进嘴里，不急不慢地吃下去，才说："这一趟没有韩照他们什么事，给他们各自找点活儿干，不让他们跟着去了。你，你就在公司待着，让关梦婵陪着你去财务那儿看看账什么的，等我回来。"

时光愣了几秒才从他这番简单粗暴的安排里反应过来。

"你的打算就是，你一个人去？"

"昨天跟宗亮他们说的不就是看房子买房子吗，已经说好了钱是我掏，手续我办，那我全权代表你去，怎么不行？再说了，你既然说你跟教授无冤无仇，配合我抓捕他就是为了图个安全，那让你留在公司不是比跟着我一块儿去西雁山更安全吗？其他的事都跟你没关系了，我怎么办也不用跟你交代。"霍明远有一下没一下地撩着碗里所剩不多的面条，抬头看着呆愣在流理台前的人，"怎么，我哪说得不对吗？"

时光微抿起发干的嘴唇，笃定地摇了下头。

"不对。"

"怎么不对？"

"我跟着你去西雁山，比和他们一起待在公司里安全。"

霍明远微眯起眼睛："为什么？"

"因为教授很可能就在这些人中间。"

霍明远手里的筷子蓦地停住了，眉宇间那点似有若无的笑意被她这一句话惊得消散一空，微微眯起的眼睛也一下子睁大了，愕然瞪着她。

"教授在他们中间？"

"应该说，教授在我们中间。"时光不慌不忙地把菜刀、砧板收进水池里，边清洗，边在水流声中淡淡地说："宗亮、童烁、秦晖、韩照、关梦婵、你，还有我。"

霍明远愕然看着她说完，忽然摇头笑起来："照你昨天说的，任何人都能是教授，你为什么会说教授在我们中间？"

"因为教授在对待你背叛他的这件事上太不像教授了。"

"怎么说？"

时光把洗好的菜刀收进刀架，边用洗碗布擦拭砧板上的水渍，边依旧淡淡地说："贩毒的人都很小心，一旦怀疑手下的人要背叛自己，根本不会让人去搜查什么真凭实据，都是第一时间下杀手，宁可错杀也不给自己留下隐患。不管教授这个位子上已经换了多少个人，手腕毒辣都是这个位子上的人共同的特点，或者说是工作规范，对吧？"

八月份的早晨七点多的阳光透过厨房的窗户斜斜地照进来，把这间巴掌大的厨房映得一片明亮安宁。时光被清透柔和的晨光笼罩着，神情平淡得和任何一个在工作日的早晨做完早饭之后有条不紊又漫不经心地收拾厨房的人没什么两样。

越是这样，越显得她说出的话格外耐人寻味。

看着霍明远点了头，时光才又接着说。

"我能想到的可能原因有三种。一种，是现在的这个教授知道了他手下的人里有卧底警察，让韩照在你这里搜罗证据，不只是想弄清楚你在背着他干什么，主要是想看看能不能找到有关这个卧底的线索。当然，也不能排除韩照就是现在的教授。第二种，是这个教授本身就在你身边，或者和你有什么关系，所以他必须得小心，保证在杀你的同时自己能合理地抽身出去，否则就很容易暴露他自己的身份。"

时光顿了顿，看着霍明远微微发沉的脸色和锋利起来的目光，缓缓把话说完。

"第三种，也是可能性最大的一种，就是这两种可能同时存在。"时光直视着那双被晨光映照得分外明亮的眼睛，"所以，教授可能是任何人，但是最有可能在我们中间。"

霍明远和她定定对视了片刻，忽然笑出声来。

"你笑什么？"

霍明远微倾上身，朝她挨近了些，脸上的笑容收敛了几分，眼睛里的笑意却更深了，深棕色的瞳仁像一块融化的牛奶巧克力，散发着一种浓郁却不腻人的甜意。

"你说，你星期三晚上跟我说那些什么非要睡宗亮的话，其实都是为了找理由去宗亮家找那份账，都是假的啊？"

话题转得太快，时光一时没反应过来，愣了一下脸颊才泛起红来。

"是。我没把他怎么样。"

那双盈满笑意的深棕色眼睛又往前凑近了些："不想睡我也是假的？"

"我、我不记得说过什么了，你都当没听见吧。"

"那可不行。"霍明远近在咫尺地看着她，伸手往他自己一侧脸颊上指了指，三分戏谑，九十七分认真，"你打我那一巴掌，我可记着仇呢，等我想好了就跟你清算。"

时光脸上发烫，鬼使神差地说了声"好"，逗得霍明远"扑哧"笑出声来。

"行了，不早了。"霍明远收敛了笑容，摸出手机看了一眼时间，"你还是跟我一块儿去西雁山吧，被你这么一分析，把你搁在哪儿我都不踏实了。不过有一点你记好了，如果真遇到什么情况，你一定要第一时间站到我的对立面。谁害我，你就往谁那边倒，你明白吗？"

时光从呆愣中回过神来，忙点了下头。

"明白，鸡蛋不能都放在一个篮子里。"

这个毫不计较个人得失的比喻把霍明远逗得又笑起来，时光却还没办法笑得出来，皱眉问："那秦晖他们呢？"

霍明远边拿着手机戳戳点点，边转身往客厅走。

"让他们留在公司。不管教授是他们中间……"霍明远说着，好像忽然想起点什么，转头看了一眼跟着他一起走出厨房的时光，笑了一下，改口说："不管教授是咱们中间的哪一个人，分开甄别总比全混在一块儿要容易，也更安全。用你的话说，就是鸡蛋不能都放在一个篮子里。"

除了这样，她也想不出什么更好的法子了。

走一步，看一步吧。

"好，我听你的。"

"还有，我说句你可能不大爱听的话啊。"霍明远抓起他丢在沙发上的衣服抖了抖，慢吞吞地说："你怀疑的这些人里，可以把童烁排除了。"

"为什么？"

"但凡是成点气候的贩毒团伙，不管他们的管理模式是什么样的，都不会让一个瘾君子当一把手。"

就像做地沟油的人最清楚地沟油有多脏，做假钞的人最清楚假钞有多假一样，世上最了解毒品对人身体和精神摧残的，就是这群制毒贩毒的人。以贩养吸的从来都是贩毒团伙金字塔中底层的虾米，稍微往上一点的毒贩都不会去沾染这些东西，自然更不会把自己的身家性命交给一个人不人、鬼不鬼的瘾君子来领导。

这个道理时光当然知道，但是……

"你是什么时候知道她吸毒的？"

"星期三晚上。他们把她从游泳池里捞出来的时候她袖子缩上去一段，我看见她胳膊上那些针孔了……"霍明远忽然顿住，好像明白了什么，转头看向这个还是一脸平淡的人，"那瓶迷奸水是童烁给你的？你俩在游泳池边打那一架的时候，她趁乱塞给你的，对吧？"

时光犹豫了一下，问："我现在说的话，会记录进公安系统吗？"

"不会，这又不是在审你，你不用紧张，当聊天说就行了。"

时光松了口气，转头就朝厨房走去。

"既然现在说了算是白说，那就等审我的时候再说吧。"

"……"

霍明远换好衣服，时光也把厨房彻底收拾干净，回卧室换上了那身职业套装。

她实在不太想穿这身出现在她记忆中六号的衣服，但摸起别的衣服时，那种恨不得把她碾成粉末的疼痛又骤然袭来了。

穿就穿吧，实在不值得把命送在一身衣服上。

开车来接他们的是韩照，在楼下上车之前，韩照从副驾座位上摸出了一个小小的方形黑色物件，有点得意又有点担忧地朝霍明远递过来。

"远哥，这玩意儿我取下来了，您放心，没触动任何警报装置，它现在还在正常运行着呢……这是什么人活腻味了啊，敢给您车上装这玩意儿！"

时光微一惊，这应该就是八月四号，也就是这些人的昨天，被秦晖在地下车库里悄悄安装到他车底下的那个定位追踪器了。

霍明远没伸手接,只在韩照手上看了看,就转头放眼朝周围一扫,用手指了一辆停在隔壁单元楼下的搬家公司的厢式货车。

集装箱门开着,车上车下都没人,显然都上楼搬东西去了,很快就会下来把车开走。

"装到那辆车上去。"

"好嘞。"

无论韩照的话哪句真哪句假,他说自己喜欢摆弄电子产品的那些话八成是真的。不到一分钟,韩照就麻利地把那小东西装到货车底下,若无其事地回来了。

霍明远看了一眼手表。

七点五十二,离和宗亮夫妻俩约好的八点半只有不到四十分钟了。

"走吧,回公司,悠着点开,九点能到就行。"

第四十三章

韩照把车开到公司门口的时候刚好九点。

一辆半新不旧的白色本田停在公司大门外,童烁和宗亮站在车边等着,远远看到霍明远的车不急不慢地开过来,童烁抱手倚在车边丢过去一个标准的白眼。

霍明远没让韩照把车开进院,直接在门口掉了个头,就把车停下了。

"不好意思啊,路上有点堵,让你们久等了。"霍明远轻飘飘地道了个歉,没什么歉意地看着不知被门禁拦在这儿等了多久的两个人,"去我办公室喝杯水再走吧?"

"都几点了,喝什么水。"

不等宗亮摆好微笑开口,童烁已经冷着一张脸丢下这句话,没什么好气儿地翻着白眼坐进那辆白色本田的副驾驶座位了。

宗亮忙赔笑脸:"不用麻烦了,咱们还是先进山吧。昨天刚下了雨,山路恐怕不太好开。而且今天山里水汽大，下午起雾的时间也可能会提早，咱们就早去早回吧。"

"行吧。那你走前面，我跟着。"

"好。"宗亮转身上了车。

韩照下车以后就站在驾驶座旁边等着，见准备出发，正要坐回去，霍明远径直朝他走过来，伸手挡住了驾驶座的车门。

"我跟时总去就行了，你让法务那边给我腾出个熟悉涉外房产业务的人，等我电话。你再跟老秦说一声，让他今天带着关梦婵好好安排星期天雁城大学来参观的事，研发中心头一回在媒体前面露脸，别给我丢人。"

"好嘞，您放心吧。"

"记着，我不回来，你们三个就在公司里待着，哪儿都别去。"

"知道了。"

十一点半，霍明远开车跟在宗亮后面进山的时候，被昨天一场大雨浇得湿漉漉的草木之间还流动着一层薄薄的雾气，在临近正午炽烈的阳光下做着最后的逃窜。

霍明远身上没伤的时候开车技术比秦晖还要好，一边听着车载广播里鸡毛蒜皮的本地新闻，一边在雨后湿滑的山路上四平八稳地开车，还有余力分出神来把后排座位上那个人的神情变化收进眼中。

"想什么呢？"

时光不知道已经飞出去多久的神思被他一声唤了回来，怔愣了一下，才摇摇头。

"没想什么，只是觉得车里有点闷。"

"不是车里闷，是山里闷。宗亮说得对，今天下午可能四五点钟就要起雾了，得速去速回。这回跟上回不一样，不能留在这儿过夜。"

西雁山夜里起雾以后就像一间偌大的密室，外面的人进不来，里面的人出不去。

上回来西雁山是他精心谋划的一场大戏，这间密室就是他的戏台子，戏台子上的一切都在他的掌握之中。这回不一样，今天的一切都是未知。

霍明远说着，还是把车上的空调开大了点。

时光漫不经心地"嗯"了一声，又偏头看向了窗外。

她其实不是这个意思。

她不是觉得车里有点闷，而是从她家里出来一直到这里，她就只是觉得车里有点闷。除此之外，什么疼痛的感觉都没有，就连一丁点隐隐的头痛都没有。

这就意味着，现在正在发生的事并没有扰乱时空秩序。

这几天她已经渐渐摸出了宇宙时空发脾气的一些规律。比如不管她对人说什么，宇宙时空都不在乎，只有她实打实地做了什么用未来影响过去的事，或是别人受她那些话的影响，去做了些什么本不应该出现在当下的行为的时候，她才会切身感受到宇宙时空那种想要把她碾成粉末的愠怒。

霍明远已经把韩照、秦晖和关梦婵留在了公司，只有宗亮、童烁、她和霍明远四个人去西雁山，这已经和她在六号看到的不同了，可她现在居然没有半点感觉。

是宇宙时空已经放弃和她计较了，还是霍明远能做出这样的安排，只是基于今天，八月五号。之前获知的信息，只是用过去来安排现在，并没有涉及八月六号，也就是未来对今天的影响？可是八月六号的影响早已经被她搅进了之前的每一天，因果纠缠，哪一天都择不清的。

也或许，童烁关于时空秩序的那套猜想本身就不全对吧。

还有一件事。

西雁山的那栋房子。

她以前到底是在哪里见过这栋房子，以及她三号早晨在地下酒窖里那个一闪而过的、好像明白了点什么的感觉到底是怎么回事？

把他们叫来这里的人又到底是为什么让他们来这一趟⋯⋯

神思正随着车窗外飞逝的山间风景渐渐飘远，前面开车的人忽然又唤了她一声，时光一转头，就见他把那个装了止疼药的薄荷糖盒子反手朝后递了过来。

"把这个放后面储物盒里。"

时光还清楚地记得，如果今天不能扭转乾坤，那么明天，八月六号，他在把车开到公司地下停车场之后，就会让她从这辆车后排座位的储物盒里给他拿出这个小盒子。

对她而言，八月六号已经是四天前的事了，可是一想起那天的画面，时光心里还是不由自主地发毛，以至于糖盒都接到手上了，才怔怔地问了一句"为什么"。

前面的人刚要开口，忽然想起点什么，不禁往中央后视镜里看了一眼。

"你今天没又把哪天的事忘了吧？"

"没有。"

"那你应该记得，你星期二的时候是怎么跟我说的啊！"霍明远收回目光，看向前面那辆开得小心得让人着急的本田，"宗亮是个搞化学的……不对，前面车上那两口子都是搞化学的，这要让他们看见，估计一眼就能认出来。"

时光相信，那两个人确实都有这样的本事。

"知道了。"

收好糖盒，看着自己的手扣上储物盒的盖子，六号发生的一切忽然以这糖盒为起点，从后往前依次在她脑海中飞快闪过。时光恍惚间有种奇异的错觉，仿佛这辆车是带着她从公司地下停车场一路倒回到这里，终将倒回西雁山那栋房子的庭院外……

六号在院外上车时的画面闪过的一刻，时光猛然醒过神来。

她的手机。

八月三号，也就是她刚刚过去的昨天，她等霍明远来电话叫她去酒会的时候，捧着手机的说明书摆弄了一通，基本弄清了这手机的每一项功能，包括那个更换自定义铃声的功能。

试着操作的时候，她特地找遍全网，翻到了那个像极了定时炸弹倒计时的嘀嘀声。

那时候她还觉得一切都会结束在三号的晚上，专门找出这个铃声，纯粹因为在她经历的那个六号里，这个声音帮过他们一把。

不管什么时候，有帮助的东西总是多多益善的。

现在一切阴差阳错地发展到了这一步，有帮助的东西就更是多多益善了。

两辆车一前一后沿着上次来时的路开到那栋房子前，一左一右停到院外两侧的空地上。临下车，时光从兜里摸出手机，迅速换到那个存好的铃声。

选定铃声的一刻，被选定的铃声自动播放了出来。

"嘀嘀，嘀嘀，嘀嘀——"

霍明远皱眉往后看过来："什么动静？"

时光一边把手机响铃声音调到最大音量，一边实话实说："我换个手机铃声。"选定的铃声设置好，声音也就停止了。

霍明远也不怨她这个时候还有闲心摆弄这些，只笑了一声，不再问了，"下车吧。"

趁霍明远开门下车，时光把手机悄悄顺进了后排座位侧边的夹缝里。

"好。"

这一趟来，开门的钥匙在童烁手里。

"时光，你真的决定要买这栋房子吗？"

童烁拿钥匙打开那扇锈迹斑驳的铁艺花栏门，众人往里走的时候，宗亮忍不住回身又低低地问了她一遍，像是在担心什么。

时光还没开口，霍明远就笑起来。

"怎么，童老师反悔了啊？"

童烁已经走到了入户门前，听到霍明远这一句，回头扔来一个白眼，"我还怕你们反悔呢，大热天的让我们白跑一趟。"

霍明远笑了笑没再接话，时光还是自己明确地回答了一遍。

"只要你们卖，我就买。"

"先进来看吧。"

童烁不冷不热地说着，连个请的动作都懒得做，开门径自进去了。

宗亮再一次跟在童烁后面补上了应有的客套，把两人客客气气地请进门。他们进门的时候，童烁已经拉开了客厅紧闭的丝绒窗帘，阳光透进来，把昏暗一片的屋子映得一览无余。

"听说时总已经自己里里外外看过这房子了，还要再看一遍吗？"

上次看遍这里的每一个角落，不过就是她昨天的事，屋里的一切都还一清二楚地烙在她的记忆里。别处看不看无所谓，地下酒窖她一定得再看一遍，但又不能直奔那里去看。

时光点头:"再看一遍吧。"

"那就边看边说吧。"童烁依旧冷淡地说着,踏着高跟鞋走到客厅茶几前,站定转身看向时光,"我丑话说在前头,省得浪费时间。这房子是我舅舅的,他当年盖这栋房子是为了在这里养病,所以他最后也是死在这房子里的。"童烁用目光指了指茶几旁边的那把单人沙发椅,"就是坐在这儿死的。"

时光记得,八月二号刚来到这里的时候她就在这张沙发椅上坐过,不禁一寒。

"你要是忌讳这个,那我也不用再说别的了。"

时光忙摇头:"我不忌讳。"

霍明远勾起一点意味不明的笑意,伸手摸上那把沙发椅的椅背。

"老房子里哪有没死过人的啊,都什么年代了,这有什么好忌讳的。但是我冒昧问一句啊,童老师,你舅舅得的是什么病,怎么还需要专门盖栋房子来养?"

"心脏病,所以需要静养。"

霍明远淡淡地"哦"了一声,放眼在客厅里扫了一圈。

"他是个搞字画的吧?"

童烁和宗亮都微微一惊,对看了一眼,到底还是童烁开口。

"你知道他?"

"上回来的时候我就发现了,这房子里到处挂的字画都是一个人的作品,画的不是这外面的景就是一些花鸟鱼虫的,应该就是常年住在这儿的人画的。"霍明远说着,不急不慢地踱步到客厅墙面上挂着的一幅冬日山景图前,微微倾身凑近,皱着眉头费力地辨认着落款上龙飞凤舞的字,"这个江……人……的……"

童烁绷直的嘴角抽了一下:"张夫林。"

"啊,不好意思,张夫林。"霍明远没有半点不好意思地念出这个他早在八月一号就查得一清二楚的名字,在画前转回身来,"张夫林,就是你舅舅吧?"

"是。"

时光看向近旁的一幅书法作品,目光刚落到那个同样辨不出是"张夫林"

三个字的落款上，脑海中蓦地浮现出一幅熟悉的画面，不禁一下子呆住了。

她对这些书画作品连一点起码的皮毛都不懂，所以无论是八月二号、三号还是六号，她都没有对这些纸面上的内容留心；八月四号晚上霍明远发给她的那份资料也就只是一些文字描述，她知道张夫林是个书画家，却直到现在才注意到这个名字的写法。

她知道自己是从哪里见过这栋房子的了……

没有人注意到时光心里的波澜起伏，霍明远抬头望着挑高的屋顶又问："他一直都是一个人住在这儿吗？"

童烁像是被他问得有点不耐烦了，皱起精细的眉道："这些和你们买房子有关系吗？"

"有啊。房子是时光一个人买，总得看看一个人在这儿生活是不是方便啊。"

时光被宗亮看过来，忙收拾起思绪点了点头。

"是的，他一直都是一个人住的。"宗亮终于替童烁开了口，"他不喜欢人多，一般日常的家务他自己都能做，其他的就是每隔一段时间请个人来收拾。所以长期住在这里的话，方方面面的费用还是花费不少的，这个你也要考虑清楚呀。"

还没等时光表态，霍明远就笑着叹了一声。

"说句不尊敬的话啊，这文化人的脑子就是有坑。"

这句话不但不尊敬，而且显然话里有话，童烁不禁一怔。

"你什么意思？"

霍明远一边在偌大的客厅里信步转悠，一边漫无目的地摸摸看看，"你说你舅舅是为了养病才在这儿盖了这么个房子，对吧？"

"是。"

"他得的是心脏病，最后也是死在心脏病上，对吧？"

"对。"

"我是做制药这一行的，对心脏病多少知道一点。养心脏病确实需要清静，但是再清静，也得是个方便就医的地方吧？这附近最近的医院开车到这儿起码得一个钟头，更别说西雁山里一到晚上就起雾，山里的车出不去，山外的车进不来,他又没有住家的私人医生,心脏病发作起来几分钟就能要命。"

霍明远拿起电视柜上的一只小香炉,边摆弄边转过身来,有点无辜地看向脸色都起了些变化的夫妻俩,"选这么个地方养这种病,我说他脑子有坑,不太过分吧?还有,一个心脏病人为了养病专门盖的房子里,怎么还有那么大个酒窖,囤了那么多酒呢?心脏病人应该忌酒,这可是常识啊。"

时光也怔住了。

这么一说,这里确实怎么看都不像个建来养病的地方了。

空气里静了片刻,到底还是宗亮略局促地笑笑,开了口:"其实,这些也都是童烁的父母告诉我们的,长辈的事,我们也不方便问得那么清楚。可能就像你说的,搞艺术创作的人多少都有点和一般人不一样的想法吧。"

"我也就是好奇,随口一说,没别的意思。"霍明远无所谓地笑笑,放下手里的香炉,踱步返回来,"时光说她不忌讳了,童老师,你接着说。"

第四十四章

似乎是不想再让霍明远对着这间客厅刨根问底,童烁起脚朝通向二楼的楼梯走去,边走边对着跟在她后面一起朝楼上走去的人说:"如果你非要买,这房子可以卖,但是有条件。第一,就是你必须让房子维持现状,可以增减家具,但是不能重新装修,更不能拆建。"

时光一怔:"为什么?"

"因为这是我舅舅把房子托给我的时候专门交代的,也写在他的遗嘱里,做过公证。这条我也会列在合同里,你不同意,那就算了。"

童烁在楼梯转角停住步子,转身看向时光,好像准备等着她就地表个态,再决定是向上走继续看房子,还是向下走出门打道回府。

霍明远站在时光后面的一级台阶上,抬眼看看楼梯顶上那盏没打开的小灯。

"这房子的品相还可以,不能重新装修也就算了,但是房子到底有年份了,起码得让人把水电煤气管道都换换吧?"

"不行。"童烁毫无商量余地地拒绝。

见霍明远狐疑地皱起眉头，宗亮忙侧身把童烁拦了拦，软着口气解释："是这样的，这边没有通天然气，煤气罐用起来不安全也不方便，所以炉灶和冬天取暖用的都是电。这里用的水都是抽的地下水，电也是用的独立发电机，电机和水泵都在厨房后面单独的机房里，一会儿可以带你们去看看。水电管线在童烁舅舅去世前一年全部检修更换过，才用了两三年，现在这套管线一直用到房子产权期满都没有问题。"

时光不等霍明远再说什么就点了头。

"我同意。还有什么条件吗？"

买不买房子还在其次，时光发现，这些古怪的条件远比房子本身更耐人寻味。

"还有一个。"童烁冷着一张脸从宗亮身后挤出来，转手虚指了一下挂在楼梯转角墙壁上的一幅四尺斗方的蔬果图，"这里其他的东西都可以留给你，包括酒窖里的酒、前院的花花草草和后面菜园子里的菜，但是所有的字画我都得拿走。这是我父母交代的。"

时光转头看看霍明远，霍明远只微眯眼瞄着那张画，没吭声。

和之前的条件相比，这一条倒是没那么古怪了。

"可以。"

"那就没什么了。"童烁侧身让到一旁，"你们想看什么就让宗亮带你们去看吧，我把这些字画收了，一会儿回来要是没有什么问题，那就谈价钱看合同吧。"

"好。"

宗亮带着他们在二楼的各间客房看了一圈，除了之前宗亮住的那间屋子里还放着一箱他出国回来的行李之外，其他房间里都空空如也。

他们在楼上转完下来的时候，童烁已经把房子里所有的字画全都敛到了客厅，正几件一次地往院外的车里搬。

霍明远从旁路过，顺手拿起一个扎好的卷轴看了看。

不等他解开那根系着卷轴的细丝带，宗亮就朝厨房的方向伸手做了个请的动作。

"我带你们去机房看看吧。"

"好。"

霍明远搁下卷轴，跟着宗亮朝前走去。

时光在他身旁暗暗抬手抵了一下他的胳膊，霍明远转头看过来，时光用询问的目光示意了一下他刚刚动过的那个卷轴。

霍明远微微摇头。

宗亮对身后两个人的小动作无知无觉，走在前面兀自说："其实前两天来的时候你们见过那间机房的，只是没带你们进去参观，就紧挨着厨房。"

时光跟着他从厨房通向后院菜地的那扇门出去，又跟着他沿墙根绕了小半圈，最后看着他打开一扇紧锁的大铁门，露出里面正在运转的几组高大的机器，才忽然反应过来，院里那套曾在二号被宗亮用来招待她和霍明远吃西瓜的桌椅，就是挨着这机房的外墙摆放的。

她那天坐在这片屋檐下吃西瓜的时候隐约听见了一墙之隔的对面传出一阵阵机器运转的低响，但是响声微弱，她只当是厨房里咖啡机一类的家电运转的声音。

霍明远也看得有点惊讶，纳闷地后退两步，目光在后院进厨房的门和这扇铁门间徘徊了几趟，像是用目光丈量了些什么，忽然笑了一声。

"我说厨房里怎么还装了一整面墙的镜子呢，腾出后面这么大一片地方给装成机房了，厨房地方小，需要增加视觉空间感啊。这搞艺术的想法就是奇巧，你要不说，还真以为这一片都是厨房的呢。"

宗亮笑笑，随口说了声"是啊"，伸手摁开了机房的顶灯。

机房里没有窗户，只在侧墙高处贴近房顶的地方装了排风扇。瓦数颇高的灯光瞬间把这黑洞洞的空间映得比外面正午时分的太阳地还要亮。

霍明远拎出手绢掩住口鼻，皱着眉头跟进来，看着里面全部都在运转的机器。

"平时不管有没有人在这儿，这些机器就一直开着？"

"不是，这是我一号回来的时候才打开的。因为有些行李还放在这儿，这几天肯定要再来的，所以前天走的时候就没有关。当然，机器和人的大脑一样，经常运转就不会坏，反而闲置久了会容易出问题。现在这些机器运行情况都很好，只要保证柴油够用，再就是每隔一段时间请人来维护一下就可以了。"

"请人维护?"

霍明远把重音放在了"请人"两个字上,宗亮听得一怔。

"如果需要的话,我可以把这几年一直来做维护的那家公司的联系方式给你们。不过,安德公司那么大的一栋楼,里面还有那么多实验室和仓库,应该也有独立的备用发电机,你们公司没有请人维修养护过吗?"

"请啊。"霍明远说着,凑近打量面前的机器,"现在请人当然容易,我是说以前。"

宗亮了然地笑笑:"你们别看童烁她舅舅是个搞艺术的,其实年轻的时候在国外读书学的是电气工程,他在世的时候这些东西都是他自己动手养护的,只是后来他年纪大了,身体也实在顶不住,我们也不懂这些,才从外面请的人。"

"十年前西雁山这一片就可以通电了吧,你们也没劝劝他老人家,与时俱进一下?"

"这个我就不大清楚了,我们结婚没多久她舅舅就过世了,我们接触得不多,而且,这些毕竟是童烁她家里长辈的事,我也不大方便插嘴。"

霍明远盯着铭牌看了一阵,未置可否。

时光也没吭声,只跟在霍明远身边看着这些机器。她对这些东西一窍不通,机身上的几个金属签上用钢印戳的全是她看不懂的外语,应该是进口的东西。能看得出来这些机器确实有些年头了,不过质感还很好,只是旧,没有过分的锈蚀,就算是放到现在,一定也是同类东西里面顶尖的货色,也难怪能用这么多年。

两人一时间都没说话,宗亮忍不住问。

"有什么问题吗?"

"没什么。我一个搞管理的,她一个搞财务的,这种东西就是有什么问题我俩也看不出来啊。回头找个懂行的再来看看吧。"霍明远转眼看向时光,"你说呢,时光?"

实话实说,她在这里确实看不出什么。

"时光……"见时光点头,宗亮犹豫了一下,有点担忧地皱起眉头,"其实说起来,在这里生活还是挺不方便的,你平时还要在市区的公司里上班,就是买了这房子,也没有打算在这里常住吧?"

时光还没张嘴,就听霍明远哼笑了一声。

"这可说不好。"霍明远边踱步往机器后面绕,边夸张地叹气,"有些人就是想一出是一出的,前一天晚上还变着花样地心疼你呢,一觉睡醒了就要跟你同归于尽了。"

"啊?你们——"

宗亮刚诧异地看向脸色忽然一黑的时光,霍明远又慢条斯理地从机器后面绕了出来,口鼻都被手绢挡着,但还能看到那双露在手绢上方的眼睛里噙着若隐若现的坏笑。

"我就是打个比方。"

"啊,呵呵……"

时光面无表情地瞪了霍明远一眼,懒得接这无聊的闲话。这个人似乎对这间机房兴趣盎然,但她还是更想去看看另一个地方。

"宗亮,我能再去看看酒窖吗?"

如果照霍明远说的,建造这栋房子的人不可能是个酒鬼,那么那间足有她那套一室一厅小公寓整个面积四五倍大的地下酒窖,一定有另一个必须存在的目的。

也许就与她那个一闪而过的发现有关。

"好。"

两人跟着宗亮回到屋里,穿过厨房,顺着通向酒窖的那段楼梯往下走。

鞋底踏在老旧木楼梯上发出一阵阵"嘎吱嘎吱"声,霍明远听得直皱眉头。

"这楼梯也不能换换吗?"

前面带路的宗亮回头抱歉地笑笑,稍犹豫了一下,有点为难地说:"这个确实是危险了点,要不,一会儿再问问童烁——"

话音没落,就被一阵女人的尖叫生生截断了。

"啊——救命——"

三人脚步一顿。

声音是从前院的方向传来的,已经喊得变了调,但还是能分辨得出,那是童烁的声音。

三人几乎同时转身往上赶去,原本走在最后的霍明远有意无意地慢了一步,还假借着保护的动作在时光胳膊上拽了一把,让原本走在最前面的宗亮先一步冲了出去。

"记着我跟你说的。"

霍明远在她耳边低低说了这么一句,才拉起她,跟在宗亮后面三步并两步地迈上楼梯。

三人几乎不分前后地赶到客厅,正见入户门霍然大开,几个山里村民打扮的精壮男人一拥而入,个个都拿着枪,迅速把住了这栋房子的所有出入口。

霍明远张手把她拦到身后的时候,时光已经浑身僵硬地呆住了。

这些人……她见过。

在那个噩梦一样的八月六号里,就是这些人,以这样的架势,把他们牢牢困在这里的。

宗亮吓白了脸,踉跄着退了一步才站稳脚。

"你们……你们干什么?"

控场的人各自就位,又有一个同样装扮的男人大剌剌地拽着脸色惨白的童烁走进门,直走到宗亮面前,才把童烁一把推出去。

宗亮慌忙扶住两腿发软的童烁。

"你们……你们是什么人?你们是附近村里的吧……这里没什么现金,你们要是看上什么值钱的东西,就、就自便吧,我们不报警,真的……"

男人没搭理宗亮,又有人紧随其后进了门。

一眼看清进来的人,时光的脸色顿时比童烁的还要白了。

秦晖、韩照、关梦婵,全都被黑胶布反捆着双手,封着嘴,一个接一个被推搡着进来,脸上或困惑或愤怒或惊惧。

霍明远一直没见波澜的脸上终于掠过了一道惊色,喋喋不休试图破财免灾的宗亮也被这三个人的出现惊得终于没了声音。

这样的架势,分明不是来打劫的。

霍明远沉着脸缓步上前。

"几位兄弟,这是什么意思啊?"

没人答话，只有那个把童烁带进来的男人摸出了手机。男人也不拨号，就举着手机站在原地静静等了一阵，一通电话就像长眼了似的打了进来。

屏幕上闪烁着一个未经备注的网络号码。

男人按了免提接听键，一阵时光毕生难忘的电子音就随着一阵干巴巴的笑声从听筒中传出来，瞬间传遍了客厅的每一个角落。

"这里的监控还不错，我看见了，人都到齐了。"

第四十五章

这个声音一下子把整间客厅冻结了。

宗亮、秦晖和韩照全都僵在原地，像一群被骤然降落到面前的猛禽吓呆的兔子，什么愤怒、什么困惑全都消散一空了，只剩下如出一辙的恐惧。只有童烁和关梦婵还是大睁着眼睛惊恐又迷茫地看着那声音的源头，好像根本不知道正在发生什么。

时光在霍明远身后，看不到他的神情，但在他头颈细微的移动中也能猜到，他的目光一定和她一样迅速地在这几人之间走了个来回，才又重新收回到那部手机上。

不可能的。

这其中绝不可能有人正在打电话。

"教授？"霍明远沉着嗓音，明知故问。

也许是这一句太过明知故问，手机中传来的声音没有搭理霍明远，只低低地咳了两声，缓了口气，兀自接着说："给秦晖他们三个人松绑吧。"

得到指令，押着他们进来的三个男人立刻动手。

手上嘴上的束缚一松开，韩照忙张手把关梦婵护到身后。关梦婵像抓一根救命稻草一样死死抓着韩照的胳膊，瑟缩着躲在他高大的身体后面。

韩照护着关梦婵，和秦晖一起迅速退到霍明远身旁。

"远哥，对不起，我们——"

"行了。"

霍明远刚截住韩照低到几乎不可闻的道歉，就听到几声低咳之后，那个语调间尽显老态的电子音再次从手机里传出来。

"好了，时间不多，我就长话短说了。"电话那头的人又故弄玄虚似的清了清嗓，才慢条斯理地说："这栋房子里有位警察同志，你自己站出来吧。"

整间客厅再次被这个声音冻结了。

时光没什么可惊讶的。

她只是急，急得额头上已经沁出了一层薄汗。

一切正飞速地向着八月六号那个可怕的局面发展，她却还看不出那个正操控着这里一切的人究竟是谁。时光一个一个人地看过去，又一个一个人地看回来。

韩照最先从错愕中回过神来，和她一样挨个看向一同被围困在客厅里的人，包括在一轮更甚一轮的惊吓中脸色变得同样惨白一片的宗亮夫妻俩和仍然惊恐又茫然地缩在他身后直发抖的关梦婵。

"警察？这儿哪来的什么警察啊？"

秦晖也回过神来，皱着眉头一言不发地依次环顾众人。

"警、警察……有警察？谁是警察？"宗亮在惊慌四顾间抓过童烁塞到自己身后，与其说保护，更像是禁锢。

霍明远冲着那手机哼笑了一声。

"您逗我们玩呢？我，您当年是怎么考察我的，我可是一辈子都忘不了。您要是不记得了，我可以现在就扒了衣服给您提个醒。秦晖、韩照，都是您手底下的老人了，也都是您拨到我身边的。时光，您就是没见过，也应该听说过，如今的雁城第一账房先生，警察也头痛着她呢。关梦婵，大学刚毕业的小姑娘，校招招进安德公司的，刚待了没俩月，实习期都还没满呢。宗亮和童烁这两口子——"

话没说完，就被手机里传出的声音慢条斯理地打断了。

"我数十个数，如果还没有人站出来，那我只能，一视同仁了。"

话音甫落，客厅里顿时响起一阵枪支上膛的"咔咔"声。除了把守各出入口的人之外，其他枪口全都齐刷刷地朝他们瞄了过来，好像准备随时开始一场干脆利落的扫射。

"啊——"

童烁和关梦婵的尖叫声中，那个让人浑身发颤的电子音已经不急不慢地开始了计数。

"一，二……"

这阵势绝不像逗谁玩的，韩照急忙望向霍明远："远哥！这——"

霍明远扬手打断这句只听个开头的口气就知道是什么内容的话，边缓缓扫视着同样都在相互惊惶打量的众人，边沉声问："教授，是不是有什么误会啊？"

计数的声音没有为他这个问题停下来，仍以稳定的节奏向前进行着。

"三……"

在童烁惊恐的目光越过宗亮的肩头盯在那部手机上，尖细的嗓音颤颤地问："这，这到底是什么……什么教授？"

宗亮忙转头低斥："你闭嘴！"

"四……"

霍明远在众人间徘徊的目光一下子定到宗亮身上，瞄准似的微微眯起眼睛。

"宗亮，你知道这位教授是什么人？"

宗亮牙关紧咬，望了时光片刻，像是做了什么挣扎，到底没有回答霍明远的话，而是目光向他一转，厉声反问："霍明远，是你吧？你是警察！"

不等霍明远反应，韩照已经脸色一变，一伸手直指宗亮的鼻尖："你再敢说一句！"

秦晖沉着脸朝宗亮的方向上前了一步。要不是还被关梦婵紧搂着一只胳膊，韩照说话间已经要冲过去打人了。

霍明远扬手一拦，冷眼看着下意识往后缩了一步的宗亮。

"宗亮，你急了也不能乱咬人啊。"

两人一来一往间，计数的声音已经数到"六"了。

不知是急的还是吓的，宗亮那双轮廓阴柔的眼睛已经涨红了，透出一股时光在六号见过一次就永生难忘的疯狂，那一贯温文的话音也变了调。

"霍明远，警察不是最讲究不能伤害无辜吗？这不是你们的纪律，你们的信仰吗？你再不站出来，我们都得死！"宗亮抬手指向霍明远身边的一众人,整只手臂都因为过分的激动而颤颤发抖,"你想看着他们,看着时光,都跟你一起死在这儿吗!"

"七……"

霍明远和宗亮怒目相对,剑拔弩张,连所有打手的目光都集中在这两人身上,时光的目光却紧紧盯着至此还站在霍明远这一边的秦晖。

秦晖尽职职责,却也只是尽职尽责地站在这一边,冷静、稳重,一如往常,好像眼前发生的只是一场再寻常不过的冲突,一切都还在他摆平麻烦的能力范围之内。

可他嘴唇紧抿,两手握拳垂在身侧,根本没有可能正在电话里数数倒计时。

"八"被数到的同时,霍明远仍眯眼盯着宗亮,哼笑出声。

"警察的路子,你怎么就这么清楚呢?我看你才是吧。"

"你别想挑拨!我是什么人,教授最清楚!"

"我是什么人,教授也清楚。"

手机里的声音没有为他们任何一方撑腰,只是继续数着。

"九……"

不可能有错的,教授一定就在这里,一定就在这些人中间!

到底是谁?到底是谁!

时光的目光正在十个手指头就能数过来的可疑范围内越来越焦灼地搜寻,忽然听见一个浑厚有力的年轻声音在她刚刚扫过的方向响起来。

"是我。"

时光蓦地转头,就见韩照掰开关梦婵紧抓着他的手,对着那部手机一步向前。

"我是警察。"

"十。"手机里的声音像是有强迫症似的,还是把最后一个数数完了。

短暂的静寂之后,霍明远最先回过神来,一把拽回韩照。

"你胡说八道什么!哪来的什么——"

韩照甩手挣开霍明远,退后一步和他拉开距离,一双乌亮的眼睛紧盯着霍明远,却仍对着背后的那部手机说。

"教授,你拿我妹妹来要挟,让我给你盯着霍明远的时候,我就已经是警方的特情人员了。不然，你以为我是怎么把我妹妹救出来的呢？"韩照说罢，短而深地笑了一下，决绝地转过身去，又对着那手机向前一步，"我生在那种地方，从小到大就没有什么是我自己能选的，只有这个选择是我自愿的。"

时光愕然看着这个背影，猛地想起八月六号，他们以极尽狼狈的姿态逃进公司以后，霍明远提起已经成为一具冰冷尸体的韩照时说的那句话。

——他要是早弄清楚韩照打的什么算盘，也不至于弄成现在这样。

那时的霍明远是在后悔，但不是像她一直以为的那样后悔没能早点看出韩照是教授安排在他身边的眼线，而是后悔他没能及时看得出来韩照不知什么时候已经看破了他的身份，更没能及时看得出来，韩照那颗报恩的心是肯把自己豁出去来换他平安的。

"韩照！"霍明远低沉的嗓音因为过分拔高而嘶哑颤抖，垂在身侧的双手紧攥成拳，一双眼睛紧盯着那个高大挺拔的背影，因为激动而红得可怕。

韩照话已至此，就如同箭已离弦。

任谁也拉不回一个已经跳进棺材里的人了。

韩照没再理会背后的一众人，只朝着面前的手机缓缓迈近。

"我的任务本来是抓你的，可我到现在连你是谁都没弄清楚，看现在这架势，我这任务是完不成了。不过……"

韩照话音缓缓落下的时候，霍明远终于忍不住咬牙上前。

就算韩照已经自己跳进了棺材，他也不能就这么眼睁睁地看着棺材盖盖上。

刚往前迈出两步，没等靠近韩照，就见他身形忽然一动，电光石火间夺了拿着手机的男人松垮垮别在腰间的枪，利落地上膛转身，冷然直指霍明远。

"杀他也不亏！"

韩照几乎在开口的同时扣动了扳机。

时光是一步不落地跟着霍明远一起走过来的，韩照突如其来的举动把霍明远和持枪控场的那些人全都惊得反应慢了半拍，时光也呆愣了一下，反应过来的瞬间，霍明远已经合身把她扑倒在地上了。

一股浓重新鲜的血腥味冲进她鼻腔的同时，又两声枪响接连传来。

童烁和关梦婵的尖叫里混着一声重物坠地的闷响。

血腥味顿时更浓了一重。

"啊——啊——杀人、杀人了——"

"霍总!"

秦晖第一个回过神,急奔过来,和时光一块儿扶着霍明远跌跌撞撞地站起来。

血顺着霍明远右手臂的伤口汩汩淌出,迅速染红了他紧按在伤口上的左手,顺着指缝一滴滴砸落在地板上。

伤口肯定疼得厉害,但时光清楚,这个浑身紧绷发抖的人最切肤入骨的感觉不是疼,是恨,恨不得现在就冲进那部手机里,把那个声音的主人撕个稀碎。

和她一样。

韩照无声无息地趴伏在地板上,那两枪一枪打中了他的左小腿,一枪正中背部,大股的血从他后背涌出来,迅速在他的白T恤上清晰地漫开一片殷红。

宗亮显然还从没有见过这样的场面,愕然僵立了片刻就忍不住转身扶着墙干呕起来。

童烁惨白着脸连连退到墙边,不知所措地捂着嘴,连尖叫的力气也没有了。

只剩关梦婵还在止不住地尖叫着"杀人了",像只无头苍蝇一样乱跑乱撞,被一个男人一把揪住,顿时吓得浑身一软,一动不敢动,一双大眼睛一眨不眨地圆睁着,嘴里仍然不停地小声叨念:"不,不是我,不是……"

时光只觉得自己的胸腔变成了一个无底的黑洞,心脏就在这黑洞中无限地下沉,下沉。

这就是她在来的路上始终没有感觉到什么疼痛的原因。

一切都没能改变,终究还是成了这个样子。

可是直到现在,她还是看不出来,那个把这一切变成这样的人究竟是谁。

还有,还有一件更令人绝望的事。

警察的身份,韩照已经拿命出来顶了,可是距离现在十几个小时之后的八月六号,他们竟然还在找警察。韩照白死了吗?

一团骇人的浓重血腥里,终于再次响起了那个已经沉默了许久的电子音。

"好了。这个,就先这样吧。"声音顿了顿,干巴巴地咳了几声,才又不急不慢、一字一句地接着说:"现在,这里,还有一个警察。"

第四十六章

"什么？！"在墙边呕得脸颊涨红的宗亮蓦地抬头转身，大睁着蒙了一层水雾的眼睛见鬼似的看向那部手机，"还……还有？"

一直没插嘴的秦晖也忍不住了，紧锁着眉头在霍明远身边低声自语。

"这怎么可能……"

时光也想问，这怎么可能？！

没人比她和霍明远更清楚，这里确实还有一个警察。

应该说，至少还有一个。

但是就连霍明远都还没弄清另一个警察的身份，教授怎么会知道两个警察的事？

童烁似乎已经被这一出接着一出的事彻底弄懵了，只捂着嘴站在一旁呆愣愣地看着。关梦婵还在战战兢兢地念叨着，好像根本听不进周围的任何声音了。

霍明远忍无可忍地骂了一声。

"教授，你拿我们当猴耍吗！"

手机里的声音仍然没有理会任何人的反应，缓缓一清嗓，又继续他自己刚才的话说。

"不过，我冗务缠身，没有时间在这里慢慢聊了，找这个警察的事，就交给你们自己来做吧。到明天早晨山里雾散之前，我希望你们能一起把这个警察交出来。在此期间，你们身上所有的通信设备都要上交，不过你们可以在这栋房子的范围里自由活动，如果需要什么帮助，也可以向你们的这些朋友求助。"

这声音慢慢把话说出来的同时，几个男人就上前挨个把他们身上的手机收走了，连韩照身上的那个也没落下。

手机刚被收完，前面院外忽然传来一阵汽车发动的声音，时光忙循声看过去。这一阵折腾下来，已经将近中午一点了，外面的雾气早已经散得一干二净，透过客厅宽大的玻璃窗看出去，正见宗亮和童烁开来的那辆白色本田在院门外扬尘而去。

霍明远的车还停在外面。

车钥匙就在他左边裤兜里，刚刚搜身收手机的时候还被人翻出来看了一眼，却又毫无兴趣地给他塞了回去。

要是怕他们逃跑，为什么就只开走那一辆车？

时光怔愣间把目光收回客厅，才忽然发现，刚才堆在客厅里的那些画已经全都搬空了。

他们是为了车，还是为了车里那些画？

不等诧异，就听那个电子音又接着说："你们可以想任何办法，用任何手段，但是记住，我要活的，我要听到这个人亲口承认的供词。如若不然，还是那句话，我只能一视同仁了。"

说罢，电话里的人气力不济似的咳了一声，才把最后一句说完。

"好了，明天见。"

话一说完，不等任何人再出声，电话就挂断了。

一直拿着手机的男人一言不发地收起手机，朝众人一扬手，一众男人就像电脑游戏里已经完成系统程序安排好的指定任务的NPC一样各自归位，连一直被揪着的关梦婵也被丢还到他们中间。该把守出入口的把守出入口，该巡逻的巡逻，再没人理会他们了。

客厅里沉寂了一阵，到底还是时光先开的口。

"先去处理一下你的伤吧。"

时光扶着霍明远就要走，宗亮忽然拦到他们面前。

"等等，这个让童烁来吧，她妈妈是护士，处理伤口的事她懂得多一点。"

霍明远哼笑了一声，有点无赖地偏头看着拦路的人。

"我无所谓，不过处理这伤口得给我脱衣服，我的生活作风可是有问题的，你这会儿倒大方了啊，不怕我给你脑袋上开片大草原啊？"

"你——"

"行了，你省省吧，"霍明远冷声截住宗亮气急败坏的话音，"你不看看她都吓成什么样了,还能干什么啊?"

童烁还没从刚才一连串的惊吓中缓过来,惨白着脸靠站在墙边,贴身的旗袍把她浑身上下止不住的颤抖展露无遗。

霍明远起脚绕过宗亮,和时光朝着通向二楼的楼梯走去,刚走了没两步又听见宗亮从后叫了他们一声,紧追过来。

"你们去哪儿?"

光看起脚的方向时光就知道,霍明远和她想的一样,他一定也还记得,刚才楼上楼下参观的时候,他们曾在二楼活动室的洗手间里看到过一个急救箱。

而且,如果这栋房子里还有什么地方是可以放心说话的,应该就是这些洗手间了。

霍明远再次被他堵了路,不耐烦地挑起眉,看着这个紧张得已经有点神经质的人。

"去讨论一下谁是那个挨千刀的警察。"

"不行!要说就在这里说!"

"我们又不出这栋房子,怎么就不行了?"霍明远冷笑着微微倾身,朝对面的人凑近了些,微眯起眼睛盯着他,"你说不行就不行,你是教授啊?"

"你——"

"你给我老实点。"霍明远阴沉着脸朝宗亮迫近半步,目光凌厉如刀,"教授可没说不能打人,你别给自己找罪受。秦晖,你在下面看着他俩。"

"好的。"

霍明远和时光再次起脚朝通向二楼的楼梯口走去,宗亮终于没再跟上来,也没再从他们身后发出一丝声音。

活动室就在二楼的楼梯口,洗手间在活动室的最里面,霍明远一进去先迅速排除了任何可能存在的监控和监听设备,然后皱着眉头靠坐在洗手台上,把水龙头拧开到最大。时光在瀑布般的流水声中翻出那个急救箱,打开匆匆看了一眼。

还好,该有的基本都有。

时光匆匆翻出剪刀、镊子、纱布、酒精一类必要的东西后,霍明远已经把西装外套和衬衫的扣子都解开了，时光忙搭手帮他脱下来。黑色的西装、黑色的衬衫，看不出他流了多少血，但上手一摸就能感觉到，小半边衣服已经快要浸透了。

现在这副身体上除了那几道她早已见过的旧疤之外，就只有一处枪伤，可是在接下来的半天里……接下来将要发生在这个人身上的事，她想都不敢想。

怎么会这样呢……

折腾了这么多天，到头来怎么还是走到了这一步？

就一点办法都没有，只能这么眼睁睁看着了吗？

水池里哗哗的流水声好像宇宙时空笑话她的声音。

铺天盖地的绝望压在心头，时光眼前渐渐模糊起来，直到一只手忽然抬起她的下巴，她才感觉到有两行滚烫的泪水顺着脸颊滚下来。

"怎么哭了？"

"没哭。"

时光别过脸，抬手在脸上胡乱抹了两下，不抹还好，越抹眼泪越是止不住地掉下来，像是非得证明一下她在撒谎似的。

又徒劳地抹了两下，时光索性破罐子破摔地任它往下淌了。

霍明远把她拽到身前，用还算干净的左手手背蹭了蹭她湿漉漉的脸，低低地安慰："没事儿，就一点皮肉伤，流这点血死不了人，别怕啊。"

时光唯恐一开口会哭出声来，只是摇头。

霍明远轻叹了一声，按着她的后脑勺让她把脸埋在自己胸前，低头在她耳边低声劝哄。

"别哭，不能哭，你是雁城第一账房先生，不该在意一个警察的死活。让他们看见你这样，你就要有麻烦了……别害怕，有我呢。"话音一落，又有一个比话音更轻柔的吻落在了她发顶上，"对不起，连累你了。"

"不是，是我对不起……"时光忙摇头，有点仓皇地小声说着，直起身轻挣开他，却不敢抬头看他，"我还有……我还有事没告诉你。"

"什么事？"

"我知道今天会变成这样，我早就知道，星期一以前就知道……我知道教授今天会在这里找警察，我知道韩照会死，我也知道我们会被困在这里，一直困到明天。我还知道……关梦婵会发疯,然后被他们关在酒窖里;秦晖会跟宗亮一伙儿;你……"时光哽咽不成声,深呼吸了一口气,才咬着牙把话说完,"你会被宗亮用酒窖里的那副钩子吊起来拷打,打得全身都是血……"

时光越埋越低的头又被那只手轻捏着下巴抬了起来。

霍明远因为受伤失血而微微发白的脸上满是她意料中的惊讶,时光以为他就算能相信她现在说的不是疯话,也至少会问一句她怎么能知道这些,却不想他开口只问了三个字。

"那你呢?"

"我——"开口前时光就已经想好了,既然要说,那就一五一十地全都告诉他,他问什么她就老老实实地说什么,可是这句回答刚到嘴边,一个念头从她一片空白的脑海中蓦地蹦了出来。

不,不对,现在不是一点办法都没有!

除了眼睁睁看着一切走到八月六号的地步,她还有一种选择。

她怎么就忘了,童烁说过的,虽然她已经过完的日子就算是她的过去了,她是没有办法改变过去的,但是还存在着另外一种可能。

只要她不存在了,那么从她消失的一刻起,这个时空中的所有人就会在无知无觉之中开启一个全新的、没有她参与的将来。而她已经无力改变的那个版本的八月六号,也将会随她一起消失在浩茫的宇宙时空里,永远不会发生,永远不会被人知道……

只要她消失,一切就会不同了。

一句话只起了个头就不见了下文,霍明远不禁出声催促:"怎么了?说话。"

眼前的人虽然手臂上挨了一枪,还在流血,但是以这个人的本事,只要能多给他一点自由活动的时间,不管是藏在房子里的实验室,还是混在众人中的那个人,他都能找出来。

一切答案都在这方寸之地,凭他一个人就足够了。

"霍明远,我对你,已经没有利用价值了吧?"

冷不丁地听到这么一句,霍明远一时没反应过来她是什么意思,直看到时光伸手就抄起了急救箱里那把尖细的不锈钢手术剪,才猛然回过神来,忙一把攥住了她的手腕。

"你干什么!"

剪子是被她反握的,尖头直冲她自己的脖子,虽然还没举过胸口就被他截住了,但是她想干什么,一目了然。

"都多大的人了,动不动就要死要活!你瞎胡闹能不能分个时候!"

霍明远气急之下攥得很紧,时光使足了浑身的力气也没能挣动一分一毫,连抓着剪子的手也因为血流不畅渐渐开始发麻了。

"这是唯一的办法,只要我死了,我刚才说的那些就都不算了,接下来后面发生的事就可以不是我说的那个样子了……"

时光几乎是在哀求,霍明远却半点不为所动。

"什么乱七八糟的,你给我松手!"

也不怪霍明远觉得她瞎胡闹,在这被她搅和得一团乱的时空里来来回回折腾到现在,她这张笨嘴还是不知道该怎么把这件事说得让人明白又可信。

"警察……教授不是还要一个警察吗,我死了,你就跟他们说,我就是第二个警察,你肯定有办法能让他们相信的。这样你就安全了,然后你就能——"

不等她语无伦次地把话说完,霍明远一把把她搂进了怀里。

搂她的是他那只还没顾得上处理伤口的手臂,微微有点抖,力气却还不是她能抗衡的。时光被这突如其来的一下子搂得身形一乱,没等回过神来,就觉得右手忽然一空,那把剪子已经落到了他的手里。

"现在要是能让我回到半年前,枪顶在我脑门上我都不会去找你。"

霍明远蒙着一层薄薄冷汗的侧脸贴在她耳边,低沉的嗓音和他结实的手臂一起把她牢牢围拢在他怀里,蛮不讲理,又温柔至极。

被夺走了剪子的委屈和不知道还能怎么办的绝望纠缠着冲涌上来,时光鼻子一酸忍不住又要哭出来,忽然想起霍明远刚刚才告诫过她的话,忙咬牙把声音憋住了。

憋得住声音,却憋不住夺眶而出的眼泪。

她也不知道自己这是怎么了,她在那个已经成为她的过去的八月六号还可以足够坦然地面对他满身的伤口,现在却连想一下都觉得无法承受。

她愿意拿命去换他安然无恙,他还不肯。

越想越是害怕，越是委屈。

"你不让我死，那就没有别的办法了……"

霍明远好一会儿没有说话，到底只在她耳边低低地叹了一声，抬起头想要放她起来，一动之间不小心牵痛了手臂上的伤处，不禁浑身一绷，"嘶"地倒吸了一口气。

拉扯这么半天，他伤口还原样晾着呢。

"我……我先给你收拾一下吧。"

时光匆匆抹了把眼泪，手忙脚乱地要去翻急救箱，被霍明远摆摆手拦住了。

"问题不大，我自己来就行了。你把脸洗干净，别让他们看出来你哭过。我们不能单独在这儿待太长时间，你先好好听我说。"霍明远说着，熟门熟路地拿起镊子和棉球在自己的伤口上鼓捣起来，嗓音四平八稳，好像是在给别人处理伤口似的，"教授给下面的人打电话从来都是用这个声音，我曾经录下来送去分析检验过，发现这个声音不是把正常说话的声音做变声处理，而是直接通过向某个语音生成软件里输入文字转化的声音。"

"输入文字转化成声音？"时光听得一愣，她哭得发昏的脑袋里隐约觉得这两者之间存在一种至关重要的区别，但一时又抓不到头绪，"就像……霍金那样？"

"对。"霍明远被这个例子听得嘴角微微扬了一下，"这样就不能通过声纹鉴定来锁定某一个人了。你说得对，教授现在就在这儿，刚才的电话是他利用客厅的监控摄像头指挥外面的什么人替他打的。因为这个人只是按照教授给他的指令输入一些之前就编写好的特定语句，所以不能对我们临时的提问做反应。"

时光刚要掬水往脸上泼，忽然反应过来。

"你发现谁了吗？"

霍明远一边小心地探下镊子在伤口中找寻什么，一边皱眉地摇摇头。

"但是教授一定就在这儿……他特地打这通电话，就是为了掩盖这件事。而且，他大张旗鼓闹着找警察这件事，也应该是为了掩盖点什么。"

时光低头接连往脸上泼了几捧水，凉水激在脸上，脑子立刻清醒了不少。

"你是说，教授不知道这里真的有警察？"

"只是我的直觉。虽然我安排了韩照妹妹假死，但是估计教授已经看破了，杀韩照可能本来就在他这一次的计划内。但是如果刚才韩照没干傻事……算了，都怪我。"霍明远脸色微微一沉，稳着手从伤口中夹出一块弹头，舒出一口气，展开汗涔涔的眉头，边利落地止血边接着说，"所以，不管把谁交出去，今天这事儿都完不了，别再白白把命往里填了。"

"我不是要做无谓的牺牲——"

"什么牺牲都不行。"霍明远不容半点商量地打断她，简单粗暴地用一团消毒棉球塞住伤口，"我是人民警察，你是人民，要牺牲也是我的事，你唯一该干的事就是信任我。你这条命对我还有大用，我现在要求你，从现在开始，专心保护你自己的生命安全，就和你平常一样，该认怂就认怂，其他什么都别管。你坚持一下，最多到明天早晨。"

"坚持？"时光怔怔地看着这个两句话就把她安排明白的人。

他说她的命对他还有用，她虽然不清楚他到底想怎么用，但她以为至少他接下来会和她就现在的局势商量一下策略，制定一下接下来里应外合的计划。可是没有什么策略，也没有什么里应外合的计划，他就只是让她坚持？

坚持活到明天早晨，就只是这样？

"这是你欠我的。你打我那一巴掌，我现在要跟你算账了。"霍明远转手从架子上拽下一条毛巾，塞到还满脸是水的时光手里，"别忘了你今天早晨答应我的——"

霍明远话没说完，活动室门外忽然传来一阵上楼的脚步声。

很多人轻轻重重的脚步声混在一起，眨眼工夫就来到活动室门前。

霍明远来不及穿上衣服就赶了出去。时光胡乱抹了一把脸，丢下毛巾的时候，目光从洗手台上扫过，恰好看见那把刚才被霍明远从她手里夺走的剪子，稍一犹豫，还是偷偷摸起来揣进了裤兜，才快步跟上。

时光跟着霍明远刚走出洗手间门口，就见活动室的房门被人"咚"的一下暴力踹开，宗亮、秦晖、童烁和几个持枪的男人一拥而入。

"这是什么意思？"

第四十七章

似乎是要报刚才的威胁之仇，宗亮略有点快意地笑着，清了清嗓，才一字一句地说。

"不知道这里讨论得怎么样，刚才我们在楼下也讨论过了，现在一致认为，霍明远，你就是那个警察。"

宗亮故意把"我们"和"一致"说得格外清楚。

时光诧异地看向和他们站在一起的秦晖。

她早知道他会背叛霍明远，但她一直以为那是霍明远虎落平阳被宗亮囚禁之后的事，没想到竟然这么快、这么早。

霍明远皱眉在他们三人间一扫，目光落定在秦晖身上。

"秦晖？"

"霍总，您背着教授吞钱吞货的事，教授已经知道了。"

霍明远微一怔，嗤笑出声："你以为把我栽成警察，教授就能放过你了？你认识这个姓宗的才几天，你知道他是什么来路啊？"

"宗先生是教授的厨子。"

"他说他是厨子他就是厨子啊？你亲眼看见他起火开灶了吗？"

"霍明远！"宗亮抢在秦晖前冷哼了一声，语声里的阴阳怪气也没能掩住他神情里一掠而过的惊慌，"你不要浪费口舌在这里搅浑水了，大家都不是小孩子，没有人会无缘无故地相信谁，也没有人会无缘无故地冤枉谁。谁是人谁是鬼，大家心里都有分辨。"

霍明远看也不看他一眼，只瞪着秦晖说："你哑巴了？我问你话呢！"

秦晖低眉敛目，以示不再答话了。

霍明远恼火地朝进门来的这群人中扫了一眼，这才发现少了一个人。

"关梦婵呢？"

宗亮还是端着那副阴阳怪气的腔调，但事不关己，话音就明显比刚才放松不少："她需要冷静一下，已经送她去酒窖了，等你亲口认供了，再问她的意见也不晚。"

"认供？"霍明远笑出声来，嗓音浑厚平稳得丝毫不像个刚刚挨过一枪的人，"宗亮，大白天的你做什么梦呢！我跟你认供？你算个什么东西！"

"那就别怪我不讲同窗情分了。"宗亮笑意一敛，朝时光看去，"时光，你过来。"

时光犹疑片刻，到底站着没动，"你想干什么？"

宗亮无奈地叹了一声，转眼看向一进门就迅速把霍明远和时光围起来的一众打手。

"拜托几位手下留情，别伤了他的性命，也别伤了无辜。"

宗亮话音一落，就有三人把手里的枪往腰间一别，同时朝霍明远扑了过去。

时光顿时被逼退到一旁，还没站稳脚，只听到一阵拳脚到肉的声响和接连的惨呼，三人就已经尽数趴下了。

一众打手显然没想到一个已经负伤的人还能有这样可怕的身手，呆愣了一下，才忙又攻上四人。这次只多与他纠缠了小半分钟，就又被尽数打退了。

十个打手终于一拥而上，却还只能勉强纠缠。

宗亮看急了，转头看向袖手一旁的秦晖。

"你还愣着干什么？"

"宗先生，我刚才就说过了，除非开枪，否则这里所有的人一起上，也不是他一个人的对手。"秦晖淡声说着，看着高下分明的战局略有点无奈地叹气，"他已经手下留情了。"

"那就开枪！开枪，只要他有一口气就够了！"

宗亮疯狂的声音穿过阵阵拳脚的声音刺进时光耳中，听得时光心里一凛。

打手们显然也都听见了这个疯狂的声音，纠缠在战局外围的人已经伸手拔枪了。时光一咬牙，闪身突袭，眨眼工夫就钻进了战局。

"时光——"宗亮喝止她的话还没说出来，她已在一众高大的男人间灵巧闪身，迅速贴到霍明远背后，趁那人正专心对付指到眼前的枪口，抽出兜里那把剪子，几乎不费吹灰之力地把剪子尖儿直抵在了他腰间的脊骨上。

霍明远如游龙般的身形立时一顿，僵硬地定住了。

这位置被剪子扎进去未必致命，但他这辈子一定不可能再像这样挺拔地站着了。

战局骤停，打手们都松了口气，求之不得地纷纷后退，宗亮一眼看清，顿时一喜。

霍明远不用回头就能知道拿这奇葩的武器抵住他的是什么人。

"时光！你疯了啊！"

时光平淡地看着眼前这大汗淋漓的脊背。

"我没疯。"从今天早晨起来到现在，她还没有哪一刻像现在这么清醒。她当然记得她今天早上答应他的话，谁害他，她就跟谁站到一起，"如果你真的不是警察，就不应该害怕盘问；你害怕，就有问题。"

宗亮披了大半个星期的温文拘谨的外皮在兴奋之间彻底揭了下去。

"对！抓起来审，不怕他不招！"

踟蹰许久，才有一个打手掏出一把锈迹斑驳的手铐，壮着胆子上前扣到霍明远的一双手腕上，然后又有人上前来接过时光手里的剪子，这才又陆续上来三个人，三个枪口连同那把剪子一起抵在他身上，一路小心翼翼地把他押去酒窖。

酒窖门口像八月六号早上一样被人持枪把守着，见他们押人过来，守门的人打开那扇沉重的大铁门，露出里面的一团漆黑。

"怎么不开灯？"看着几个打手摸黑押人进门，时光不禁问。

她记得清楚，三号的那天早晨宗亮还突然开灯把她吓了一跳。

"灯不亮了，可能是线路出了点小毛病。不碍事，反正他们在里面也用不到。"宗亮轻描淡写地说着，对她朝楼梯口示意了一下，"可以和你说几句话吗？"

时光点头算作答应，在童烁和秦晖的注视下跟着宗亮一路走到楼梯口，一直走上通向一楼的最后一个台阶，宗亮才停住脚。

"婷婷……"

时光没再出口纠正这个称呼，宗亮却好像不知道从哪开口似的，嘴唇抿成直直的一线，犹豫了好一阵都没接出下文，到底还是时光替他接了下去。

"他们说的厨子，就是造毒品的，是吗？"

宗亮已经没了刚才的威风，小心地看着时光一片平静的脸，轻点了下头。

"多久了？"

"我博士毕业那年……"时光刚微微一皱眉头，宗亮就忙不迭地说，"婷婷，我也是不得已的。那年我父母相继得癌症，我也才刚毕业，你知道我家——"

"我明白。"时光平静地打断他这段似乎要说上几天几夜的解释，"就算你不需要钱，只要教授找上你，你就只能答应，否则他会杀了你全家。"

宗亮绷了半天的一口气松了出来，眉眼间带着十足的抱歉望着她："对不起，我不是故意瞒着你的，我只是……"

"说不出口。"时光替他说了出来，又淡淡地添了一句，"我也一样。"

宗亮好像这才想起，眼前这个人也并不是只有这些天来让他看见的这一张面孔："在客厅的时候听霍明远说，你是……"

"雁城第一账房先生。"一个听起来就足够唬人的名号被她说得既不自豪也不自卑，好像这名号生来就是她的，早已经习以为常了，"就是全雁城收费最贵的账房先生，说白了就是个做账的，不是什么时总。我也对你撒谎了，所以我们也算是扯平了。从现在开始，我们都可以说实话了吧？"

"当然！"时光话里的言外之意让宗亮抑制不住惊喜，激动地捉起她的手，"我就知道，你一定会站在我这边！"

时光任他捉着手，依旧满目平淡地问："你能不能告诉我，你是怎么说服秦晖的？"

宗亮刚一犹豫，时光就冷着脸把手挣了出来，转身就要下楼往酒窖走。

"你把我也关进去吧。"

"婷婷！我不是这个意思，你别生气啊……"

时光本就是要逼他说句实话，宗亮把她拉住，她也就顺势站下了，冷着脸等他的解释。

"其实也没什么，"宗亮警惕地看看守在不远处一扇窗下的打手，把声音放低了些，"我只是给他看了我最新的研究成果样品，我告诉他，这项研究数据没有任何记录和备份，全部都存在我的大脑里，只有我活着才能实现这款新货的量产。教授不可能杀我，所以跟我站在一边是绝对安全的。"

难怪八月三号霍明远在这里怎么翻箱倒柜也没有找到半点蛛丝马迹。

眼前这个人的可怕，恐怕连霍明远都很难想象。

时光转过头顺着楼梯往下看了看。

"那你准备拿霍明远怎么办?"

"你跟霍明远……"

时光转回头来,垂眼看看还抓在她胳膊上的手。

"我只是拿钱给人做账的账房先生,我和他之间只有这一层关系。如果他真是警察,我也有罪证在他手上,我也不希望他能活着离开这里。"

宗亮安心地一笑,抓在她胳膊上的手微微紧了紧,像是要把他的安心分给她些许似的。

"放心吧,我有办法让他招认的。"

"好。"他有什么办法,她再清楚不过了,时光不着痕迹地挣开宗亮的手,"你能让童烁来一下吗?我想弄点热水喝,不太会用这里的厨房。"

"也好,审问这种事不合适女孩子在场,我去叫她上来。时间也不早了,你能和童烁一起准备点吃的吗?"

"好。"

时光看着宗亮走下楼梯的背影,缓缓地沉了口气。

客厅里的地板还没来得及清理,闷热潮湿的空气里弥漫着一股新鲜的血腥味。她不是第一次见死人,但却是第一次眼睁睁看着一个前一秒还活生生的人在她面前血溅满地,瞬间变成一具毫无生气的尸体。韩照死得太突然,也太震撼,她的思绪猝不及防之下就被拽到了八月六号,只想着怎么才能阻止今天最终走到那样一个惨烈而又一无所获的结果,却忘了一个最根本,也是至关重要的问题。

她知道的那个结果只不过是八月六号的开端,而并非八月五号的结尾。

八月六号的她对一切懵然无知,但她未必就没有在今天找到答案,也许只是因为现在还不知道的什么原因,她没有在今天告诉霍明远罢了。八月六号一早她是在地下酒窖里醒的,醒在霍明远身边的,现在看,她今晚之所以会睡在那里,一定不只是为了阻止宗亮用毒品对他逼供那么简单。

她的八月六号只是过去,现在开始的一切才是将来。

谁都无法活着改变过去。

但只要活着,一言一行、一举一动,都能左右将来。

第四十八章

时光前脚走进厨房,童烁后脚就跟进来了。

"他是不是跟你说,他父母得癌症没钱治,我们家又不肯贴补给他钱,他才跑去给人制毒的?"童烁一进厨房就径直走到冰箱前,打开冷冻室,拿出一块肉、两条鱼,隔着包装袋放到水池里,边冲水解冻,边在激荡的水流声里冷笑着低声问她。

"我只听到癌症这里,没听完。"

"他父母得的不是癌症,是艾滋病,吸毒吸的。我也是和他结婚以后才知道,南山那一片山区里很多人吸毒,穷,又没有预防意识,一支注射器来回用还不算,一针毒品也会来回用。就是一个人先把毒品注射到自己身体里,接着吸出一管子含有毒品的血,下一个人就直接把这一管子血当毒品用了……他父母就是这么感染艾滋病死的,他还在这儿撅着屁股给人研究新型毒品,孝顺吧?"

童烁冷笑着说完,关上水龙头,拎过一只菜篮子塞到惊呆在一旁的时光手里,自己又拎过一只,转身朝后院菜地走去。

通向后院菜地的那扇门外也被人把守了,守门的人只看了看她们拎在手上的菜篮子,一言未发,任她们进了菜地。

盛夏中午毒辣的太阳当头照着,时光才觉得浑身的寒凉散去了些许。

童烁走到一片豆角架子间,边慢吞吞地往篮子里摘豆角,边低声问:"他们说的那个教授,就是雇宗亮给他研发新型毒品的那个人?"

时光轻轻地"嗯"了一声。

"那个男孩,被他们杀了的那个,真的是警察吗?"

时光沉默片刻,微一点头,又"嗯"了一声:"应该是吧。"

"那霍明远呢?"

"不知道。"

时光感觉到童烁朝她看了一眼,转头看过去的时候,童烁已经把目光收回到面前的豆角架子上了。

"刚才宗亮在楼下说，那个男孩——"

"他叫韩照，"时光低声打断童烁，"阳光普照的照。"

"韩照，"童烁在短暂的怔愣之后像是明白了点什么，低低念了一遍这个名字，接着刚才的话说，"宗亮说韩照朝霍明远开那一枪是故意的，就是为了保霍明远安全。那个秦晖也说，以韩照平常的身手很难打中霍明远，更别说妄想一枪打死他了。所以他们认为，如果韩照是警察，那霍明远一定是他的同伙。你叫我来，是想问这些吧？"

宗亮在找警察这件事上打的是怎样的算盘，时光已经有数了。

她叫童烁过来自然不是为了这些。

"你还记得我说过，我总觉得在哪里见过这栋房子吗？我刚才想起来了。我父母曾经被一个叫张夫林的画家邀请去他的工作室参观，回家的时候带了一幅画，画里就有这栋房子。那幅画我只见过那一次，后来不知道被他们收到哪儿去了，但是我还记得那个签名的样子，和你舅舅画上的签名是一样的。邀请我父母的张夫林，应该就是你舅舅吧？"

"有可能。"童烁边摘豆角边漫不经心地应了一声，感觉到时光停下动作盯着她看，才怔了一下，也停了手上的动作，"这怎么了？"

"这房子里的画，真的是你父母让你收走的吗？"

童烁苦笑摇头："你怎么什么都知道啊……不是我父母，是宗亮让我那么说的。他说字画的价钱可贵可贱，不好估量，不能随便便宜了你们。"

"那你舅舅在这里得心脏病去世，还有他不许买房的人重装房子这些话呢？"

"这些不是宗亮说的，都是实际情况。"说着，童烁忽然又想起些什么，"哦，对了，约你们今天来这儿看房的事，是宗亮的意思。"

"时间也是他说的吗？"

"嗯。而且他说，为免显得太热衷买这栋房子，被我们坐地起价，你和霍明远一定不会准时，所以他让我说八点半，但是估计你们九点左右才会来。"童烁无奈地笑叹了一声，"你们还真被他说中了。"

时光未置可否。

宗亮也同样被霍明远说中了。

这里的一切都没有那么简单。

时光跟着童烁摘了些豆角，又摘了些零零散散的蔬果，回厨房之前，时光又朝那间建得颇费心思的机房方向看了一眼。

童烁在厨房里打开抽油烟机，开始热油锅煎鱼的时候，时光才凑到她身旁问。

"我还有件事想问你。建一间化学实验室应该具备什么基础条件？"

"化学实验室？"童烁以为自己在油烟机的轰隆声中听错了，反问了一句，见时光认真地点了头，才想了想，颇有点纳闷地说："有水有电，有良好的通风和排污系统，这些是最基本的。你问这干什么？"

水、电、通风、排污。

时光将四个条件在早已刻在脑海中的这栋房子的布局图中飞快地筛了一遍，觉得符合条件的就只有两种地方，一是厨房，二是洗手间。

厨房就在眼前，楼上楼下所有的洗手间她在刚才参观的时候也都看过，没有哪里像是藏着一间能大量研制生产毒品的化学实验室的样子。

时光轻蹙着眉头摇摇头。

"没什么。"这一顿饭做完，她未必还会再有和童烁单独说话的机会了，还有件要紧的事必须说完，"你的那个手机还在这里，没被他们收走吧？"

童烁一下子就反应过来时光说的是哪个手机。

"你怎么连这个都知道？"

"我想请你帮个忙。明天早上，悄悄往我的手机上打个电话。"

童烁一怔："你的手机不是没在身上吗？"

"你打就是了，我不会接的，你只要一直保持拨号就可以了。然后你想办法让这些人注意到霍明远的车，他们会发现，那辆车里可能有定时炸弹。"

"定时——"童烁竭力压低的惊讶嗓音刚开了个头，忽然想起点什么，低头翻着锅里的鱼苦笑，"我差点忘了，明天你已经过完了。行吧，只要那个时候我没变成那副不人不鬼的样子，我一定记得。"说罢，又想起点什么，自嘲地笑了一下，"我这脑子……你既然让我这么干，肯定是知道我能在明天干成，对吧？"

时光只觉得喉咙口有点发堵，一时没答话，只微微一点头。

"好，我记住了。明天早上什么时间？"

时光稍稍回想了一下大概的时间，"一会儿我也会去酒窖，明天早上出来，你就等我从地窖出来以后大约二十分钟之后打。"

"知道了。"童烁淡声应罢，忽然又想起点什么，停了手上的动作，转头看向时光，"对了，你那天让我给你发的那个错的化学反应式，到底是什么意思？"

"只是个游戏。我刚刚学化学的时候，宗亮为了帮我记化学元素编的。"

"你……"童烁皱眉看着把这话说得云淡风轻的人，"你是不是不信我说的，他这些年一直想杀你的事？"

"我相信。"时光郑重地点头。

童烁欲言又止，到底叹了一声，笑着摇摇头，"算了，看他现在对你的样子我自己都不信了……"说着，童烁微一抿嘴，有点犹豫却还是忍不住问，"那明天，赢了吗？"

"会赢的。不过，要等到我的明天。"

童烁微一怔，在透过窗户投进来的明艳阳光中明艳地笑了一下。

"谁的明天都行。"说罢，童烁搁下手里的锅铲，伸手解开旗袍领口的两粒盘扣，把手从领口探进去掏摸了片刻，然后捏出一件细小的东西，飞快地塞进时光手心里，"等你从这儿出去了，找个没人的地方，帮我把这个销毁。"

时光摊开手一看就愣住了。

童烁塞进她手里的东西，就是她八月三号的晚上在童烁的请求下，从宗亮的保险箱里偷出来的那个银色的小U盘。

"销毁？"

"要彻底销毁，最好是用高强度腐蚀性化学药品把它溶解掉，不然还是有恢复数据的可能。"童烁又拿起锅铲，一手利落地翻了一下快要煎煳的鱼，一手把扣子扣好，"我昨天没找到合适的机会，本来想着带到这儿来碰碰运气，没想到今天更倒霉……"

"这里面的数据是什么？"

"跟现在这里的事没什么关系，是我自己的事。这件事比我的命重要，拜托你了。"

不管是什么事，时光现在一时也找不到什么设备可以读出里面的东西看。更何况，把这东西从电脑上拔下来，和把这东西插到电脑上读出东西来，对她来说完全是两种难度级别的事情。就算有设备摆在她面前，她也不知道该怎么办。

但她无比清楚那种一件事比命还重要的感觉。

"好，你放心。"

时光几乎没插上手，童烁就把一桌六菜一汤做好了。

这群打手似乎是防着他们在饮食里动手脚，就连喝水也只喝他们随着自己的车带来的瓶装矿泉水。童烁和她忙活一通，到底来吃饭的就只有宗亮和秦晖。

"霍明远的那个女助理已经彻底疯了，估计也吃不了什么，晚些时候再说吧。"

两人在饭桌边坐下的时候身上还带着一股血腥味，不用问也知道酒窖里的逼问已经进行到了哪一步，时光还是问了一句。

"他还没有招吗？"

秦晖沉默地扒着饭，宗亮略有点尴尬地笑笑，挑了个不太显得无能的说法。

"就快了。不过，可能需要你帮个忙。"

"我？"时光故作怔愣。

"先吃饭吧，吃完饭给你看样东西，咱们再说。"

宗亮说的东西，毫无意外的，就是放在那只手提箱里的T1107。

时光不知道他是从哪里把这只手提箱拎出来的，她帮童烁把碗筷收拾到厨房里，再出来的时候，宗亮已经拎着这只箱子站在客厅等她了。

一直走到八月二号给她住的那间客房里，宗亮才打开手提箱上的锁扣。

看到里面的东西，时光恰到好处地怔了一下，明知故问："这是什么？"

"这就是我最新的研究成果，我给它命名为T1107。"

时光定定地看着手提箱里这些虽然已经并不是第一次看见，却还是让人看一眼就觉得毛骨悚然的东西，"1107，是我的生日？"

"是，还有你的名字。"宗亮目不转睛地盯着她每一分神情变化，热切又惴惴地说，"这是我最新的成果，这个名字能让它有不同寻常的意义。如果……如果那些信，还不能让你相信我从来没有忘记过你，那这个，可以吗？"

类似的话她已经听过了一遍，并且一点也不想再听第二遍。

时光淡淡地皱了下眉头，无波无澜地把话题拉回到正轨上。

"这个和审问霍明远有什么关系？"

宗亮的解释就是那些对她而言毫无新意的话，先说了T1107独特的高成瘾性，又说到毒瘾对人意志的瓦解能力，接着又以她现在处境的危险性说明了非她去不可的理由。

和她在八月六号听到的那番话一模一样。

听到耳朵里却一点不觉得习惯，反而觉得比那天听到的时候更加毛骨悚然、遍体生寒。

一切应对的打算在她跟着宗亮上楼来的时候就已经想好了，时光还是耐着性子端出一副认真思考的样子，皱眉待了片刻，才出声问。

"秦晖也同意了？"

"他说只要你答应，他就没有意见。"

"你和他都觉得，这是现在唯一的办法了，是吗？"

"是。这也是对你最有利的办法了。"

宗亮微微压低的眉心让他这句话听起来格外恳切，格外苦口婆心。时光定定地看了他片刻，垂下目光，到底没点头也没摇头。

"既然这样，那就让我试试吧。"

第四十九章

宗亮似乎没想到这么快就听到这句话。

"你答应了？"

"我不是这个意思。"时光皱皱眉头，把这句产生了歧义的话换了个更清楚的说法，"我是说，既然你们都没有别的办法了，那就让我来想办法吧。

给我一点时间，到明天早晨，如果我还是没有更好的办法让他招供，再用你的这个办法也来得及。"

宗亮怔了一下，苦笑着摇摇头，把打开的手提箱小心搁到床上，起身打开床对面的电视机，拿遥控器按了几下，屏幕上就显示出了酒窖的监控画面。

还是她在八月六号就看到过的那个摄像头采录的画面，只是镜头里的人不是被手铐锁在墙角那根下水管道上靠墙坐着的，而是被那副粗大的起重铁钩穿过琵琶骨吊起来，吊到他虚虚下垂的脚尖刚好触不到地的高度。

夜视画面是黑白的，但只从黑白色调的变化上就能看出这副身体上的一片血肉模糊。

人低垂着头颈，一动不动，画面上活动的就只有不时从他身上滴落的血，和屏幕一角显示时间的数字。

宗亮去开电视的时候她就已经做好看到这幅场景的心理准备了，可这幅场景真的出现在眼前，时光还是禁不住倒吸了一口气，眼眶蓦地一热，紧紧地咬着牙才把眼前迅速蒙起的水雾硬逼了回去。

"婷婷，这样都不行，你还能有什么办法啊？"

时光盯着屏幕上的人定定地看了一阵，缓缓沉了一口气，才把回归平淡的目光转回到宗亮的身上，"宗亮，你根本就不相信这里有警察，你的计划是，只要我们一起推出一个人，再让他招供，就可以了，对吗？"

宗亮冷不防地被戳穿心思，不由得惊了一下，忙要解释："婷婷——"

"行了，我知道了。"时光不怒不喜地打断他，"雁城第一账房先生虽然不是什么了不起的名号，但是我也有我的规矩，下次再谈合作的事，希望你能在一开始就开诚布公，否则想也别想。"

"对不起，是我错了，以后绝不会了！"

宗亮在这话里听出"下不为例"的意思，忙不迭地保证。

"我比你更了解他，这个人是吃软不吃硬的，还是先让我试试我的办法吧。"时光淡声说完，见宗亮像是还要开口劝阻，不禁皱皱眉头，赶在他开口出声前说，"你也说了，这个T1107只是试验品，万一在霍明远身上的表现出了什么差错，你要怎么跟教授解释？你还能保证教授一定不会杀你吗？他也许正在监控里看着呢，你这不是在给自己找麻烦吗？"

宗亮终于有了几分犹豫的神情。

时光趁热打铁道："你别忘了，人是我拿下的，我比你们都更有办法对付他。"

"好吧。就照你说的。"

时光暗暗松了口气，又朝光线暗淡的屏幕上看了一眼。

"酒窖里的灯还没有修好吗？"

宗亮无奈地摇摇头："我请他们帮忙看过了，说是线路坏了，得更换一条线才行。这里没有能更换的材料，只能先这样了。"

线路坏了？偏偏在这个时候。

时光若有所思地"哦"了一声。

"你放心，这个监控我会一直盯着，绝不会让你在里面有什么危险的。"宗亮话音顿了顿，微一低头，伸手扶上时光肩头，"婷婷，有句话，这个时候说可能有点不合时宜，但是我还是想让你知道。这些年，我心里的人一直都是你，只有你。"

"你说得对，确实不合时宜。"时光淡淡挣开那双比宇宙时空被她惹怒时还要让她觉得难受的手，"麻烦你让他们把他放下，给他穿好衣服吧。"

"好。"

时光踏进酒窖里的时候，吊在钩子上的人已经被穿好了衣服，左手被那副锈迹斑斑的手铐铐锁在墙角的下水管道上，无声无息地靠墙歪坐着。

关梦婵显然被迫目睹了那场血淋淋的审问，时光走进来时，她就像六号一早看到的那样缩身团坐在酒架间一动也不敢动，却又控制不住地发出一阵阵发抖的呜咽，衬得这充斥着浓重血腥的昏暗空间更加阴寒可怖了。

"霍明远？"

时光努力克制住想直奔过去的冲动，压着步子走过去。一直走到他面前才跪下身来，眼前的人也没有半点反应。

时光伸手摸上他的脸，触手尽是一片毫无生气的冰凉。

他可能是在经受刚才那番地狱般的折磨期间昏过去了几次，又被冷水反复浇醒，衣服和头发都是湿透的。即便是陷入这样的昏迷，身体还在无意识地微微发抖。

这情况远比她六号一早看到的严重得多，照这样下去，他能不能熬过这一夜还很难说，又怎么可能像她曾亲眼看到的那样带着她和关梦婵一起逃离这里？

怎么会这样……

也许是在昏迷中感觉到了难得的温热，霍明远下意识地偏头朝她抚在他脸颊上的掌心挨靠了过来，难受似的低哼了一声。

几个小时前，这个男人还把她搂在胸前，温柔又坚定地对她说，别怕，有他呢。

让他喝点酒也许会好些。

时光强忍着想要抱住他的冲动，起身朝那排存放瓶装红酒的酒架走去。

她到这里来，还有一件更要紧的事。

时光假装选酒，走到她八月三号一早差点就要发现点什么的那个位置，可是关梦婵发抖的呜咽、充满鼻腔的血腥和残存在她掌心的霍明远冰冷的体温萦绕不散，像疯狂生长的藤蔓一样把她的头脑里缠得紧紧的，丝毫不能转动。

那天给她灵光一闪的东西到底是什么……

酒、酒架子，还是别的什么？

越是着急，越是一团乱麻。

墙角的方向忽然传来一阵吃力的呕声，时光心头一紧，顾不得再多想，忙上前抽了一瓶红酒，又顺手拿了挂在酒架旁的开瓶器，匆匆过去。

霍明远还没清醒，迷蒙地半睁着眼睛，似乎拼命地想要呕出些什么，却什么也呕不出，只是一下接一下地干呕着，身体发抖得几乎坐不住。

"慢点，慢一点。"

时光跪坐在他的身边帮他撑住身体，凭着六号对他身上伤口位置的记忆摸到他背上一片没被伤到的地方，轻轻敲拍。

霍明远干呕了足有两分钟才喘息着平静下来，喉咙里发出一个微弱低哑得几不可闻的声音，时光凑近听了几遍才听出他在要水喝。

"你等等。"

时光扶着他在墙上靠坐好，伸手抓起刚拿来的红酒，使劲儿把开瓶器的尖端往橡木塞上戳的时候，时光才感觉到，自己也在忍不住地发抖。

他这样子绝不只是一点皮肉伤的事。

遍体发寒、呼吸微弱、口渴、呕吐，这些症状搁在一起似乎是什么常见的病症，可时光脑子里已经乱成了一团，无法思考。

好容易起开那瓶红酒，瓶子刚往他唇边凑近，这个常年拿酒当水喝的人却像受不住酒气似的把头别开了，眉头一沉，又有了要开始干呕的架势。

时光忙把酒瓶拿开了。

必须得出去找宗亮问个清楚，他用遍的那些办法里，除了她能在这个人皮肉上看到的这些，到底还有什么。

"你等等，我去给你拿水。"

时光放下酒站起身来，视线一转，目光不经意地扫过远处地面上的一片光斑，下意识循着光亮往上看了一眼。

是阳光透过酒窖一侧墙壁靠近顶端位置上细窄的透气窗洒下的。

下午将近四点，太阳稍稍西斜，山里就已经开始起雾了，阳光远没有正午那么明媚，但直直穿窗而入，还是仿佛一把利刃，将这满室的阴暗劈开一道缺口。

时光不禁一怔。

以这栋房子的结构，这个时间，阳光能这样直直地从这个方向照过来，说明……

这面开着气窗的墙向上延伸，就是厨房和机房共用的那面墙，也就意味着，这座地下酒窖的上面，应该就是厨房和机房那一片区域。

她之前从没注意到这件事。

可是……

时光匆匆走上台阶，站在高处放眼扫了一圈，稍一思忖，转身叩开了紧闭的铁门。

"怎么样，他说什么了吗？"时光刚顺着楼梯走上一楼，宗亮就迎了过来。

"我问你，"时光皱着眉头，脸上虽然还是一片平淡，但分明忍着火气，

"你用的办法里,除了把他吊起来打,还有什么?"

宗亮想也没想就要开口,被时光沉声截了回去。

"想好了再说。我说过,如果你不能开诚布公,那合作的事你就永远也别再想了。反正没有我的这一票,你们就是让霍明远吐了口,在教授那里也不能算数。"

"婷婷,你先别生气……"宗亮微一抿嘴,软着嗓音说,"我不是要瞒你,只是还没有顾得上和你说,你想知道,我当然全都告诉你。"

"你说。"

"其实也没什么,就是给他注射了一点酒。"

时光一愣,以为自己听错了什么,"注射酒?"

"本来以为如果让他血液中酒精含量达到一定浓度,他就会思维混乱,也许能好说话一点,谁知道……"宗亮像是在解读一个失败的实验一样无奈地叹了口气,"可能是他平时一直酗酒,对酒精的抵抗力比一般人要强很多吧。"

是了,那些看起来非常眼熟的症状不是什么常见病,而是醉酒的表现。

时光几乎把牙咬碎了才保持住面上的平静,缓缓沉了口气,稳住嗓音问。

"注射了多少?"

"不多,就只有半瓶白酒。"

时光一时没说话,紧绷着咬肌朝厨房走去。

童烁已经在厨房里准备晚饭了,时光循着小火煨着鸡汤的香气和抽油烟机在低挡位运转的呜呜声走过去,宗亮也跟着她进了厨房。

"婷婷——"

"如果你还想让他有命在教授面前开口认供,就赶快去准备缓解酒精中毒的药。"时光一边拿杯子倒水,一边尽可能淡漠地说。

"酒精中毒?"在灶台前忙活的童烁一怔,转头看向两人。

宗亮妥协似的叹了一声:"童烁,你把二楼那个急救箱拿过来。"

童烁摆出惯常的那副不耐烦的模样,翻着白眼丢下汤勺,转身出去了。

"婷婷,"童烁一走,宗亮就走过来,看着她认真地把热水和凉水兑在一起,"我这么做也是为了大家都能活着离开这儿。他要是肯松口,我也不愿这样对他。"

"我知道。"时光头也不抬,一边在厨房里转悠着挑选现成的食物,一边淡然地说,"除了注射白酒以外,还有别的吗?"

"没有了。"

"我得拿药和吃的下去,首先,不能让霍明远死在那里,否则你之前做的那些就都是白费力气了。他能清醒过来听我的劝最好,如果我也拿他没有办法,那么能把关梦婵哄好了也好,不管怎么说,向教授交差的时候也需要她的表态。"说罢,时光停住脚,转头看看一直跟在她后面转悠的宗亮,"这样做,你有什么异议吗?"

"没有,当然没有,还是你考虑得周到。"

"那就好。"时光把挑好的食物都放进餐盘里,童烁还没回来,时光转眼看看厨房墙壁上那面镜子,随口闲话似的问宗亮:"酒窖就在厨房下面吗?"

宗亮似乎巴不得说点别的什么舒缓一下这剑拔弩张的气氛,忙回答:"是呀,就是厨房和机房这一片。可能是厨房和机房里用电比较多,需要防潮,所以下面开了一座酒窖,把这一片的地面抬高了些。"

从餐厅进厨房,确实需要上几级台阶。

她一直以为那只是为了增加房屋的层次感而做的装修效果,没想到是这样的原因。

见时光看着厨房门口那几级台阶失神,宗亮不禁问:"怎么了?"

"没什么。"

不等宗亮再说什么,童烁拎着那急救箱走了进来。

宗亮从急救箱里翻到一盒印着"盐酸纳洛酮"字样的针剂和一支没拆封的一次性注射器,没交给时光,却是递到了童烁手中。

"你应该没有给人打过针,就让童烁去吧,她会。"

童烁脸色微微变了一下,到底没说什么。

"好。"时光说着,一手端起那杯温水,一手端起满满当当的餐盘,宗亮伸手过来帮她稳了稳堆在餐盘上的东西。

"我帮你一起送下去吧。"

"不用了。让霍明远看见我和你一起,我再劝什么可能都没有用了。"

"好吧。"

走出厨房,时光余光扫见宗亮没有跟出来,才垂眼看看童烁拿在手上的东西,低低地压下声音问:"这里怎么会有这种药?"

童烁微白着脸色勉强地哼笑了一下。

"这东西能用于酒精中毒的急救,也能用于在人吸毒过量快死过去的时候把人叫醒。你说为什么?"不等惊愕在时光脸上漫开,童烁又低声说:"这一针打下去他很快会醒,你还是想想跟他说什么吧。"

第五十章

童烁打针的技术比她想象的还要娴熟。

时光的眼睛还没能彻底适应酒窖里的昏暗,童烁就已经摸黑把这一针打完了。

"放心吧,宗亮他们下手留分寸了,他死不了。"

"谢谢了。能麻烦你再去看一下关梦婵吗?"

这种时候哪怕是稍微多懂一点医疗知识的人也像是白衣天使一样,哪怕这是个端着食物翻着不耐烦的白眼起身走远的白衣天使。

时光轻抬起霍明远的脸,小心地喂他喝了点水。

霍明远无意识地吞了几口水,湿漉漉的睫毛颤了颤,到底没睁开眼睛。

"啊——杀人了,杀人了……"

"叫什么叫,我就看一眼你的瞳孔,不杀你。"

"杀人!不是我,不是我……"

"你别再疯了!"

关梦婵的尖叫声里混着童烁越来越不耐烦的斥责,时光忙起身去看。

穿过排排酒架走过去的时候,时光除了担心,还有点说不清的困惑。

如果关梦婵就是那个还没能和霍明远碰上面的卧底警察,她这样装疯一直躲在这里,除了能保证她自己的人身安全之外,还图点什么呢?就算一个是负责缉毒的，一个是负责调查枪支走私的，比起霍明远，她这样的路数也实在不怎么像个警察。

又或者，她也对这座酒窖有什么特别的疑惑吗？

还是这个小姑娘根本就真的什么都不知道，真的被吓疯了……

确定霍明远性命无忧，时光一团乱麻的脑子在酒窖里浑浊憋闷的空气中渐渐清明起来。

对于这个小姑娘，她还有个始终没有解开的疑问。她总觉得以前在哪里见过这个人，不可能像关梦婵说的那样在学校的什么招聘会上，但是到底在哪里，什么时候见过，直到现在也还没有一星半点的头绪。

边想着，时光边走到两个拉扯间快要打起来的女人面前。

见时光过来，童烁放弃了纠缠，抹着额间被这番折腾闹出来的薄汗站起身来，没什么好气地抱怨："闹死了！我看她是真疯了，不行就给她打一针镇定吧，这里也有。"

时光在抱成一团瑟瑟发抖的人面前小心地蹲下身来。

"关梦婵，我是时光，你抬起头来，抬起头看看我。"

关梦婵在时光毫无逼迫感的平静语声中稍稍平复了些，战战兢兢地把埋在膝间的脸一点点地抬起来，露出一张惨白的脸和一双泪水蒙蒙的眼睛。

童烁不耐烦地哼了一声："这个我管不了了。还有事吗？没事我走了，厨房开着火呢。"

"你——"时光抬头刚想说一句"你走吧"，一眼对上童烁的脸，不禁蓦地一愣，话也一下子顿住了。

时隔十二年再见童烁，兴许是为了遮盖因为吸毒引发的面貌变化，童烁一直是浓妆示人的，这样昏暗的光线就像是一张强力卸妆巾，用真实的光影变化毫不留情地勾勒还原出她五官原本的轮廓，时光才蓦地发现，她之所以一直觉得关梦婵看起来眼熟，是因为……

她眉眼间竟然和童烁有几分相似。

像以前上学的时候，没有这么明艳逼人，也没有什么脂粉气的童烁。

"我什么啊，你到底有事没事啊？"

"没，没有了……"

这个出乎意料的答案就像摆在整列多米诺骨牌最前面的那块牌，它一倒下，立刻击中了另一个曾经与它毫无联系的疑问。

她终于明白那天在酒架前一闪而逝的灵光是什么了！

八月六号她在酒架间和人缠斗的时候，关梦婵就缩在现在这个位置。从这个位置想要捡到她踹飞的那把枪，就必须要从当时正和宗亮及另一个打手交手的霍明远视线范围内经过。既然他们都没有看到关梦婵，也就是说，关梦婵是趁着三双眼睛都没有注意的机会，小心地溜过去捡了枪，又小心地溜到那片酒架间的，才开出了那危急关头救她一命的一枪。

一个真正已经被吓疯的人不可能仅凭碰巧就做到这些。

又一块骨牌倒下，又击中了新的疑问……

龙堡酒吧的爆炸、那份错拿到霍明远面前的实验室账本、这栋古怪的房子、莫名坏掉的酒窖灯线路，以及那些被带走的画……一个个原本谁都不挨着谁的疑问接二连三地被击中倒下，又紧接着击中下一个，几乎瞬间连成一线，重重地，顺理成章地击倒了最后一块骨牌。

是关梦婵。

但不是警察关梦婵，是教授关梦婵！

那个神秘莫测、单凭一通电话就把他们逼到现在这步田地的教授，不是从午饭过后就一直坐在客厅里打盹儿的秦晖，而是在十几个小时后开枪救她一命，又被她和霍明远带着一起逃出这里，一起躲进那间办公室的关梦婵！

只有她，也只能是她。

童烁在眉心蹙出两道竖褶，看着脸色忽变的时光问："你真没事？"

时光有点趔趄地站起身来，抿紧嘴唇摇头。

是谁不好，偏是关梦婵，偏是这个八月六号被他们带走，又没有半点防备的人！

虽然她记得自己给关梦婵喂了安眠药，可是……

她原本以为无论如何她都能活着离开这里，活着度过了八月六号，不管还要经过多少天的跳跃，总能在八月七号醒来。只要她能在今天弄清教授的身份，找到那间秘密的实验室，一切都还会有转机，一切都还有希望。

可是现在，近在眼前的真相也在告诉她，她和霍明远的生命里可能永远不会出现那个充满希望的八月七号了。

这已经不是她用死就能解决的了。

现在就算死也无济于事，虽然能删除八月六号的一切，但是毫无意义。

她不知道关梦婵精心设计这一切到底图的是什么，但这个此时此刻正在这里装疯卖傻的女人一定有自己的目的，只是暂时还没有达到。别说是她现在就死，就算她现在只是跟着童烁一起离开酒窖，这个身体上完全不受任何束缚，精神上也没有受到任何人防备的女人，随时都可以轻轻松松要了霍明远的命。

甚至要了这栋楼里所有人的命。

而疯子杀人，连法律都会宽容。

需要她拿命去换的新一版本的八月六号只会比她已经过完的那个版本更糟。

而她已经过完的八月六号也明确地告诉她，她不可能在自己活着的前提下杀掉这个看起来柔弱得不堪一击的小姑娘。如果强行去杀，不等外面把守的人冲进来阻止她，宇宙时空就会先对她动手了。

同归于尽？

就算是同归于尽，她杀死的也只不过是这一任的教授，很快，甚至是立刻，又会有一个身份不明的人悄无声息地坐上关梦婵空出的位子，成为新一任的教授。他们的危险不会因此解除，而再想找出坐在这个位子上的人的身份，就实实在在是大海捞针了。

现在教授近在眼前，而她，杀，不能杀；死，不能死；活，也不能活。

宇宙时空跟她开的这个玩笑已经远远超出她对一个惩罚的承受能力了，时光的脑袋里一时间仿佛涌满了千头万绪，又仿佛被格式化了一般一片空白。

童烁无知无觉地哼了一声。

"你没事，那我走了。"

童烁的脚步声消失在酒窖门外，酒窖里重归死寂，时光不知道在原地呆立了多久，才忽然被墙角传来的一阵无力的咳声拽回神来。

时光几乎有些跌跌撞撞地急走过去。

"霍明远——"

坐在墙角的人已经睁开了眼睛，一看到她走近，微一怔，刚刚清明起来的目光忽然一厉，一记飞刀般地钉在她身上。

　　"你还有脸来？"

　　时光脚步一顿，在霍明远锋锐如刀的目光中猛然记起背后上方的顶子上还有一只电子眼睛。原本已经冲到嘴边的话愣是一个字也不能说，时光一时间不知所措，张口结舌。

　　"我，我是来……"

　　是，现在除了不能杀、不能死、不能活，她连把这件事告诉霍明远都办不到！

　　霍明远贴着墙勉直了直腰背，低哑着嗓音哂笑。

　　"来干什么，给那个造工业废料的当说客啊？"

　　时光强迫着自己深呼吸了一口气，酒窖里混着血腥的湿凉空气钻进肺里，寒意瞬间漫遍全身，这才唤回几分冷静。

　　这么干着急不是办法，得想办法……

　　她现在头脑可及的所有的路全都被堵得死死的，她不敢离开这里一步，但这座酒窖里没有什么东西可以提供一星半点的帮助，放眼看去除了酒还是酒。

　　酒能有什么用……

　　酒……

　　酒？

　　目光落在她之前拿到霍明远身边，霍明远却一口没喝的那瓶红酒上，时光不禁一怔。

　　不对，她记得，八月六号看到这瓶酒的时候，这酒是被喝掉一些的。

　　如果不是霍明远喝的，那就是……

　　一个念头忽然蹦了出来，像阴天的黑夜里忽然散开了一片云，无尽的黑暗里突然出现一点虽然微弱却足够让人心头一亮的星光。

　　这办法最多只有五成胜算，但起码是个存在胜算的办法。

　　只能赌一把运气了。

　　时光深深地沉了口气，缓缓上前两步，竭力保持着一种从任何角度看都没什么奇怪的平淡姿态，一字一句地回答他。

"我已经想好了，后面的路怎么走，我全都想好了。"

霍明远一怔，显然明白了她是什么意思，冷汗混杂的眉目间掠过一丝惊讶。

"霍明远，你不怕死，是吗？"

"你想干什么？"

时光一时没回答他，又向前走了一步。

"就站那儿别动。"霍明远蓦地蹙紧了眉头，低哑的嗓音顿时回荡在偌大的地下酒窖里，像是猛兽进攻前威胁的低吼，"再敢往前我就拧断你脖子，不信试试。"

时光就在这距离他两步远的地方站住了脚，屈膝就地坐了下来。

外面雾气渐浓，从墙顶窄窗投进的阳光模糊成了晦暗的一片，酒窖里更加昏暗了，暗得霍明远即便已经十分适应这里的光线条件，也没法把时光神情的变化看得一清二楚。

"我想跟你打个赌。"时光像认真又像挑衅地说。

"赌什么？"

时光伸手够过刚才为他打开的那瓶红酒，壮胆似的仰头灌了一口，紧皱着眉头咽下去。

"赌我命大。"时光抹了一把嘴边的酒渍，才抱着酒瓶子说："不管你是不是警察，就算你能活着从这里走出去，你也不能把我怎么样。教授也不会把我怎么样。"

霍明远好笑地哼了一声，仰头闭起眼睛。

"你真是闲的啊……激我是吧？我告诉你，只要我从这儿出去，第一件事就一枪崩了你……不过我倒也想知道，你哪来的这个自信？"

"因为你从九号实验室里偷的那件东西，现在在我手里。"

霍明远蓦地睁了眼睛。

时光眼看着那双乍一睁开时还满是惊讶茫然的眼睛在和她对视的瞬间忽然一亮，分明是明白了点什么，然后朝着那黑暗中闪烁红点的方向微微一抬，再次收回到她脸上的时候，已经满是她期望看到的愤恨了。

"你个——"

"你好好想想吧。"时光淡淡地打断他刚起了个头儿的咒骂，看着因为过分激动而呛咳起来的人，又慢吞吞地喝了一口酒，"宗亮把他那个新货的研究数据全存在他的脑子里，没有备份，所以不管他怎么折腾你，教授都不会杀他，但是教授肯定不会放过你。你是承认自己是警察，像韩照那样死得痛快一点，还是继续抗着，抗到明天早上，见到教授，被他当叛徒千刀万剐了你，你现在还可以选。"

"见到教授？"霍明远微眯起眼睛，喘息着盯着对面的人，像是有点难以置信，又像是在确认什么似的，又问了一遍，"明天，我能见到教授？"

"我要是教授，我一定亲自来剐你。"

"那我就等他来剐我。"

"随便你。我会在这里等到明天早上，如果你想承认自己是警察了，可以随时叫我。"

霍明远像是耗尽了为数不多的体力，冷笑一声就仰靠在墙上闭起眼睛，不再理她了。

时光相信，她的意思他已经明白了，那个还缩在酒架后发抖的人应该也已经明白了。

接下来要做的事就只剩下一件。

第五十一章

时光一连喝了大半瓶酒，喝到从那高处的窄窗里投进的阳光从暗淡减成微弱，又渐渐减到一丝不剩，剩下瓶底的一点实在喝不下了，才就地躺下来，闭眼入睡。

她也是刚刚意识到，陷入这场时间混乱的并不是她。

或者应该说，并不是她的这副身体，而是她的记忆、知觉、思维等看不见摸不着的东西所集合而成的意识。

包括酒精对她睡眠的那种奇特的影响。

所以她虽然在三号晚上喝了一杯酒，四号早晨却还是卡着正常的生物钟在宗亮家里醒过来，并不是因为酒精对她身体的影响在这场她和宇宙时空的较劲中消失了，而是因为这种影响随着她的意识去了她的明天，八月五号。

而四号晚上睡前喝的那半马克杯红酒，才是她三号在西雁山客房里早早醒来的原因。也就是说，她现在喝下这些酒，不管她的明天是几号，她都会在酒精的影响下早早醒来。

如果明天是八月七号，如果她醒得足够早，那一切也许还能来得及……

越是竭力想睡的时候，越是难以入眠。

弥漫在空气里的血腥和嘴里的酒气把她从沉睡的边缘一阵阵拽起来，不知多少次昏昏醒醒的交替之后，时光几乎烦躁地再次醒来的时候，正要再强迫自己睡过去，恍然感觉到空气中的阴湿的霉味和血腥味不见了，吸入鼻中的空气清爽中带着丝丝缕缕药味和浅淡的男士香水味，身体干爽而温暖……

时光急忙睁眼。

正对着她眼前的是个毛茸茸的后脑勺。

挪开目光看向有光投来的方向，只见破晓时分的天光从百叶窗的缝隙里丝丝缕缕地钻进来，洒落在她和她身旁那个背对她熟睡的人身上。

这是八月份，夏日凌晨四点左右的晨光。

八月七号，霍明远办公室里的凌晨四点。

时光一个激灵翻身爬起来。

"霍明远！"

几乎在她翻身的瞬间霍明远就惊醒了，刚一睁眼，就听见她失魂落魄的一声急唤，还没等起身，肩头又被一个急切的力道按了下去。

时光惊惶到发白的脸顿时闯进了他还带着些微睡意的视线。

霍明远一怔之间，时光结结实实地扑进他怀里，一把抱紧了他。

这样紧贴在他胸前，隔着薄薄的衣料能清晰地感觉到他身体的热度，还有他凌乱但有力的心跳和呼吸带动的胸膛的起伏。

太好了，他还活着！

他们都还活着！

他们都还活着，那关梦婵……

"你这是……"

霍明远还没回过神来，话才问了一半，前一秒还像只章鱼一样箍在他身上的人忽然爬起身来，一步从他身上跨过去，纵身跳下沙发。

"哎你——"

时光顾不上理会背后的声音，鞋也顾不得穿就直冲向休息室紧闭的房门。

一把推开房门，虽然已经有了足足一夜的心理准备，时光还是禁不住倒吸了一口气。

休息室的床上空无一人，窗户大开着，清晨掠过高层楼外格外强劲的风把窗帘吹得翻飞不止，像是一只无形的手在挥舞手帕向人道别。

霍明远紧跟着她过来，一眼看到这个场面，一惊之间三步并作两步地冲到窗前，掀了碍事的窗帘探头往下一看，不禁一怔，又转头向上看去。

时光也看见了。

从这十几层高的窗户望下去，外面楼下的地面上没有摔得血肉模糊的人，倒是外面不知什么时候垂下了一个擦外墙玻璃用的吊梯。

吊梯上没有擦玻璃的人，只有空吊梯悬在窗外晃晃荡荡。

霍明远抓过床头的分机电话，迅速拨了个号码。

"保安部谁值班？我休息室窗户外面的吊梯怎么回事？"

时光屏住了呼吸，空气里静得能听见一根针掉落的声音，霍明远没有按免提，时光也一清二楚地听到了电话对面那个中年男人在自报家门之后紧绷着声音的回话。

"是，是昨天总裁办的人安排的……说今天有媒体来，早晨八点前得把外墙玻璃全都擦过一遍。昨天临时安排的时候已经有点晚了，就剩下这不沿街的一面今天早晨赶早擦……他们三点半来的，刚把吊梯弄好，可能准备别的去了。"

"没看见什么人从我休息室窗户出去吗？"

电话对面的男人像是忽然被一把刀架在脖子上似的，嗓音慌乱得不用看也猜得到他在对面连连摇头的样子，就知道他肯定是在撒谎，"没、没有！我什么都没看见！"

"说实话！"

电话对面的男人支吾了一声，才小心翼翼地说："有……有一个女孩，好像是您那个新助理，我们看她那个样子从您休息室里翻出来，我们——"

"什么时候的事儿？"

"就、就刚才，就十来分钟的事儿……"

霍明远风流名声在外，一个盘靓条顺的妙龄实习生突然被破格提拔成总裁助理，又在一大清早从休息室披头散发衣衫凌乱地翻窗而出，这些保安部的人是怎么想的，话说到这个份上，时光已经足够明白了。

霍明远显然也明白了，连骂都懒得骂一声，没什么好气地匆匆交代了一声给他调看所有出入口的监控之后就挂了电话，转头看向赤脚站在地上的时光，目光俨然是在问她一句"这是怎么回事"。

时光吐出提了许久的那口气，低垂下目光，咬咬牙，有点艰难地挤出一句她几个小时前在西雁山的地下酒窖里就差点脱口的话。

"关梦婵，就是现在的这一任教授。"

霍明远错愕地看了她几秒，忽然明白点什么。

"你，前面几天的事——"

"我全都想起来了。"

时光两步奔到床边，上上下下翻了一通，毫不意外地从床垫下面摸出了两颗本该早已经溶解在关梦婵体内的安眠药，在霍明远诧异的注视下拿到他面前。

"她没疯，她是装的。她是故意开枪救我的，不光是因为我说我手里有什么九号实验室的东西，还因为她要确保我们一定会来这里。你说过，合适我们三个人同时出现的地方，就只有这里。昨天的那通电话，她也是故意的，她想用那些学生和媒体的安全把我们的注意和警方的力量牵制在这里——"

时光一口气说到这里，晨起沙哑的话音已经因为激动和焦灼颤得不成样子了，霍明远沉声把话接了过去。

"她再潜回西雁山，转移宗亮和九号实验室，然后销声匿迹，教授的位子再换新人。"

时光略略急促地喘息着，连连点头。

"九号实验室就在西雁山，应该就在厨房和机房的两面墙之间。厨房和机房加起来的面积应该是和酒窖一样大的，但是我去厨房数过地砖，酒窖的面积减去厨房的面积，剩下的面积差不多有两个机房那么大。厨房有排污系统，机房有通风系统，它夹在中间就可以满足一间化学实验室的基本条件，进口一定就在机房或者厨房里。"

霍明远不见有什么惊讶，只是凝重地看看那扇不停有风灌进来的窗户。

"时光，我需要你再帮我一个忙。"

"我的命是你的，做什么都行。"

"我不要你的命。"

霍明远扶着时光的肩让她在床边坐下来，低身从床底摸出一双拖鞋，放到她赤着的双脚下，蹲在她脚边微微仰头看着她。

"一会儿我会联系警队让他们把警力调去西雁山，你跟着他们一起去，把你刚才跟我说的话跟他们再说一遍。九号实验室里的证据必须证实下来，这次一定要活捉到教授，否则就前功尽弃了。"

时光没有立刻点头："那你呢？"

不管她的八月六号已经过去了多久，无论眼前的人看起来多么正常，她都忘不了覆盖在他这身干净衣服下面的那些触目惊心的伤口。

那些伤口她看过，关梦婵也看过。

关梦婵是清清楚楚看着那些伤怎样一处一处落在霍明远身上的，她也清楚霍明远是怎样带着这样一身伤支撑到这里，又是在怎样有限的条件下仓促医治的，所以她应该比任何人都清楚，现在的霍明远还剩几分抵抗能力。

换作别人，别说是抵抗，就是能活到现在都算奇迹了。

除了去医院，他现在做什么都是危险的。

霍明远看看床头柜上的电子时钟，四点十二了。

"今天的活动不能取消，我得留在这儿，保证这里所有人的安全，也保证媒体不会瞎猜瞎写什么，免得让教授组织的其他人听见什么风声。关梦婵再精明再狠也就是个二十出头的小姑娘，抓她一个不是目的，得把在她背后帮她运作教授组织的那些人全都一网打尽，不然雁城马上就会有下一个教授，那就真是前功尽弃了。"

"你一个人，怎么保证这里所有人的安全？"

"怎么可能就我一个人，我有这个心，也没这个本事啊。"霍明远笑着站起来，起身间不知道牵痛了哪一处伤口，眉头深深一皱，眨眼间又若无其事地舒展开了，"放心吧。"

"好。"时光终于点了头，"我们的手机都不在，如果有什么事，我怎么联系你？"

"带你走的人知道。"

霍明远拿出洗手间马桶水箱里的那部手机发了几条信息，四点半刚过，就有一辆银灰色桑塔纳开到公司门口，把时光接走了。

"只有你一个人？"

时光坐进后排座位，才发现车上就只有一个年轻男人坐在驾驶座上，不禁一怔。

"咱们先走，他们跟着这辆车的定位分批走。太多人一起会惊了目标。"年轻男人一边利落地有些程式化地回答，一边把车飞快地开了起来。

凌晨四点半，沿街的商铺大多都没有开门，市区的大马路上空荡荡的。

时光落下身旁的车窗，感觉着汽车飞奔带起的清凉晨风扑在脸上，从前夜直到今早一直死死绷紧的那根弦渐渐松弛下来，心里却升起一阵隐隐的不安。

刚才一切都发生得太快了。

她说得太快，霍明远反应得太快，他们决断得太快，也行动得太快了。从发现关梦婵出逃到现在，还不到二十分钟。

细细回想这十来分钟，好像没什么不妥，但就是有种说不出的不安。

"我要和霍明远通话。"

年轻男人稍稍犹豫了一下，还是掏出手机，拨了个号码，转手给时光递了过来。

"霍明远，你觉得关梦婵会想招我去当账房吗？"

电话一接通，时光就忙把这一句丢了出去，把对面的人问得一愣。

"你专门打电话来就想跟我说这个？你坐在警车里后悔，不觉得有点忒晚了吗？"

"我不是这个意思。"时光没理他好气又好笑的责问，认真说："她其实可以不救我，也不用跟我们逃到公司来。九号实验室就在那栋房子里，她只要想办法检查一下，或者想办法命令宗亮检查一下，就能知道是不是丢什么了，这样更简单方便。她为什么一定要救我？"

前夜在酒窖里，她一心就只是想唬住关梦婵，好给酒精留足发挥作用的时间，带她尽快去到下一天。现在把七月三十一号一直到今天的种种按照正常的日期顺序排起来看，总觉得哪里还是笼着一团蒙蒙的雾气，不能一眼从头看到底。

"谁知道她怎么想的啊，这些人都是疯子……" 霍明远回得有点漫不经心，时光清楚地听见电话那头传来断断续续敲击键盘的声音，"行了啊，没事我挂了。"

"你等等。"时光忙叫住对面那个敷衍到极点的人。

对面的人越是心不在焉，时光越是不得不拼命调动自己的脑子去冲破那团雾气，焦急间不经意扫过前面仪表盘上的时钟，不由得一惊。

雾气……

"不对！霍明远，西雁山的雾，至少八点前都不能进车，她不是去西雁山！"

"行了……不管怎么说，九号实验室就在西雁山，盯住实验室肯定会有收获。"

不对，霍明远的反应也完全不对。

"霍明远，你在干什么？"

"忙着呢，没有别的事我——"

"等等！"时光喝住说话间又要挂电话的人，"你已经想到了，是吗？你看过监控了，她还没离开公司，是吗？她救了我，就是想让我们把她顺理成章地带到公司来，九号实验室不在西雁山，是在公司里！她没有杀我们，是因为……"

时光急着把这个让她惊得浑身一凉的发现说出来，可说着说着却发现电话那头的人毫无反应，不禁停下来唤了他一声。

"霍明远？"

电话那头静了片刻，才传来一声略有点无奈的低笑。

"虽然你已经把这几天的事都想起来了，但是有句话我还是想再说一遍，如果现在能让我回到半年前，就是拿把枪顶在我脑门上我都不去找你。"

时光心头一紧："你什么意思？"

"杨丹婷，谢谢你为警方做的一切，也谢谢你为我做的一切。"

"我不是什么——"时光刚出声反驳就被那个低沉淳厚的声音温和地打断了。

"我也是昨天才知道，你母亲生前做过骨髓捐献，那个案例非常成功，还在国际期刊上发了论文，所以，虽然你母亲去世十二年了，但是医院到现在还保留着你母亲的骨髓样本。经过比对 DNA 发现，你就是杨丹婷。"

时光紧抿着微微发颤的嘴唇，一时说不出话。

"接下来的工作就都交给警方来做吧。你父母的事，警方一定会给你一个交代。"

时光在这句话所包含的信息中忽然醒过神来，忙朝车外看去，这才发现这辆车并不是朝着西雁山的方向开的。

再往前两个路口就是市公安局了。

时光一咬牙，不再和他多说，扬手就把手机朝车窗外狠狠扔了出去。

"哎——"

这举动把前面开车的年轻男人看得一惊，忙转头往外看，车速也随之一降，时光趁机一把打开身边的车门，团身跳了下去，在空荡荡的大马路上就地一个翻身站起来，不等年轻男人停车下来，就钻进旁边商区的小路上没了踪影。

第五十二章

这些七拐八绕的小过道她再熟悉不过，几分钟就抄着最近的路跑回了公司门口。

一进公司大厅，正朝电梯门跑去，忽然从旁闪出一个人影，一把将她从后搂住了。

时光只下意识地挣了一下，就随着这搂抱的力气走了。

不用转头看，只闻着这熟悉的气息就知道是那个肯定已经得到她跳车逃跑消息的人。

霍明远直拽着她走到楼梯间的一角监控盲区，才一手把她抵在墙上，沉着脸把她从上到下狠狠看了一遍，没看到什么明显的伤处，才放心又气恼地粗声责问。

"你想干什么？"

"你说交给警方就交给警方……"时光贴着墙角缓了缓跑得上气不接下气的喘息，直直地迎上霍明远的目光，一字一声地问："我那个毒鬼叔叔拿走我爸妈所有的财产，把我交给人贩子卖到南山的时候，警方在哪儿呢？"

霍明远抵在她肩头的手僵了一下，时光淡淡看着他眉目间的惊讶。

"我拼命从南山逃回来，才知道我叔叔弄了张死亡证明，到派出所销了我的户口，我去找他，他居然还想把我抓起来再卖一次……那个时候警方在哪儿呢？

"那一年多的时间我都活得像阴沟里的老鼠，我给自己挑了一个'光'字当名字，因为那个时候我只敢在晚上天黑透了以后偷偷出去翻垃圾桶找吃的，很长时间没有见过一丝阳光，直到有一天我知道他吸毒死了，才敢出来……那时候我才十六岁，警方在哪儿啊？"

时光缓缓沉了口气，憋回已经在眼眶里打转的泪水，依然直直盯着对面的人，竭力压制着声音的高度，却压制不住忍了十二年的愤恨与委屈。

"我爸爸妈妈也对我说过，有困难可以找警察，遇到危险要报警，可是他们死的时候警察在哪儿？现在要给我交代？好，我要我爸爸妈妈！我要他们把我的家还给我，把原来属于我的生活还给我！给我啊！你给我，我马上走！"

时光紧咬住嘴唇深深喘息，就是不让眼泪落下来。

霍明远抵在她肩上的手已经完全卸了力气，只轻轻地扶在那里，好像想要把她拥进怀里安慰，却又担心这样做反倒是种伤害，一时间只是站在那儿，错愕、疼惜又无措地看着她。

好一阵子，时光才听见他低低地说。

"对不起……"

时光咬咬牙，毫不费力地挣开他扶在她肩头的手。

"我不是这个意思。你不用道歉，你也不用担心，我不怨警察，也没想过要亲手杀死教授报仇。我只想抓到教授，让教授和他们那群人在光天化日下认罪伏法，要让所有人知道我父母是怎么死的。"时光恢复到往常一般平淡又认真的语调，抬眼看看向上延伸的楼梯，"你再在我身上浪费时间，就可能再也抓不到关梦婵了。"

霍明远到底叹了一声，微微点头："好，我就让你亲眼看着她伏法。我看过监控了，她从我休息室窗户出去以后下了两层，又从窗户进到了洗手间，然后就没有监控拍到她了。她应该还在这栋楼里。"

"她一定是去九号实验室了，她还是想知道我说的那个被你偷走的东西是什么。"

霍明远皱眉顺着楼梯往上看了一眼："这栋楼一共二十二层，安德公司二十六个实验室有十八个在这栋楼里，我都反复查过，它们都不是九号实验室。"

"我想看看这栋楼的建筑布局图。"

"去我办公室吧。"

霍明远带着她从那部专用电梯回到办公室，从电脑里调出一份图纸。

时光坐在电脑桌前半懂半不懂地看着上面的各种标记和数据。

"童烁说，一间化学实验室应该有水有电，有通风有排污。"

霍明远在酒柜前倒了一杯酒，一口喝干，才折回办公桌前，再开口时已经完全恢复了原本霍明远的样子，松散又谨慎细密。

"这栋楼的各种管网我也查过，没有特别不正常的。也就是说，如果九号实验室就在这儿，它应该是用了什么特别的手段建在条件合适的房间附近，然后借用了周边的管网来实现实验室的条件。"

建筑图纸远没有她想象的那么容易看明白，时光迅速放弃了在这上面白费脑子的愚蠢行为，抬头看向那个早已经把这栋大楼摸得一清二楚的人。

"还有，一些瓶瓶罐罐之类的东西，或者推车之类的东西进出不显眼，因为要运原材料进去，运成品出来。有什么地方是符合这些条件，而且任何人在任何时间去都不显眼的？"

霍明远凑过来，皱眉站在她身后盯着电脑屏幕上的图纸看了几秒，眉头忽然舒展。

"有，顶楼的咖啡吧。"

之前从屋顶玻璃上往下看还不觉得，这座安德公司大楼里的这家咖啡吧居然占据了整整一层楼，除了玻璃屋顶下面的那片生态主题区之外，还像模像样地分了好几个区，比外面经营的咖啡馆有过之无不及。

霍明远上来的时候顺手拿了办公室的电话分机，出了电梯就拨了一个号码，好像早已经和对面的人打过了招呼，接通之后立刻开门见山。

"给我看看咖啡吧现在各条水电线路的运行情况。"

电话那头的人不知说了句什么，霍明远迅速走到后厨，利落地拔了冰箱等一应正在运转的电器插头，又问："现在还有耗电吗？"

对面的人答了句什么，时光见他忽然目光一转，看向那扇挂着"仓库重地闲人免进"牌子的房门。房门上装的是按键密码锁，霍明远挂断电话，走到后厨，在流理台下的橱柜里稍微翻了翻，果然翻出一张写着"库房门密码：666888"便笺。

"我就知道，不管在会上强调多少回保密的重要性，他们这臭毛病就是改不了……"

霍明远边嘟囔着边照着这个简单粗暴的密码顺利打开了仓库门。

仓库不大，除了一个挂着"员工更衣室"牌子的门口，其他空间都被一些印着咖啡豆、牛奶一类食品字样的箱子堆得满满当当的，既没有开灯，也没有任何耗电的机器运转。

更衣室的门上没有锁，径直推开进去，里面只有六七平方米大，一目了然。不靠门的一面墙上挂着一道布帘，已经被人拉开了，露出了后面一扇紧闭的大铁门。

时光挑眉看着铁门上的密码锁。

"你觉得还能再找到一张写着密码的便笺吗？"

霍明远被她这句有点奚落意味的话听得好气又好笑，"你觉得你家门上换过那么多种密码锁，都是我找什么便笺打开的啊？"

说着，霍明远从兜里摸出一把五六厘米长的瑞士军刀。

不到十秒，时光就亲眼见识了霍明远怎么用那几样细小的刀头利落地搞定了这道锁,然后递给她一个"夸我"的眼神。

一想到这个人就是这样对待她家门的,时光翻了个白眼。

霍明远自讨没趣,扁了扁嘴,收起"作案工具",小心地打开门。

铁门一开,又露出一扇磨砂玻璃门。

玻璃门用的是一道样式先进的指纹锁,霍明远又是用手里的瑞士军刀撬开门锁外壳,鼓捣了不足一分钟,玻璃门就缓缓打开了,露出里面偌大的化学实验室。

几组实验台上分别装备着各种不同功用的先进化学设备,最里面用落地玻璃隔开了原料囤放间,从外面就能清楚地看见里面整齐堆满着标明危化品符号的原料桶。

实验室里没有窗,灯亮着,还有几台电脑的显示器闪烁着,但是不见一个人影。

霍明远走到一台显示这间屋内监控录像的电脑前看了看,捉起鼠标和键盘迅速摆弄了几下,才转身细细观察这间并没有想象中那么井然有序的实验室。

几样健身器材在收录实验数据的电脑操作台边随意地堆着,霍明远啼笑皆非地捡起一个半新不旧的网球在手里掂了掂。

"整天说让他们注意锻炼身体,健康工作,结果还是这些人听进去了。"

时光在实验台间信步走着。

"她好像——"

时光刚想说"她好像不在这里了",话刚开了个头,忽然听见霍明远朝她一喝。

"小心!"

时光几乎在听到这一声的同时感觉到身后有人蹿扑过来,来不及回头就错步闪身,一个网球从霍明远的方向直飞过来,擦着她耳边砸向那个扑来的身影。

那身影低身躲开飞来的网球,灵巧地一转脚步,又朝时光扑去。

论敏捷灵巧,两人不相上下,时光或可更胜一筹。可是一眼看清关梦婵的脸,时光动作忽然一滞,就在霍明远只差半步就能截住关梦婵的时候,关梦婵抢先一步一把横勒住时光的脖子,另一手抓着一把锋锐的美工刀稳稳抵在时光侧颈的大动脉上。

"都别动。"

霍明远一下子定在原地,"你别乱来!"

关梦婵细软的嗓音里没了平日的小心翼翼,冷笑间竟有几分残酷的妩媚。

"别这么看着我。你们能活到现在,已经该跪下来谢谢我了。"

话是冲霍明远说的,却不等霍明远开口,时光就无所谓地淡淡哼了一声。

"我们能活到现在,应该谢谢我。你到现在还对我下不了刀,是因为你到现在也没查清楚这间实验室里到底丢了什么,不是吗?只要知道了丢的是什么,你就敢下刀了。所以能活到现在是我自己的本事,不用谢你。"

霍明远隐约觉得她已经有了打算,却一时摸不清究竟是什么路数,不敢随便往下接。

她就没有一天、没有一回,是老老实实按常理出招的。

刀刃就贴在她脖子上,一招接错就没有后悔的余地了。

关梦婵显然也没明白她这是什么路数,怔了片刻才娇声笑着叹了口气:"雁城第一账房先生,你还真是什么时候都能算得一手好账。那你现在好好算算,你把东西交出来,我放你活着走出这栋楼,你是不是稳赚不赔?"

时光也叹了口气:"你是不是傻?"

关梦婵被骂得一愣,不等恼火,又听这个被她用刀控制在身前的人依然用那种事不关己似的平淡口气接着说。

"霍明远十分钟以前还不知道九号实验室在这栋楼里,我也不可能从他那里偷什么九号实验室的东西,我在酒窖里说的那些话就是说给你听的,因为那个时候我已经知道你就是教授了。你不折腾这么一下子,我们可能到现在都还不知道九号实验室就在这儿呢。我刚才不是已经说过了吗,我们能活到现在,应该谢谢我。"

霍明远的心情比关梦婵还要复杂。

这个时候说这些话跟把脖子直接往刀刃上抹没什么区别,霍明远手心直冒汗,一颗心悬到了嗓子眼儿,还是看不出时光到底在出什么招。

"我还知道,那天龙堡酒吧爆炸,就是你干的,你是打算制造一个救霍明远一命的机会取得他的信任,可惜被我搅和了。你想取得霍明远的信任,是因为你已经知道警察在追查九号实验室的事了,非得有人背了这口锅,这件事才能算完。所以你打算让霍明远来背，反正他已经背叛你了，早晚都是要处死的。"

时光感觉到抵在脖子上的刀刃贴得更紧了，紧到她能清楚地感觉到握着这把美工刀的手在微微发抖，像恼怒又像恐慌。

一切都在意料中。

时光继续淡淡地说："西雁山的那栋房子里本来就藏着一间制毒实验室，三号晚上你在泳池那里听见了霍明远和宗亮谈买房的事，就要求宗亮答应带我们去西雁山谈，再借口找卧底，让我们这些人都死在那里，然后利用电路制造意外毁掉那栋房子，引警察来发现……不对，不是都死，不包括宗亮。我们都是真死，他是假死，然后就能从学校里干干净净地脱身出来给你制造新货了。"

"我可不知道你说的什么——"

"我有证据。"关梦婵刚一开口，时光就把话抢了过去，平淡如白开水一般的语调里平添了几分清晰可闻的不耐烦，"因为你把那栋房子里的画全拿走了。"

第五十三章

霍明远实在有点蒙了。

"画？"

他当时也在心里对打手把那辆装着房子里所有书画作品的车开走的行为画了个大大的问号，但直到现在也没找到个合理的解释。

这算是什么证据？

可关梦婵的脸色分明在说时光确实戳到点上了。

时光没理对面那个既心急如焚又一头雾水的人，还是对身后拿刀抵着她的人既寡淡又不耐烦地说："你必须毁掉那栋房子，但是你舍不得毁掉那些画。因为建造那栋带着制毒实验室的房子的人，也就是那个画画的张夫林，他是你爸爸，也是曾经的一任教授。"

霍明远错愕之间，关梦婵手里的美工刀已经在时光脖子上割出了一道血痕。

"你到底是什么人？"

时光好像根本没觉出一丝疼痛，还是语声淡淡："宗亮没有告诉你吗？那你应该听你爸爸提过一位姓杨的化学教授吧。"

那把已经割破她一层皮肤的美工刀忽然一顿。

"你是杨正明的女儿？"

"时光！"看见时光脖子上那道顺着刀刃往下越淌越长的血痕，霍明远总算是明白她这是什么路数了。她这路数不是像自杀，她就是要自杀！"你别胡扯！"

"那你，你真是警察……"关梦婵被恼怒烧红的眼睛盯向霍明远，忽然间好像明白了点什么，又看看挟在手上的人，柔柔又恨恨地冷笑，"我明白了。你跟我在这里一条条地掰扯这些，是想让我觉得你不但没有用，而且知道得太多，一生气杀了你，他就能没有顾忌地抓我了，是吗？"时光眉头刚一皱，就听关梦婵报复似的贴近她耳边笑着说："我偏不。你说的什么，我还是听不懂，但是我可以告诉你，我听说过杨正明夫妻俩的事，他们怎么被处死的，你想听吗？可不是意外车祸那么痛快——"

"关梦婵！"霍明远截断关梦婵音色甜美音调狰狞的话，转身朝一旁踱了两步，"她刚才说得对，你是不是傻啊？"

关梦婵警惕地盯着他，挟制着时光略略后退着转了转方向，保持正面直视着这个人。

霍明远也不看她，缓步左左右右地溜达着，不逼近过去，反倒越溜达越往后退了："她说什么你就信什么啊？你也不想想，她前天在酒窖里就知道你是教授了，她要真是杨正明的女儿，你还能活到现在吗？"

关梦婵的神情只稍稍乱了片刻，目光在这间实验室里一转，马上又冷笑出声了："我不傻。我能活到现在，是因为你们和我一样，也有想知道的事。她刚才不是说过吗，如果没有我，你们到现在都还不知道九号实验室就在这儿。对吧？"

霍明远突然笑出声来，边笑边摇头，又往后溜达了两步。

"你们这个教授组织的玩法啊，确实挺新鲜，这么多年遛得警方团团转，你们应该也挺得意的。但是你们这个玩法有一个最大的缺点，你知道是什么吗？"

关梦婵挟紧了手上的人，警惕地盯着他，没出声接话。

两三秒的静寂之后，霍明远自己答了。

"门槛太低。"

关梦婵一怔，终于禁不住问："什么门槛？"

"当一把手的门槛啊。你再仔细想想，就你说完你不傻后面那几句话，那可算是亲口承认这里就是九号实验室，也亲口承认你就是教授了。"

关梦婵脸色微微一变，眨眼工夫又哼笑出声："那又怎么样？你们还有可能活着离开这儿吗？这里只有你们两个人，一个伤得只剩半条命，一个就在我刀下——"

"不不不……怪我没早说。"霍明远连连摆手打断关梦婵颇有几分底气的话，"你可能没看见，刚才我一进来就修改了这里监控网络的设置，警队技术部门已经把信号接过去了，所以现在这屋里虽然就咱们三个人，但在那后面还有一堆人听着、看着呢。"

霍明远说着指了指上方的监控摄像头。

他干的这件事关梦婵没有看到，时光却还记得。他一进门确实先去动了那台控制监控的电脑，这不是他随口说来骗人的……

关梦婵和时光都是一愣，齐齐抬眼朝上看去。

目光刚一往上抬，时光的余光就扫见霍明远身形一动。

霍明远已经溜达到了刚才拿来砸关梦婵的那个网球前，脚尖轻踏在球上滚了滚，没等关梦婵把目光完全收回到他身上，就见那个网球被他在边缘轻巧地一踩，一下子从地上弹跳起来，又被他抬脚一掂一踢，直朝着她的脸横飞过来。

关梦婵忙侧头，球风擦着她耳畔呼地飞了过去。

有惊无险，一个嘲讽的笑容刚在她惊愕未定的脸上露出点苗头，就见那个"失准"的网球在她背后的后墙上直直一撞，又直直反弹回来，不偏不倚正中她后脑勺。

关梦婵被砸得眼前一黑，顿时脱力，时光不失时机地反扣她的手腕，利落地一拧,抵在她颈侧上的美工刀"咣当"落地。

不等关梦婵稳住身形,霍明远已经扑身过来,一把将她摁在地上。

关梦婵像被一下子抽了骨头,连挣扎一下的力气都没有,软绵绵地伏在地上喘息。

霍明远忙看向时光:"你怎么样?"

时光在侧颈上摸了一把,摇摇头:"没事,就蹭破一层皮……"

人已束手就擒,霍明远就再没有什么好气了,伸手在实验台上抓过两根塑料捆绳紧紧绑住关梦婵的一双手,然后一把揪起这个还头晕得目光涣散的人。

"说,今天的参观活动是怎么回事?这活动不是你临时决定的,三号的时候就已经让宗亮跟我提了,你打算在这儿干什么?你昨天往我办公室里打那通电话是什么意思?"

时光略略平定喘息,心有余悸地拾起关梦婵掉在地上的那把美工刀,走近看着这个刚才还拿这把刀抵着她脖子的人。

关梦婵涣散的目光有点艰难地聚在霍明远的脸上,透着点与头晕无关的茫然。

不对,好像哪里不太对……

一点都没有尘埃落定、拨云见日的感觉。

好像没有具体哪个部分不妥,但是桩桩件件和这个女人有关的事连接在一起就是有种说不出的别扭。好像所有的齿轮明明都在转动,却又没有彼此啮合,只是在各自空转,始终调动不起整台机器和谐工作。

关梦婵渐渐缓过晕眩,目光里的茫然愈发清晰了。

"电话……什么电话?"

霍明远一愣,时光也是一愣。

"昨天我们刚到办公室就接了一通教授的电话,说要跟我今天见,不是你打的?"霍明远话一问完,不用关梦婵开口,她遍布满脸的茫然和惊讶就足够算一句"不是"了。

不是她打的,那还有什么人?

几个名字在脑海中飞快掠过,时光猛地想起点什么,伸手刚要往自己裤兜里摸,一低头才发现身上穿的是条只有胸前的位置有个口袋的衬衫裙。

这是她六号从霍明远办公室的休息室衣柜里翻出来的衣服,她在五号穿的那套沾了血的职业装早就换下来，被她塞在……

时光拔腿朝外跑去。

"时光你上哪儿——"

时光踩着折叠梯子拆掉霍明远办公室洗手间里的一块铝扣板吊顶，把她八月六号塞在吊顶与天花板夹层空间里的那些沾了血的衣服一股脑地拽出来，在浓重的血腥味里扒出她从西雁山穿过来的那条裤子，拉开裤兜上方原本只是用作装饰的拉链，从里面有限的空间里抠出一个银灰色小型U盘的时候，霍明远才匆匆追到。

"我想用用你的电脑。"

借电脑无非就是要读取这个U盘上的数据，霍明远也不多问，不等缓口气就去开了一台笔记本电脑，从时光手里接来U盘插上。

电脑读出的数据是一堆加密的视频文件，每个文件都是用八位数字表示的年月日来命名的。霍明远飞快地敲着键盘鼓捣了不到一分钟，所有文件图标上的加密标志就全都消失了。

点开排在最前面的一个视频，画面刚进行了四五秒，盯在屏幕上的两双眼睛就惊愕地睁大了。不等进度条显示还有三分多钟的视频播完，霍明远又点开了下一个。

第二个视频刚播放三秒，霍明远又点开了下一个。

一连点开七八个，同时在播放的七八个视频文件铺满了整个电脑屏幕，出现在七八个不同角度的镜头里的都是同一张熟悉的面孔。

一张狰狞扭曲、让人不寒而栗的面孔。

霍明远终于忍不住问向一点也不比他震惊得少的时光。

"这U盘哪来的？"

时光盯着屏幕没回答，片刻的沉默之后好像忽然想起点什么，忙用震惊之下微微发颤的声音问了他一个八竿子打不着的问题："你还记得那张餐巾纸吗？"

"什么餐巾纸？"

"就是夹在杂志里的那张，在西雁山，你看过的。"八月二号还夹在杂志里，八月三号一早就不见了踪影的那张餐巾纸。

"记得啊。你问这——"

"那上面写的什么，你还能记得吗？"

时光的急切把他弄得更懵了，霍明远怔怔地回答："记得啊，写的是个化学方程式。"

霍明远一句话没答到点子上，时光更急了，"我就是说那个方程式，你还能记得吗，你现在能背下来吗？"

霍明远终于明白了点什么，苦笑着摇摇头："你不用在这上面浪费工夫了。我找搞化学的问过了，那方程式什么都不是，别说没配平了，反应物生成物都是瞎写——"

话音没落，时光的左手掌心和一支签字笔一起伸到了他眼前。

"写给我。"

霍明远无奈地叹气，一手接过笔，一手捉过她的手，没花一点时间回想就在她左手掌心上流利地写下了"$PhH+H_2SO_4=C+S+H_2+O_2$"。

PhH 是苯，分子式是 C_6H_6，那么整个方程式数下来也就是 10H、7C、6O、2S，换成公交路线，那应该就是……

"霍明远，这里有雁城的公交线路图吗？"

"我脑子里有，你想查什么？"

"如果在十路公交车的第一站上车，然后在马路同一侧换乘七路公交车，上车往下坐六站，再在马路同一侧换乘六路公交车，往下坐八站之后再在马路同侧换乘二路公交车，再往下坐十六站下车，这时候到的是哪一站？"

几乎在她话音落定的同时，霍明远就毫不犹豫地报出了站名："西雁山风景区。"

西雁山风景区……这就对了！

头脑中那些各自空转的齿轮一下子啮合在了一起，整台机器轰然运转起来，时光不禁倒吸了一口气，脸色霎时一片惨白。

"怎么了？"霍明远答得虽然利索，但是一头的雾水不见半点消散，"你这一会儿扯东，一会儿扯西的到底什么意思啊？你快点说，现在五点五十，六点钟保洁就来了——"

霍明远还没催完，办公桌上的座机忽然响起来。

来电显示是一串网络电话号码。

霍明远愣了一下，好像认识这号码，又好像并不确定，眉头微微一紧，到底还是在四声响铃之后把听筒抓了起来，疑惑又警惕地说了声"喂"。

时光听不见对面的声音，只在片刻静寂之后看见霍明远忽然浑身一绷，脸色蓦地沉了下来，抓着电话听筒的手也攥紧起来，攥得骨节发白。

又是两三秒的寂静。

霍明远眉心紧锁，咬牙挤出一个让人听了遍体生寒的低哑声音。

"你不是教授。你是谁？"

时光刚一惊，就见霍明远目光一抬，直直朝她看来。

霍明远就这么盯着她看了片刻，然后绷着咬肌一言不发地按了免提键。几乎就在霍明远撒气似的"啪"的一声撂下听筒的下一秒，电话机的扬声器里传来一个熟悉的电子音。

"雁城第一账房先生，时光？"

时光缓缓沉了口气，一如往常地淡声说："是我。"

"我是教授，我想和你谈谈。现在是清晨五点五十分，周末这个时间路况还不错，那就八点整吧，我在西雁山那栋别墅里等你。如果愿意见我，就一个人来，否则就不必来了。"

诡异的电子音一落，不等时光说什么，电话那头就只剩"嘟嘟"的忙音了。

时光无声地吐了一口气。

如果说刚才还有残存的一丝迷雾在眼前徘徊，那么现在终于要拨云见日，彻底分明了。

时光在办公桌上抄起她从九号实验室里顺手带来的那把美工刀，刚把刀片推出一截，霍明远忽然一跃而起，一把摁住了她的手。

"时光！你听我说，警队的人已经悄悄在这栋楼里就位了，关梦婵现在在他们的严密看管下，教授组织的人不可能这么快就收到消息选新教授上岗，这个人——"

"你先听我说吧。"时光淡声截住霍明远，"我知道这个人是谁。不过，我还想请你再帮我查一件事。马上。"

第五十四章

和电话里那个人说的一样，周末的早晨路况很不错。

时光离开安德公司总部大楼的时候已经六点多了，一路畅通的街道加上一路绿灯，她坐着出租车来到西雁山风景区的公交站时，也不过才七点二十。

山里雾气还重，车就只能开到这里了。

从山脚通往那栋房子的路，她这几天里已经来来回回走了几次，即便雾气浓得好像走在无边无际的牛奶里一样，时光也还不至于迷路。

连走带跑，差不多半个小时。

看到那栋房子隐藏在雾气里的轮廓时，时光已经距离庭院大门口不过五步远了，这样的距离，时光也终于看清了那两个持枪把守在门口的人。

人已经不是那些山里村民打扮的人了，是穿着迷彩作战服人高马大的外国人。

枪也不是手枪了，是足有半人高的机枪。

两个枪口隔着浓厚的雾气远远地就瞄准了她。

时光识相地高举两手，压着步子慢慢走上前。

"我是账房先生时光，教授让我来的。"

不知道是这两个人能听懂中文，还是早就收到了吩咐，时光报完家门，他们也不问什么，一人依旧端枪指着她的心口，一人把枪往肩上一扛，腾出手来搜她的身。

时光身上穿的还是那条束腰的衬衫裙，一路跑得热了，领口的扣子解开了两颗，袖子直卷到臂弯处，赤脚穿着一双薄薄的板鞋，浑身上下连个能严丝合缝地藏起一把水果刀的地方都没有，那男人还是把她从头到脚认认真真地摸了一遍，才转身打开那扇锈迹斑斑的院门。

穿过庭院，时光在入户门口又被从头到脚搜了一遍。

还是两个穿着迷彩作战服拿着机枪的外国人。

时光走进客厅的时候，那座古旧的时钟正好敲响了八点整的报时。

和她第一次走进这栋房子的时候一样，电视机在静音模式下开着，茶几上还是放着那本英文版的《科学》杂志，杂志上还是压着那副金丝眼镜。

只不过这一次沙发上坐了个人。

秦晖以一副她从没见过的松散架势窝在沙发里，饶有兴致地看着电视里正在播放的一部美食题材纪录片，见时光进来，半点没有意外，只抬头看了她一眼，还看得漫不经心。

时光被他看得一愣。

两人四目相对，没等说句话，从餐厅的方向传来一阵高跟鞋踏在木地板上的声音，清晰的"嗒嗒"声里还混着一种古怪的碾轧声。

"婷婷，你来了。"

时光一惊抬头，就见童烁推着一个轮椅走来。

唤她的是坐在轮椅上的宗亮。宗亮穿着那件米白色中式亚麻开衫，腿上盖了一条宽大的毛毯，似乎是为了遮挡他小腿的枪伤。毛毯从他腰间一直盖到脚踝，让他本来就偏单薄的身体看起来格外弱不禁风。

"来，坐。还没有吃早餐吧？童烁，把早餐都拿到这儿来吧，我们边吃边谈。"

童烁把他的轮椅停到茶几旁边，一声不吭就转身往厨房走了。

秦晖也站起身来，"我帮你拿。"

宗亮任两人一前一后走去厨房，拿起秦晖走前随手放到茶几上的遥控器，换到当地新闻频道，屏幕上赫然出现了霍明远的面孔——穿着一身一丝不苟的西装，站在安德总部大楼前被数不清的话筒、录音笔、摄像机包围的霍明远。

宗亮又在遥控器上按了两下，电视机里立刻传出那个熟悉的声音。

"……研发中心首次对媒体开放，希望能吸引更多优秀的科研人才，同时也希望我们的研发中心在社会的监督下，能成长为更专业、更广阔、更规范的医药研发平台……"

宗亮把音量调低了些，放下遥控器，才又看向还站在原地看着他的时光。

"今天上午八点到九点半，雁城电视台会全程直播雁城大学暑期社会实践团队参观安德公司研发中心的活动，可惜今天一早整个山里都断网了，不然现在朋友圈里肯定全都是我那些女学生花痴他的照片。"宗亮斯文地笑着，又请了她一遍，"坐呀，别客气。"

时光还是站着没动，"你叫我来，是想杀我吗？"

宗亮一愣，忍俊不禁似地摇摇头："你怎么会这样想呢？"宗亮自己驱着轮椅朝她走近了些，血色略略浅薄的唇角浅抿着一点笑，低低地说："我说过的，我的心里从来就只有你一个人。从前我没有能力保护你照顾你，现在我可以了，马上就可以了，我可以给你最好的生活，让你成为这个世界上最幸福的女人。"

时光三两步绕到离他最远的沙发上坐下来，无动于衷地遥遥看着他，把他从头看到脚又从脚看到头，才平平淡淡地说："我看不出来你现在和昨天有什么区别。"

"你没有发现这里已经变了吗？现在这里全都是我的人。教授这个组织就要完了，从今往后雁城的毒品市场就是我宗亮的天下了。"宗亮依旧斯斯文文地笑着，又驱着轮椅走到时光近前，"关梦婵的那点心眼，到底没有斗过霍明远吧？"

时光听得一愣，没再起身避他。

"你早知道关梦婵就是教授？"

"怎么说呢……也许是老师对学生的直觉吧。虽然她把自己表现得像个什么都不懂的乖乖女，但是我在学校里第一眼看见她的时候就知道她肯定不是普通的学生。她是学会计专业的，本来不该和我有任何交集，但是她偏偏和我实验室的一个学生谈恋爱。而且他们开始谈恋爱的时间，又和教授开始派人和我谈新货研发项目的时间很巧地重合了。后来知道她一毕业就被安德招走了，我就更相信自己的判断了。"

宗亮刚在时光诧异的目光里坦诚、安然，又有点得意地把这番话慢条斯理地说罢，童烁和秦晖就端着四份早餐回来了。

煎蛋土司、烤香肠、水果沙拉、一杯果汁，经由宗亮的手一样一样地摆到她面前。

"先喝杯果汁。这么大的雾，车开不上来，你肯定是一路跑上来的，口渴了吧？"

"我不渴，也不饿。"

宗亮刚要开口再劝,却被秦晖的一声嗤笑抢了白。

秦晖在离时光最远的那把单人扶手椅上坐下来,端起他自己的那杯果汁,挑衅似的朝时光远远地晃了晃,"你还怕我们给你下药吗?"

"老秦,别吓唬她。"

被宗亮埋怨了一句,秦晖没再说什么,但怎么看都有点不痛快,仰头灌酒似的一口气喝干了手里的果汁,重重把空玻璃杯蹾回到茶几上。

童烁也端起她面前的那杯牛奶喝起来。

摆在宗亮手边的是杯咖啡,宗亮端起来捧在手上,一双眼睛还含笑看着她。

从一早睁眼折腾到现在,时光一口水都没喝上,说不渴是假的。时光到底还是端起面前的果汁连喝了两大口,在宗亮满意的笑容里转头看向电视上还在接受采访的那个人。

"前两天在这里,你一直不杀霍明远,却一直把他往死路上逼,就是要逼得他自己想办法逃出去,逼他和教授拼个你死我活。最早跟霍明远提参观公司这件事的人是你,这件事不是关梦婵让你干的,所以,昨天往霍明远办公室里打电话的那个人是你吧?"

宗亮哼笑了一声,有意识地沉了沉他略偏阴柔的嗓音,像是有意要说给他声音所及的每一只耳朵听似的,"霍明远,说得好听了是个优秀的管理者,说白了,就是个二道贩子。他不懂技术,手下又没有像样的厨子,他成不了气候。"

童烁和秦晖埋头自顾自地吃饭,好像已经把这话听过无数遍了。

"你之前暗示过我,你研究新货的地方是市里一家大型研发型企业的实验室,你一直知道九号实验室就在安德总部的大楼里,对吧?"

宗亮依旧毫不意外地笑着,坦诚地点点头,微眯着眼睛欣赏此刻正出现在电视屏幕上的那栋大楼,"那里是雁城最大最先进的制毒实验室,不过,今天以后就不是了。"

"为什么?"

宗亮没再坦诚地回答她,把目光收回到她身上,轻轻一叹,言归正传:"婷婷,我叫你来,是想当面兑现我的承诺。"

时光一愣:"什么承诺?"

她怎么不记得这个人对她还有什么承诺？

宗亮抬眼看向坐在沙发另一端的童烁，时光正等着他把话说明白，突然听童烁捂着胸口发出一声破碎的呻吟。刚刚还在一声不响低头吃饭的人挣扎着一头栽在地上，随着通身可怕的抽搐，血从她嘴里一下一下地涌出来。

"童烁！"

时光惊得跳起来，坐得离童烁最近的秦晖也吓了一跳，扑身过去，刚蹲下身把她抱扶起来，还没来得及尝试任何急救，童烁就浑身一软，停止了一切抽搐，一动不动了。

宗亮还在轮椅上安然坐着，淡然看着被这一突发状况惊呆的两个人，不急不慢地搁下他在手里捧了半天也没喝一口的咖啡。

不用问也知道是谁下的手，但时光还是不明白。

"宗亮！你这是什么意思？她是你老婆！"

"你忘了吗？我答应过会娶你的。"

时光错愕地看着这个被她呵斥得一脸无辜的人，她今早看过那些视频就知道这个人一定没有打算给童烁一个善终，但也实在没有想到他能把这件事做得这么狠绝，又这么平淡。

平淡得她连一丁点先兆都没能看出来。

"老秦，麻烦你把她弄到酒窖去吧，别横在这里影响大家的胃口。"

秦晖脸色虽然沉得厉害，但到底一言不发，把已经没有半点生气的童烁打横抱起来。童烁嘴里涌出的血随着他的步子一路滴答过去，在地板上连出一条通向楼梯口的虚线。

时光两手紧攥成拳，一直看着他们消失在楼梯口，深吸了一口混杂着骇人的血腥气和早餐丰富香气的空气，才缓缓放松了拳头，看向轮椅上还在斯文微笑的人。

"你真的想娶我吗？"

"当然了。"

"那这个是怎么回事？"

时光摊开左手掌心，直伸到宗亮眼前。

第五十五章

一眼看到写在这片掌心上的那个不伦不类的化学方程式，刚才一直气定神闲的人终于神情一僵，微弯的唇角一下子绷了起来。

"星期一你从国外回来，一下飞机就收到那条短信，第一时间就跑到这里，在一张餐巾纸上写了这个公式，然后夹在桌上这本杂志里。你不确定我会不会来，但是你认为只要我来了，我就一定能看懂，只要你不露面，我就一定会去这个公式指的那一站找你。这一站就在山脚下，就算我是开车来的，我也更可能选择行踪比较隐蔽的步行。你熟悉这片山，也很清楚应该怎么在山里抄近路，这样你就有机会在半路追上来杀死我了。只不过你没想到来的还有霍明远，你怕他在这里随便乱翻，会发现你的实验室，所以才不得不现身了。"

宗亮盯着她掌心的公式沉默了片刻，忽然摇头苦笑。

"婷婷，你想太多了，那只是我试新笔的时候胡乱画的，随手夹在杂志里当书签了。我一直都是喜欢你的，我这不是都已经为了你把童烁杀了吗，我有什么理由要杀你啊？"

"你有。"时光收回手，后退半步，冷然看着他，"霍明远帮我查过了，你最得意的那几个以杨氏命名的专利技术，专利权所有人都是你。但是那些都是我爸爸生前没有来得及发表的研究成果，他就只在家里对你一个人讲过。你偷了他的研究成果，这件事现在就只有我一个人知道，你怕我会告发你。你经不起任何调查，所以你不是一直放不下我，你是一天见不到我的尸体，一天就不能安心。"

宗亮无奈地叹了一声，有意放低放缓的嗓音听起来别有几分委屈，"我承认，那些确实是老师的研究成果，但是我这么做没有别的目的，我纯粹只是不想让老师的这些研究成果就这么埋没了。现在你回来了，你就是不提，我也会把它们全都还给你。婷婷，你想想，如果我想杀你，这几天我多少次机会能对你下手，但是我有做过什么吗？"

"那是因为霍明远的一句话让你改主意了。"时光抬手指向茶几前的那片地板,"就是他站在这里向你介绍我的时候说的那句'时光,我公司特聘的财务顾问'。"

这张铺满了无辜委屈的脸终于又是一僵。

时光不再等他想出什么话来辩驳,径自继续说:"童烁本来就不是专门做财务的,你想自立门户,就必须有一个更专业的账房。你还记得星期四那天晚上拿到我家里的那一箱子所谓的证据吗?你在箱子的夹层里藏了海洛因和注射器,你想故技重施,让我像童烁一样染上毒瘾,再录下我吸毒的视频要挟我,然后就能像控制童烁一样控制我为你工作了。你杀她,不是为了我,是因为找到了取代她的人,她对你没有用了。"

时光最后一句说完,宗亮眉眼间最后一点无辜也消散没了。

"是你把箱子抢走的?"

"是。我还看了童烁给你做的那些账,和你拍的那些她毒瘾发作的时候你故意羞辱她的视频,我什么都知道了。你根本不是喜欢我,你想要的就只是一个账房。"

那双轮廓阴柔的眼睛微眯起来,一道渐渐变得森然的目光在她身上定了片刻,忽然化在一个毫无笑意的笑容里。

"可你还是来了。我叫你来,不是想要杀你,但是,你应该是来杀我的吧?"宗亮朝墙上的挂钟看了一眼,折腾这么一阵子,已经过了八点半,"没关系,来了就好,我们还有很多时间,可以慢慢谈。"

时光正想再说什么,忽然觉得一阵头晕目眩,浑身一软,一头栽在地上。

人倒在地上,手脚动弹不得,眼睛也只能睁开一半,意识却还是清醒的。

时光清楚地听见一阵脚步声从楼梯口传来,几秒之后,就见秦晖正从楼梯口走过来。兴许是有童烁猝死在前,秦晖一眼看到倒在地上还在喘气的时光,只皱了下眉头,以示惊讶。

"老秦,帮忙扶她起来,坐在那儿。"宗亮指指沙发上正对电视机的位子。

"婷婷,你不是想知道,为什么今天过后,安德公司大楼里的那个九号实验室就不再是雁城最大最先进的制毒实验室了吗?"宗亮说着,从盖在他腿上的毯子下面摸出一个手机似的东西,朝着被秦晖搀起来放到沙发上的人笑着扬了扬,"一会儿就让你看到。"

时光已经被秦晖像摆放一个物件一样地安置在了正对着电视的沙发位子上,只半睁着眼睛就能清楚地看到电视里的人已经走进了公司大楼,正朝着一间安全门上印着编号"三"的实验室走去。

这栋楼里有十几个实验室,她一早在霍明远办公室里看大楼布置图的时候看到过,几乎从七楼往上的每一层楼里都有实验室,都是用数字编号的。

她记得……

编号"十二"的实验室就在顶楼咖啡吧的下面那一层!

再看宗亮摆弄在手里的那个手机模样的机器,功能不言自明了。

"你……你要炸……"时光勉力挤出几个含糊的字。

"我真的没有看错人,你还是那么聪明。"宗亮有点愉悦地舒了口气,摆弄着手里的东西,闲话家常一般慢慢地说:"我研发成功的不只有一款新货,还有一种新型炸药,只要很不起眼的一点点,就可以摧毁绝大多数公民建筑物的承力结构。那天晚上安德公司的人都在泳池派对上醉生梦死的时候,我让人悄悄进去安装了一些。明天,哦不,现在是网络信息时代了,不用等到明天,可能没等这山里的雾散干净,全雁城的毒贩子都会知道,教授和手下黑吃黑,不慎引爆了九号实验室,在至少半年的时间里,教授组织都不会具备像样的研发条件。而我,我们,就会在这段时间内靠我研发的新货迅速占领雁城毒品市场。"

"学生……"

电视屏幕上出现了几名一看就是学生样子的年轻人,宗亮明显是认识的,略有点可惜地叹了一声:"学生确实是无辜的,这都怪关梦婵和霍明远。不过,你放心吧,事故一出,安德公司和学校都会赔偿他们的家长的。"

时光无力转头,只能竭力转动眼球去看那个丧心病狂得如此坦然的人。

"组织……不会放过……"

"放心吧,教授给我的钱,还有从他研发经费里抠出来的钱,我一分都没有挥霍。除了你在外面看见那些人、那些枪,我还有至少两个排的武装,他们就在西雁山里随时待命。"

时光无力再说什么,只能发出一声声凌乱的喘息。

坐在一旁扶手椅上的秦晖大概是被仍然弥漫在客厅里的血腥气熏得不舒服了，摸出烟来点了一根，刚吸了一口，宗亮就皱起了眉头。

"跟你说了多少次，别在屋里抽烟。"

"对不起，忘了。"秦晖夹着烟站起来，"我到院里透口气。"

宗亮没有拦他。

秦晖一走，宗亮就驱着轮椅靠过来，一直把轮椅推到离她最近的空地，撑着轮椅扶手小心地站起来，靠单脚的支撑挪身坐到她身边的位子上，伸手抚上她的脸。

"婷婷，我是真的喜欢你，喜欢现在这样的你……"

宗亮挨在她身上，缓缓地把脸贴近她，享受地嗅着她的发丝、她的脸颊、她的用创可贴覆盖着那道被关梦婵割出一道口子的脖颈。

许是觉得创可贴碍眼，宗亮一把撕了它。

一道新鲜的伤口赫然出现在眼前，宗亮低头凑过去，把鼻尖凑得几乎要触到时光颈间暴起的青筋了，才深深吸了口气，满足地叹了出来。

"你从前天真可爱，天真可爱得愚蠢，但是现在你变了，变成了一个奸诈、肮脏、浑身铜臭味的罪犯，多迷人啊……"

宗亮的手指爬上她汗涔涔的额头，一路往下，轻轻描摹她五官的轮廓。

"从前老师总说我的思想太功利，他要求我要有社会责任感，好笑吗？社会责任感？社会是怎么对我的？不管我付出多少，不管我怎么努力，他们都看不到，他们就只想看着我在媒体面前怎么对别人给我的施舍感激涕零！我对这样的社会有什么责任？他什么都不懂，他只会站在道德的制高点上对我指手画脚，你知道有多少次我想把浓硫酸泼到他那张道貌岸然的脸上吗……我娶童烁真的不是因为喜欢她，她也什么都不懂，但是她划算啊。漂亮、家里有钱，还天真，尤其是我发现她家这栋房子里居然还有个那么隐秘的化学实验室的时候，我觉得娶她花的那些彩礼钱真没白花……可她也就只值这些。"

宗亮的手指从时光微微颤抖的眉心抚过，沿着鼻梁的线条一直滑到她无声颤抖的嘴唇，稍稍停留了片刻，又心满意足地叹了一声。

"从前你也不懂，现在你变得和我一样，你能懂我的一切，你不知道我有多高兴。"

宗亮似乎还想再说什么，片刻的停顿间，就听见电视里忽然传来一个中年男人的声音。

"……这间是第十二实验室，主要是做一种抗癌药物的研究，请霍总……"

"好了，以后我们有的是时间慢慢聊这些。"宗亮的手终于从她身上拿了下来。宗亮撑着茶几靠单腿的支撑站了起来，攥着远程遥控器的手因为激动而难以抑制地微微发抖，"婷婷，你好好看着，这才是应该属于我的人生！"

宗亮话音未落，就听"砰""咚"两声重响。

电视里还是一幅清晰的第十二实验室的画面，出现在镜头里的所有人都在鼓掌欢迎那个即将在镜头前介绍这间实验室的人讲话。

"砰"一声响的是枪声。

一颗从庭院里飞来的子弹打碎客厅沙发后的落地玻璃窗，正中宗亮背部。

"咚"的一声，是宗亮俯面朝下直挺挺地栽在了他身前的茶几上。

几乎在宗亮倒下的同时，一个敏捷的身影从那面被子弹破开的窗户里一跃而入，正落到她身边，一把拥住她绵软的身体。

脑袋随着身体位置的变化方向一转，时光有限的视野里蓦地闯进一张和此刻正出现在电视屏幕上的一模一样的脸。

只是电视上的那张脸神采飞扬，对着镜头侃侃而谈。

眼前的这张汗水涔涔，满是焦灼的脸。

"时光！你怎么样？"

时光勉力微微摇头，用目光示意茶几上的那杯果汁。

霍明远拿起来闻了一下，又送到嘴边抿了一点，就放她在沙发上躺下来，在宗亮身上一通翻找之后翻出一个贴有药品标签的白色塑料药瓶，打开闻了一下，忙倒出两颗喂给她。

"咽下去，一会儿就好了。"

时光咽了药，霍明远也没放她躺回去，就坐在沙发上抱着她，一手扶着她无力的头颈贴在自己怀里，好像有意不想让她看到些什么。

时光只听到陆续有人进来，井然有序又一言不发地冲向这栋房子的各个方位。

有人冲到茶几这边来，利落地把宗亮抬起搬走了。

电视机里持续不断传出的声音里混着楼上楼下此起彼伏的脚步声、破门声，还有近在耳边的霍明远急促的心跳声，杂乱得像傍晚收摊时候的菜场，乱里带着一种一天圆满结束、收拾收拾就能回家的安心。

其间有一股股异样的血腥味和霉腐味在空气中不时掠过。

时光猜想，霍明远不想让她看的，大概是从酒窖里搬抬出来的那些尸体。应该有那些消失不见的村民打扮的教授组织打手，有身体尚有余温的童烁，还有已经在那个湿凉阴暗的地方躺了两天的韩照。

这样待了十几分钟，时光才终于有气无力地说出来一句完整的话。

"秦晖呢？"这些天来诸多的疑问里，就只有这一件还没解开了。

第五十六章

听见怀里的人有了动静，霍明远松了口气，一直扶在她脑后的手也稍稍放松了些，给她调整了一个更方便看着他说话的姿势，才低声回答她。

"他追踪宗亮从境外购进的那批武装去了。"

"他是另外那个调查走私枪支的卧底警察？"

"是啊，要不是他那天在酒窖里控制宗亮下手的分寸，我早就废了。不过我也是为了给他争取时间和机会，估计完事儿以后我们两拨领导要打一架了。"霍明远漫不经心地说着，皱眉看向这个难得肯老老实实窝在他怀里的人，"我没来得及跟你说他是干什么的，但我不是说了让你进来以后要注意看他眼色吗？怎么还弄成这样？"

"他提醒过我果汁里下药了。但是我必须喝了，宗亮才能完全放松警惕，把他的计划都说出来。反正他是不会杀我的，你也一定会来救我。"

时光恢复了点力气，挣扎着起身，霍明远扶她在沙发上坐好。

时光这才看到随着霍明远后面冲进来的是一小队精干的特警，这会儿已经稳稳地控制住了整栋房子的每一个角落。宗亮的尸体早已经不在茶几上了，只在茶几的玻璃台面上留下一大摊血，顺着边沿淌下来，和童烁刚才吐在地上的血融成了一片。

"他把童烁毒死了，连秦晖都没有发现他是什么时候下药的。"

霍明远沉默片刻，叹了一声："你放心，童烁父母那边，局里会安排专人去的。那个U盘里的内容，局里也会妥善处理。"

沙发对面的电视里正又一次把镜头切给了霍明远，时光看看电视上赫然打着的"直播"二字，又转头看看此刻就坐在她身边的人。

"这个现场直播，你是怎么做到的？"

"录的啊，找了电视台，又找了这些学生，紧赶慢赶录了我的半个钟头的戏份，我走了以后他们又拍了一些没我出现的镜头，再和一些公司内部没对外公开过的视频资料剪在一块，就把一个半小时的时长凑得差不多了。"

这个操作时光听得半懂不懂，但有一件事她听明白了。

这操作执行下来，从头到尾少说也有二三十号人知道这所谓的现场直播是假的，其中至少有三分之一的人不是警方说管就能管得滴水不漏的。

"还好今天这里断网了，不然宗亮一刷朋友圈就有可能全都露馅了。"

"你以为是谁断的网啊？"

答案就写在霍明远好气又好笑的脸上，不言自明。

"我以后再也不相信什么现场直播了。"

没等霍明远笑出声，一个穿着防弹背心的便衣警察穿过餐厅朝他们匆匆走来，在几步之外对霍明远招了下手。

"有发现，你过来确认一下。"

他们的发现就是夹在机房和厨房之间的那间化学实验室。

面积虽然不大，但是设备一应俱全，样样不比那间九号实验室里的差。实验室的墙上贴着宗亮获得各种专利奖项的新闻图片，一台电脑靠墙摆着，电脑旁边立着一个相框，压在相框里的照片上是个胡子拉碴、目光凶狠的中年外国男人。

霍明远一眼看到这张照片就"扑哧"地笑了一声，跟他一起过来的时光禁不住问。

"这个人是谁？"

"一个美国电视剧里的毒贩子，本来是个老实巴交的化学老师，后来靠化学知识成了制毒师，又一步步走成了大毒枭。估计宗亮没追完全集就拜偶像了,他肯定不知道,这老哥最后众叛亲离,走投无路,开枪自杀了。"

带他们过来的便衣警察也苦笑着摇头。

"这叫什么事儿啊……好好一个青年才俊,那点聪明劲儿全用到这地方了。听说是雁大最著名的化学教授杨正明从小资助到大、手把手培养的徒弟啊。"

时光脸色微微一暗。

这警察似乎不知道杨正明的女儿就在眼前,还想接着说什么,被霍明远不着痕迹地岔开了。两人简单地确认了一下实验室里的各种原料和成品,霍明远就带着时光出去了。

"霍明远,我能单独跟你说几句话吗?"

"好。"

时光一路走出这栋房子,走出庭院,沿着山路直往上走。

九点钟,山里的雾已经散去大半,只剩薄薄一层游荡在林木之间,在明媚的阳光下做着最后无谓的躲藏。山里除了阵阵鸟鸣之外就只有风吹枝叶的沙沙轻响,没有任何迹象能让人感觉得出警方的收网工作正在这片静谧的山林里紧锣密鼓又悄无声息地进行着。

一连走了十几分钟,直到再无路可走,时光才在断崖峭壁边站下脚,回身看向一路跟她走到这里、明显耐心就快耗尽的人。

"你身上没有带监听设备吧?"

"没有。"霍明远朝深渊下探了一眼,更是一头雾水了,"怎么了?什么事儿非得到这种地方说啊?"

"我刚才想起来,星期六的时候……就是昨天,我翻过你办公室的冰箱,里面就有那个牌子的速冻馄饨。你之前跟我说的那些,是骗我的吗?"

霍明远在山风中狠愣了一下,才恍然明白时光说的"那些"是哪些,不禁失笑。

"还真不是。"霍明远到底还有一身不轻的伤,折腾这么一大早晨,又跟她走了这么一截山路,精神多少有点不济,斜身挨靠在断崖边的一棵老树上,语声低低缓缓,别有几分温柔,"我也是看见你冰箱里那袋馄饨的包装才知道,这牌子的馄饨我原来自己买过,但是说实话,我自己吃的时候根本没觉得那就是我在家里吃过的馄饨。那时候我才想明白,我馋的不是那口馄饨,是回家吃饭的滋味。"

"你的家对你很重要,是吗?"

"当然啊。"

"如果你知道有个人要毁了你的家,你会怎么办?"

"阻止他。不管谁要毁了谁的家,我知道了都得阻止啊。保护人民生命财产安全,保证千家万户安居乐业,警察就是干这个的。"霍明远啼笑皆非,"你这都是什么问题啊?"

"如果这个人就是你自己呢?"

时光问得很认真,而且这话分明还有后话。

霍明远一时摸不清头绪,不禁问:"你到底想说什么?"

"我的家已经毁了,是毒贩子毁的,现在它很可能要再毁一次,这次是我毁的。"时光顿了顿,在霍明远半怔愣半诧异的目光里淡淡地说:"我说我不怨警察,是真的。我爸爸以前总跟我说,只要自己还能使出一分力气,就不要等着别人来帮忙,因为这个世上有的是比我更需要帮助的人。所以我小的时候他们资助了宗亮,宗亮来雁城读中学以前,每次去南山看他,他们也带我一起去。要不是因为这个,我对南山的环境有些了解,我也不可能凭一个人的力量从那样的大山里逃出来。"

时光背对断崖站着,身后重山叠嶂,把她衬得格外渺小。

即便是这样的山,和南山那片山区相比也是不值一提的。

更何况那里除了更复杂难走的山路,还有泛滥的毒品问题和隐秘的人口买卖。时光说得轻描淡写,但霍明远到现在也无法想象,一个从小在城市里长大的十几岁的女孩子,是怎么凭一己之力从那种地方逃出来的。

"但是我知道,凭我一个人就只能活下来,不可能给我父母讨公道,所以我一边开始学谋生的技能,一边开始找人。我没有撒谎,我一直在找的人就是你这样的人,一个想抓教授的卧底警察。因为警察再怎么卧底都还是警察,你们要遵守纪律,要掩藏身份,所以很多事情束手束脚。但是我不用⋯⋯"时光摇摇头,改口换了个说法,"应该说是时光不用。时光是个罪犯,是个查不到身份、见不得光的账房先生。时光能帮这名警察找到教授，教授也只有被警察抓到，送上法庭，杨正明一家才能得到真正的公道。可是不管时光怎么做，她都是个犯罪分子，她不是杨正明夫妇的女儿。她没资格是，也绝不能是。"

霍明远终于听出了一点意思，斜靠在老树上的身体不由得挺直起来。

"我那同事不是有心的，他那些话你别往心里去。"

"他说的是事实。"时光不怒不悲，"杨正明已经有了一个毒贩徒弟，如果再让人知道杨正明夫妇的女儿是个罪犯，他们还能得到什么公道吗？媒体会怎么写他们？人们会怎么议论他们？教授已经把这一家人杀死过一次了，我不能让他们被别人的嘴再杀死一次。"

"时光，我替他向你道歉，向杨教授道歉。"

"跟他没有关系。"时光认真摇头，依旧无波无澜地说，"我从一开始就是打算找到教授之后死在教授手里的。这样就能说，雁城第一账房先生时光，在协助警方抓捕教授制毒贩毒集团头目关梦婵的过程中，不幸遇害身亡，和杨正明一家没有半点关系。可是我不知道那个时候警方能听见我们说话的内容，我自己承认了我是杨正明的女儿。"时光嘴唇微抿，"我不想利用你，但是我现在只有这个办法了。"

时光说话一向是这么个平淡的语调，但这次不知道为什么，霍明远直觉觉得她平淡得跟往常不大一样。她往常的平淡是那种世界上不管发生什么都和她无关的平淡，而眼前的这种平淡，却好像是她的一切都和这个世界无关了。

霍明远隐隐有些不安："你想干什么？"

"我妈妈有先天性的血液病，我在来的路上借司机的手机查过了，她的情况根本就不符合做骨髓捐献的条件，所以你是诈我的，你没有任何证据能证明我就是杨丹婷，对吧？"

一抹惊讶掠过霍明远的眉眼，足可以算是一句肯定的回答了。

时光缓缓舒了口气，缓缓后退了一步："我现在告诉你，其实我不是杨正明的女儿，我就是账房先生时光。之前我承认自己是杨正明的女儿，只是想获得同情为自己减罪，现在这件事被你发现了，我拒捕逃跑到这里，失足坠崖死了。"

话一说完，不等话音落下，时光一个转身跳了下去。

"你——"

霍明远的声音几乎和他的手一起追到，时光在坠落的同时就被一个强大的力气一下子拽住了手臂，堪堪悬在了崖壁上。

"你又发什么疯！"

霍明远伏身在断崖边上，一手紧抓着她，一手抓在崖边那棵老树上借力，想要把悬在半空的人拉拽上来，但到底体力已经透支，远不比平时，被他拽住的人又挣扎不停，他使出全部力气也只能将将维持平衡。

时光挣了几下，忽然意识到这个问题，就不挣了。

死是她最后的打算，但她从没打算要拖着任何人一起死，尤其是这个一旦抓住了她，就无论她再说什么都绝不可能松手的人。

时光索性也不和他多说，一声不吭地用她没被抓住的右手摸上左臂卷起的袖子，从褶子里捏出一片两厘米宽的菱形刀片。这是她来西雁山之前从那把可折断式美工刀上偷偷掰下来的，掖在卷起的袖子里以备不时之需。

只是没想到会用到这种时候。

用在这个人的身上。

霍明远的手开始微微发抖了，时光心下一横，一刀狠割在他小臂上。

鲜血顿时涌出来，顺着他的小臂淌过他的手背，又从他的手背流到她的手臂上。

"你别胡闹！"霍明远吃痛地吼了她一声，和时光预想的截然相反，那只攥在她手腕上的手非但没因为突如其来的疼痛松开，反而攥得更紧了，"我跟你说过，你对我还有用！"

"别骗我了……该抓的都抓到了，我没有什么能让你用的了。"

"你得埋我！"

时光刚又把刀片举起来，忽然被他这几乎是吼出来的几个字听得一愣。

霍明远深深喘了两口气，才又腾出点说话的力气，"我干了这一行就不怕死，但是我怕死了没人知道我死在哪儿！我爸也是干缉毒的，在中缅边境牺牲，十几年了，到现在遗体都不知道在哪儿……我要是也死不见尸，或者尸体被送回家的时候就剩一把骨头了，我妈非疯了不可……我知道真有那么一天,你也未必真能埋我,但是自从你答应过,我就踏实了……你要是不信,现在就跟我回家,你自己去问我妈,行不行!"

霍明远手抖得越来越厉害,连带话音也开始发抖,经由他的手淌到她身上来的血越来越多,已经几乎是成股不断地淌下来。

时光这才发现,这些血不是从她刚割的那道伤口里流出来的。

刚才一时情急,霍明远想也没想就用习惯的右手抓了她,撑了这么一阵,他右手臂上那道本来就没有好好处理的枪伤又裂开了。

霍明远还是拼命地抓着她,与其说是拼命要救她,倒更像是拼命抓着一根救命的稻草。

时光心头一紧,刚想扔了刀片去扒崖壁上突出的石头,忽又顿住了。

"你换个人吧,你妈妈不会愿意让一个罪犯去埋她的儿子的。"

"你还没完没了了……是,你是罪犯,但你也是市局经侦队的线人,对吧?我都核实过了,你那些混在废纸堆里的钱,全都是转移出去交给经侦队的!"

"这是两回事——"

"不管几回事!不管你做的这些事最后在法律上怎么算,但是事儿你做了就是做了!老大不小的人了,好事坏事,全都是你自己拍板决定干的,敢做就不敢当吗!你怕流言,那你更不能死。你要是死了,真有那么一天你指望谁把这些事解释清楚,你指望谁维护你全家的名誉啊?这么死了,你对得起你父母吗!你对得起我吗!你觉得你对得起谁!"

霍明远越说越急,一口气朝她吼完,余音又在山崖峭壁间回荡,听在时光耳中,仿佛是从天地间传来的诘问,振聋发聩。

"我不知道还能怎么办了……"

时光仰望着崖上还在苦苦坚持的人,喃喃出声。

她计划里的人生就只到这里为止,从没有想过别的可能,现在突然要她拐向另一个完全陌生的方向,去走一条更长更远的路,时光一时间茫然无措,不敢,也不知道该怎么起脚。

"傻姑娘……我认识你半年,就没怎么见你笑过,但是我也从来没怀疑过,这些结束以后,你一定会好好过完余下的一辈子。"

"你怎么知道?"

"我不是知道，谁也不能现在就知道明天是什么样啊……我只能跟你保证，不管明天是什么样，都有我跟你在一起。如果你过不好，我负全责，行不行？"

霍明远已经支撑到了极限，低哑的声音抖得不成样子，手臂上流出的血已经把他们两人的衣袖都浸透了，就算这样，那只抓在她手腕上的手还是没有半分放松。

时光扔了手里的刀片，攀住崖壁上突出的石块。

"行。"

跳下来的时候她没想过还要上去，但现在要上去了，她也有把握能上得去。

十二年前她就曾在南山徒手爬过这样一面断崖，那时候就只有她一个人，她只凭着自己的一双手翻过那面连追捕她的山民都认为绝不可能有人能爬得过去的断崖，逃出南山，从此脱胎换骨，用十二年的时间活成了如今的样子。

现在比起那时多了一只手不顾一切牢牢地抓着她，她有百分之百的底气能爬上去，也有了百分之百的底气能再一次脱胎换骨，活成一个全新的模样。

今天往后，她的过去也成了所有人的过去。

所有人的将来也将成为她的将来。

番外

九月十三号，星期四。

早晨八点，时光拎着一只保温桶走进这间被便衣警察暗中保护着的单人病房的时候，霍明远刚从睡梦中睁开眼睛，一眼看到进来的人，蓦地一愣。

时光也愣住了。

这是她一个多月来第一次见他。来之前警队的人告诉她，霍明远因为失血过多，伤口感染，送进医院后被下了两次病危通知，幸好到底还是抗过来了，经过这一段时间坐牢式的住院静养休息，已经可以出院了。

可是……

眼前的人脸色煞白，额头上全是细密的冷汗，怎么看都不像是全好利索了。

"你不舒服吗？我给你叫医生？"

时光搁下保温桶，说话间就要去翻挂在床尾的主治大夫信息，霍明远忙坐起身来。

"没事没事，做了个梦……"霍明远两下抹掉额上的汗，朦胧的睡意一扫而空，倚在床头上夸张地长叹了一声，"我都在这儿待了三十七天了，你还知道来看看我啊？"

"对不起。一直在看守所里，出不来。"

她的事定性起来比较复杂，关系到前前后后跨时十二年的无数已经破了的和还没破的大案小案，牵扯到公安机关好几个不同部门的工作，不是一两个月就能给出个明确结论的。在这之前，她只能待在看守所里等着。

这段日子霍明远几乎没有得到有关她的任何消息，确切地说，他是几乎没有得到任何有关外界一切的消息——他们收走了他所有的电子设备，只给他留了一台什么频道都收不到就只能看碟的电视机和一堆最新的党课材料。但时光的事会以什么样的流程来怎么处理，不用谁来跟他说，他猜也能猜到会是这样。他不过是闷得快疯了，也想她想得快疯了，一下子见到人，这句话不知怎么脱口就说出来了。

听她认认真真地跟他道歉，霍明远恨不得给自己一巴掌。

"跟你闹着玩的，来，坐，吃什么你自己拿，都是洗好的。"霍明远看着时光在床边的椅子上坐下来，把床头柜上的一篮子水果朝她推了推，又好好看了看这个和上次分别时几乎没有什么变化的人。

说一点没有变化也不对，她把头发剪短了，化了妆，点缀了几样小巧精致的首饰，穿了一身她以前从来不会花钱去买的正品一线大牌时装。但霍明远所谓的变化不是这些，是她没见消瘦，也没见憔悴，露在衣服外面的所有肌肤上都没见有一星半点的伤痕。

第一次在看守所里住一个多月能是这个样子，已经很难得了。

霍明远还是有点不放心，"没人欺负你吧？"

时光明白他问的是什么意思。只要是一堆人聚在一起的地方都会形成一个小社会，更何况是一堆犯了事的人聚在一起的地方。她本来就不擅长和人打交道，被欺负肯定是有的。但是说不过，她打得过，一般女人都没有她的身手，正儿八经打过两架之后她的日子就清静了。

都是女人间鸡毛蒜皮的事，她懒得拿出来掰扯。

时光摇头："没有。"

"里面吃的饭还行吗？"

"反正比我自己做得好，而且不用每天去想吃什么，还不用刷锅洗碗。"

霍明远被她过分诚实的回答逗乐了，"跟提审你的警官可不能这么说啊！"

"知道了。"时光打开她带来的那只保温桶，一股热腾腾的香味立时涌了出来，"我给你煮了点馄饨，你趁热吃吧，放的时间长了皮就要破了。"

霍明远看看馄饨，又看看捧着馄饨的人，倚靠在床头一动没动。

"你喂我吃。"

时光使劲儿绷着才没笑出来。霍明远稍微瘦了一些,但是气色还好,也许是住院这段时间没有荒废锻炼,浑身的肌肉线条不见半分松弛,这样穿着松松垮垮的病号服倚在床头上跟她耍赖,活像条凶猛的大狼狗肚皮朝天在地上打滚。

"好。"她这条命都是他拽回来的,喂他吃口馄饨有什么不行?

时光拿起勺子捞了一个,小心地吹了吹,才送到他嘴边,看着他心满意足地张嘴接了过去,又捞出一个备着。馄饨还是速冻的,也没额外多放什么,霍明远还是吃得有滋有味。

"这段时间我在看守所里仔细想了想,有件事你对我撒谎了。"

"嗯?"正享用馄饨的人听得一愣,"我对你撒谎的事多了,你说哪一件啊?"

"我没有问过你。"

"什么?"

"如果你能当一天普通人,想干什么,这个我没问过你。"

她本来以为自己问过,只是最后那两天兵荒马乱的,想不起来了,但是在做笔录的时候她按着正常的时序一点点回想那七天里发生的事,才百分之百地确定,她就是没问过。

"是吗?"霍明远张嘴又接过一个馄饨,含糊地说:"那可能我记错了……"

现在想想,他也说不清自己那天晚上为什么突然想跟她说这个,但那时候确实是他想说又不知道该怎么说得自然,就趁她完全不记得前些天发生过什么,使了这么个心眼儿。

他以为这种小事她一觉起来就能忘干净了呢……

"你喜欢我吗?"

这句话时光问得突然又直接,霍明远本来就在暗暗心虚着,冷不丁地听见这么一句,一下子呛住了,咳了好一阵儿才顺过气儿来,一张脸涨得通红。

时光就捧着馄饨看着他,对他这反应一点也不意外。

"你是因为喜欢我,才想在我家里睡一整天吧?"

霍明远隐约有种已经掉进了什么坑里的不祥预感，连馄饨也不敢再吃了，提起十二分警惕看着这个明显有备而来的人。

"我那是喜欢你的床。"

"那你在昏迷不醒的时候喊我的名字，是因为喜欢我的名字吗？"

霍明远只觉得那种不祥的预感更加强烈了。

他为了执行卧底任务是受过严格训练的，有普通人无法想象的自控力，他已经很多年都没说过一句梦话胡话了，可时光这样子又不像是瞎编来逗他玩的。

"谁跟你说——"

"你们领导跟我说的。"时光轻轻搅动着端在手里的馄饨，用她一贯平淡的语调慢吞吞地接着说，"他们还跟我说，你醒过来的第一句话就是问我的情况，然后每天都在想方设法编各种理由想要见我，还总是在窗口门口扒着往外看，就像狗在等主人回家——"

"别胡说八道啊！没有的事！"霍明远快从床上跳起来了，一张脸涨得从发际一直红到胸口，不等时光慢吞吞地把话说完就急不可待地狡辩，"我那是……我那就是关心你！就是关心！什么狗等主人，我告诉你，你这是人身攻击了啊！我真生气了啊！"

"你真的不喜欢我？"

"我不喜欢！"

时光淡淡然地把馄饨放回到床头柜上，轻叹了一声："那你后面的日子就难熬了。"

霍明远一愣，他脸上直发烧，脑子正乱得厉害，一时没听明白："你什么意思？"

"你们领导找我谈话，让我给你当老婆。"

霍明远呆了两三秒，还没在这个像是玩笑，又被时光说得一本正经的话里回过神来，就听时光又不紧不慢地吐出两个字。

"假的。"

"我就知道……"霍明远在这过山车一般的转折里好好缓了缓神，挤出一个多少有点勉强的笑，"往后别拿这种事儿开玩笑啊，万一我当真了，你的日子就难熬了。"

"我不是这个意思。"时光只好把话一口气全说明白，"我是说，老婆是假的，但是当老婆的事是真的。我们要假扮夫妻，执行一项任务。具体任务，晚会儿他们会来告诉你。但是从现在开始，我就是你老婆了。"时光说着，从风衣口袋里掏出两个红本，塞到又一次听呆了的人手上，"这是我们的结婚证。"

霍明远怔怔地看了好一会儿，才自言自语似的低低说了一句："真活见鬼了……"

"你不愿意也得愿意，这是你们领导的命令。"

"不是，我说出来估计你不信……"霍明远苦笑着抬起头来，脸色已经由红转白，神情里那种伴着一丝惊恐的茫然真好像是刚刚见过什么无法用常识解释的可怕东西似的，"我刚才做的那个梦，就梦见咱俩成夫妻了。就是假扮的夫妻，你也是把头发剪到这么短，一模一样的……那个梦感觉特别真实，所以我刚才一睁眼看见你还有点恍惚呢。"

时光听着这似曾相识的描述，心里不由得一紧。

不可能吧，哪有这么巧的事……

"你还梦见什么了？"

霍明远几乎没有花时间回想，好像那不是一个虚无缥缈的梦，而是曾经实实在在经历过的一段真实的生活，"就是跟你说的一样，咱俩假扮夫妻执行一个任务，去见一个毒贩，折腾一天才到他说的那个地方，结果还没见着人呢，就有人在背后一枪把我打死了。"

"那个毒贩的外号叫什么？"

"他外号特逗，是一种海鲜，叫藤壶。你知道他为什么叫——"

时光不等他说完就急问："这是什么时候的事？"

霍明远被她这紧张的样子弄得有点啼笑皆非，"不是跟你说了是做梦——"

"我问你梦里是什么时候，几号，星期几？"时光急得嗓音发颤。

"后天，中秋节，星期……星期六吧？"霍明远一头雾水，"你这是怎么了？"

时光煞白着脸一把夺过那两本结婚证，二话不说，转身就冲出了门去。

"哎——"霍明远只追到病房门口就自觉地停住了，无奈地看着那个身影眨眼工夫就消失在楼梯口，关门转身回到床上，捧起还热气腾腾的馄饨，低低叹了一声，"这都什么乱七八糟的……说拿走就拿走，还没看够呢。"